William Somerset Maugham:
Schein und Wirklichkeit
Erzählungen

Deutsch von Helene Mayer

Deutscher
Taschenbuch
Verlag

dtv

März 1987
Deutscher Taschenbuch Verlag GmbH & Co. KG,
München
Lizenzausgabe mit freundlicher Genehmigung des
Diana Verlags, Zürich
Titel der englischen Originalausgabe:
›Creatures of Circumstance‹
Erstveröffentlichung 1947

Umschlaggestaltung: Celestino Piatti
Satz: IBV Satz- und Datentechnik GmbH, Berlin
Druck und Bindung: C. H. Beck'sche Buchdruckerei,
Nördlingen
Printed in Germany · ISBN 3-423-10715-4

Schwinn '87

Das Buch

Bei einer Modenschau begegnet Monsieur Le Sueur dem Mannequin Lisette, das für Pariser Modehäuser arbeitet. Monsieur Le Sueur ist Politiker, ein Mann von Bedeutung, nicht mehr ganz jung und verheiratet mit einer vermögenden Frau, die ihm zwei prächtige Kinder geschenkt hat. Da ihm Lisette sehr gut gefällt, beschließt er, sie als »Nebenfrau« zu etablieren. Lisette ist ebenso vernünftig wie charmant, und alles wird bestens arrangiert. In der reizenden, häuslichen Atmosphäre ihrer kleinen Wohnung findet Le Sueur die gewünschte Entspannung. Bis er eines Sonntagmorgens unvermutet bei Lisette auftaucht und in ihrem Schlafzimmer einen hübschen jungen Mann antrifft: Wie es sich gehört, ist Monsieur Le Sueur tief empört. Lisette erteilt ihm allerdings eine kleine Lektion über den Unterschied zwischen Schein und Wirklichkeit. Doch nicht immer werden in diesen dreizehn Erzählungen die Probleme mit so viel Gelassenheit und Charme bewältigt wie hier. Das Scheitern am Leben, die Konfrontation mit kritischen Situationen, die Ausweglosigkeit tragischer Umstände, an denen sich Stärke und Schwäche der Menschen erweisen, sind ebenso ein Thema Maughams, der von sich sagte, das Erzählen mache ihm Vergnügen, und er habe nie etwas anderes sein wollen als ein Geschichtenerzähler.

Der Autor

William Somerset Maugham, am 25. Januar 1874 in Paris geboren und am 16. Dezember 1965 in Nizza gestorben, wuchs in Frankreich auf, verlor als 10jähriger seine Eltern und lebte dann bei einem Onkel in Kent. Er studierte Philosophie und Medizin in London und Heidelberg und unternahm später, ohne den Arztberuf auszuüben, ausgedehnte Reisen vor allem nach Ostasien und in die Südsee. Neben zahlreichen Romanen und Erzählungen verfaßte er auch sehr erfolgreiche Theaterstücke. Sein berühmtestes Werk ist der Roman ›Der Menschen Hörigkeit‹ (dt. 1939).

Inhalt

Der Autor entschuldigt sich

Ich muß mich vor meinen Lesern wegen der Veröffentlichung dieses Bandes rechtfertigen. Zu Beginn des Krieges brachte ich eine Sammlung Kurzgeschichten heraus, die ich ›The mixture as before‹ nannte und zu der ich ein kurzes Vorwort schrieb. Da eine andere Arbeit meine gesamte Zeit in Anspruch nahm, bat ich meinen Freund Edward Marsh, die Korrekturfahnen zu lesen. Kurz darauf schrieb er mir, zu seinem Bedauern müsse er dem Vorwort entnehmen, daß ich beschlossen hätte, keine Kurzgeschichten mehr zu schreiben. Ich verstand nicht, was er meinte, doch war ich zu beschäftigt, um mich näher zu erkundigen. Ich bekam keine Besprechungen zu sehen, und erst bei meiner Rückkehr nach England erhielt ich ein Exemplar des Buches. Dann wurde mir der Zusammenhang klar. Ich hatte geschrieben: *»I shall not write many more stories«* (Ich werde nicht mehr viele Geschichten schreiben), und das Tippfräulein oder der Setzer, vielleicht von dem Gedanken beseelt, daß es schon reichlich genug Kurzgeschichten von mir gebe, hatte ein *m* ausgelassen, so daß die Zeile lautete: *»I shall not write any more stories«* (Ich werde keine Geschichten mehr schreiben). Die Prüfung meines Manuskriptes ergab, daß ich tatsächlich, meiner Absicht gemäß, *many* geschrieben hatte.

Mehrere Geschichten, die ich in ›The mixture as before‹ nicht unterbringen konnte, waren fertig geschrieben, andere bestanden als Idee, und ich plante schon damals, zu gegebener Zeit einen weiteren Band folgen zu lassen. Meine Leser sollen daher nicht denken, daß ich sie absichtlich irregeführt hätte. Selbst jetzt noch wage ich nicht zu versprechen, daß ich nichts mehr schreiben werde; kein Schriftsteller kann sicher sein, daß ihm nicht eines Tages ein Gedanke kommen wird, der seine Phantasie anregt und ihn schließlich dazu treibt, ihm eine Form zu geben.

Einige dieser Geschichten sind vor langer Zeit entstanden, aber ich veröffentliche sie unverändert, da sie durch eine Anpassung an die heutige Zeit kaum lesbarer geworden wären; auch hielt ich es für unnötig, in der Geschichte

›Winter-Kreuzfahrt‹ die Nationalität verschiedener darin auftretender Personen abzuändern, nur um diejenigen Leser nicht vor den Kopf zu stoßen, die überzeugt sind, daß sämtliche Angehörige einer Nation, gegen die wir Krieg geführt haben, gleichermaßen verabscheuungswürdig sind. Eine der Geschichten schrieb ich während des Krieges, einige andere danach. Sie sind alle in Zeitschriften erschienen.

Ich weiß, daß ich mich, indem ich dies zugebe, einer abfälligen Kritik aussetze, denn eine Geschichte als Zeitschriftengeschichte zu bezeichnen, bedeutet, sie mit Schmach abzutun. Aber mit dieser Einstellung beweisen die Kritiker weniger Treffsicherheit im Urteil, als man billigerweise von ihnen erwarten könnte. Auch verraten sie dabei eine geringe Kenntnis der Literaturgeschichte. Denn von jeher, seit die Zeitschriften allgemeine Verbreitung fanden, benützten die Schriftsteller sie als günstige Verbindungsmöglichkeit mit dem Publikum. Alle Meister der Kurzgeschichte veröffentlichten ihre Arbeiten in Zeitschriften: Balzac, Flaubert und Maupassant; Tschechow, Henry James, Rudyard Kipling. Ich betrachte es nicht als unüberlegt, zu behaupten, daß die einzigen Kurzgeschichten, die nicht in Zeitschriften erschienen, diejenigen sind, die keine Redaktion annehmen wollte. Eine Geschichte deshalb zu verdammen, weil sie in einer Zeitschrift veröffentlicht wurde, ist daher absurd. Zweifellos bringen die Zeitschriften sehr viele schlechte Geschichten, aber es werden eben mehr schlechte als gute geschrieben; selbst der Redakteur einer literarisch hochstehenden Zeitschrift sieht sich oft gezwungen, eine Geschichte zu drucken, von der er nicht viel hält, weil er keine bessere bekommen kann. Manche Herausgeber populärer Zeitschriften glauben, daß ihre Leser eine bestimmte Art von Geschichten verlangen, und lehnen alles andere ab; und sie finden dann auch Schriftsteller, die das Gewünschte liefern, oft mit großem Erfolg. Das ist die fabrikmäßig hergestellte Ware, die der Zeitschriftengeschichte einen schlechten Ruf eingetragen hat. Aber es ist ja niemand gezwungen, sie zu lesen. Vielen Leuten gefällt sie, weil sie ihnen für kurze Zeit gestattet, in der Phantasie die Märchen und Abenteuer zu erleben, nach denen sie sich in ihrem eintönigen Alltag sehnen.

Falls ich nach den Besprechungen urteilen darf, die ich

über die vielen Bände von Kurzgeschichten gelesen habe, so begehen die Kritiker meines Erachtens einen Fehler, wenn sie Geschichten deshalb als Zeitschriftengeschichten abtun, weil sie geschickt aufgebaut und dramatisch sind und auf überraschende Weise enden. An einem überraschenden Ende ist nichts Minderwertiges, sofern es den natürlichen Abschluß der Geschichte darstellt. Dann ist es im Gegenteil ein Vorzug. Schlecht ist nur, wenn es, wie in einigen Geschichten von O. Henry, ohne Grund herbeigeführt wird, um den Leser zu verblüffen. Auch schadet es einer Geschichte nicht, wenn sie sorgfältig aufgebaut ist und einen Anfang, ein Mittelstück und einen Abschluß hat. Alle guten Erzähler haben sich darum bemüht. Unter dem Einfluß einer mangelhaften Kenntnis Tschechows huldigen manche Schriftsteller heute der Mode, ihre Erzählungen irgendwo beginnen und wenig überzeugend enden zu lassen. Sie halten es für genügend, wenn sie eine Stimmung geschildert oder einen Eindruck vermittelt oder einen Charakter skizziert haben. Das mag an sich nicht schlecht sein, nur ergibt es noch keine Geschichte, und ich glaube kaum, daß es den Leser befriedigt. Er bleibt nicht gerne im Unklaren. Er möchte Antworten auf seine Fragen finden. Es herrscht heute auch eine Angst vor Begebenheiten. Daraus entstehen unzählige farblose Geschichten, in denen nichts geschieht. Vermutlich ist Tschechow auch dafür verantwortlich; einmal schrieb er: »Die Leute gehen nicht an den Nordpol und fallen von Eisbergen, sie gehen ins Büros, zanken sich mit ihren Frauen und essen Kohlsuppe.« In Wahrheit aber gehen manche Leute tatsächlich an den Nordpol, und wenn sie auch nicht von Eisbergen fallen mögen, so erleben sie doch ebenso gefährliche Abenteuer; und es besteht kein Grund für einen Schriftsteller, über diese Menschen nicht genau so gute Geschichten zu schreiben wie über diejenigen, die Kohlsuppe essen. Offensichtlich genügt es jedoch nicht, daß sie in Büros gehen, mit ihren Frauen streiten und Kohlsuppe essen. Tschechow vertrat sicher nie diese Meinung. Damit überhaupt eine Handlung entsteht, müssen sie das Kleingeld im Büro stehlen, ihre Frauen ermorden oder verlassen, und wenn sie ihre Kohlsuppe essen, muß eine Empfindung oder Bedeutung damit verbunden sein. Dadurch wird die Kohlsuppe zum Symbol des befriedigten häuslichen Lebens oder der Qual eines verfehlten Lebens. Das Essen kann dann ebenso katastrophal sein wie der Sturz von einem Eisberg. Aber es ist auch ebenso ungewöhnlich. Die einfache Tatsache ist, daß Tschechow glaubte, was Schriftsteller, da sie menschlich sind, leicht glauben: nämlich daß das, worauf er sich am besten verstand, auch allgemein der beste Weg sei.

Vor einiger Zeit las ich einen Artikel darüber, wie man eine Kurzgeschichte schreiben solle. Manche Feststellungen der Verfasserin waren brauchbar, doch erschien mir der Grundgedanke unrichtig. Sie erklärte, daß der Schwerpunkt einer Kurzgeschichte in der Charakterdarstellung liegen müsse und daß die Begebenheiten ausschließlich zu dem Zweck erfunden werden sollen, die Persönlichkeit zu »beleben«. Seltsamerweise bezeichnete sie zu Beginn des Artikels die Gleichnisse als die besten Kurzgeschichten, die je geschrieben wurden. In meinen Augen dürfte es schwierig sein, die Charaktere des Verlorenen Sohnes und seines Bruders oder des Barmherzigen Samariters und des Mannes, der unter die Räuber fiel, zu beschreiben. Sie sind im Grunde ganz unausgeprägte Typen, und wir müssen erraten, wie sie als Menschen waren, denn wir erfahren über sie nur die Tatsachen, die für die moralische Schlußfolgerung nötig sind. Und das ist auch ungefähr alles, was man beim Schreiben einer Kurzgeschichte tun kann. In dem knappen Rahmen kann der Schriftsteller einen Charakter nicht beschreiben und entwickeln; er kann nur die hervorstechenden Züge andeuten, die den Charakter zum Leben erwekken, und auf diese Weise die Geschichte, die er zu erzählen hat, einleuchtend machen. Von jeher haben sich die Menschen um ein Lagerfeuer oder in einer Gruppe auf dem Marktplatz versammelt, um sich Geschichten erzählen zu lassen. Das Zuhörenwollen scheint im menschlichen Wesen so tief verwurzelt zu sein wie das Gefühl für Besitz. Ich habe nie behauptet, etwas anderes zu sein als ein Geschichtenerzähler. Das Erzählen macht mir Vergnügen, und ich habe eine große Anzahl Geschichten erzählt. Zu meinem Unglück ist das Erzählen einer Geschichte, rein um ihrer selbst willen, keine Betätigung, die von der geistigen Oberschicht geschätzt wird. Ich bemühe mich, mein Unglück mit Fassung zu tragen.

William Somerset Maugham

Schein und Wirklichkeit

Ich möchte mich nicht für die Wahrheit dieser Geschichte verbürgen, aber ein Professor für Französische Literatur an einer englischen Universität hat sie mir erzählt, und er war, glaube ich, ein Mann von zu lauterer Gesinnung, als daß er sie mir erzählt hätte, wenn sie nicht wahr gewesen wäre. Er hatte die Methode, die Aufmerksamkeit seiner Studenten auf drei französische Schriftsteller zu lenken, die seiner Meinung nach alle Eigenschaften vereinigten, die als Haupttriebfeder des französischen Charakters gelten können. Er sagte, durch ihre Lektüre könne man so viel über das französische Volk erfahren, daß er, wenn er die Macht dazu hätte, den Mitgliedern unserer Regierung, die mit der französischen Nation zu tun haben, nicht gestatten würde, ihre Ämter anzutreten, bevor sie eine recht strenge Prüfung über die Werke dieser Schriftsteller bestanden hätten. Er meinte Rabelais mit seiner *gauloiserie,* eine Art von Zügellosigkeit, die es liebt, einen Spaten für etwas Besseres zu erklären als eine gemeine Schaufel! Lafontaine mit seinem *bon sens,* der einfach gesunder Menschenverstand ist; und schließlich Corneille mit seinem *panache.* Dies wird in den Wörterbüchern mit Federbusch übersetzt – der Federbusch, den der gewappnete Ritter auf dem Helm trug; bildlich gesprochen bedeutet es anscheinend Würde und Prahlerei, Pomp und Heldentum, Hoffart und Stolz. Es war *panache,* der die französischen Herren in Fontenoy zu den Offizieren von König Georg II. sagen ließ: »Schießen Sie zuerst, meine Herren«; es war *panache,* der den zynischen Lippen Cambronnes bei Waterloo den Ausspruch entlockte: »Die Garde stirbt, aber sie ergibt sich nicht«, und es ist *panache,* der einen bedürftigen französischen Dichter dazu treibt, den ihm zuerkannten Nobelpreis mit einer großartigen Geste zu verschenken. Mein Professor war kein frivoler Mensch, und nach seiner Meinung zeigte die Geschichte, die ich jetzt erzählen will, so deutlich die drei Haupteigenschaften der Franzosen, daß sie einen hohen erzieherischen Wert besitzt.

Ich habe ihr den Titel ›Schein und Wirklichkeit‹ gegeben.

Das ist der Titel des, wie ich wohl annehmen darf, bedeutendsten philosophischen Werkes, das mein Land (mit Recht oder Unrecht) im neunzehnten Jahrhundert hervorgebracht hat. Es ist schwer, aber anregend zu lesen. Es ist in ausgezeichnetem Englisch geschrieben, mit beträchtlichem Humor, und wenn der Laie auch vielen seiner sehr spitzfindigen Behauptungen kaum mit Verständnis folgen kann, hat er immerhin das erregende Gefühl, auf einem geistigen Seil über einem metaphysischen Abgrund zu balancieren, und er beendet die Lektüre des Buches mit dem beruhigenden Eindruck, daß im Grunde alles gleichgültig ist. Es gibt keine andere Entschuldigung dafür, daß ich von dem Titel eines so berühmten Buches Gebrauch mache, als daß er so hervorragend zu meiner Geschichte paßt. Obwohl Lisette nur eine Philosophin in dem Sinn war, wie wir alle Philosophen sind, und sie ihren Verstand dazu benützte, mit den Problemen des Daseins fertig zu werden, so war ihr Gefühl für die Wirklichkeit doch so stark und ihre Sympathie für den Schein so ursprünglich, daß sie beinahe beanspruchen konnte, den Ausgleich von Unvereinbarkeiten erreicht zu haben, den die Philosophen so viele Jahrhunderte hindurch angestrebt haben. Lisette war Französin, und sie verbrachte mehrere Stunden jedes Arbeitstages damit, sich in einem der teuersten und feinsten Modehäuser von Paris an- und auszukleiden. Eine angenehme Beschäftigung für eine junge Frau, die sich ihrer entzückenden Figur wohl bewußt ist. Sie war, kurz gesagt, ein Mannequin. Sie war hochgewachsen genug, um eine Schleppe mit Eleganz vorzuführen, und ihre Hüften waren so schmal, daß sie in Sportkleidung den Duft von Heidekraut hervorzaubern konnte. Ihre langen Beine gestatteten ihr, Pyjamas mit Vornehmheit zu tragen, und ihre schlanke Taille, ihre kleinen Brüste machten den einfachsten Badeanzug hinreißend. Sie konnte alles tragen. Sie konnte sich so in einen Chinchillamantel hüllen, daß die vernünftigsten Leute zugeben mußten, Chinchilla sei doch den Preis wert, der dafür verlangt wurde. Dicke Frauen, plumpe Frauen, untersetzte Frauen, knochige Frauen, alte Frauen, unschöne Frauen saßen in den breiten Sesseln, und weil Lisette so süß aussah, kauften sie die Kleider, die ihr so glänzend standen. Sie hatte große braune Augen, einen großen roten Mund und eine sehr klare Haut, trotz einigen Sommersprossen. Es fiel ihr schwer, diese hochmütige, verdrossene und kühl gleichgültige Haltung zu bewahren, die anscheinend eine Voraussetzung für das Mannequin ist, wenn es gelassenen Schrittes hereinschwebt, sich langsam dreht und mit einem Ausdruck der Verachtung für das Universum, wie er sonst nur vom Kamel erreicht wird, wieder hinausschwebt. Es lag ein verstecktes Blinken in Lisettes großen braunen Augen, und ihre roten Lippen schienen zu zucken, als könnte sich bei der geringsten Veranlassung ein Lächeln auf ihnen ausbreiten. Es war das Blinken, das die Aufmerksamkeit von Monsieur Raymond Le Sueur erregte.

Er saß auf einem unechten Louis-XVI-Stuhl neben seiner Gattin (auf einem ebensolchen), die ihn überredet hatte, sie zu begleiten, um die Privatvorführung der Frühjahrsmoden anzusehen. Dies war ein Beweis für Monsieur Le Sueurs liebenswürdige Veranlagung, denn er war ein äußerst beschäftigter Mann, der vermutlich weit wichtigere Dinge zu erledigen hatte, als eine Stunde lang dazusitzen und einem Dutzend schöner junger Frauen zuzusehen, wie sie verwirrend verschiedenartige Kleider vorführten. Er konnte nicht erwartet haben, daß irgendeines von ihnen aus seiner Frau etwas anderes machen könnte als das, was sie war: eine große, eckige Frau von fünfzig Jahren, mit beträchtlich überlebensgroßen Gesichtszügen. Er hatte sie wirklich nicht ihres Aussehens wegen geheiratet, und sie hatte das nicht einmal in den ersten berauschenden Tagen ihrer Flitterwochen angenommen. Er hatte sie geheiratet, um die blühenden Stahlwerke, deren Erbin sie war, mit seiner ebenso blühenden Lokomotivfabrik zu vereinigen. Die Ehe war gut ausgefallen. Sie hatte ihm einen Sohn geschenkt, der fast so gut Tennis spielen konnte wie ein Berufsspieler, genau so gut tanzte wie ein Gigolo und sich beim Bridge mit allen Experten messen konnte; und eine Tochter, die er mit einer genügenden Mitgift hatte ausstatten können, um sie mit einem beinahe verbürgt echten Prinzen zu verheiraten. Er hatte Grund, auf seine Kinder stolz zu sein. Durch Beharrlichkeit und angemessene Rechtschaffenheit war es ihm gelungen, die Aktienmehrheit in einer Zuckerraffinerie, einer Filmgesellschaft, einer Firma, die Autos herstellte, und einer Zeitung zu erwerben; und schließlich hatte er genug Geld auszugeben vermocht, um die freie und unabhängige Wählerschaft eines bestimmten Bezirkes dazu zu bewegen, ihn in den Senat zu entsenden. Er war ein Mann von würdevoller Erscheinung, von sympathischer Wohlbeleibtheit und frischer Gesichtsfarbe, mit einem gepflegten, viereckig geschnittenen Bart, einer Glatze und einem Fettwulst im Nacken. Man brauchte nicht auf die rote Rosette, die seinen schwarzen Rock schmückte, zu sehen, um sicher zu sein, daß man eine Persönlichkeit von Bedeutung vor sich hatte. Er war ein Mann von raschen Entschlüssen, und als seine Frau die Schneiderin verließ, um Bridge zu spielen, trennte er sich von ihr und sagte, er wolle sich etwas Bewegung machen und zu Fuß zum Senat gehen, wohin ihn die Pflicht gegenüber dem Vaterland rief. Er ging jedoch nicht so weit, sondern begnügte sich damit, sich diese Bewegung in einer Seitenstraße zu machen, in der, wie er richtig vermutete, die jungen Damen des Modehauses bei Geschäftsschluß auftauchen würden. Er hatte kaum eine Viertelstunde gewartet, als das Erscheinen einer Anzahl von Frauen in Gruppen, einige jung und hübsch, andere nicht so jung und durchaus nicht hübsch, ihn davon unterrichtete, daß der Moment gekommen war, und in zwei oder drei Minuten trippelte Lisette auf die Straße. Der Senator war sich wohl bewußt, daß sein Aussehen und sein Alter nicht von vorneherein anziehend auf junge Frauen wirken mochte, aber er hatte die Erfahrung gemacht, daß sein Reichtum und seine Stellung diese Nachteile ausglichen. Lisette hatte eine Begleiterin bei sich, was einen Mann von geringerer Bedeutung vielleicht abgehalten hätte, den Senator aber keinen Augenblick zögern ließ; er ging auf sie zu, nahm seinen Hut höflich ab, jedoch nicht so weit, daß man sehen konnte, wie kahlköpfig er war, und wünschte ihr einen Guten Abend.

»Bonsoir, Mademoiselle«, sagte er mit einem verbindlichen Lächeln.

Sie warf ihm einen ganz flüchtigen Blick zu, und ihre vollen roten Lippen, auf denen ein ganz schwaches Lächeln lag, erstarrten; sie wandte den Kopf ab, fing ein lebhaftes Gespräch mit ihrer Freundin an und ging weiter, indem sie sich den sehr gelungenen Anschein höchster Gleichgültigkeit gab. Keineswegs dadurch aus der Fassung gebracht, kehrte der Senator um und folgte den beiden Mädchen in einer Entfernung von einigen Metern. Sie gingen die kleine Seitengasse entlang, kamen dann auf den Boulevard und nahmen an der Place de la Madeleine einen Bus. Der Senator war sehr befriedigt. Er hatte eine Anzahl korrekter Schlüsse gezogen. Die Tatsache, daß sie augenscheinlich mit einer Freundin nach Hause ging, bewies, daß sie keinen beglaubigten Verehrer hatte. Die Tatsache, daß sie sich abgewandt hatte, als er sie anredete, zeigte, daß sie besonnen und bescheiden und gut erzogen war, was er bei hübschen jungen Frauen schätzte; und ihr Kostüm, der einfache schwarze Hut und ihre kunstseidenen Strümpfe deuteten an, daß sie arm und darum tugendhaft war. In dieser Kleidung sah sie genau so reizvoll aus wie in den prächtigen Gewändern, in denen er sie vorher gesehen hatte. Er hatte ein seltsames kleines Gefühl in seinem Herzen. Er hatte diese merkwürdige Empfindung, die erfreulich und doch auch schmerzlich war, seit mehreren Jahren nicht mehr gehabt, aber er erkannte sie sofort.

»Das ist Liebe, weiß der Himmel«, murmelte er.

Er hatte solche Gefühle nicht mehr erwartet, und mit gestrafften Schultern schritt er zuversichtlich aus. Er ging zum Büro eines Privatdetektivs und hinterließ dort den Auftrag, daß Auskünfte eingeholt werden sollten über eine junge Person mit Namen Lisette, die als Mannequin in der und der Firma angestellt war; und dann erinnerte er sich, daß im Senat die amerikanische Anleihe an der Tagesordnung war, worauf er sich von einem Taxi zu dem imponierenden Gebäude fahren ließ, dort in die Bibliothek ging, wo ein Lehnstuhl stand, den er sehr gern hatte, und wo er ein angenehmes Schläfchen hielt. Die Auskunft, die er verlangt hatte, erreichte ihn drei Tage später. Sie war ihr Geld wert. Mademoiselle Lisette Larion lebte bei einer verwitweten Tante in einer Zweizimmerwohnung im Pariser Bezirk Batignolles. Ihr Vater, ein verwundeter Held des großen Krieges, hatte ein *bureau de tabac* in einem Landstädtchen im Südwesten Frankreichs. Die Miete für die Wohnung betrug zweitausend Franken. Sie führte ein regelmäßiges Leben, ging aber gern ins Kino, hatte anscheinend keinen Liebhaber und war neunzehn Jahre alt. Die Concierge des Mietshauses äußerte sich günstig über sie, und ihre Kolleginnen im Geschäft hatten sie gern. Offenbar war sie ein sehr anständiges junges Mädchen, und der Senator konnte nicht umhin zu finden, daß sie hervorragend geeignet war, die freien Stunden eines Mannes angenehm auszufüllen, der eine Entspannung von den Staatsgeschäften und dem harten Druck der großen Finanztransaktionen suchte.

Es erübrigt sich, im einzelnen zu erzählen, welche Schritte Monsieur Le Sueur unternahm, um das ihm vorschwebende Ziel zu erreichen. Er war zu bedeutend und zu sehr beschäftigt, um sich selber mit der Sache zu befassen; aber er hatte einen Privatsekretär, der sehr geschickt mit noch unentschlossenen Wählern umzugehen wußte, und der es jedenfalls verstand, einem jungen Mädchen, das anständig, aber arm war, die möglichen Vorteile einer solchen Freundschaft auszumalen. Der Privatsekretär machte einen Besuch bei der verwitweten Tante, Madame Saladin, und setzte ihr auseinander, daß Monsieur Le Sueur, immer seiner Zeit voraus, sich neuerdings für Filme interessiere und tatsächlich im Begriff sei, einen solchen herzustellen. (Dies zeigt, wie ein kluger Kopf eine Sache verwerten kann, die ein gewöhnlicher Mensch als unbedeutend übergangen hätte.) Mademoiselle Lisettes Erscheinung in jenem Modehaus und ihre blendende Art, die Kleider zu tragen, sei Monsieur Le Sueur aufgefallen, und es sei ihm der Gedanke gekommen, daß sie für eine Rolle, die er ihr zugedacht hatte, sehr geeignet sein müßte. (Wie alle intelligenten Leute blieb der Senator immer möglichst nahe an der Wahrheit.) Der Privatsekretär lud dann Madame Saladin und ihre Nichte zu einem Diner ein, bei dem sie sich näher kennenlernen würden und der Senator beurteilen könnte, ob Mademoiselle Lisette die von ihm vermutete Eignung für die Leinwand wirklich besitze. Madame Saladin sagte, sie wolle ihre Nichte fragen, schien aber den Vorschlag durchaus annehmbar zu finden.

Als Madame Saladin diese Aufforderung Lisette übermittelte und den Rang, die Würde und Bedeutung ihres großzügigen Gastgebers hervorhob, zuckte diese junge Person verächtlich ihre hübschen Schultern.

»*Cette vieille carpe*«, sagte sie, was mit »So ein alter Karpfen« zu übersetzen wäre.

»Was macht das, wenn er ›ein alter Karpfen‹ ist, sofern er dir eine Rolle verschafft?« sagte Madame Saladin.

»*Et ta sœur*«, sagte Lisette.

Diese Redensart, die natürlich heißt: »Und deine Schwester« und harmlos genug und sogar sinnlos klingt, ist ein wenig ordinär und wird, glaube ich, von gut erzogenen jungen Mädchen nur gebraucht, wenn sie Ärgernis erregen wollen. Sie drückt den äußersten Unglauben aus, und die einzig richtige Übersetzung in die volkstümliche Sprache ist zu gemein für meine keusche Feder.

»Auf alle Fälle bekämen wir ein fabelhaftes Essen«, sagte Madame Saladin. »Du bist immerhin kein Kind mehr.«

»Hat er gesagt, wo wir soupieren würden?«

»Im Château de Madrid. Jedermann weiß, daß es das teuerste Lokal der Welt ist.«

Dagegen ist nichts einzuwenden. Das Essen ist sehr gut, der Keller berühmt, und seine Lage macht es an einem schönen Abend im Frühsommer zu einem bezaubernden Ort. Ein reizendes Grübchen erschien in Lisettes Wange und ein Lächeln auf ihrem großen roten Mund. Sie hatte tadellose Zähne.

»Ich könnte ein Kleid vom Geschäft leihen«, murmelte sie.

Einige Tage später holte der Privatsekretär des Senators sie mit einem Taxi ab und brachte Madame Saladin und ihre anziehende Nichte zum Bois de Boulogne. Lisette sah entzückend aus in einem der erfolgreichsten Modelle der Firma, und Madame Saladin äußerst achtbar in ihrem eigenen Schwarzseidenen und einem Hut, den Lisette für diese Gelegenheit gemacht hatte. Der Sekretär stellte die Damen Monsieur Le Sueur vor; er empfing sie mit der milden Würde eines Politikers, der die Gattin und Tochter eines geschätzten Wählers liebenswürdig begrüßt; in seiner schlauen Art nahm er an, daß die Leute an den Nachbartischen, die ihn kannten, genau dies über seine Gäste denken würden. Das Diner verlief sehr angenehm, und kaum einen Monat später zog Lisette in eine reizende kleine Wohnung, die in praktischer Entfernung sowohl von ihrer Arbeitsstätte wie auch vom Senat lag und von einem modernen Innenarchitekten eingerichtet worden war. Monsieur Le Sueur wünschte, daß Lisette weiter arbeiten sollte. Es paßte ihm sehr gut, daß sie während der Stunden, die er den Geschäften widmen mußte, etwas zu tun hatte, denn das bewahrte sie vor Torheiten, und er wußte sehr wohl, daß eine Frau, die den ganzen Tag nichts zu tun hat, viel mehr Geld ausgibt als eine, die beschäftigt ist. Ein kluger Mann denkt an solche Dinge.

Verschwendungssucht war jedoch ein Laster, das Lisette fern lag. Der Senator war zärtlich und freigebig. Es war ihm eine Quelle der Befriedigung, daß Lisette sehr bald anfing, Geld zu sparen. Sie führte ihren Haushalt wirtschaftlich und kaufte ihre Kleider zum Nettopreis, und jeden Monat schickte sie eine gewisse Summe nach Hause an ihren Heldenvater, der damit kleine Grundstücke erwarb. Sie fuhr fort, ein ruhiges und bescheidenes Leben zu führen, und Monsieur Le Sueur freute sich, von der Concierge, die ihren Sohn gern in einem Regierungsbüro untergebracht hätte, zu erfahren, daß Lisettes einzige Besucher ihre Tante und ein oder zwei Mädchen aus dem Geschäft waren.

Der Senator war in seinem ganzen Leben noch nie so glücklich gewesen. Es befriedigte ihn sehr zu denken, daß selbst in dieser Welt eine gute Tat belohnt wurde, denn hatte er nicht aus reiner Güte an jenem Nachmittag, da sie im Senat die amerikanische Anleihe behandelten, seine Frau zur Schneiderin begleitet und auf diese Weise zum ersten Mal die reizende Lisette gesehen? Je näher er sie kennenlernte, desto vertrauter war er mit ihr. Sie war eine höchst angenehme Gefährtin. Sie war heiter und gutmütig. Ihre Intelligenz war beachtlich, und sie konnte klug zuhören, wenn er geschäftliche Dinge oder Staatsangelegenheiten mit ihr besprach. Sie wirkte erholsam auf ihn, wenn er müde war, und munterte ihn auf, wenn er Depressionen hatte. Sie freute sich, wenn er kam – und er kam oft, meistens von fünf bis sieben – und war betrübt, wenn er wegging. Sie erweckte den Eindruck in ihm, daß er nicht nur ihr Geliebter, sondern auch ihr Freund war. Manchmal speisten sie zusammen in ihrer Wohnung zu Abend, und die gut zusammengestellte Mahlzeit, die freundliche Behaglichkeit ließ ihn den Reiz der Häuslichkeit lebhaft schätzen. Seine Freunde erklärten dem Senator, er sähe zwanzig Jahre jünger aus. Er fühlte sich auch so. Er war sich seines Glückes bewußt. Er konnte aber auch nicht umhin zu finden, daß ihm das nach einem Leben ehrlicher Bemühung und öffentlicher Dienstleistung durchaus gebührte.

So bedeutete es für ihn, nachdem sich alles fast zwei Jahre lang so angenehm entwickelt hatte, einen Schlag, als er in der Frühe eines Sonntagmorgens von einem Besuch in seinem Wahlkreis, der über das Wochenende hätte dauern sollen, unerwartet nach Paris zurückkam. Er öffnete die Wohnungstür mit seinem Schlüssel, in der Erwartung, an diesem Ruhetag Lisette im Bett vorzufinden, und überraschte sie beim Frühstück in ihrem Schlafzimmer, im *tête-à-tête* mit einem jungen Herrn, den er nie zuvor gesehen hatte und der seinen (des Senators) nagelneuen Schlafanzug trug. Lisette war überrascht, ihn zu sehen. Sie fuhr sogar merklich zusammen.

»*Tiens*«, sagte sie. »Wo kommst du denn her? Ich habe dich nicht vor morgen erwartet.«

»Das Ministerium ist gestürzt«, erwiderte er automatisch. »Man hat nach mir geschickt. Man will mir das Innenministerium anbieten.« Aber das war gar nicht das, was er sagen wollte. Er warf dem Herrn, der seinen Schlafanzug trug, einen wütenden Blick zu. »Wer ist dieser junge Mann?« rief er.

Lisettes großer roter Mund öffnete sich zu einem höchst verführerischen Lächeln.

»Mein Liebhaber«, antwortete sie.

»Hältst du mich für einen Idioten?« schrie der Senator. »Das sehe ich, daß es dein Liebhaber ist.«

»Warum fragst du dann?«

Monsieur Le Sueur war ein Mann der Tat. Er ging geradewegs zu Lisette hin und schlug sie mit seiner linken Hand kräftig auf ihre rechte Wange, und dann schlug er sie mit seiner rechten Hand kräftig auf ihre linke Wange.

»Scheusal!« rief Lisette.

Er wandte sich dann zu dem jungen Mann, der diesem Akt der Gewalt mit einiger Verlegenheit zugesehen hatte, und indem er sich zu seiner vollen Größe aufrichtete, schleuderte er seinen Arm nach vorn und deutete mit einem dramatischen Finger auf die Türe.

»Hinaus!« rief er, »hinaus!«

Man hätte annehmen können – so gebieterisch war der Anblick dieses Mannes, der gewohnt war, eine Versammlung ärgerlicher Steuerzahler zu zähmen und mit einem Stirnrunzeln die jährliche Hauptversammlung enttäuschter

Aktionäre zu leiten –, daß der junge Mann zur Türe gestürzt wäre; aber er blieb an seinem Platz, unentschlossen zwar, aber er blieb; er warf Lisette einen beschwörenden Blick zu und zuckte leicht mit den Schultern.

»Worauf warten Sie noch?« schrie der Senator. »Wollen Sie, daß ich Gewalt anwende?«

»Er kann nicht in seinem Schlafanzug weggehen«, sagte Lisette.

»Das ist nicht sein Schlafanzug, sondern mein Schlafanzug.«

»Er wartet auf seine Kleider.«

Monsieur Le Sueur sah sich im Zimmer um und entdeckte auf dem Stuhl hinter ihm, unordentlich hingeworfen, eine Auswahl männlicher Kleidungsstücke. Der Senator heftete einen verächtlichen Blick auf den jungen Mann.

»Nehmen Sie Ihre Kleider, Monsieur«, sagte er mit kalter Geringschätzung.

Der junge Mann raffte sie in seinen Armen zusammen, hob die Schuhe auf, die auf dem Boden lagen, und verließ rasch das Zimmer. Monsieur Le Sueur hatte eine bedeutende Redebegabung. Noch nie hatte er sie zu einem besseren Zweck angewandt. Er erklärte Lisette, was er von ihr hielt. Es war nicht schmeichelhaft. Er schilderte ihre Undankbarkeit in den schwärzesten Farben. Er durchstöberte ein umfangreiches Vokabular nach schimpflichen Bezeichnungen für sie. Er rief alle himmlischen Mächte als Zeugen an, daß noch nie eine Frau mit so grobem Betrug das in sie gesetzte Vertrauen eines ehrlichen Mannes vergolten hatte. Kurzum, er sagte alles, was Ärger, verletzte Eitelkeit und Enttäuschung ihm eingaben. Lisette machte keine Verteidigungsversuche. Sie hörte schweigend, mit gesenkten Augen zu, während sie das Brötchen, das sie durch das Erscheinen des Senators nicht hatte fertig essen können, mechanisch zerkrümelte. Er warf einen gereizten Blick auf ihren Teller.

»Ich war so darauf bedacht, daß du zuallererst meine große Neuigkeit hören solltest. Darum bin ich gleich vom Bahnhof hierhergekommen. Ich hatte damit gerechnet, mein *petit déjeuner* am Fußende deines Bettes einzunehmen.«

»Mein armer Liebling, hast du noch nicht gefrühstückt? Ich bestelle sofort frischen Kaffee für dich.«

»Ich will keinen.«

»Unsinn. Bei der großen Verantwortung, die du auf dich nehmen sollst, mußt du bei Kräften bleiben.«

Sie klingelte, und als das Mädchen erschien, bestellte sie heißen Kaffee. Er wurde gebracht, und Lisette schenkte ihn ein. Er rührte ihn nicht an. Sie bestrich ein Brötchen mit Butter. Er zuckte mit den Schultern und begann zu essen. Dazwischen machte er einige Bemerkungen über die Falschheit der Frauen.

Sie blieb stumm.

»Immerhin ist es etwas«, sagte er, »daß du nicht die Unverschämtheit hast, einen Versuch zu deiner Verteidigung zu machen. Du weißt, daß ich nicht der Mann bin, den man ungestraft schlecht behandelt. Ich bin der Inbegriff von Großzügigkeit, wenn Leute sich mir gegenüber gut benehmen, aber wenn sie sich schlecht benehmen, bin ich unerbittlich. Sobald ich meinen Kaffee getrunken habe, werde ich diese Wohnung für immer verlassen.«

Lisette seufzte.

»Ich will dir jetzt sagen, daß ich eine Überraschung für dich vorbereitet hatte. Ich hatte beschlossen, den zweiten Jahrestag unserer Freundschaft damit zu feiern, daß ich eine Geldsumme für dich aussetze, um dir eine bescheidene Unabhängigkeit zu sichern, für den Fall, daß mir etwas zustoßen sollte.«

»Wieviel?« fragte Lisette düster.

»Eine Million Franc.«

Sie seufzte wieder. Plötzlich traf den Senator etwas Weiches am Hinterkopf, und er zuckte zusammen.

»Was ist das?« rief er.

»Er gibt deinen Schlafanzug zurück.«

Der junge Mann hatte die Türe aufgemacht, den Schlafanzug dem Senator rasch an den Kopf geworfen und sie gleich wieder geschlossen. Der Senator befreite sich von den seidenen Beinkleidern, die ihm um den Hals hingen.

»Was für eine Art, ihn zurückzugeben! Dein Freund hat kein Benehmen.«

»Natürlich hat er nicht deine Vornehmheit«, murmelte Lisette.

»Und vielleicht meine Intelligenz?«

»Oh, nein.«

»Ist er reich?«

»Er hat keinen Sou.«

»Was in aller Welt siehst du dann in ihm?«

»Er ist jung«, sagte Lisette lächelnd.

Der Senator schaute auf seinen Teller, und eine Träne stieg ihm ins Auge und rollte die Wange hinunter in den Kaffee. Lisette sah ihn freundlich an.

»Mein armer Freund, man kann nicht alles im Leben haben«, sagte sie.

»Ich wußte, daß ich nicht jung bin. Aber meine Stellung, mein Vermögen, meine Vitalität! Ich dachte, das sei ein Ausgleich. Es gibt Frauen, die nur Männer in einem gewissen Alter mögen. Es gibt berühmte Schauspielerinnen, die es als Ehre betrachten, die kleine Freundin eines Ministers zu sein. Ich bin zu wohlerzogen, um dir deine Herkunft vorzuwerfen, aber die Tatsache bleibt bestehen, daß du ein Mannequin bist und daß ich dich aus einer Wohnung herausgeholt habe, deren Miete nur zweitausend Franc im Jahr beträgt. Es war für dich ein Aufstieg.«

»Als Tochter armer, aber ehrlicher Eltern habe ich keinen Grund, mich meiner Herkunft zu schämen, und du darfst mir keine Vorwürfe machen, weil ich meinen Unterhalt auf bescheidene Art verdient habe.«

»Liebst du diesen Jungen?«

»Ja.«

»Und mich nicht?«

»Dich auch. Ich liebe euch beide, aber auf verschiedene Weise. Ich liebe dich, weil du so vornehm bist und weil deine Konversation belehrend und interessant ist. Ich liebe dich, weil du gütig und großzügig bist. Ich liebe ihn, weil seine Augen so groß sind, und sein Haar gewellt ist, und weil er himmlisch tanzt. Das ist ganz natürlich.«

»Du weißt, daß ich meiner Stellung wegen dich nicht in Tanzlokale führen kann, und vermutlich wird er, wenn er in meinem Alter ist, auch nicht mehr Haare haben als ich.«

»Das mag wohl stimmen«, gab Lisette zu, aber sie fand das belanglos.

»Was wird deine Tante dazu sagen, wenn sie erfährt, was du getan hast?«

»Es wird nicht gerade eine Überraschung für sie sein.«

»Willst du damit sagen, daß diese ehrenwerte Frau dein

Verhalten billigt? *O tempora, o mores!* Wie lange dauert das denn schon?«

»Seitdem ich ins Geschäft gehe. Er reist für ein großes Seidenhaus in Lyon. Er kam eines Tages mit seinen Mustern herein. Wir gefielen uns gegenseitig.«

»Aber deine Tante war doch da, um dich vor den Versuchungen, denen ein junges Mädchen in Paris ausgesetzt ist, zu bewahren. Sie hätte dir nie erlauben dürfen, etwas mit dem jungen Mann zu tun zu haben.«

»Ich habe sie nicht um Erlaubnis gefragt.«

»Es genügt, die grauen Haare deines armen Vaters ins Grab zu bringen. Hast du gar nicht an die Wunden dieses Helden gedacht, dessen Verdienste um das Vaterland mit der Lizenz für Tabakverkauf belohnt wurden? Denkst du nicht daran, daß diese Abteilung mir als Innenminister untersteht? Ich befände mich im Recht, wenn ich die Lizenz wegen deiner offenbaren Unmoral aufheben würde.«

»Ich weiß, daß du viel zu sehr Gentleman bist, um etwas so Heimtückisches zu tun.«

Er machte eine eindrucksvolle, wenn auch vielleicht etwas zu dramatische Geste.

»Befürchte nichts. Ich werde mich nie so weit erniedrigen, mich an einem Mann, dem das Vaterland Dank schuldet, für die Missetaten eines Geschöpfes zu rächen, das zu verachten meine Würde mir gebietet.«

Er widmete sich wieder seinem unterbrochenen Frühstück. Lisette sagte nichts, und es lag ein Schweigen zwischen ihnen. Aber nach Befriedigung seines Appetits schlug seine Stimmung um: er begann eher sich selbst zu bedauern, als über sie ärgerlich zu sein, und mit einer merkwürdigen Ahnungslosigkeit in bezug auf das weibliche Herz glaubte er Lisettes Reue dadurch zu erwecken, daß er sich als ein Objekt des Mitleids hinstellte.

»Es ist schwer, eine vertraut gewordene Gewohnheit aufzugeben. Es war eine Entspannung und ein Trost für mich, hierher zu kommen, wenn ich bei meinen vielen Beschäftigungen einen Augenblick erübrigen konnte. Wirst du mich ein wenig vermissen, Lisette?«

»Natürlich.«

Er seufzte tief auf.

»Ich hätte dir nie zugetraut, daß du mich so hintergehst.«

»Es ist das Hintergangensein, das nagt«, murmelte sie nachdenklich. »Männer sind in dieser Hinsicht komisch. Sie können es nicht verzeihen, zum Narren gehalten worden zu sein. Das kommt daher, daß sie so eitel sind. Sie messen Dingen Bedeutung zu, die ganz unwichtig sind.«

»Nennst du es ganz unwichtig, daß ich dich beim Frühstück mit einem jungen Mann überrasche, der meinen Schlafanzug trägt?«

»Wenn er mein Mann wäre und du mein Liebhaber, würdest du es für ganz selbstverständlich halten.«

»Allerdings. Denn dann würde ich ihn hintergehen, und meine Ehre wäre gewahrt.«

»Kurz gesagt, ich brauche ihn nur zu heiraten, um die Situation ganz in Ordnung zu bringen.«

Einen Augenblick lang verstand er nicht. Dann schoß der Sinn ihrer Bemerkung durch seinen klugen Kopf, und er warf ihr einen raschen Blick zu. Ihre schönen Augen hatten das Blinken, das er immer so verführerisch fand, und auf ihrem großen roten Mund lag die Andeutung eines schelmischen Lächelns.

»Vergiß nicht, daß ich als Mitglied des Senats nach allen Traditionen der Republik die autorisierte Hauptstütze der Moral und der guten Sitten bin.«

»Fällt das bei dir sehr schwer ins Gewicht?«

Er strich sich mit einer beherrschten und würdevollen Bewegung über seinen schönen viereckigen Bart.

»Keinen Pfifferling«, erwiderte er, aber der Ausdruck, den er gebrauchte, hatte eine gallische Breite, die vielleicht seine mehr konservativen Anhänger peinlich berührt hätte.

»Würde er dich heiraten?« fragte er.

»Er betet mich an. Natürlich würde er mich heiraten. Wenn ich ihm sage, daß ich eine Million Franc Mitgift habe, würde er sich nichts Besseres wünschen.«

Monsieur Le Sueur warf ihr wieder einen Blick zu. Als er ihr in einem Augenblick des Ärgers gesagt hatte, daß es seine Absicht gewesen sei, ihr eine Million Franc auszusetzen, hatte er ziemlich stark übertrieben, weil er ihr zeigen wollte, wieviel ihr Verrat sie kostete. Aber er war nicht der Mann, sich zurückzuziehen, wenn es um seine Würde ging.

»Es ist viel mehr, als ein junger Mann in seiner Lebensstellung beanspruchen könnte. Aber wenn er dich anbetet, würde er dauernd an deiner Seite sein.«

»Habe ich dir nicht gesagt, daß er Geschäftsreisender ist? Er kann nur über das Wochenende nach Paris kommen.«

»Das ist natürlich eine ganz andere Sache«, sagte der Senator. »Es würde ihm selbstverständlich eine Befriedigung bedeuten zu wissen, daß ich während seiner Abwesenheit da wäre, um dich im Auge zu behalten.«

»Eine beträchtliche Befriedigung«, sagte Lisette.

Um das Gespräch zu erleichtern, erhob sie sich von ihrem Sitz und machte es sich auf den Knien des Senators bequem. Er drückte ihre Hand zärtlich.

»Ich habe dich sehr gern, Lisette«, sagte er. »Ich möchte nicht, daß dir ein Fehler unterläuft. Bist du sicher, daß er dich glücklich machen wird?«

»Ich glaube es.«

»Ich werde sorgfältige Erkundigungen einziehen. Ich würde dir nie gestatten, jemanden zu heiraten, der nicht von musterhaftem Charakter und einwandfreier Moral wäre. In unser aller Interesse müssen wir über diesen jungen Mann, den wir in unser Leben hereinbringen, genau Bescheid wissen.«

Lisette erhob keinen Einspruch. Sie war sich klar darüber, daß der Senator alles gerne ordentlich und methodisch in Angriff nahm. Er bereitete sich jetzt darauf vor, sie zu verlassen. Er wollte seine wichtige Neuigkeit Madame Le Sueur mitteilen, und er mußte sich mit verschiedenen Mitgliedern seiner Fraktion in Verbindung setzen.

»Es ist nur noch eins«, sagte er, als er sich von Lisette liebevoll verabschiedete, »wenn du dich verheiratest, muß ich darauf bestehen, daß du deine Arbeit aufgibst. Der Platz für die Frau ist das Heim, und es verstößt gegen alle meine Prinzipien, daß eine verheiratete Frau einem Mann das Brot vom Munde nimmt.«

Lisette überlegte, daß ein kräftiger junger Mann ziemlich komisch aussehen würde, wenn er mit wiegenden Hüften über den Steg schritte, um die letzten Modelle vorzuführen, aber sie respektierte die Prinzipien des Senators.

»Es soll so geschehen, wie du es wünschst, Liebling«, sagte sie.

Die Erkundigungen, die er einholte, waren zufriedenstellend, und die Heirat fand an einem Samstagvormittag statt, sobald die gesetzlichen Formalitäten erledigt waren. Monsieur Le Sueur, Innenminister, und Madame Saladin waren Zeugen. Der Bräutigam war ein schlanker junger Mann mit einer geraden Nase, schönen Augen und schwarzem welligem Haar, das von der Stirne zurückgebürstet war. Er sah eher aus wie ein Tennisspieler als wie ein Reisender in Seide. Der Bürgermeister, durch die erhabene Anwesenheit des Innenministers beeindruckt, hielt nach französischer Gepflogenheit eine Rede. Er begann damit, dem jungen Paar zu sagen, was sie vermutlich schon wußten. Er teilte dem Bräutigam mit, daß er der Sohn ehrenwerter Eltern sei und einen geachteten Beruf ausübe. Er beglückwünschte ihn, daß er den Bund der Ehe in einem Alter schließe, in dem viele junge Männer nur an ihr Vergnügen dächten. Er erinnerte die Braut daran, daß ihr Vater ein Held des großen Krieges sei, dessen glorreiche Wunden durch die Lizenz für einen Tabakladen belohnt worden seien, und er sagte ihr, daß sie auf anständige Weise ihren Unterhalt verdient habe, seit sie nach Paris gekommen sei, in einer Firma, die ein Ruhmesblatt für französischen Geschmack und Luxus darstelle. Der Bürgermeister hatte eine literarische Ader, und er erwähnte kurz verschiedene berühmte Liebespaare der Dichtung: Romeo und Julia, deren kurze, aber legitime Verbindung durch ein bedauerliches Mißverständnis unterbrochen wurde, Paul und Virginie, die lieber ihren Tod in den Wellen fand, als durch Abwerfen der Kleider ihre Sittsamkeit zu verletzen, und endlich Daphnis und Chloë, die ihre Heirat nicht vollzogen hatten, bevor sie von der legitimen Behörde sanktioniert worden war. Er sprach so rührend, daß Lisette ein paar Tränen vergoß. Er machte Madame Saladin ein Kompliment, daß sie durch ihr Beispiel und ihre Vorschriften ihre junge und schöne Nichte vor den Gefahren, die einem jungen Mädchen in einer großen Stadt drohen, bewahrt habe, und endlich gratulierte er dem glücklichen Paar zu der Ehre, die der Herr Innenminister ihnen erwiesen habe, indem er als Trauzeuge erschien. Es sei ein Beweis für ihre eigene Redlichkeit, daß dieser Industriekapitän und bedeutende Staatsmann Zeit gefunden habe, Leuten in ihrer einfachen Lebenslage einen solchen Dienst anzubieten, und es beweise nicht nur die Vortrefflichkeit seines Herzens, sondern auch sein lebhaftes Pflichtgefühl. Seine Handlungsweise zeige, daß er den Wert früher Eheschließung schätze, die Sicherheit der Familie bekräftige und die Wünschbarkeit von Nachwuchs betone, um die Macht, den Einfluß und die Bedeutung des schönen Landes Frankreich zu erhöhen. Es war in der Tat eine sehr gute Rede.

Das Hochzeitsfrühstück fand im Château de Madrid statt, das für Monsieur Le Sueur eine sentimentale Bedeutung besaß. Es ist schon erwähnt worden, daß sich unter den vielen Beteiligungen des Ministers (wie wir ihn jetzt nennen müssen) unter anderm auch eine Autofabrik befand. Sein Hochzeitsgeschenk für den Bräutigam war ein sehr hübscher Zweisitzer eigenen Fabrikats, und in diesem begab sich nach dem Essen das junge Paar auf die Hochzeitsreise. Diese konnte sich nur über das Wochenende erstrecken, da der junge Mann an seine Arbeit zurückkehren mußte, die ihn nach Marseille, Toulon und Nizza führte. Lisette küßte ihre Tante, und sie küßte Monsieur Le Sueur.

»Montag um fünf Uhr«, flüsterte sie ihm zu.

»Ich werde kommen«, erwiderte er.

Sie fuhren davon, und einen Augenblick schauten Monsieur Le Sueur und Madame Saladin dem flotten gelben Wagen nach.

»Wenn er sie nur glücklich macht«, seufzte Madame Saladin, die an Champagner mittags nicht gewöhnt war und sich unvernünftig melancholisch fühlte.

»Wenn er sie nicht glücklich macht, wird er mit mir zu rechnen haben«, sagte Monsieur Le Sueur eindrucksvoll.

Sein Wagen fuhr vor.

»*Au revoir, chère Madame.* Sie werden an der Avenue de Neuilly einen Bus bekommen.«

Er stieg in seinen Wagen, und als er an die Staatsangelegenheiten dachte, die auf ihn warteten, seufzte er zufrieden. Es war entschieden seiner Stellung viel angemessener, daß seine Mätresse nicht ein kleines Mannequin in einem Modehaus war, sondern eine anständige, verheiratete Frau.

Norman Grange war ein Gummipflanzer. Er stand vor Tagesanbruch auf, um den Appell seiner Arbeiter abzunehmen. Dann schritt er seine Besitzung ab und schaute nach, ob das Abzapfen richtig gemacht wurde. Nachdem er diese Pflichten erledigt hatte, kam er nach Hause, badete und zog sich um; während seine Frau ihm gegenüber saß, verzehrte er die nahrhafte Mahlzeit, die, halb Frühstück, halb Lunch, in Borneo Brunch genannt wird. Er las beim Essen. Das Speisezimmer war düster. Das abgenutzte versilberte Besteck, der schäbige Essig- und Ölständer, die abgestoßenen Schüsseln deuteten auf Armut, aber eine Armut, die apathisch getragen wurde. Ein paar Blumen hätten dem Tisch ein freundlicheres Aussehen gegeben, aber es war anscheinend niemand da, der sich darum kümmerte, wie etwas aussah. Als Grange fertig war, rülpste er, stopfte seine Pfeife und zündete sie an, stand vom Tisch auf und ging auf die Veranda hinaus. Er nahm nicht mehr Notiz von seiner Frau, als wenn sie gar nicht dagewesen wäre. Er streckte sich auf einem Rohrliegestuhl aus und las weiter. Mrs. Grange griff nach einer Zigarettendose und rauchte, während sie an ihrem Tee nippte. Plötzlich schaute sie hinaus, denn der Hausboy kam die Treppe herauf und trat, von zwei Männern begleitet, zu ihrem Mann. Der eine war ein Eingeborener und der andere ein Chinese. Fremde kamen nur selten, und sie konnte sich nicht denken, was sie wollten. Sie stand auf und ging zur Türe, um zu horchen. Obwohl sie schon so lange Jahre in Borneo lebte, hatte sie nur soviel Malaiisch gelernt, wie zur Verständigung mit den Boys nötig war, und sie konnte kaum verstehen, was gesprochen wurde. Aus der Stimme ihres Mannes schloß sie, daß etwas geschehen war, was ihn ärgerte. Er schien zuerst an den Chinesen Fragen zu stellen und dann an den Eingeborenen – offenbar drängten sie ihn, etwas zu tun, was er nicht tun wollte – schließlich jedoch erhob er sich mit gerunzelter Stirne aus seinem Stuhl und ging, von den Männern gefolgt, die Stufen hinunter. Neugierig schlüpfte sie auf die Veranda hinaus und sah ihm nach. Er hatte den Pfad eingeschlagen, der zum Fluß führte. Sie zuckte mit den mageren Schultern und ging in ihr Zimmer. Gleich darauf erschrak sie heftig, denn sie hörte, daß ihr Mann sie rief.

»Vesta!«

Sie kam heraus.

»Richte ein Bett! Ein weißer Mann ist in einer Prau am Landungssteg. Er ist verdammt krank.«

»Wer ist es?«

»Wie zum Teufel soll ich das wissen? Sie bringen ihn sofort herauf.«

»Wir können hier niemand aufnehmen.«

»Halt den Mund und tu, was ich dir sage!«

Damit verließ er sie und ging wieder zum Fluß hinunter. Mrs. Grange rief den Boy und sagte ihm, er solle das Bett im Gastzimmer überziehen. Dann blieb sie oben an der Treppe stehen und wartete. Nach einer Weile sah sie ihren Mann zurückkommen und hinter ihm eine Gruppe von Eingeborenen, die einen Mann auf einer Matratze trugen. Sie trat zurück, um sie durchzulassen, und erblickte flüchtig ein weißes Gesicht.

»Was soll ich tun?« fragte sie ihren Mann.

»Geh hinaus und halte dich still.«

»Du bist aber höflich!«

Der Kranke wurde ins Zimmer gebracht, und nach wenigen Minuten kamen die Eingeborenen und Grange wieder heraus.

»Ich werde mich um sein Gepäck kümmern. Es soll heraufgebracht werden. Sein Boy sorgt für ihn, und du hast keinen Grund, dich da einzumischen!«

»Was fehlt ihm?«

»Malaria. Seine Bootsleute haben Angst, er könne sterben, und wollen ihn nicht weiterbringen. Er heißt Skelton.«

»Er wird doch nicht sterben?«

»Sonst werden wir ihn eben begraben.«

Aber Skelton starb nicht. Er erwachte am nächsten Morgen und fand sich in einem Zimmer, zu Bett und unter einem Moskitonetz. Er hatte keine Ahnung, wo er war. Es war ein billiges eisernes Bettgestell, und die Matratze war hart, aber es war nach der Unbequemlichkeit auf der Prau doch eine Erleichterung, darauf zu liegen. Er konnte von dem Zimmer weiter nichts sehen als eine Kommode, die von einem eingeborenen Schreiner grob gezimmert war, und einen hölzernen Stuhl. Gegenüber war eine Türe mit einem Sonnenvorhang, und er nahm an, daß sie zu einer Veranda hinausführte.

»Kong!« rief er.

Der Vorhang wurde zurückgezogen, und sein Boy kam herein. Das Gesicht des Chinesen verzog sich zu einem Grinsen, als er bemerkte, daß sein Herr fieberfrei war.

»Du viel besser, Tuan. Sehr glücklich.«

»Wo zum Teufel bin ich?«

Kong erklärte es ihm.

»Gepäck in Ordnung?« fragte Skelton.

»Ja, das alles gut.«

»Wie heißt der Mann – der Tuan, dem das Haus gehört?«

»Mr. Norman Grange.«

Um diese Behauptung zu unterstützen, zeigte er Skelton ein kleines Buch, in dem der Name des Besitzers eingetragen war. Er hieß Grange. Skelton bemerkte, daß es Bacons Essays waren. Es war merkwürdig, sie im Haus eines Pflanzers weit oben an einem Fluß in Borneo zu finden.

»Sag ihm, ich würde mich freuen, ihn zu sehen.«

»Tuan aus. Er kommen bald.«

»Wie wäre es, wenn ich mich waschen würde? Und bei Gott, ich müßte mich rasieren.«

Er versuchte aufzustehen, aber ihm wurde schwindlig, und er fiel mit einem betroffenen Ausruf auf das Bett zurück. Doch Kong rasierte und wusch ihn und zog ihm statt der Shorts und des Trikothemdes, die er während seines ganzen Krankseins getragen hatte, jetzt einen Sarong und ein Baju an. Danach war er froh, wieder stilliegen zu können. Nach einer Weile jedoch kam Kong herein und sagte, der Tuan des Hauses sei zurückgekommen. Es wurde an die Türe geklopft, und ein großer, ziemlich beleibter Mann trat ein.

»Ich höre, daß es Ihnen besser geht«, sagte er.

»Oh, viel besser. Es ist außerordentlich freundlich von Ihnen, daß Sie mich so aufgenommen haben. Es ist mir schrecklich, mich Ihnen so aufzudrängen.«

Grange antwortete ein wenig barsch.

»Schon gut. Es ging Ihnen ziemlich schlecht, wissen Sie. Kein Wunder, daß diese Eingeborenen Sie loswerden wollten.«

»Ich möchte Ihnen nicht länger als unbedingt nötig zur Last fallen. Wenn ich eine Barkasse oder eine Prau hier mieten könnte, würde ich heute nachmittag weiterfahren.«

»Es gibt hier keine Prau zu mieten. Sie bleiben besser noch ein wenig. Sie müssen so matt wie eine Fliege sein.«

»Ich fürchte nur, daß ich Ihnen viel Mühe mache.«

»Ich sehe nicht ein, warum. Sie haben Ihren eigenen Boy, der sorgt ja für Sie.«

Grange war gerade von seinem Rundgang zurückgekommen und trug schmutzige Shorts, ein am Hals offenes Khakihemd und einen breitrandigen verbeulten alten Filzhut. Er sah aus wie ein Strandräuber. Er nahm den Hut ab, um sich den Schweiß von der Stirne zu wischen; sein graues Haar war kurzgeschnitten, sein Gesicht gerötet, breit und fleischig, mit einem großen Mund unter einem struppigen grauen Schnurrbart, einer kurzen kampflustigen Nase und kleinen, gemeinen Augen.

»Könnten Sie mir wohl etwas zu lesen geben?« sagte Skelton.

»Welcher Art?«

»Das ist mir gleich, wenn es nur leicht ist.«

»Ich lese selbst wenig Romane, aber ich werde Ihnen zwei oder drei Bücher schicken. Meine Frau kann Sie mit Romanen versorgen. Es wird Schund sein, weil sie nichts anderes liest. Aber vielleicht ist es für Sie jetzt gerade das Richtige.«

Mit einem Kopfnicken zog er sich zurück. Kein sehr liebenswürdiger Mann. Aber er war augenscheinlich sehr arm; das Zimmer, in dem Skelton lag, und etwas in Granges Erscheinung deuteten darauf hin. Er war vermutlich Verwalter einer Besitzung, mit magerem Gehalt, und es war nicht unwahrscheinlich, daß die Ausgaben für einen Gast und seinen Diener unerwünscht waren. An einem so abgelegenen Ort, wo er Weiße nur selten sah, konnte es sein, daß er sich Fremden gegenüber unbehaglich fühlte. Es gibt Menschen, die bei näherer Bekanntschaft unglaublich gewinnen. Aber seine harten, unsteten kleinen Augen wirkten befremdend; sie stimmten nicht zu dem roten Gesicht und der massiven Gestalt, die sonst den Eindruck hätten erwecken können, daß er ein recht gemütlicher Bursche sei, mit dem man sich rasch anfreunden könnte.

Nach einer Weile kam der Hausboy mit einem Bücherstapel herein. Es war ein halbes Dutzend Romane dabei, von Autoren, deren Namen er nie gehört hatte, und ein flüchtiger Blick darauf ließ erkennen, daß es Kitsch war. Die gehörten wohl Mrs. Grange. Außerdem noch Boswells ›Johnson‹, Borrows ›Lavengro‹ und Lambs ›Essays‹. Eine merkwürdige Zusammenstellung. Diese Bücher hätte man kaum im Hause eines Pflanzers vermutet. Meist gibt es in den Häusern von Pflanzern höchstens ein oder zwei Bücherbretter, die vorwiegend Detektivgeschichten enthalten. Skelton hatte ein uneigennütziges Interesse an menschlichen Wesen, und er unterhielt sich jetzt mit dem Versuch, aus den Büchern, die Norman Grange ihm geschickt hatte, aus seinem Äußeren und den wenigen Worten, die sie miteinander gewechselt hatten, zu erraten, was für ein Mensch er sein mochte. Skelton war etwas erstaunt, daß sein Gastgeber ihn an diesem Tag nicht mehr besuchte; es sah so aus, als wollte er sich damit begnügen, seinem ungeladenen Gast Unterkunft und Beköstigung zu bieten, ohne an seiner Gesellschaft Interesse zu finden. Am nächsten Morgen fühlte Skelton sich wohl genug, um aufzustehen, und mit Kongs Hilfe ließ er sich in einem Liegestuhl auf der Veranda nieder. Sie hatte einen neuen Anstrich dringend nötig. Der Bungalow stand auf einem Hügelkamm, etwa fünfzig Meter vom Fluß entfernt, und am gegenüberliegenden Ufer konnte man die Eingeborenenhütten sehen, die auf Pfählen zwischen grünem Gebüsch versteckt lagen und über dieses breite Wasser hinüber sehr klein wirkten. Skelton hatte noch nicht die volle geistige Frische wiedererlangt, um anhaltend lesen zu können, und nach ein paar Seiten schweiften seine Gedanken ab, und er war ganz zufrieden damit, dem trägen Fließen des trüben Stromes müßig zuzusehen. Plötzlich vernahm er Schritte. Er erblickte eine kleine, ältere Frau, die auf ihn zukam, und da er wußte, daß sie Mrs. Grange sein mußte, versuchte er aufzustehen.

»Bemühen Sie sich nicht«, sagte sie. »Ich wollte Sie nur fragen, ob Sie alles haben, was Sie brauchen.«

Sie trug ein blaues Kattunkleid, sehr einfach, aber eher für ein junges Mädchen passend als für eine Frau ihres Alters; ihr kurzes Haar war wirr, als hätte sie es nach dem

Aufstehen kaum durchgekämmt, und es war grellblond und schlecht gefärbt, so daß es an den Wurzeln weiß war. Ihre geschminkte Gesichtshaut war spröde, und auf jedem Bakkenknochen befand sich ein großer Klecks von Rouge, so plump aufgetragen, daß man es keinen Augenblick für natürliche Farbe halten konnte; den Mund hatte sie mit Lippenstift verschmiert. Aber das Merkwürdigste an ihr war ein Tick, der sie zwang, den Kopf so ruckweise zu bewegen, als wollte sie ihr Gegenüber in ein inneres Zimmer bitten. Es schien in regelmäßigen Abständen zu kommen, etwa dreimal in der Minute, und ihre linke Hand war in fast ständiger Bewegung; es war nicht eigentlich ein Zittern, eher ein rascher Wirbel, als müßte sie auf etwas hinter ihrem Rücken aufmerksam machen. Skelton war über ihre Erscheinung betroffen und geriet durch den Tick in Verlegenheit.

»Hoffentlich falle ich Ihnen nicht zu sehr zur Last«, sagte er. »Ich denke, ich werde morgen oder übermorgen wieder wohl genug sein, um aufzubrechen.«

»Wir sehen nicht oft jemanden an einem Ort wie diesem. Es ist eine Freude, mit jemandem sprechen zu können.«

»Wollen Sie sich nicht setzen? Ich will meinem Boy sagen, daß er Ihnen einen Stuhl bringt.«

»Norman hat gesagt, ich solle Sie in Ruhe lassen.«

»Ich habe zwei Jahre lang mit keinem weißen Menschen gesprochen. Ich habe mich nach einem guten Schwatz gesehnt.«

Ihr Kopf zuckte heftig, schneller als gewöhnlich, und ihre Hand machte die sonderbare, krampfartige Bewegung.

»Er wird nicht vor einer Stunde zurück sein. Ich hole einen Stuhl.«

Skelton erzählte ihr, wer er sei und was er getan habe, aber er entdeckte, daß sie seinen Boy ausgefragt hatte und schon alles über ihn wußte.

»Sie können es sicher nicht abwarten, nach England zurückzukommen?« fragte sie.

»Es wird mir nicht leid tun.«

Plötzlich wurde Mrs. Grange von einem geradezu stürmischen Nervenanfall gepackt. Ihr Kopf zuckte so wild und ihre Hand zitterte so heftig, daß ein Zuschauer die Fassung verlieren mußte. Man konnte nur wegsehen.

»Ich bin sechzehn Jahre nicht in England gewesen«, sagte sie.

»Ist das möglich? Ich dachte, die Pflanzer gingen mindestens alle fünf Jahre einmal nach Hause.«

»Wir können es uns nicht leisten; wir sind vollkommen bankrott. Norman hat sein ganzes Geld in diese Plantage gesteckt, und sie hat sich seit Jahren nicht richtig bezahlt gemacht. Sie hat nur gerade genug abgeworfen, um uns vor dem Verhungern zu bewahren. Norman macht es natürlich nichts aus. Er ist kein richtiger Engländer.«

»Er sieht aber ganz englisch aus.«

»Er ist in Sarawak geboren. Sein Vater war im Staatsdienst. Wenn er irgendwas ist, so ist er ein Eingeborener von Borneo.«

Dann fing sie unerwartet an zu weinen. Es war äußerst peinlich zu sehen, wie die Tränen über die geröteten, geschminkten Wangen dieser Frau mit dem pausenlosen Tick liefen. Skelton wußte nicht, was er sagen oder tun sollte. Er tat das, was vermutlich am besten war: er schwieg. Sie trocknete sich die Augen.

»Sie müssen mich für eine törichte alte Närrin halten. Ich wundere mich oft, daß ich nach all den Jahren noch weinen kann. Es gehört wohl zu meiner Natur. Ich konnte immer sehr leicht weinen, als ich beim Theater war.«

»Ach, Sie waren beim Theater?«

»Ja, vor meiner Verheiratung. So habe ich Norman kennengelernt. Wir traten in Singapur auf, und er verbrachte seine Ferien dort. Ich glaube nicht, daß ich England je wiedersehen werde. Ich werde hier bleiben, bis ich sterbe, und jeden Tag meines Lebens werde ich diesen schauderhaften Fluß betrachten. Ich komme jetzt nie mehr weg. Nie mehr.«

»Wie sind Sie denn damals nach Singapur gekommen?«

»Ja, das war bald nach dem Krieg. Ich konnte nichts Passendes in London finden; ich war schon eine ganze Reihe von Jahren am Theater gewesen und hatte es satt, immer Nebenrollen zu spielen; die Agenten sagten mir, ein gewisser Victor Palace sei im Begriff, mit einer Truppe nach dem Osten zu reisen. Seine Frau spiele die Hauptrollen, aber ich könne die zweiten Rollen haben. Sie brachten ein halbes Dutzend Stücke, Lustspiele, wissen Sie, und Schwänke. Die

Gage war nicht hoch, aber sie gingen nach Ägypten und Indien, in die Malaiischen Staaten und nach China und dann hinunter nach Australien. Es war eine Gelegenheit, die Welt kennenzulernen, und ich nahm an. Wir schnitten in Kairo nicht übel ab, und ich glaube, wir verdienten auch in Indien, aber in Burma war nicht viel los, und Siam war noch schlimmer; Penang war eine Katastrophe, und die übrigen Malaiischen Staaten ebenfalls. Na, eines Tages rief uns Victor zusammen und erklärte, er sei am Ende, er habe kein Geld für unsere Fahrkarten nach Hongkong, und die Tournee sei ein Mißerfolg, und es täte ihm sehr leid, aber wir müßten schauen, wie wir am besten nach Hause kämen. Natürlich sagten wir ihm, daß er uns das nicht antun könne. Sie können sich nicht vorstellen, was es für einen Krach gab. Na, kurz und gut, er erklärte, wir könnten die Kulissen und Gerüste haben, falls wir meinten, die könnten uns etwas nützen, aber es sei sinnlos, ihn um Geld anzugehen, weil er einfach keins habe. Und am folgenden Tag entdeckten wir, daß er und seine Frau, ohne ein Wort zu sagen, ein französisches Schiff bestiegen hatten und ausgerissen waren. Ich war in keiner schönen Lage, das können Sie mir glauben. Ich hatte ein paar Pfund, die ich von meiner Gage zurückgelegt hatte, das war alles; jemand sagte mir, die Regierung müßte unsere Heimfahrt bezahlen, wenn wir vollkommen auf dem Trockenen säßen, aber nur im Zwischendeck, und das fand ich nicht sehr verlockend. Wir brachten die Presse dazu, unser Dilemma dem Publikum bekanntzugeben und irgend jemand schlug vor, wir sollten eine Benefizvorstellung geben. Nun, das taten wir, aber ohne Victor und seine Frau war es nichts Besonderes, und nachdem wir alle Spesen bezahlt hatten, standen wir nicht besser da als vorher. Ich kann Ihnen ruhig zugeben, daß ich mir nicht zu helfen wußte. Und da machte mir Norman einen Heiratsantrag. Komischerweise kannte ich ihn kaum. Er hatte mich zu einer Ausfahrt rund um die Insel mitgenommen, und wir hatten ein paarmal zusammen im »Europa« Tee getrunken und getanzt. Männer tun selten etwas für unsereinen, ohne etwas dafür zu verlangen, und ich dachte, er wolle ein wenig Spaß mit mir haben. Aber ich hatte ziemliche Erfahrung und sagte mir, er müßte es schlau anfangen, wenn er mich herumkriegen wollte. Als er mich aber fragte, ob ich ihn heiraten wolle, da war ich so erstaunt, daß ich meinen Ohren kaum traute. Er sagte, er habe seine eigene Besitzung in Borneo, und es brauche nur noch ein wenig Geduld, bis er einen netten Brocken verdient hätte. Und sie läge an einem schönen Fluß, und rundherum sei der Dschungel. Das klang ganz romantisch. Ich war nicht mehr die Jüngste, wissen Sie, ich war dreißig, es wäre im Lauf der Zeit nicht leichter geworden, Arbeit zu finden, und ein eigenes Haus mit allem Drum und Dran war verlockend. Nie mehr in den Büros der Agenten herumsitzen zu müssen. Nie mehr nachts wach zu liegen und sich zu fragen, wie man die nächste Miete bezahlen könne. Er war kein übel aussehender Bursche damals, braun und groß und kräftig. Niemand könnte sagen, daß ich bereit war, jeden zu heiraten, nur um...« Plötzlich verstummte sie. »Da ist er. Sagen Sie nicht, daß Sie mich gesehen haben.«

Sie ergriff den Stuhl, auf dem sie gesessen hatte, und schlüpfte rasch damit ins Haus. Skelton war ganz verwirrt. Ihre groteske Erscheinung, die peinlichen Tränen, ihre Geschichte, die sie mit fortwährenden Zuckungen erzählt hatte, und dann ihre sichtliche Angst, als sie die Stimme ihres Mannes im Hof hörte, und ihre eilige Flucht; er konnte sich das alles nicht zusammenreimen.

Gleich darauf stampfte Norman Grange auf die Veranda.

»Ich höre, daß es Ihnen besser geht«, sagte er.

»Viel besser, danke.«

»Wenn Sie Lust haben, mit uns zu essen, werde ich ein Gedeck für Sie auflegen lassen.«

»Das möchte ich sehr gerne.«

»Gut. Ich will noch baden und mich umziehen.«

Er ging. Nach einer Weile erschien ein Boy und meldete Skelton, daß sein Tuan auf ihn warte. Skelton folgte ihm in ein kleines Wohnzimmer, wo herabgelassene Jalousien die Hitze fernhalten sollten, ein unbehagliches, überfülltes Zimmer mit einem Mischmasch von englischen und chinesischen Möbeln und etlichen Tischchen mit wertlosem Kram darauf. Es war weder gemütlich noch kühl. Grange trug jetzt einen Sarong und ein Baju und sah in dieser Eingeborenenkleidung gewöhnlich, aber stattlich aus. Er stellte Skelton seiner Frau vor. Sie gab ihm die Hand, als hätte sie ihn nie vorher gesehen, und sagte ein paar höfliche Begrüßungsworte. Der Boy meldete, daß das Essen bereit sei, und sie gingen in das Eßzimmer.

»Ich höre, daß Sie schon einige Zeit in diesem verdammten Land sind«, sagte Grange.

»Zwei Jahre. Ich bin Anthropologe, und ich wollte die Sitten und Gebräuche von Stämmen studieren, die keinerlei Kontakt mit der Zivilisation gehabt haben.«

Skelton fand, er müßte seinem Gastgeber erklären, wie es dazu gekommen war, daß er eine Gastfreundschaft hatte annehmen müssen, die er ihm offensichtlich nur widerwillig geboten hatte. Nachdem er das Dorf, das sein Hauptquartier gewesen war, verlassen hatte, war er zehn Tage auf dem Landweg gereist, bis er an den Fluß kam. Dort hatte er zwei Praus gemietet, die eine für sich selbst und sein Gepäck, und die andere für Kong, seinen chinesischen Diener, und die Zeltlager-Ausrüstung, um die Küste zu erreichen. Die lange Überlandreise war anstrengend gewesen, und er fand es sehr behaglich auf einer Matratze unter einem Sonnendach aus Palmblättern zu liegen und sich auszuruhen. Während seiner ganzen Reise war Skelton vollkommen gesund gewesen, und als er den Fluß hinunterfuhr, wurde ihm plötzlich bewußt, daß er großes Glück gehabt habe; aber als ihm dieser Gedanke durch den Kopf schoß, fiel ihm auf, daß er sich wahrscheinlich gerade jetzt zu diesem günstigen Umstand beglückwünschte, weil er sich nicht ganz so wohl fühlte wie sonst. Er war allerdings am Abend zuvor gezwungen worden, in dem Rasthaus, wo er übernachtet hatte, sehr viel Arrak zu trinken, aber er war daran gewöhnt und das war kaum eine Erklärung für seine Kopfschmerzen. Er hatte ein allgemeines Gefühl des Unbehagens. Er trug nur Shorts und ein Trikothemd, und er fröstelte; das war merkwürdig, denn die Sonne brannte grausam, und als er den Kopf auf das Schanzdeck der Prau legte, war die Hitze kaum erträglich. Hätte er eine Jacke zur Hand gehabt, so hätte er sie angezogen. Es wurde ihm kälter und kälter, und schließlich fingen seine Zähne an zu klappern; er rollte sich zitternd auf seiner Matratze zusammen, in dem verzweifelten Bemühen, sich zu erwärmen. Es war nicht schwer zu erraten, was das bedeutete.

»Mein Gott«, stöhnte er. »Malaria.«

Er rief den Prauführer, der das Steuer bediente.

»Hole mir Kong.«

Der Bootsführer schrie zu der zweiten Prau hinüber und befahl seinen eigenen Leuten zu stoppen. Gleich darauf lagen die beiden Boote nebeneinander, und Kong kam herüber.

»Ich habe Fieber, Kong«, keuchte Skelton. »Hole mir die Reiseapotheke und um Himmels willen Decken! Ich erfriere.«

Kong gab seinem Herrn eine große Dosis Chinin und häufte alles, was sie an Decken hatten, über ihm auf. Dann fuhren sie weiter.

Skelton war zu krank, um an Land gebracht zu werden, als sie für die Nacht Halt machten, und blieb daher auf der Prau. Den ganzen nächsten und den darauf folgenden Tag war er sehr krank. Von Zeit zu Zeit erschien einer der Bootsleute und betrachtete ihn, und häufig blieb der Prauführer lange stehen und starrte ihn nachdenklich an.

»Wie viele Tage noch bis zur Küste?« fragte Skelton den Boy.

»Vier, fünf.« Er zögerte. »Prauführer, er nicht gehen Küste. Er sagen, er will nach Hause.«

»Sag ihm, er solle zur Hölle fahren.«

»Prauführer sagen, du sehr krank, du sterben. Wenn du sterben und er gehen Küste, er bekommen Verdruß.«

»Ich denke nicht daran zu sterben«, sagte Skelton. »Ich werde mich wieder erholen. Es ist einfach ein Malariaanfall.«

Kong gab keine Antwort. Dieses Schweigen irritierte Skelton. Er wußte, daß den Chinesen etwas beschäftigte, was er nicht gerne sagen wollte.

»Heraus mit der Sprache, Schwachkopf!« rief er.

Skeltons Mut sank, als Kong ihm die Wahrheit sagte. Wenn sie an diesem Abend ihren Landeplatz für die Nacht erreicht hatten, wollte der Prauführer sein Geld verlangen und sich vor dem Morgengrauen mit den beiden Praus heimlich davonmachen. Er hatte zu große Angst, einen Sterbenden weiter zu geleiten. Skelton fehlte es an Kraft zu der entschlossenen Haltung, die vielleicht geholfen hätte; er konnte nur hoffen, durch das Angebot eines höheren Betrages den Mann zum Einhalten des Vertrags zu bewegen. Der

Tag verstrich mit langen Auseinandersetzungen zwischen Kong und dem Prauführer, aber als sie für die Nacht festmachten, kam letzterer zu Skelton und erklärte ihm mürrisch, daß er die Fahrt nicht fortsetzen werde. In der Nähe sei ein Rasthaus, wo er bleiben könne, bis er sich wohler fühle. Er begann das Gepäck abzuladen. Skelton weigerte sich aufzustehen. Er ließ sich von Kong seine Pistole geben und drohte jeden niederzuschießen, der in seine Nähe kam.

Kong, die Mannschaft und der Prauführer gingen zum Rasthaus hinauf, und Skelton blieb allein zurück. Stunde um Stunde lag er da, während das Fieber in ihm brannte und seinen Mund austrocknete und wirre Gedanken in seinem Hirn hämmerten. Dann sah er Lichter und hörte Männerstimmen. Der chinesische Boy kam mit dem Prauführer und einem andern Mann, den Skelton noch nicht gesehen hatte, aus dem Rasthaus. Er bemühte sich zu verstehen, was Kong zu ihm sagte. Anscheinend wohnte wenige Stunden stromabwärts ein Weißer, und der Prauführer wollte ihn zu dessen Haus bringen.

»Du besser sagen ja«, meinte Kong. »Vielleicht weißer Mann haben eine Barkasse, dann wir gehen schnell, schnell zur Küste.«

»Wer ist es?«

»Pflanzer«, sagte Kong. »Diese Mann sagen, er habe Gummiplantage.«

Skelton war zu erschöpft, um weiter zu streiten. Im Augenblick wollte er nichts als schlafen. Er nahm den Vergleichsvorschlag an.

»Um die Wahrheit zu sagen«, schloß er, »ich erinnere mich nicht an viel mehr, bis ich gestern morgen aufwachte und mich als ungeladener Gast in Ihrem Haus befand.«

»Ich mache diesen Eingeborenen keine Vorwürfe, wissen Sie«, sagte Grange. »Als ich zu der Prau hinunter kam und Sie sah, dachte ich, es sei aus mit Ihnen.«

Mrs. Grange saß schweigend da, während Skelton seine Geschichte erzählte; ihr Kopf und ihre Hand zuckten regelmäßig, wie durch ein unsichtbares Uhrwerk in Gang gesetzt, aber als ihr Mann sie um die Worcester Sauce bat – und dies war das einzige Mal, daß er sie anredete –, wurde sie von einem so heftigen Anfall unfreiwilliger Bewegungen erfaßt, daß es grauenhaft war. Sie reichte ihm die Flasche wortlos. Skelton hatte den unbehaglichen Eindruck, daß sie sich vor Grange fürchtete. Das war sonderbar, denn allem Anschein nach war er kein übler Bursche. Er war gebildet und keineswegs einfältig; und wenn man sein Benehmen auch nicht herzlich nennen konnte, so sah man doch deutlich, daß er zu jeder Hilfeleistung bereit war.

Sie beendeten ihre Mahlzeit und trennten sich, um während der heißen Tageszeit zu ruhen.

»Ich erwarte Sie wieder um sechs, zu einem Abendschoppen«, sagte Grange.

Nachdem Skelton gut geschlafen, dann gebadet und etwas gelesen hatte, ging er auf die Veranda hinaus. Mrs. Grange kam auf ihn zu. Sie schien auf ihn gewartet zu haben.

»Er ist vom Büro zurück. Halten Sie es bitte nicht für sonderbar, wenn ich nicht mit Ihnen spreche. Wenn er dächte, daß ich mich über Ihre Gesellschaft freue, würde er Sie morgen hinauswerfen.«

Sie sagte das im Flüsterton und schlüpfte ins Haus zurück. Skelton war bestürzt. Er war auf merkwürdige Art in ein merkwürdiges Haus geraten. Er ging in das überladene Wohnzimmer und traf dort seinen Gastgeber. Die Armseligkeit des Haushalts hatte ihn bedrückt, und er war überzeugt, daß die Granges sich sogar diese geringen Ausgaben, die er verursachte, kaum leisten konnten. Aber er hatte schon den Eindruck gewonnen, daß Grange reizbar und empfindlich war und das Angebot eines Beitrages vielleicht übel aufnehmen würde. Er beschloß es zu wagen.

»Hören Sie«, sagte er, »da ich Ihnen anscheinend noch einige Tage zur Last fallen muß, wäre es mir eine große Erleichterung, wenn Sie mich meine Pension bezahlen ließen.«

»Ach, das hat nichts auf sich. Ihre Unterkunft kostet nichts, das Haus gehört den Gläubigern, und Ihr Essen macht nichts aus.«

»Nun, es kommen noch Getränke dazu, und ich habe Ihre Vorräte an Tabak und Zigaretten angreifen müssen.«

»Es kommt kaum öfter als einmal im Jahr vor, daß sich jemand hierher verirrt, und dann ist es höchstens der Bezirksbeamte oder so jemand – außerdem, wenn man so bankrott ist wie ich, kommt es auf gar nichts mehr an.«

»Wollen Sie dann vielleicht meine Lagerausrüstung annehmen? Ich brauche sie nicht mehr, und wenn Sie eines meiner Gewehre haben möchten, würde ich es Ihnen nur zu gerne dalassen.«

Grange zögerte. Ein Schimmer von Begierde trat in seine kleinen, schlauen Augen.

»Wenn Sie mir eines Ihrer Gewehre überlassen wollen, so bezahlen Sie damit Ihre Pension doppelt und dreifach.«

»Dann ist das also abgemacht.«

Sie begannen sich zu unterhalten, während sie, nach der Sitte des Ostens, mit Whisky und Soda den Sonnenuntergang feierten. Als sie entdeckten, daß sie beide Schachspieler waren, machten sie eine Partie. Mrs. Grange gesellte sich erst beim Abendessen zu ihnen. Die Mahlzeit war wenig anregend. Eine dünne Suppe, ein fade schmeckender Flußfisch, ein zähes Stück Fleisch und ein Karamelpudding. Norman Grange und Skelton tranken Bier, Mrs. Grange nahm nur Wasser. Sie äußerte von sich aus kein einziges Wort. Skelton hatte wieder das unbehagliche Gefühl, daß sie sich vor ihrem Mann zu Tode ängstigte. Ein oder zweimal versuchte Skelton aus einfacher Höflichkeit, sie ins Gespräch zu ziehen, redete sie an und erzählte ihr eine Geschichte oder fragte sie etwas, aber das stürzte sie augenscheinlich so in Unruhe, ihr Kopf zuckte so heftig, ihre Hand machte so krampfartige Bewegungen, daß er es für rücksichtsvoller hielt, nicht darauf zu bestehen. Gleich nach dem Essen stand sie auf.

»Ich überlasse die Herren jetzt ihrem Portwein«, sagte sie.

Beide Männer erhoben sich, als sie das Zimmer verließ. Diese gesellschaftliche Form wirkte etwas grotesk und fast unheimlich in einer so dürftigen Umgebung an einem Fluß in Borneo.

»Es ist zwar kein Portwein mehr da. Aber vielleicht ein wenig Benediktiner.«

»Ach, laß das nur.«

Sie sprachen noch eine Weile zusammen, und Grange begann zu gähnen. Er stand jeden Morgen vor Sonnenaufgang auf und konnte gegen neun Uhr abends die Augen kaum mehr offen halten.

»Na, ich gehe jetzt zu Bett«, sagte er.

Er nickte Skelton zu und verließ ihn ohne weitere Umstände. Auch Skelton ging zu Bett, konnte aber nicht einschlafen. Obwohl es drückend heiß war, hielt nicht die Hitze ihn wach. Es war etwas Grauenvolles um dieses Haus und die beiden Menschen, die darin lebten. Er wußte nicht, was ihn so merkwürdig beunruhigte, aber das wußte er, daß er dankbar aufatmen würde, sobald dies alles hinter ihm läge. Grange hatte ziemlich viel von sich selbst gesprochen, aber Skelton wußte dadurch nicht mehr von ihm, als was er beim ersten Blick gesehen hatte. Offenbar war er nur ein gewöhnlicher Pflanzer, der schlechte Zeiten erlebte. Er hatte sein Grundstück sofort nach dem Krieg erworben und Bäume darauf gepflanzt; aber als sie zu tragen anfingen, kam der Preissturz, und seither war es ein dauernder Existenzkampf gewesen. Die Besitzung und das Haus waren schwer mit Hypotheken belastet, und jetzt, da Gummi wieder mit Gewinn verkauft wurde, bekamen die Gläubiger alles, was er verdiente. Das war in Malaya eine alte Geschichte. Ungewöhnlich an Grange war nur, daß er zu keinem Land gehörte. Er war in Borneo geboren und hatte dort bei seinen Eltern gelebt, bis er alt genug war, um in England zur Schule zu gehen; mit siebzehn Jahren war er zurückgekehrt und hatte Borneo nie mehr verlassen, außer während des Krieges, als er nach Mesopotamien kam. England bedeutete ihm nichts. Er hatte weder Verwandte noch Freunde dort. Die meisten Pflanzer kommen, wie die Regierungsbeamten, von England, kehren für ihren Urlaub von Zeit zu Zeit dorthin zurück und freuen sich darauf, sich später dort zur Ruhe zu setzen. Aber was hatte England Norman Grange zu bieten?

»Ich bin hier geboren«, sagte er, »und ich werde hier sterben. In England bin ich ein Fremder. Ich mache mir nichts aus ihren dortigen Gebräuchen, und ich verstehe nichts von dem, was sie reden. Und doch bin ich auch hier ein Fremdling. Für die Malaien und Chinesen bin ich ein weißer Mann, obwohl ich so gut Malaiisch spreche wie sie, und ein Weißer werde ich immer bleiben.« Dann sagte er etwas Bezeichnendes. »Wenn ich etwas Verstand gehabt hätte, so hätte ich natürlich ein malaiisches Mädchen geheiratet und ein halbes Dutzend Mischlingskinder gehabt. Das ist tatsächlich die einzige Lösung für uns Burschen, die hier geboren und aufgewachsen sind.«

Granges Bitterkeit war so groß, daß sie nicht nur durch seine finanziellen Schwierigkeiten erklärt werden konnte. Er hatte wenig Gutes über alle die weißen Männer der Kolonie zu sagen. Er schien anzunehmen, daß sie ihn verachteten, weil er im Lande geboren war. Er war ein verdrossener, enttäuschter Mensch, und dabei eingebildet. Er hatte Skelton seine Bücher gezeigt. Es waren nicht viele, aber so ziemlich die besten der englischen Literatur; er hatte sie immer und immer wieder gelesen; aber er hatte anscheinend aus ihnen weder Milde noch Güte gelernt, und ihre Schönheiten hatten ihn unberührt gelassen; sie so gut zu kennen, hatte ihn nur selbstgefällig gemacht. Sein Äußeres, das so herzhaft und englisch wirkte, schien wenig Beziehung zu dem inneren Menschen zu haben; man konnte sich schwer dem Verdacht entziehen, daß sich ein sehr düsteres Wesen dahinter verbarg.

Schon früh am nächsten Morgen saß Skelton, um die Kühle des Tages zu genießen, mit seiner Pfeife und einem Buch auf der Veranda vor seinem Zimmer. Er war noch sehr schwach, fühlte sich aber viel wohler. Nach einer Weile näherte sich Mrs. Grange. In der Hand hielt sie ein großes Album.

»Ich dachte, ich könnte Ihnen einige meiner alten Photos und Zeitungsausschnitte zeigen. Sie dürfen nicht denken, daß ich immer so ausgesehen habe wie jetzt. Er ist auf seinem Rundgang und kommt sicher nicht vor zwei oder drei Stunden zurück.«

Mrs. Grange, im gleichen blauen Kleid, das sie am Tag zuvor getragen hatte, und mit ebenso unordentlichen Haaren, schien eigentümlich erregt.

»Es ist alles, was ich zur Erinnerung an die Vergangenheit habe. Manchmal, wenn ich das Leben nicht mehr aushalte, schaue ich mein Album an.«

Sie saß neben Skelton, während er die Seiten umblätterte. Die Besprechungen stammten aus Provinzzeitungen, und die Stellen, die sich auf Mrs. Grange bezogen – deren Künstlername Vesta Blaise lautete – waren sorgfältig unterstrichen. Aus den Bildern konnte man ersehen, daß sie auf gewöhnliche Art recht hübsch gewesen war. Sie war in

Singspielen und Revuen, in Schwänken und Komödien aufgetreten, und wenn man die Bilder und die Kritiken zusammennahm, konnte man leicht daraus schließen, daß es sich hier um die übliche, öde, ziemlich ordinäre Karriere eines Mädchens ohne besonderes Talent handelte, das wegen eines hübschen Gesichts und einer guten Figur zum Theater gekommen war. Mit zuckendem Kopf und zitternder Hand betrachtete Mrs. Grange die Photos und las die Besprechungen mit so viel Interesse, als habe sie diese noch nie zuvor gesehen.

»Man braucht Protektion am Theater, und die habe ich nie gehabt«, sagte sie. »Wenn ich nur eine richtige Chance gehabt hätte, dann wäre schon was aus mir geworden. Ich hatte Pech, darüber besteht kein Zweifel.«

Es war alles gewöhnlich und doch mitleiderregend.

»Ich glaube, daß Sie es jetzt besser haben«, sagte Skelton.

Sie nahm ihm das Buch weg und schlug es heftig zu. Sie hatte einen so schlimmen Anfall, daß Skelton bei ihrem Anblick erschrak.

»Was meinen Sie damit? Was wissen Sie von dem Leben, das ich hier führe? Ich hätte mich schon vor Jahren umgebracht, aber ich weiß, daß er meinen Tod wünscht. Weiterzuleben ist die einzige Möglichkeit, wie ich mich an ihm rächen kann, und ich werde leben; ich werde so lange leben wie er. Oh, ich hasse ihn. Ich habe oft daran gedacht, ihn zu vergiften, aber ich hatte Angst. Ich wußte nicht recht, wie ich es anstellen sollte, und wenn er stürbe, würden die Chinesen die Hypothek für verfallen erklären und mich hinauswerfen. Und wohin könnte ich dann gehen? Ich habe keinen Freund auf der Welt.«

Skelton war entsetzt. Es schoß ihm durch den Kopf, daß sie verrückt sein könnte. Er hatte keine Ahnung, was er sagen sollte. Sie warf ihm einen scharfen Blick zu.

»Sie sind wohl erstaunt, mich so reden zu hören. Aber es ist mein Ernst, wissen Sie, jedes Wort davon. Er möchte mich auch umbringen, aber er wagt es ebensowenig. Dabei weiß er ganz genau, wie es gemacht wird. Er weiß, wie die Malaien die Leute umbringen. Er ist hier geboren. Es gibt nichts in diesem Land, was er nicht kennt.«

Skelton zwang sich, etwas zu sagen.

»Hören Sie, Mrs. Grange, ich bin Ihnen vollkommen fremd. Finden Sie nicht, daß es etwas unklug ist, mir lauter Sachen zu erzählen, die ich gar nicht zu wissen brauche? Sie leben hier immerhin sehr einsam. Ich kann mir denken, daß Sie sich gegenseitig auf die Nerven gehen. Jetzt, da es wieder aufwärts geht, könnten Sie vielleicht eine Reise nach England unternehmen.«

»Ich will nicht nach England. Ich würde mich schämen, mich dort so zu zeigen, wie ich jetzt bin. Wissen Sie, wie alt ich bin? Sechsundvierzig. Ich sehe aus wie sechzig, das weiß ich. Darum habe ich Ihnen die Photos gezeigt, damit Sie sehen können, daß ich nicht immer so ausgesehen habe wie jetzt. Ach, mein Gott, wie habe ich mein Leben verpfuscht! Die Leute reden von der Romantik des Ostens. Ich gebe sie billig. Ich möchte lieber Garderobiere in einem Provinztheater sein, ich möchte lieber eine Putzfrau dort sein, als das, was ich jetzt bin. Bevor ich hierher gekommen bin, war ich nie im Leben allein; ich hatte immer viele Leute um mich; Sie wissen nicht, was es heißt, von einem Jahresende zum andern keinen Menschen zu haben, mit dem man sprechen könnte. Alles in sich zu verschließen. Würde es Ihnen gefallen, Woche für Woche, Tag für Tag, während sechzehn Jahren niemand zu sehen, als den Mann, den Sie auf der ganzen Welt am meisten hassen? Würde es Ihnen gefallen, sechzehn Jahre mit einem Mann zu leben, der Sie so haßt, daß er es nicht über sich bringt, Sie anzusehen?«

»Ach, hören Sie, so schlimm kann es doch nicht sein!«

»Ich sage Ihnen die Wahrheit. Warum sollte ich Sie belügen? Ich werde Sie nie wiedersehen; was mache ich mir daraus, was Sie von mir denken? Und wenn Sie weitererzählen, was ich Ihnen gesagt habe, wenn Sie an die Küste hinunterkommen, was dann? Man wird sagen: ›Himmel, Sie wollen doch nicht behaupten, daß Sie bei den Leuten gewohnt haben. Da tun Sie mir leid. Er ist ein Außenseiter, und sie ist verrückt, hat einen Tick; sie sagen, es sähe aus, als wolle sie immer das Blut von ihrem Kleid wegwischen. Sie waren in eine verdammt sonderbare Sache verwickelt, aber es ist keiner je richtig dahintergekommen; es ist vor langer Zeit passiert, und die Gegend war noch ziemlich wild damals.‹ Eine verdammt sonderbare Sache, das war es. Ich hätte beinah Lust, es Ihnen zu erzählen. Das wäre eine dreckige kleine Geschichte für die im Klub. Und Sie müßten tagelang nichts für Ihre Getränke dort zahlen. Zum Teufel mit ihnen. Ach Gott, wie ich dieses Land hasse. Ich hasse diesen Fluß. Ich hasse dieses Haus. Ich hasse den verdammten Gummi. Ich hasse die schmutzigen Eingeborenen. Und das ist alles, was ich zu erwarten habe, bis ich sterbe – bis ich sterbe, ohne einen Doktor, der nach mir schaut, ohne einen Menschen, der mir die Hand hält.«

Sie begann hysterisch zu weinen. Mrs. Grange hatte mit einer dramatischen Intensität gesprochen, die ihr Skelton niemals zugetraut hätte. Ihre ungebildete Ironie wirkte ebenso peinlich wie ihre Qual. Skelton war jung, noch nicht dreißig, und er konnte diese schwierige Situation nicht meistern. Aber er konnte auch nicht einfach schweigen.

»Es tut mir schrecklich leid, Mrs. Grange. Ich wollte, ich könnte Ihnen irgendwie helfen.«

»Ich verlange keine Hilfe von Ihnen. Niemand kann mir helfen.«

Skelton war bestürzt. Er mußte aus dem, was sie ihm gesagt hatte, schließen, daß sie in eine mysteriöse und vielleicht schreckliche Begebenheit verwickelt worden war, und wenn sie es ihm erzählte, ohne Konsequenzen befürchten zu müssen, mochte das gerade die Erleichterung für sie sein, die sie brauchte.

»Ich will mich nicht in eine Sache einmischen, die mich nichts angeht, Mrs. Grange, aber wenn Sie glauben, daß es Sie erleichtern würde, es mir zu erzählen – was Sie eben andeuteten, ich meine, was Sie eine verdammt sonderbare Sache genannt haben, so verspreche ich Ihnen auf Ehrenwort, daß ich es keiner menschlichen Seele jemals weitererzählen werde.«

Sie hörte ganz plötzlich auf zu weinen und sah ihn mit einem langen, gespannten Ausdruck an. Sie zögerte. Er hatte den Eindruck, als wäre ihr Verlangen zu sprechen fast unwiderstehlich. Aber sie schüttelte den Kopf und seufzte.

»Es würde nichts nützen. Nichts kann mir nützen.«

Sie stand auf und verließ ihn unvermittelt.

Die beiden Männer setzten sich allein zu Tisch.

»Meine Frau bittet, sie zu entschuldigen«, sagte Grange. »Sie hat einen ihrer Migräneanfälle und bleibt heute zu Bett.«

»Ach, das tut mir leid.«

Skelton hatte das Gefühl, als läge in dem forschenden Blick, mit dem Grange ihn betrachtete, etwas wie Argwohn und Feindseligkeit. Der Gedanke schoß ihm durch den Kopf, daß er irgendwie von seinem Gespräch mit Mrs. Grange wußte, in dem sie vielleicht manches gesagt hatte, was ungesagt hätte bleiben sollen. Skelton bemühte sich, eine Unterhaltung in Gang zu bringen, aber sein Gastgeber blieb stumm, und sie beendeten die Mahlzeit in einem Schweigen, das von Grange erst unterbrochen wurde, als er aufstand.

»Sie scheinen heute in ganz guter Verfassung zu sein, und ich nehme an, daß Sie nicht länger an diesem gottverlassenen Ort bleiben wollen, als Sie müssen. Ich habe über den Fluß hinübergeschickt und vereinbaren lassen, daß zwei Praus Sie an die Küste hinunterbringen. Morgen früh um sechs.«

Skelton war jetzt überzeugt, daß er richtig vermutet hatte; Grange wußte oder erriet, daß seine Frau zu offen gesprochen hatte, und er wollte den gefährlichen Gast so schnell wie möglich los sein.

»Das ist außerordentlich freundlich von Ihnen«, sagte Skelton lächelnd. »Ich bin gesund wie ein Fisch im Wasser.«

Aber in Granges Augen lag kein antwortendes Lächeln. Sie blieben kalt und feindlich.

»Wir könnten später noch eine Partie Schach spielen«, sagte er.

»Gut. Wann kommen Sie von Ihrem Büro zurück?«

»Ich habe heute nicht viel dort zu tun. Ich werde um das Haus herum sein.

Skelton fragte sich, ob er sich nur einbildete, daß fast eine Art von Drohung in dem Ton liege, mit dem Grange diese Worte aussprach. Es schien, als wollte er jedenfalls dafür sorgen, daß seine Frau und Skelton nicht mehr miteinander allein blieben. Mrs. Grange erschien nicht zum Abendessen. Sie tranken ihren Kaffee und rauchten ihre Zigarren. Dann sagte Grange, während er seinen Stuhl zurückschob:

»Sie müssen morgen zeitig aufbrechen. Ich denke, daß Sie sich gerne gleich zurückziehen möchten. Ich werde schon meinen Rundgang angetreten haben, wenn Sie weggehen; ich will mich lieber jetzt von Ihnen verabschieden.«

»Lassen Sie mich meine Gewehre holen. Ich möchte, daß Sie das aussuchen, was Ihnen am besten gefällt.«

»Ich will dem Boy sagen, daß er sie holt.«

Die Gewehre wurden gebracht, und Grange traf seine Wahl. Er gab kein Zeichen der Freude über das schöne Geschenk.

»Sie wissen wohl, daß dieses Gewehr verdammt mehr wert ist, als was Ihr Essen und Trinken und Rauchen mich gekostet hat?« sagte er.

»Soviel ich weiß, haben Sie mir das Leben gerettet. Ich finde nicht, daß ein altes Gewehr dafür ein übertrieben großzügiger Ausgleich ist.«

»Na, wenn Sie es von diesem Standpunkt aus betrachten wollen, so ist das wohl Ihre Angelegenheit. Trotzdem, vielen Dank dafür.«

Sie schüttelten sich die Hände und trennten sich.

Am folgenden Morgen, während das Gepäck in den Praus verstaut wurde, fragte Skelton den Hausboy, ob er sich vor der Abfahrt von Mrs. Grange verabschieden könnte. Der Hausboy sagte, er wolle sich erkundigen. Er wartete eine kleine Weile. Mrs. Grange kam aus ihrem Zimmer auf die Veranda hinaus. Sie trug einen rosa Morgenrock aus Japanseide, reich mit billiger Spitze verziert, aber schäbig, zerknittert und nicht allzu sauber. Der Puder war dick auf ihrem Gesicht aufgetragen, die Wangen geschminkt und der Mund mit Lippenstift scharlachrot gefärbt. Ihr Kopf schien stärker als sonst zu zucken, und ihre Hand bewegte sich eigentümlich. Als Skelton sie kennengelernt hatte, war es ihm so vorgekommen, als wollte sie damit auf etwas hinter ihrem Rücken aufmerksam machen, aber jetzt, nach dem, was sie ihm gestern erzählt hatte, sah es wirklich so aus, als versuchte sie ständig etwas von ihrem Kleid abzuwischen. Blut, hatte sie gesagt.

»Ich wollte nicht fortgehen, ohne Ihnen für alle Ihre Freundlichkeit mir gegenüber zu danken«, sagte er.

»Ach, lassen Sie's nur gut sein.«

»Also, leben Sie wohl.«

»Ich will mit Ihnen zum Landungssteg hinuntergehen.«

Sie hatten keinen weiten Weg. Die Bootsleute waren noch mit dem Unterbringen des Gepäcks beschäftigt. Skelton blickte über den Fluß hinüber, wo man einige Eingeborenenhütten sehen konnte.

»Ich vermute, daß diese Männer von dort drüben kommen. Es sieht wie ein richtiges Dorf aus.«

»Nein, nur die paar Hütten. Früher war dort eine Gummiplantage, aber als die Gesellschaft zusammenbrach, wurde sie aufgegeben.«

»Gehen Sie manchmal dort hinüber?«

»Ich?« rief Mrs. Grange. Ihre Stimme war schrill, und ihr Kopf, ihre Hand wurden plötzlich von einem wilden Anfall unfreiwilliger Bewegungen geschüttelt. »Nein! Warum sollte ich das?«

Skelton konnte nicht verstehen, warum diese einfache Frage, die er nur gestellt hatte, um etwas zu sagen, sie so aus der Fassung brachte. Inzwischen war alles in Ordnung gebracht, und er gab ihr zum Abschied die Hand. Er stieg in das Boot und machte es sich bequem. Sie stießen vom Land ab. Er winkte Mrs. Grange zu. Als das Boot in die Strömung glitt, schrie sie mit rauher, kreischender Stimme:

»Grüßen Sie Leicester Square von mir!«

Skelton stieß einen tiefen Seufzer der Erleichterung aus, als die Bootsleute ihn mit kraftvollen Ruderschlägen immer weiter von diesem schrecklichen Haus wegbrachten und von diesen beiden unglücklichen und doch abstoßenden Menschen. Er war jetzt froh, daß Mrs. Grange ihm die Geschichte nicht erzählt hatte. Er wollte nicht durch die Erinnerung an einen tragischen Bericht von Sünde oder Torheit unauflöslich mit ihnen verbunden bleiben. Er wollte sie vergessen, wie man einen bösen Traum vergißt.

Aber Mrs. Grange sah den beiden Praus nach, bis eine Biegung des Flusses sie ihren Blicken entzog. Sie stieg langsam zum Haus hinauf und ging in ihr Schlafzimmer. Das Licht war gedämpft, weil die Jalousien heruntergelassen waren, um die Hitze abzuhalten, aber sie setzte sich an ihren Toilettentisch und starrte ihr Spiegelbild an. Norman hatte diesen Toilettentisch bald nach ihrer Heirat machen lassen. Natürlich hatte ihn ein eingeborener Schreiner angefertigt, und sie hatten den Spiegel von Singapur kommen lassen, aber er war nach ihren Angaben gemacht worden, in der genauen Größe und Form, die sie haben wollte, mit reichlich Platz für alle ihre Sachen und Schönheitsmittel. Es war der Toilettentisch, nach dem sie sich ihr Leben lang gesehnt und den sie nie bekommen hatte. Sie erinnerte sich noch daran, wie erfreut sie zuerst darüber gewesen war. Sie hatte die Arme um den Hals ihres Mannes geschlungen und ihn geküßt.

»O Norman, du bist gut zu mir«, hatte sie gesagt. »Ich bin ein glückliches kleines Mädchen, daß ich einen solchen Burschen wie dich erwischt habe, nicht wahr?«

Aber damals entzückte sie alles. Das Leben am Fluß und das Leben im Dschungel unterhielt sie, das fruchtbare Wachstum des Waldes und die Vögel mit ihrem bunten Gefieder und die leuchtenden Schmetterlinge. Sie machte sich daran, dem Haus eine weibliche Note zu geben; sie stellte alle ihre eigenen Photographien auf und verschaffte sich Vasen, um sie mit Blumen zu füllen; sie stöberte allerlei Nippsachen auf, die sie überall herum verteilte. »Das macht ein Zimmer gemütlich«, sagte sie. Sie war nicht verliebt in Norman, aber sie hatte ihn recht gern; und es war schön, verheiratet zu sein, es war schön, von früh bis spät nichts zu tun zu haben, außer das Grammophon laufen zu lassen oder Patience zu legen und Romane zu lesen. Es war schön zu glauben, daß man sich über die Zukunft keine Sorgen zu machen brauchte. Natürlich war es zuweilen ein wenig einsam, aber Norman meinte, sie werde sich daran gewöhnen, und er hatte ihr versprochen, im nächsten Jahr, oder längstens in zwei Jahren, auf drei Monate mit ihr nach England zu fahren. Das würde einen Spaß geben, ihn ihren Freundinnen vorzuführen. Sie fühlte, daß das, was ihn angezogen hatte, der Glanz des Theaters gewesen war, und sie hatte sich als sehr viel erfolgreicher hingestellt, als sie tatsächlich gewesen war. Er sollte sehen, daß sie ein Opfer gebracht hatte, als sie ihre Karriere aufgegeben hatte, um einen Pflanzer zu heiraten. Sie hatte sich mit der Bekanntschaft von vielen Stars gebrüstet, mit denen sie in Wahrheit niemals gesprochen hatte. Das mußte, wenn sie nach Hause fuhren, ein wenig geschickt gehandhabt werden, aber im

Grunde wußte der arme Norman ja nicht mehr vom Theater als ein ungeborenes Kind. Wenn sie einen so einfältigen Burschen, nach zwölf Jahren am Theater, nicht zum Narren halten konnte, na, dann konnte sie nur sagen, daß sie ihre Zeit vergeudet hatte. Im ersten Jahr ging alles gut. Einmal dachte sie, daß sie ein Kind bekommen werde. Sie waren beide enttäuscht, als sich dies nicht bewahrheitete. Dann begann sie sich zu langweilen. Es kam ihr so vor, als hätte sie seit einer Ewigkeit Tag für Tag das Gleiche getan, und sie erschrak bei dem Gedanken, Tag für Tag bis in alle Ewigkeit das Gleiche tun zu müssen. Norman erklärte, er könne die Plantage in diesem Jahr nicht verlassen. Sie hatten eine kleine Auseinandersetzung. Er ließ dabei eine Bemerkung fallen, die ihr Angst machte.

»Ich hasse England«, sagte er. »Wenn es nach mir ginge, würde ich keinen Fuß mehr in das verdammte Land setzen.«

Durch dieses einsame Dasein verfiel Mrs. Grange in die Gewohnheit, laut mit sich selbst zu reden. Man konnte sie in ihrem Zimmer Stunde um Stunde schwatzen hören; und jetzt drückte sie die Puderquaste in den Puder und bedeckte ihr Gesicht damit, während sie ihr Spiegelbild anredete, genau als spräche sie mit einem anderen Menschen.

»Das hätte eine Warnung für mich sein sollen. Ich hätte darauf bestehen sollen, allein zu fahren, und wer weiß, vielleicht hätte ich in London eine Anstellung bekommen. Mit meiner Erfahrung und allem. Dann hätte ich ihm geschrieben, daß ich nicht zurückkommen würde.« Ihre Gedanken richteten sich auf Skelton. »Schade, daß ich es ihm nicht gesagt habe«, fuhr sie fort. »Ich war nahe daran. Vielleicht hatte er recht, vielleicht hätte es mich erleichtert. Ich möchte wissen, was er dazu gesagt hätte.« Sie ahmte seine Oxford-Aussprache nach. »Es tut mir so schrecklich leid, Mrs. Grange, ich wollte, ich könnte Ihnen helfen.« Sie kicherte vor sich hin, aber es war fast ein Schluchzen. »Ich hätte ihm gerne von Jack erzählt. Ach, Jack.«

Als sie zwei Jahre verheiratet waren, bekamen sie einen Nachbarn. Der Preis für Gummi war damals so hoch, daß neue Plantagen angelegt wurden, und eine der großen Gesellschaften hatte ein ausgedehntes Grundstück auf dem gegenüberliegenden Ufer erworben. Es war eine reiche Gesellschaft, alles wurde auf verschwenderische Weise eingerichtet. Dem Manager, den sie eingesetzt hatten, stand eine Barkasse zur Verfügung, so daß es ihm keine Schwierigkeit machte, zu einem Gläschen hereinzuschauen, wenn er gerade Lust dazu hatte. Er hieß Jack Carr. Er war ein ganz anderer Mensch als Norman: vor allem war er ein Gentleman, hatte eine höhere Schule und die Universität besucht, war ungefähr fünfunddreißig, groß, nicht massig wie Norman, sondern schlank, mit einer Figur, die im Frack blendend aussah; und er hatte krausgelocktes Haar und einen lachenden Ausdruck in den Augen. Gerade ihr Typ. Sie fühlte sich sofort zu ihm hingezogen. Es war ein Genuß, jemand zu haben, mit dem man über London und das Theater sprechen konnte. Er war heiter und unbekümmert. Er machte die Art von Witzen, die man verstand. Nach kaum zwei Wochen fühlte sie sich mit ihm mehr zu Hause als mit ihrem Mann nach zwei Jahren. Es war immer etwas an Norman gewesen, dem sie nie ganz auf den Grund hatte kommen können. Er war natürlich auf sie versessen und hatte ihr viel von sich selber erzählt, aber sie hatte ein seltsames Gefühl, daß er etwas vor ihr verbarg, nicht weil er es beabsichtigte, aber – nun, man konnte es kaum erklären, vielleicht weil es so fremdartig war, daß er es nicht in Worten ausdrücken konnte. Später, als sie Jack näher kannte, erwähnte sie das ihm gegenüber, und Jack sagte, es käme daher, weil er im Land geboren sei; obwohl er keinen Tropfen Eingeborenenblut in sich hatte, war doch etwas von dem Land in ihn übergegangen, so daß er kein richtiger Weißer war; er hatte einen östlichen Anflug. Soviel er sich auch bemühte, er konnte nie ganz englisch sein.

Sie schwatzte vor sich hin in dem leeren Haus, denn die beiden Boys, der Koch und der Hausboy, waren in ihren eigenen Räumen, und der Ton ihrer Stimme, zwischen den Holzböden und Wänden, klang wie das unheimliche, unmenschliche Raunen neuen Weines, der in einem Faß gärt. Sie sprach so, als ob Skelton da wäre, aber so unzusammenhängend, daß er ihrer Erzählung schwer hätte folgen können. Sie brauchte damals nicht lange, um zu entdecken, daß Jack Carr sie begehrte. Sie war erregt. Sie war nie zügellos gewesen, aber während all der Jahre beim Theater hatte es natürlich Episoden gegeben. Es wäre kaum erträglich gewesen, Monat für Monat auf Tour zu sein, wenn man nicht zuweilen ein wenig Spaß erlebt hätte. Jetzt wollte sie natürlich nicht zu schnell einwilligen, sie wollte sich nicht wegwerfen, aber bei dem Leben, das sie führte, wäre sie eine Närrin gewesen, diese Gelegenheit zu verpassen; und was Norman betraf, nun, was ich nicht weiß, macht mich nicht heiß. Sie verstanden einander gut, Jack und sie; sie wußten, daß es früher oder später dazu kommen mußte, die Gelegenheit mußte nur abgewartet werden. Und die Gelegenheit ergab sich. Aber dann geschah etwas, womit sie nicht gerechnet hatten: sie verliebten sich heftig ineinander. Wenn Mrs. Grange diese Geschichte tatsächlich Skelton erzählt hätte, wäre ihm das vielleicht so unwahrscheinlich vorgekommen wie ihnen selber. Sie waren zwei ganz gewöhnliche Leute, er ein lustiger, gutmütiger, durchschnittlicher Pflanzer, und sie eine Schauspielerin mit kleinen Nebenrollen, keineswegs gescheit, nicht einmal sehr jung, mit weiter nichts zu ihren Gunsten als einer guten Figur und einem recht hübschen Gesicht. Was als zufällige Affäre begonnen hatte, entwickelte sich unerwartet zu einer verheerenden Leidenschaft, und keiner von ihnen war dazu geschaffen, ihren ungeheuren Zwang auszuhalten. Sie sehnten sich, beieinander zu sein; getrennt waren sie ruhelos und elend. Sie hatte Norman schon seit einiger Zeit langweilig gefunden, aber sie hatte es ertragen, weil er ihr Mann war; jetzt reizte er sie bis zur Raserei, weil er zwischen ihr und Jack stand. Es konnte für sie keine Rede davon sein, zusammen durchzubrennen; Jack Carr hatte nichts als sein Gehalt, und er konnte eine Stellung nicht aufgeben, die zu erlangen ihm nur allzu viel bedeutet hatte. Es war schwer für sie, sich zu treffen. Sie riskierten viel dabei. Vielleicht waren die Gelegenheiten, die sie erhaschten, die Hindernisse, die sie überwinden mußten, Nahrung für ihre Liebe; ein Jahr verging, und sie war noch so überwältigend wie am Anfang; es war ein Jahr der Qual und der Wonne, der Angst und der Spannung. Dann entdeckte sie, daß sie schwanger war. Sie hatte keinen Zweifel, daß Jack Carr der Vater war, und sie war überglücklich. Das Leben war allerdings schwierig, so schwierig, daß sie oft glaubte, es nicht meistern zu können, aber ein Kind würde kommen, sein Kind, und das mußte alles erleichtern. Sie wollte zu ihrer

Entbindung nach Kuching gehen. Nun traf es sich, daß Jack Carr etwa um diese Zeit geschäftlich auf mehrere Wochen nach Singapur fahren mußte; aber er versprach zurückzukommen, bevor sie fort mußte, und er wollte ihr sofort nach seiner Ankunft durch einen Eingeborenen Nachricht schicken. Als diese Botschaft endlich eintraf, fühlte sie sich ganz krank vor Freude. Sie hatte sich noch nie so nach ihm gesehnt.

»Ich höre, daß Jack zurück ist«, sagte sie beim Abendessen zu ihrem Mann. »Ich werde morgen früh hinüberfahren und die Sachen holen, die er mir mitbringen wollte.«

»Das würde ich nicht tun. Ziemlich sicher wird er gegen Sonnenuntergang hereinschauen und sie selber mitbringen.«

»Ich kann nicht warten. Ich bin zu gespannt darauf.«

»Also gut. Tu, was du willst.«

Sie konnte es nicht lassen, von ihm zu sprechen. Seit einiger Zeit hatten sie und Norman einander wenig zu sagen gehabt, aber an diesem Abend plauderte sie in ihrer gehobenen Stimmung so munter wie in den ersten Monaten nach ihrer Heirat. Sie stand immer früh auf, um sechs, und am folgenden Morgen ging sie zum Fluß hinunter und badete. Dort war ein kleiner Einschnitt in der Uferböschung, mit einem winzigen sandigen Strand, und es war herrlich, in dem kühlen, durchsichtigen Wasser herumzuplätschern. Ein Eisvogel saß auf dem Ast eines Baumes, der über dem Teich hing, und sein Reflex im Wasser war leuchtend blau. Entzückend. Sie trank eine Tasse Tee und bestieg dann ein Kanu. Ein Junge paddelte sie über den Fluß. Es nahm eine gute halbe Stunde in Anspruch. Als sie sich näherten, ließ sie die Blicke prüfend über das Ufer schweifen; Jack wußte, daß sie bei der ersten Gelegenheit kommen würde; er war sicher auf der Lauer. Ah, dort war er. Der beseligende Schmerz in ihrem Herzen war fast unerträglich. Er kam zum Steg herunter und half ihr aus dem Boot. Sie gingen Hand in Hand den Pfad hinauf, und als sie außer Sicht des Jungen und neugieriger Augen vom Haus her waren, blieben sie stehen. Er legte seine Arme um sie, und sie gab sich seiner Umarmung leidenschaftlich hin. Sie klammerte sich an ihn. Sein Mund suchte den ihren. In diesem Kuß lag die ganze Qual ihrer Trennung und die ganze Seligkeit ihrer Wiedervereinigung. Das Wunder der Liebe überströmte sie so, daß sie jedes Bewußtsein von Zeit und Ort verloren. Sie waren keine Menschen mehr, sondern zwei Seelen, die ein göttliches Feuer verschmolz. Kein Gedanke war in ihnen. Über ihre Lippen kam kein Wort. Plötzlich fühlte sie einen brutalen Stoß, und unmittelbar darauf, fast gleichzeitig, folgte ein ohrenbetäubender Lärm. Entsetzt, ohne zu begreifen, klammerte sie sich fester an Jack, und er hielt sie wie in einem Krampf, so daß sie keuchte; dann fühlte sie, daß er sie zu Boden riß.

»Jack.«

Sie versuchte, ihn aufrecht zu halten. Sein Gewicht war zu schwer für sie, und als er zu Boden stürzte, fiel sie mit ihm. Dann stieß sie einen lauten Schrei aus, denn sie fühlte eine heiße Welle, und sein Blut sprudelte über sie. Sie fing an zu schreien. Eine derbe Hand packte sie und zog sie auf die Füße. Es war Norman. Sie war außer sich. Sie konnte es nicht verstehen.

»Norman, was hast du getan?«

»Ich habe ihn getötet.«

Sie starrte ihn leer an. Sie stieß ihn beiseite.

»Jack. Jack.«

»Sei still. Ich gehe und hole Hilfe. Es war ein Unglücksfall.«

Er lief schnell den Pfad hinauf. Sie fiel auf die Knie und nahm Jacks Kopf in ihre Arme.

»Liebling«, stöhnte sie. »Ach, mein Liebling.«

Norman kam mit einigen Kulis zurück, und sie trugen Jack zum Haus hinauf. In dieser Nacht hatte sie eine Fehlgeburt und war so krank, daß tagelang mit ihrem Tod gerechnet wurde. Als sie genas, hatte sie den nervösen Tick, an dem sie seither litt. Sie erwartete, daß Norman sie wegschicken würde; aber er tat es nicht, er mußte sie bei sich behalten, um den Verdacht zu zerstreuen. Es gab etwas Geschwätz unter den Eingeborenen, und nach einiger Zeit erschien der Distriktbeamte und stellte viele Fragen; aber die Eingeborenen fürchteten Norman, und der Beamte brachte nichts aus ihnen heraus. Der Junge, der sie hinübergepaddelt hatte, war verschwunden. Norman erklärte, es sei an seinem Gewehr etwas nicht in Ordnung gewesen, und Jack habe es untersucht, und da sei es losgegangen. In jenem Land begraben sie die Toten rasch, und bis sie ihn wieder hätten ausgraben können, wäre nicht mehr viel übrig gewesen, um zu beweisen, daß Normans Bericht nicht der Wahrheit entsprach. Der Distriktbeamte war nicht zufrieden.

»Es sieht alles verdammt faul aus«, sagte er, »aber da jeder Beweis fehlt, muß ich wohl Ihre Darstellung annehmen.«

Sie hätte alles darum gegeben fortzukommen, aber mit diesem nervösen Leiden behaftet hatte sie keinen Schimmer einer Möglichkeit mehr, ihren Lebensunterhalt zu verdienen. Sie mußte dableiben – oder verhungern; und Norman mußte sie dabehalten – oder gehängt werden. Nichts war seitdem geschehen, und jetzt würde nie mehr etwas geschehen. Die endlosen Jahre würden sich in ihrer müden Länge, eines nach dem anderen, dahinschleppen.

Plötzlich hörte Mrs. Grange auf zu reden. Ihre scharfen Ohren hatten den Laut von Schritten auf dem Pfad vernommen, und sie wußte, daß Norman von seinem Rundgang zurück war. Während ihr Kopf wütend zuckte und ihre Hand die unheimliche, unwillkürliche Bewegung machte, suchte sie in dem Durcheinander ihres Toilettentisches nach ihrem kostbaren Lippenstift. Sie schmierte ihn auf ihren Mund, und dann, ohne zu wissen warum, strich sie in einer grotesken Laune damit über ihre ganze Nase, bis sie aussah wie ein Clown im Zirkus. Sie betrachtete sich im Spiegel und brach in Gelächter aus.

»Zum Teufel mit dem Leben!« schrie sie.

Die Mutter

Zwei oder drei Leute, die den Lärm eines Streites im Patio hörten, kamen aus ihren Zimmern und horchten.

»Es ist die neue Mieterin«, sagte eine Frau. »Sie hat Krach mit dem Träger, der ihre Sachen gebracht hat.«

Es war ein zweistöckiges, einen Patio (Innenhof) umschließendes Mietshaus, in einer Seitenstraße von La Macarena, dem übelsten Stadtteil von Sevilla. Die Zimmer waren an Arbeiter und kleine Angestellte vermietet, deren es in Spanien so viele gibt, an Briefträger, Polizisten oder Trambahnschaffner, und es wimmelte von Kindern. Zwanzig Familien lebten dort. Sie zankten miteinander und versöhnten sich wieder; sie schwatzten das Blaue vom Himmel herunter, sie halfen einander, wenn Hilfe nötig war, denn die Andalusier sind gutartige Leute und kommen im allgemeinen leicht miteinander aus. Ein Zimmer hatte eine Zeitlang leer gestanden. Eine Frau hatte es an diesem Morgen genommen und war eine Stunde später mit ihrem Hab und Gut eingezogen. Sie hatte, soviel sie konnte, selber getragen; ein *gallego* – die Galicier sind die üblichen Träger in Spanien – war mit dem Rest beladen.

Aber der Streit wurde heftiger, und die beiden Frauen oben im ersten Stock lehnten sich über das Balkongeländer, damit ihnen ja kein Wort entginge.

Sie hörten die schrille Stimme der neuen Mieterin, die sich in einem Schwall von Schimpfworten ergoß, und die mürrischen Zwischenrufe des Mannes. Die Frauen stießen einander an.

»Ich gehe nicht, bevor Sie mich bezahlt haben«, sagte er immer wieder.

»Aber ich habe Sie schon bezahlt. Sie haben gesagt, Sie wollten es für drei Reales machen.«

»Niemals. Sie haben mir vier versprochen.«

Sie feilschten um ein paar kleine Münzen.

»Vier Reales für das Herbringen von ein paar Sachen? Sie sind verrückt.«

Sie versuchte, ihn zur Seite zu schieben.

»Ich gehe nicht, bevor Sie mich bezahlt haben«, wiederholte er.

»Ich gebe Ihnen einen Zehner mehr.«

»Den nehme ich nicht.«

Der Streit wurde lauter und lauter. Die Frau schrie den Träger an und verfluchte ihn. Sie schüttelte die Faust vor seinem Gesicht. Endlich verlor er die Geduld.

»Gut, geben Sie mir den Zehner, dann geh' ich. Ich will keine Zeit mehr verlieren mit einem solchen Weibsbild wie Ihnen.«

Sie bezahlte ihn, und der Mann warf ihre Matratze auf den Boden. Dann ging er. Sie rief ihm ein derbes Wort nach. Dann zog sie die Sachen in ihr Zimmer, und die beiden Frauen auf dem Balkon erblickten ihr Gesicht.

»*Carai*, was für ein böses Gesicht! Sie sieht aus wie eine Mörderin.«

In diesem Augenblick kam ein Mädchen die Treppe herauf, und ihre Mutter rief ihr zu: »Hast du sie gesehen, Rosalia?«

»Ich habe den *gallego* gefragt, wo sie herkommt. Er sagt, daß er die Sachen in Triana geholt hat. Sie hat ihm vier Reales vesprochen und wollte dann nicht zahlen.«

»Hat er dir gesagt, wie sie heißt?«

»Er wußte es nicht, aber in Triana nannte man sie La Cachirra.«

Die Furie erschien wieder, um ein vergessenes Bündel zu holen. Sie warf den Frauen auf dem Balkon einen Blick zu, der gleichgültig erwidert wurde, sagte aber nichts. Rosalia schauderte.

»Sie macht mir Angst.«

La Cachirra war vierzig, abgezehrt und sehr mager, mit knochigen Händen und Fingern, wie die Fänge eines Geiers. Ihre Wangen waren eingefallen, ihre Haut runzlig und gelb. Wenn sie den Mund mit den blassen, schweren Lippen öffnete, zeigte sie spitze Raubtierzähne. Ihr Haar war schwarz und derb; sie trug es in einem plumpen Knoten, der im Begriff schien, ihr auf die Schultern zu fallen, und vor jedem Ohr hing eine glatte Strähne. Die Augen, die tief in ihren Höhlen lagen, waren groß und schwarz und funkelten böse. Ihr Gesicht hatte einen Ausdruck von solcher Wildheit, daß sich niemand in ihre Nähe wagte, um mit ihr zu sprechen. Sie hielt sich ganz für sich. Die Neugierde der Nachbarn wuchs. Sie wußten, daß sie sehr arm war, denn ihre Kleidungsstücke waren schäbig. Sie ging jeden Morgen um sechs Uhr fort und kam nicht vor dem Abend zurück, aber sie konnten nicht einmal herausbringen, womit sie ihren Unterhalt verdiente. Sie bedrängten einen Polizisten, der im Hause wohnte, daß er sich erkundigen solle.

»Solange sie keinen Hausfriedensbruch begeht, habe ich nichts mit ihr zu schaffen«, sagte er.

Aber auch in Sevilla verbreitet sich üble Nachrede rasch, und nach wenigen Tagen brachte ein Maurer, der ein oberes Zimmer bewohnte, die Nachricht, daß ein Freund in Triana ihre Geschichte kannte. La Cachirra war erst vor einem Monat aus dem Gefängnis gekommen, und dort hatte sie sieben Jahre zugebracht – wegen Mord. Sie hatte in einem Haus in Triana zur Miete gewohnt, aber als die Kinder entdeckten, was geschehen war, warfen sie Steine nach ihr und riefen ihr Schimpfnamen zu, und sie antwortete mit Schlägen und häßlichen Reden und verursachte einen solchen Tumult, daß der Hausbesitzer ihr kündigte. Mit Flüchen gegen ihn und alle, die sie hinausgedrängt hatten, verschwand La Cachirra eines Morgens plötzlich.

»Und wen hat sie ermordet?« fragte Rosalia.

»Sie sagen, es sei ihr Liebhaber gewesen«, antwortete der Maurer.

»Sie kann niemals einen gehabt haben«, sagte Rosalia mit verächtlichem Lachen.

»Santa Maria!« rief Pilar, ihre Mutter. »Ich hoffe, sie wird niemand von uns umbringen. Ich habe es ja gleich gesagt, daß sie wie eine Mörderin aussieht!«

Rosalia bekreuzigte sich schaudernd. In diesem Augenblick kehrte La Cachirra von ihrer Tagesarbeit zurück, und eine plötzliche Beklemmung erfaßte die Sprechenden. Sie machten eine Bewegung, als wollten sie sich zusammendrängen, und schauten die wild um sich blickende Frau ängstlich an. Sie schien etwas Verdächtiges in dem Schweigen zu wittern und warf ihnen einen raschen, mißtrauischen Blick zu. Der Polizist, um etwas zu sagen, bot ihr einen guten Abend.

»Buena sera«, erwiderte sie mit einem Stirnrunzeln, ging rasch in ihr Zimmer und warf die Türe hinter sich zu.

Sie hörten, wie sie abschloß. Die bösen, düsteren Augen hatten einen Schatten über sie geworfen, und sie sprachen im Flüsterton, wie unter einem unheilvollen Zauber.

»Sie hat den Teufel im Leib«, sagte Rosalia.

»Ich bin froh, daß Ihr da seid, um uns zu beschützen, Manuel«, sagte ihre Mutter zu dem Polizisten.

Aber La Cachirra schien nicht geneigt, Unruhe zu stiften. Sie ging ihres Weges, unberührt, ohne je ein Wort an irgend jemanden zu richten, und schnitt jeden Annäherungsversuch barsch ab. Sie fühlte, daß die Nachbarn ihr Geheimnis entdeckt hatten, den Mord und die langen Jahre im Gefängnis; und die Furchen in ihrem Gesicht wurden härter, der Ausdruck ihrer tiefliegenden Augen schien noch unmenschlicher. Aber allmählich verging die Angst, die sie erweckt hatte. Sogar die geschwätzige Pilar hörte auf, die schweigsame, hagere Gestalt zu beachten, die zuweilen durch die im Patio sitzende Gruppe schritt.

»Ich glaube, das Gefängnis hat sie verrückt gemacht; sie sagen, das käme oft vor.«

Aber eines Tages ereignete sich etwas, das den Klatsch wieder aufleben ließ. Ein junger Mann kam an die *reja* – das schmiedeeiserne Tor, das an den Häusern von Sevilla als Hauseingang dient – und fragte nach Antonia Sanchez. Pilar, die im Patio einen Rock ausbesserte, schaute zu ihrer Tochter auf und zuckte mit den Schultern.

»Niemand, der so heißt, wohnt hier«, sagte sie.

»Doch, sie muß hier wohnen«, erwiderte der junge Mann; dann, nach einer Pause: »Man nennt sie La Cachirra.«

»Ah!« Rosalia öffnete das Tor und deutete auf die Türe. »Sie ist dort drin.«

»Danke.«

Der junge Mann lächelte sie an. Sie war ein hübsches Mädchen, mit lebhaften Farben und schönen kecken Augen. Eine rote Nelke brachte das glänzende Schwarz ihres Haares zur Geltung. Ihre volle Brust zeichnete sich unter der Bluse deutlich ab.

»Gesegnet sei die Mutter, die Sie geboren hat«, sagte er, eine abgedroschene Redensart gebrauchend.

»*Vaya Usted con Dios,* gehen Sie mit Gott«, antwortete Pilar.

Er ging weiter und klopfte an die Türe. Die beiden Frauen blickten ihm neugierig nach.

»Wer kann es sein?« fragte Pilar. »La Cachirra hat noch nie vorher Besuch bekommen.«

Es kam keine Antwort auf sein Klopfen, und er versuchte es nochmals. Sie hörten La Cachirras rauhe Stimme fragen, wer da sei.

»Madre!« rief er. »Mutter!«

Ein Schrei ertönte. Die Türe wurde aufgerissen.

»Currito!«

Die Frau warf die Arme um seinen Hals und küßte ihn leidenschaftlich. Sie liebkoste ihn und streichelte mit einer zärtlichen Gebärde sein Gesicht mit beiden Händen. Das Mädchen und die Mutter, die das beobachteten, hätten sie niemals solcher Zärtlichkeit für fähig gehalten. Schließlich zog sie ihn mit kleinen schluchzenden Freudenlauten in ihr Zimmer.

»Er ist ihr Sohn«, sagte Rosalia mit Staunen. »Wer hätte das gedacht! Und so ein prächtiger Bursche.«

Currito hatte ein schmales Gesicht und weiße, gleichmäßige Zähne; seine Haare waren ganz kurz geschnitten, an den Schläfen ausrasiert und auf dem Schädel in echt andalusischer Vollkommenheit geordnet. Der Schatten eines Bartes zeigte sich bläulich über der braunen Hand. Und natürlich war er ein Stutzer. Er hatte die nationale Vorliebe für schöne Kleider, und seine Hosen saßen wie angegossen; seine kurze Jacke und sein plissiertes Hemd waren nagelneu. Er trug einen breitrandigen Hut.

Endlich wurde die Türe von La Cachirras Zimmer aufgemacht, und sie erschien, am Arm ihres Sohnes hängend.

»Wirst du nächsten Sonntag wiederkommen?« fragte sie.

»Wenn mich nichts abhält.«

Er schaute zu Rosalia hinüber, und nachdem er seiner Mutter gute Nacht gewünscht hatte, nickte er auch ihr zu.

»Vaya Usted con Dios!« sagte sie.

Sie lächelte ihn an, ihre dunklen Augen blitzten. La Cachirra bemerkte den Blick, und ein mürrischer Ausdruck verdunkelte ihr Gesicht plötzlich wieder, wie eine Gewitterwolke. Sie sah das hübsche Mädchen finster an.

»Ist das Ihr Sohn?« fragte Pilar, als der junge Mann fortgegangen war.

»Ja, er ist mein Sohn«, antwortete La Cachirra barsch und ging in ihr Zimmer zurück.

Nichts konnte sie erweichen, und selbst wenn ihr Herz vor Freude überströmte, wies sie jede Annäherung zurück.

»Er ist ein hübscher Bursche«, sagte Rosalia, und sie dachte während der folgenden Tage mehr als einmal an ihn.

Es war eine furchterregende Liebe, die La Cachirra für ihren Sohn empfand. Er war das einzige, was sie in der Welt besaß, und sie betete ihn an, mit einer feurigen, eifersüchtigen Leidenschaft, die als Gegenleistung eine unmögliche Hingabe verlangte. Sie wollte alles für ihn bedeuten. Seiner Arbeit wegen konnten sie nicht zusammen wohnen, und es quälte sie, sich vorzustellen, was er tat, wenn er nicht bei ihr war. Sie konnte es nicht ertragen, daß er eine Frau anschaute, und sie wand sich bei dem bloßen Gedanken, er könne einem Mädchen den Hof machen. Kein anderes Vergnügen ist in Sevilla so verbreitet wie eine Art von Liebschaft, bei der das Mädchen die halbe Nacht an ihrem Fenster sitzt, das durch ein eisernes Gitter geschützt ist, oder am Tor steht, während ihr Liebhaber auf der Straße sein Entzücken in ihr williges Ohr ausschüttet. La Cachirra fragte ihren Sohn, ob er eine *novia* habe, eine Liebste, da sie sich sagen mußte, daß einem so anziehenden jungen Mann die Frauen wohl zulächelten, und sie wußte, daß er log, als er schwor, er verbringe seine Abende mit Arbeit. Aber sein Leugnen bereitete ihr eine wilde Freude.

Als sie Rosalias herausfordernden Blick sah und Curritos empfängliches Lächeln, packte sie die Wut. Sie hatte ihre Nachbarn schon vorher gehaßt, weil sie glücklich waren, und es bedrückte sie, daß man ihr furchtbares Geheimnis kannte; aber jetzt steigerte sich ihr Haß, da sie sich, halb im Wahn, schon einbildete, sie hätten sich verschworen, sie ihres Sohnes zu berauben. Am folgenden Sonntag kam La Cachirra am Nachmittag aus ihrem Zimmer, durchschritt den Patio und stellte sich ans Tor. Dies war ein so ungewöhnlicher Vorgang, daß die Nachbarn ihre Bemerkungen darüber machten.

»Wißt ihr nicht, warum sie da steht?« sagte Rosalia mit einem unterdrückten Lachen. »Ihr kostbarer Sohn kommt, und sie will nicht, daß wir ihn sehen.«

»Meint sie, wir wollten ihn fressen?«

Currito erschien, und seine Mutter zog ihn in ihr Zimmer.

»Sie ist so eifersüchtig auf ihn, als wäre er ihr Liebhaber«, sagte Pilar.

Rosalia blickte auf die geschlossene Türe und lachte wieder. Ihre leuchtenden Augen waren voller Mutwillen. Es kam ihr in den Sinn, daß es sehr unterhaltend wäre, mit Currito ein paar Worte zu wechseln. Rosalias weiße Zähne blitzten bei dem Gedanken an La Cachirras Ärger. Sie hielt sich am Tor auf, damit das Paar beim Hinausgehen an ihr vorbeikommen mußte; aber als La Cachirra das Mädchen erblickte, trat sie auf die andere Seite ihres Sohnes, so daß sie nicht einmal einen Blick wechseln konnten. Rosalia zuckte die Achseln.

»So leicht wirst du mich nicht besiegen«, dachte sie.

Am nächsten Sonntag, als La Cachirra ihren Posten am Tor bezog, ging Rosalia auf die Straße hinaus und schlenderte in der Richtung, aus der er vermutlich kommen würde. Gleich darauf sah sie Currito und ging weiter, ohne ihn zu beachten.

»Holla!« sagte er und blieb stehen.

»Sie sind es? Ich dachte, Sie hätten Angst, mit mir zu reden.«

»Ich habe vor nichts Angst«, sagte er prahlerisch.

»Außer vor der Mama!«

Sie ging weiter, als wollte sie ihn los sein, aber sie wußte natürlich, daß ihn das nicht abhalten würde.

»Wohin gehen Sie?« fragte er.

»Was geht Sie das an, Currito? Gehen Sie zu Ihrer Mutter, mein Sohn, oder sie wird Sie durchhauen. Sie haben Angst, mich anzusehen, wenn sie dabei ist.«

»Was für ein Unsinn.«

»Nun, *vaya Usted con Dios*! Ich habe Besorgungen zu machen.«

Er entfernte sich ziemlich verlegen, und Rosalia lächelte heimlich. Sie war wieder im Hof, als er mit La Cachirra hinausging, und diesmal, vor Beschämung mutig geworden, blieb er stehen und sagte gute Nacht. La Cachirra wurde rot vor Zorn.

»Komm, Currito«, rief sie mit rauher Stimme, »worauf wartest du?«

Er ging, und die Frau blieb einen Augenblick vor Rosalia stehen, als wollte sie etwas sagen, aber sie beherrschte sich mit sichtlicher Anstrengung und kehrte in ihr dunkles, stilles Zimmer zurück.

Einige Tage später war das Fest des Heiligen Isidor, des Schutzheiligen von Sevilla, und zur Feier dieses Tages hatte der Maurer mit ein oder zwei anderen Leuten eine Reihe von Papierlaternen im Patio aufgehängt. Sie leuchteten warm in der klaren Sommernacht. Am sanften Himmel funkelten die Sterne. Die Bewohner des Hauses hatten sich in der Mitte des Patios versammelt und saßen dort auf Stühlen; und die Frauen, einige mit Säuglingen an der Brust, fächelten sich mit Papierfächern und unterbrachen zuweilen ihr endloses Geplauder, um einem älteren Kind, das Unfug trieb, ein Scheltwort zuzurufen. Die kühle Luft war sehr angenehm nach der drückenden Hitze des Tages. Diejenigen, die beim Stierkampf gewesen waren, berichteten den weniger Begünstigten alles, was vorgegangen war. Sie beschrieben ausführlich ein wunderbares Bravourstück von Belmonte, dem berühmten Matador. Bei ihrer lebhaften Einbildungskraft gewannen die Einzelheiten von Minute zu Minute Abwechslung und Farbe, so daß es schien, als hätte noch nie in der Geschichte von Sevilla eine so hervorragende *corrida* stattgefunden. Alle waren zugegen, außer La Cachirra. In ihrem Zimmer bemerkten sie das Licht einer einzigen Kerze.

»Und ihr Sohn?«

»Er ist bei ihr«, antwortete Pilar. »Ich habe ihn vor einer Stunde vorbeigehen sehen.«

»Er muß sich gut unterhalten«, sagte Rosalia lachend.

»Ach, kümmere dich nicht um La Cachirra«, sagte eine andere. »Tanze lieber für uns, Rosalia.«

»Ja, ja«, riefen sie. »Komm, Mädchen, du mußt tanzen!«

In Spanien lieben sie den Tanz, und sie lieben es, ihm zuzuschauen. Schon von altersher heißt es, daß es noch nie eine spanische Frau gegeben habe, die nicht zum Tanzen geboren war.

Die Stühle wurden schnell im Kreis aufgestellt. Der Maurer und der Tramschaffner holten ihre Gitarren. Rosalia brachte ihre Kastagnetten, trat mit einem anderen Mädchen vor und begann den Tanz.

Currito in dem dumpfen Zimmer spitzte die Ohren, als er die Musik vernahm.

»Sie tanzen«, sagte er; es zuckte ihm in den Gliedern.

Er schaute durch den Vorhang und sah die Gruppe in dem milden Licht der Papierlaternen. Er sah die beiden tanzenden Mädchen. Rosalia trug ihre Sonntagskleider und war, der Sitte gemäß, stark gepudert. Eine prachtvolle Nelke leuchtete in ihrem Haar. Curritos Herz klopfte. In Spanien wächst die Liebe schnell, und er hatte oft an das schöne Mädchen gedacht, seit er an jenem ersten Tag mit ihr gesprochen hatte. Er bewegte sich zur Türe hin.

»Was hast du vor?« fragte La Cachirra.

»Ich will nur zuschauen, wie sie tanzen. Du willst nie, daß ich mich vergnüge.«

»Du willst nur Rosalia sehen.«

Er schob sie zur Seite, als sie ihn festzuhalten versuchte, und begab sich zu der Gruppe, die den Tänzerinnen zusah. La Cachirra folgte ihm ein paar Schritte und blieb dann stehen, vom Dunkel halb versteckt, während Wut ihr am Herzen nagte. Rosalia bemerkte ihn.

»Haben Sie keine Angst, mich anzuschauen?« flüsterte sie, als sie an ihm vorbeikam.

Das Tanzen hatte sie leichtsinnig gemacht, und sie empfand keine Furcht vor La Cachirra. Als die Weise zu Ende war und ihre Partnerin auf einen Stuhl sank, ging Rosalia auf Currito zu und stellte sich vor ihn hin, hochaufgerichtet, den Kopf zurückgeworfen, und ihre Brust hob sich nach der raschen Bewegung.

»Sie können natürlich nicht tanzen«, sagte sie.

»Doch, das kann ich.«

»Also, dann kommen Sie.«

Sie lächelte herausfordernd, aber er zögerte. Er blickte über die Schulter zu seiner Mutter, die er im Dunkeln mehr erriet als sah. Rosalia bemerkte den Blick und seine Bedeutung.

»Fürchten Sie sich?«

»Wovor sollte ich mich fürchten?« fragte er achselzuckend.

Er trat in den Kreis. Die Gitarren zirpten, die Zuschauer klatschten rhythmisch in die Hände und markierten den

Takt mit einem gelegentlichen Olé. Ein Mädchen gab Currito ein Paar Kastagnetten, und die beiden begannen zu tanzen. Sie hörten ein leises Zischen, wie von einer Schlange im Dunkeln, und Rosalia, jetzt ganz unbekümmert, schaute lachend auf das geisterhafte weiße Gesicht, das aus dem Schatten hervorleuchtete. La Cachirra rührte sich nicht. Sie beobachtete die Bewegungen des Tanzes, das Schwingen der Körper, die kunstvollen Schritte; sie sah, wie Rosalia sich mit einer anmutigen Gebärde zurücklehnte und Currito zulächelte, während er sich mit klappernden Kastagnetten um sie herum drehte. La Cachirras Augen brannten wie glühende Kohlen, und sie fühlte das Brennen in den Augenhöhlen; aber niemand achtete auf sie, und sie stöhnte vor Wut. Der Tanz ging zu Ende, und Rosalia, die vor Freude über den Beifall lächelte, sagte zu Currito, sie habe nicht gewußt, daß er so gut tanzen könne.

La Cachirra stürzte in ihr Zimmer und verriegelte die Türe. Sie gab keine Antwort, als Currito kam und sie bat aufzumachen.

»Nun, dann gehe ich nach Hause«, sagte er.

Ihr Herz blutete vor Kummer, aber sie schwieg. Er war alles, was sie besaß, alles, was sie auf der Welt liebte; und doch haßte sie ihn. In dieser Nacht konnte sie nicht schlafen, sondern lag da und dachte halb irr, man wolle sie ihres Sohnes berauben. Am Morgen ging sie nicht zur Arbeit; sie lauerte auf Rosalia. Endlich kam das Mädchen herunter, ein wenig mitgenommen von dem nächtlichen Fest, und sie erschrak, als La Cachirra plötzlich vor ihr stand.

»Was wollen Sie von meinem Sohn?«

»Was meinen Sie?« sagte Rosalia und stellte sich erstaunt.

La Cachirra zitterte vor Leidenschaft, und sie biß sich in die Hand, um die Ruhe zu bewahren.

»Ach, Sie wissen, was ich meine. Sie nehmen ihn mir weg.«

»Glauben Sie, ich wollte Ihren Sohn haben? Halten Sie ihn vor mir ab. Ich kann es nicht ändern, wenn er mir überallhin nachläuft.«

»Das ist eine Lüge!«

»Fragen Sie ihn doch!« Und jetzt war Rosalias Stimme so spöttisch, daß La Cachirra sich kaum beherrschen konnte.

»Er wartet eine Stunde auf der Straße, um mich zu sehen. Warum behalten Sie ihn nicht bei sich?«

»Sie lügen, Sie lügen! Sie werfen sich ihm in den Weg.«

»Wenn ich Verehrer haben wollte, könnte ich sie haben, ohne darum zu bitten. Ich will von dem Sohn einer Mörderin nichts wissen!«

Dann verwirrte sich alles für La Cachirra, das Blut schoß ihr in den Kopf und umnebelte ihr die Augen. Sie stürzte sich auf Rosalia und packte sie an den Haaren. Das Mädchen stieß einen schrillen Schrei aus und versuchte sich zu verteidigen, aber unmittelbar darauf riß ein Vorübergehender sie auseinander.

»Wenn Sie Currito nicht in Ruhe lassen, bringe ich Sie um!« rief La Cachirra.

»Glauben Sie, daß ich mich fürchte? Halten Sie ihn von mir zurück, wenn Sie können. Sie Närrin, sehen Sie nicht, daß er mich mehr liebt als seine Augen?«

»Jetzt aber fort«, sagte der Mann. »Gib ihr keine Antwort, Rosalia.«

La Cachirra heulte wütend auf, wie ein wildes Tier, das um seine Beute betrogen wird, und drückte sich auf die Straße hinaus.

Aber seit dem Tanz war Currito heftig in Rosalia verliebt, und den ganzen folgenden Tag dachte er an ihre roten Lippen; der Glanz ihrer Augen schien in sein Herz und erfüllte es mit Entzücken. Er begehrte sie leidenschaftlich. Bei Einbruch der Dunkelheit wanderte er nach der Macarena und war bald vor ihrem Haus. Er wartete in der Dunkelheit des Toreingangs, bis er sie im Patio entdeckte. Am anderen Ende brannte das einsame Licht seiner Mutter.

»Rosalia«, rief er leise.

Sie drehte sich um und unterdrückte einen Ausruf des Erstaunens.

»Warum sind Sie heute hier?« flüsterte sie und ging auf ihn zu.

»Ich konnte nicht fortbleiben.«

»Warum?« fragte sie lächelnd.

»Weil ich Sie liebe.«

»Wissen Sie, daß Ihre Mutter mich heute früh fast umgebracht hat?«

Und mit den Ausschmückungen, die das andalusische

Temperament verlangt, berichtete sie das Erlebnis, erwähnte aber nicht ihre letzte aufreizende Bemerkung, die La Cachirras Wut ins Unerträgliche gesteigert hatte.

»Sie kann so zornig sein wie der Teufel«, sagte Currito und fügte prahlend hinzu: »Ich werde ihr sagen, daß Sie meine Liebste sind.«

»Das wird sie freuen«, sagte Rosalia ironisch.

»Wollen Sie morgen an die *reja* kommen?«

»Vielleicht«, antwortete sie.

Er lachte leise vor sich hin, denn am Ton ihrer Stimme merkte er, daß sie kommen würde. Er stolzierte auf seinem Heimweg durch die Sierpes noch selbstbewußter als sonst. Sie wartete auf ihn, als er am nächsten Tag erschien, und wie es bei Liebesleuten in Sevilla üblich ist, plauderten sie stundenlang halblaut, das eiserne Tor zwischen sich, und es kam selbst Currito nicht in den Sinn, daß es ein überflüssiges Hindernis sei. Als er Rosalia fragte, ob sie ihn liebe, antwortete sie mit einem kleinen, schmachtenden Seufzer. Sie versuchten die Leidenschaft zu sehen, die ihnen beiden in den Augen brannte. Von da an kam er jeden Abend.

Da er aber befürchtete, daß seine Mutter von diesen Besuchen wisse, suchte Currito sie am folgenden Sonntag nicht auf. Das unglückliche Weib wartete sehnsüchtig auf ihn. Sie war bereit, vor ihm in die Knie zu sinken und ihn um Verzeihung zu bitten, als er aber dann nicht kam, haßte sie ihn; sie hätte ihn gerne tot zu ihren Füßen gesehen. Sie war verzweifelt bei dem Gedanken, daß eine weitere Woche vergehen würde, bis sie hoffen konnte, ihn wiederzusehen.

Die Woche verging, und noch immer kam er nicht. Sie konnte es nicht ertragen. Jammer über Jammer! Sie liebte ihn, wie keine Geliebte jemals lieben könnte. Sie sagte sich, daß dies Rosalias Schuld sei, und wenn sie an das Mädchen dachte, war ihr Herz von Wut erfüllt. Endlich raffte Currito seinen Mut zusammen und ging zu seiner Mutter; aber sie hatte zu lange gewartet. Es war, als sei ihre Liebe nun tot. Sie stieß ihn zurück, als er sie küssen wollte.

»Warum bist du nicht früher gekommen?«

»Du hast die Türe vor mir abgeschlossen. Ich dachte, du wolltest nichts mehr von mir wissen!«

»War es nur das? Hattest du keinen anderen Grund?«

»Ich war beschäftigt«, sagte er und zuckte die Achseln.

»Beschäftigt? Ein Faulenzer, wie du? Was hast du getan? Du wärest nicht zu beschäftigt gewesen, um Rosalia zu besuchen.«

»Warum hast du sie geschlagen?«

»Woher weißt du, daß ich sie geschlagen habe? Hast du sie gesehen?« La Cachirra ging auf ihren Sohn zu; ihre Augen funkelten. »Sie hat mich eine Mörderin genannt.«

»Und, was ist dabei?«

»Was dabei ist?« schrie sie, so daß man sie im Hof hörte. »Und wenn ich eine Mörderin bin – so war ich es nur deinetwegen. Ja, ich habe Pepe Santi umgebracht! Nur weil er dich prügelte. Deinetwegen bin ich sieben Jahre im Gefängnis gewesen – sieben Jahre. Oh, du Narr, du bildest dir ein, daß sie dich liebt, und jeden Abend verbringt sie Stunden am Tor.«

»Das weiß ich«, sagte Currito lachend.

La Cachirra zuckte zusammen. Sie warf ihm einen fragenden Blick zu, und dann verstand sie. Sie keuchte vor Schmerz und Zorn; sie griff nach dem Herzen, als könnte sie die Qual nicht ertragen.

»Du bist jeden Abend an der *reja* gewesen und bist nie zu mir gekommen? Oh, wie grausam! Ich habe alles nur Mögliche für dich getan. Glaubst du, ich hätte Pepe Santi geliebt? Ich habe seine Schläge ertragen, um dir Brot geben zu können; und ich habe ihn umgebracht, als er dich prügelte. Mein Gott, ich habe nur für dich gelebt. Wäre nicht der Gedanke an dich gewesen, so wäre ich lieber gestorben, als jene Jahre im Gefängnis zu erdulden.«

»Höre, Frau, sei vernünftig. Ich bin zwanzig. Was erwartest du? Wenn es nicht Rosalia wäre, so wäre es eine andere.«

»Du Unmensch. Ich hasse dich. Geh fort.«

Sie stieß ihn heftig zur Türe hin. Currito zuckte die Achseln.

»Du brauchst nicht zu denken, daß ich bleiben möchte.«

Er ging munter durch den Hof und schlug das eiserne Tor hinter sich zu. La Cachirra schritt in ihrem winzigen Zimmer auf und ab. Die Stunden vergingen langsam. Eine ganze Weile blieb sie am Fenster stehen und lauerte mit der furchtbaren Beharrlichkeit eines sprungbereiten wilden Tieres. Sie verharrte regungslos und unterdrückte die krampfartige Unruhe, die ihr am Herzen nagte. Vor dem Tor wurde in die Hände geklatscht, zum Zeichen, daß jemand draußen war, und sie starrte keuchend hinaus, während ihr die Augen fast aus dem Kopf traten. Aber es war nur der Maurer. Sie wartete weiter, und Pilar, Rosalias Mutter, kam herein und ging langsam die Treppe hinauf in ihr Zimmer. La Cachirra griff sich an die Kehle, um den unerträglichen Druck ihres Atems zu erleichtern. Noch immer wartete sie. Von Zeit zu Zeit lief ihr ein heftiger Schauer durch alle Glieder.

Endlich! Ein leichtes Händeklatschen ertönte vor dem Tor, und eine Stimme von oben rief: »Wer ist da?«

»Frieden!«

La Cachirra erkannte Rosalias Stimme. Sie atmete triumphierend auf. Die Türe wurde oben aufgedrückt, und Rosalia durchquerte den Hof mit heitern, leichten Schritten. Die Lebensfreude lag in jeder ihrer Bewegungen. Sie wollte eben den Fuß auf die Treppe setzen, als La Cachirra vorsprang und sie daran hinderte. Sie packte Rosalia am Arm, und das Mädchen konnte sie nicht abschütteln.

»Was wollen Sie?« sagte Rosalia. »Lassen Sie mich vorbei.«

»Was haben Sie mit meinem Sohn angestellt?«

»Lassen Sie mich vorbei, oder ich rufe.«

»Ist es wahr, daß Sie ihn jeden Abend an der *reja* treffen?«

»Mutter, Hilfe! Antonio!« schrie Rosalia mit schriller Stimme.

»Antworten Sie mir!«

»Nun, wenn Sie die Wahrheit wissen wollen, können Sie sie hören. Er wird mich heiraten. Er liebt mich und ich – ich liebe ihn von ganzem Herzen.« Sie sah La Cachirra an und versuchte sich von dem harten Griff zu befreien. »Glauben Sie, daß Sie uns daran hindern können? Glauben Sie, daß er vor Ihnen Angst hat? Er haßt Sie, das hat er mir gesagt. Er wollte, Sie wären nie aus dem Gefängnis herausgekommen!«

»Das hat er Ihnen gesagt?«

La Cachirra wich zurück. Rosalia nützte ihren Vorteil aus.

»Ja, das hat er mir gesagt, und noch viel mehr. Er hat mir gesagt, daß Sie Pepe Santi ermordet haben, und daß Sie sieben Jahre im Gefängnis waren, und daß er wollte, Sie wären tot.«

Rosalia sagte dies mit giftigem Zischen und lachte laut, als sie sah, wie das elende Weib zurückwich, als träfen sie wirkliche Schläge.

»Und Sie sollten froh sein, daß ich mich nicht weigere, den Sohn einer Mörderin zu heiraten.«

Dann versetzte sie La Cachirra einen Stoß und sprang auf die Treppe. Diese Bewegung belebte die Frau, die von den schrecklichen Schmähungen ganz betäubt war, und mit einem wilden Wutschrei stürzte sie sich auf Rosalia, packte sie an den Schultern und riß sie herunter. Rosalia drehte sich um und schlug ihr ins Gesicht. La Cachirra zog ein Messer aus dem Busen und stieß es mit einem Fluch in Rosalias Hals. Das Mädchen schrie gellend auf.

»Mutter, sie hat mich umgebracht!«

Sie fiel die Stufen hinunter und blieb zusammengesunken auf den Steinplatten liegen, auf denen das Blut eine kleine Lache bildete.

Ein halbes Dutzend Türen wurden bei dem verzweifelten Schrei aufgerissen, und Leute stürzten heraus, um La Cachirra zu packen; aber sie wich gegen die Wand zurück und sah sie mit einem Ausdruck von solcher Wildheit an, daß niemand wagte, sich ihr zu nähern. Das Zögern dauerte nur einen Augenblick, aber Pilar rannte schreiend vom Balkon herunter, und die allgemeine Aufmerksamkeit war vorübergehend abgelenkt. La Cachirra nahm die Gelegenheit wahr und lief. Sie erreichte ihr Zimmer und verriegelte die Türe hinter sich.

Plötzlich war der Hof voller Menschen. Pilar warf sich mit lautem, furchtbarem Schreien auf ihre Tochter und ließ sich nicht wegziehen. Jemand lief zum Arzt, ein anderer zur Polizei. Die Menge strömte von der Straße herein und sammelte sich um das Tor. Der Arzt eilte herbei, ein schwarzes Köfferchen in der Hand. Als die Polizei erschien, erklärten die Leute, was geschehen war. Sie deuteten auf die Türe von La Cachirras Zimmer, und die Polizei brach die Türe auf und drang ein. Es entstand ein Handgemenge, und dann kamen sie mit der gefesselten La Cachirra heraus. Die Menge stürzte vor, aber die Gendarmen wehrten die Leute mit den Degenscheiben ab. Sie konnten nur die Fäuste ballen und sie mit Flüchen überschütten.

La Cachirra sah sie verächtlich an. Sie ließ sich zu keiner Antwort herbei. Ihre Augen leuchteten triumphierend. Die Polizisten führten sie durch den Patio, an der Leiche Rosalias vorüber.

»Ist sie tot?« fragte La Cachirra.

»Ja«, antwortete der Arzt ernst.

»Gott sei gedankt!« sagte sie.

Sanatorium

Die ersten sechs Wochen seines Aufenthaltes im Sanatorium verbrachte Ashenden im Bett. Er sah niemand außer dem Arzt, der ihn am Morgen und am Abend besuchte, den Schwestern, die ihn pflegten, und dem Mädchen, das ihm das Essen brachte. Er hatte sich eine Lungentuberkulose zugezogen, und da gewisse Umstände ihm zur Zeit einen Aufenthalt in der Schweiz erschwerten, hatte der Londoner Spezialist ihn in ein Sanatorium im Norden Schottlands geschickt. Endlich kam der Tag, auf den er geduldig gewartet hatte, da der Arzt ihm das Aufstehen erlaubte; und am Nachmittag brachte ihn seine Pflegerin, nachdem sie ihm beim Ankleiden geholfen hatte, auf die Veranda hinunter, stopfte ihm Kissen in den Rücken, wickelte ihn in Decken ein und überließ ihn dem Genuß der Sonne, die aus einem wolkenlosen Himmel strahlte. Es war mitten im Winter. Das Sanatorium lag auf einer Berghöhe, die eine umfassende Aussicht über die schneebedeckte Landschaft bot. Die ganze Veranda entlang lagen Leute in Liegestühlen, die mit ihren Nachbarn plauderten oder lasen. Von Zeit zu Zeit bekam einer von ihnen einen Hustenanfall, und wenn dieser vorüber war, konnte man beobachten, wie er sein Taschentuch ängstlich betrachtete. Bevor die Schwester Ashenden verließ, wandte sie sich mit beruflichem Eifer einem Mann in dem benachbarten Liegestuhl zu.

»Ich möchte Ihnen Mr. Ashenden vorstellen«, sagte sie, und dann, zu Ashenden gewandt: »Das ist Mr. McLeod. Er und Mr. Campbell sind von allen am längsten hier.«

Auf der anderen Seite von Ashenden lag ein hübsches Mädchen mit rotem Haar und leuchtend blauen Augen; sie war nicht zurechtgemacht, aber ihre Lippen waren sehr rot, und ihre Wangen hatten eine lebhafte Farbe. Dadurch wurde die erstaunliche Weiße ihrer Haut noch betont. Sie sah bezaubernd aus, auch wenn man sich darüber klar sein mußte, daß diese Zartheit ihrer Krankheit zuzuschreiben war. Sie trug einen Pelzmantel und war in Decken eingehüllt, so daß man nichts von ihrer Gestalt sehen konnte, aber ihr Gesicht war außerordentlich mager, so sehr, daß ihre Nase, die an sich nicht groß war, etwas stark hervortrat. Sie warf Ashenden einen freundlichen Blick zu, sagte aber nichts, und Ashenden, der unter all diesen fremden Leuten eine gewisse Scheu empfand, wartete, bis er angesprochen wurde.

»Man hat Sie zum ersten Mal aufstehen lassen, nicht wahr?« sagte McLeod.

»Ja.«

»Wo ist Ihr Zimmer?«

Ashenden erklärte es ihm.

»Klein. Ich kenne jedes Zimmer in dem Haus. Ich bin seit siebzehn Jahren hier. Ich habe das beste Zimmer, und das gehört sich auch so. Campbell versucht mich daraus zu vertreiben, weil er es selber haben möchte, aber ich rühre mich nicht; ich habe ein Recht darauf, ich bin sechs Monate vor ihm hergekommen.«

McLeod machte beim Liegen den Eindruck eines ungewöhnlich großen Mannes; die Haut lag straff über seine Knochen gespannt, die Wangen und Schläfen waren hohl, so daß man darunter die Formen des Schädels erkennen konnte, und in diesem abgezehrten Gesicht mit der starken, knochigen Nase wirkten die Augen unnatürlich groß.

»Siebzehn Jahre sind eine lange Zeit«, sagte Ashenden, weil ihm nichts anderes einfiel.

»Die Zeit vergeht sehr rasch. Ich bin gern hier. Zuerst, nach ein oder zwei Jahren, bin ich im Sommer fortgegangen, jetzt tue ich das nicht mehr. Mein Heim ist nun hier. Ich habe einen Bruder und zwei Schwestern; aber sie sind verheiratet und haben Familie; sie wollen mich nicht. Wenn man ein paar Jahre hier gewesen ist und dann ins gewöhnliche Leben zurückkehrt, fühlt man sich dort nicht mehr recht zu Hause, wissen Sie. Die Freunde sind ihre eigenen Wege gegangen, und man hat nichts Gemeinsames mehr mit ihnen. Alles scheint ein furchtbares Gehetze. Viel Lärm um nichts, wahrhaftig. Nein, hier ist man besser dran. Ich rühre mich nicht mehr, bis sie mich mit den Füßen voraus wegtragen.«

Der Spezialist hatte Ashenden erklärt, daß er wieder gesund werden würde, wenn er sich lange genug schonte, und er betrachtete McLeod neugierig.

»Was treiben Sie den ganzen Tag?« fragte er.

»Treiben? Tbc ist ein ausreichendes Tagewerk, junger Mann. Die Temperatur muß gemessen werden, und dann wiege ich mich. Ich beeile mich nicht beim Anziehen. Ich frühstücke, lese die Zeitungen und mache einen Spaziergang. Dann ruhe ich mich aus. Ich esse zu Mittag und spiele Bridge. Dann ruhe ich wieder, und dann kommt die Abendmahlzeit. Nachher spiele ich noch ein wenig Bridge und gehe zu Bett. Es gibt eine ganz anständige Bücherei hier, mit allen neuen Büchern, aber es bleibt mir nicht viel Zeit zum Lesen. Ich unterhalte mich mit den Leuten. Man begegnet hier allen möglichen, wissen Sie. Sie kommen und gehen. Manchmal gehen sie, weil sie meinen, sie seien geheilt, aber viele von ihnen kehren zurück, und manchmal gehen sie, weil sie sterben. Ich habe viele Leute fortgehen sehen, und bevor ich selber gehe, werde ich noch viele andere sehen.«

Das Mädchen auf der anderen Seite von Ashenden fing plötzlich an zu sprechen.

»Ich möchte Ihnen sagen, daß wenige Menschen sich über eine Totenbahre so erheitern können wie Mr. McLeod«, sagte sie.

McLeod kicherte.

»Davon weiß ich nichts, aber es wäre gegen die menschliche Natur, wenn ich mir nicht sagen würde: Na, es ist mir doch lieber, sie holen ihn als mich.«

Dann fiel ihm ein, daß Ashenden das hübsche Mädchen noch nicht kannte, und er stellte ihn vor.

»Übrigens, ich glaube, Sie haben Mr. Ashenden noch nicht kennengelernt – Miss Bishop. Sie ist Engländerin, aber ein ganz nettes Ding.«

»Wie lange sind Sie schon hier?« fragte Ashenden.

»Erst zwei Jahre. Dies ist mein letzter Winter. Dr. Lennox sagt, ich würde in einigen Monaten soweit sein, daß ich ruhig nach Hause gehen könne.«

»Töricht nenne ich das«, sagte McLeod. »Bleiben Sie da, wo Sie sich wohl fühlen. Das ist meine Meinung.«

In diesem Augenblick kam ein Mann, der sich auf einen Stock stützte, langsam die Veranda entlang.

»Oh, da ist Major Templeton«, sagte Miss Bishop, und ein Lächeln erhellte ihre Augen; als er näher kam, sagte sie: »Ich freue mich, daß Sie wieder aufstehen können.«

»Ach, es war nichts. Nur eine kleine Erkältung. Es geht mir wieder ganz gut.«

Kaum hatte er das gesagt, begann er zu husten. Er stützte sich fest auf seinen Stock. Aber als der Anfall vorbei war, lächelte er vergnügt.

»Kann diesen verdammten Husten nicht loswerden«, sagte er. »Rauche zuviel. Dr. Lennox sagt, ich sollte es aufgeben, aber das hilft nichts – ich kann es nicht.«

Er war ein hochgewachsener Mann, auf leicht theatralische Art gutaussehend, mit einem gelblich blassen Gesicht, schönen, sehr dunklen Augen und einem gepflegten schwarzen Schnurrbart. Er trug einen Pelzmantel mit Astrachankragen. Seine Erscheinung war elegant, vielleicht eine Spur auffallend. Miss Bishop stellte ihn Ashenden vor. Major Templeton äußerte einige höfliche Worte auf leichte, herzliche Art und forderte dann das junge Mädchen auf, einen kleinen Spaziergang mit ihm zu machen; es war ihm verordnet worden, bis zu einem bestimmten Ort im Wald hinter dem Sanatorium und wieder zurück zu gehen. McLeod sah ihnen nach, als sie dahinschlenderten.

»Ich möchte wissen, ob die beiden etwas miteinander haben«, sagte er. »Man sagt, daß Templeton vor seiner Erkrankung ein richtiger Frauenheld gewesen sei.«

»Er sieht jetzt gerade nicht so aus«, meinte Ashenden.

»Das weiß man nie. Ich habe hier im Lauf der Jahre viele tolle Dinge gesehen. Ich könnte Ihnen unzählige Geschichten erzählen, wenn ich wollte.«

»Allem Anschein nach wollen Sie es, also warum tun Sie es nicht?«

McLeod lachte.

»Nun, eine will ich Ihnen erzählen. Vor drei oder vier Jahren war eine Frau hier, die es ziemlich in sich hatte. Ihr Mann besuchte sie meistens an jedem zweiten Wochenende; er war ganz in ihrem Bann, kam gewöhnlich von London hergeflogen; aber Dr. Lennox war so gut wie überzeugt, daß sie sich mit jemand im Hause eingelassen habe, nur konnte er nicht herausfinden, mit wem. So ließ er eines Abends, als wir alle zu Bett gegangen waren, eine dünne Farbschicht gerade vor ihrer Türe anbringen, und am nächsten Tag ließ er sämtliche Pantoffeln untersuchen. Schlau, was? Der Bursche, an dessen Pantoffeln Farbe war, wurde entlassen. Dr. Lennox muß streng sein, wissen Sie. Er will das Haus nicht in Verruf bringen.«

»Wie lange ist Templeton hier?«

»Drei oder vier Monate. Er lag die meiste Zeit zu Bett. Ihn hat es richtig gepackt. Ivy Bishop wäre eine verdammte Närrin, wenn sie sich an ihn binden würde. Sie hat eine gute Chance, gesund zu werden. Ich habe schon so viele gesehen, wissen Sie, ich kann es beurteilen. Wenn ich einen Menschen anschaue, erkenne ich sofort, ob er gesund werden kann oder nicht, und wenn nicht, so kann ich ziemlich genau erraten, wie lange er es noch machen wird. Ich täusche mich sehr selten. Ich gebe Templeton noch etwa zwei Jahre.«

McLeod sah Ashenden prüfend an, und Ashenden, der wußte, was er dachte, versuchte zwar belustigt zu sein, fühlte sich aber unwillkürlich etwas beunruhigt. Ein Blinken war in McLeods Augen. Es war ihm ganz klar, womit sich Ashendens Gedanken beschäftigten.

»Sie kommen wieder ganz in Ordnung. Ich hätte nichts davon erwähnt, wenn ich das nicht ziemlich sicher wüßte. Ich habe keine Lust, von Dr. Lennox hinausgeworfen zu werden, weil ich die Furcht des Herrn in seine verflixten Patienten jage.«

Dann erschien Ashendens Pflegerin, um ihn ins Bett zurückzubringen. Obwohl er nur eine Stunde aufgewesen war, fühlte er sich doch müde und freute sich, als er wieder zwischen den Leintüchern lag. Dr. Lennox besuchte ihn im Laufe des Abends. Er betrachtete seine Fieberkurve.

»Nicht übel«, sagte er.

Dr. Lennox war klein, lebhaft und freundlich. Er war ein recht guter Arzt, ein ausgezeichneter Geschäftsmann und ein begeisterter Angler. Wenn die Angelsaison begann, neigte er dazu, seine Patienten den Assistenten zu überlassen; die Patienten murrten ein wenig, verzehrten aber bereitwillig den jungen Salm, den er ihnen zur Abwechslung für ihre Mahlzeiten mitbrachte. Er unterhielt sich gerne, und jetzt, da er am Fußende von Ashendens Bett stand, erkundigte er sich mit seiner breiten schottischen Aussprache, ob er am Nachmittag schon mit dem einen oder anderen Patienten ins Gespräch gekommen sei. Ashenden erzählte ihm, daß die Pflegerin ihn mit McLeod bekannt gemacht habe. Dr. Lennox lachte.

»Der älteste lebende Einwohner. Er weiß besser über das Sanatorium und seine Insassen Bescheid als ich. Wie er zu diesen Kenntnissen kommt, ahne ich nicht, aber nichts aus dem Privatleben von irgend jemand unter diesem Dach bleibt ihm verborgen. Keine alte Jungfer im ganzen Haus hat eine bessere Nase für Skandalgeschichten. Hat er etwas über Campbell zu Ihnen gesagt?«

»Er hat ihn erwähnt.«

»Er haßt Campbell, und Campbell haßt ihn. Komisch, wenn man darüber nachdenkt: Diese beiden Männer, die siebzehn Jahre hier sind, haben zusammen etwa *eine* gesunde Lunge. Sie können sich nicht ausstehen. Ich mußte es ablehnen, ihre Beschwerden über einander anzuhören, mit denen sie zu mir kommen. Campbells Zimmer ist gerade unter dem von McLeod, und Campbell spielt Geige. Das macht McLeod rasend. Er sagt, er habe fünfzehn Jahre lang den gleichen Melodien zugehört, aber Campbell behauptet, daß McLeod eine Melodie nicht von einer anderen unterscheiden kann. McLeod verlangt von mir, ich solle Campbell das Spielen verbieten, aber das kann ich nicht; er hat ein absolutes Recht zu spielen, wenn er es nicht während der Ruhestunden tut. Ich habe McLeod vorgeschlagen, ihm ein anderes Zimmer zu geben, aber das will er nicht. Er sagt, Campbell geige nur, um ihn aus dem Zimmer zu vertreiben, weil es das beste im Haus ist, aber Campbell werde es ganz gewiß nicht bekommen. Es ist merkwürdig, nicht wahr, daß zwei Männer in mittleren Jahren es für der Mühe wert halten, sich das Leben gegenseitig zur Hölle zu machen. Keiner von beiden kann den anderen in Ruhe lassen. Sie nehmen ihre Mahlzeiten am gleichen Tisch ein, sie spielen zusammen Bridge; und kein Tag vergeht ohne Streit. Manchmal habe ich ihnen gedroht, daß ich sie beide entlassen würde, wenn sie sich nicht vernünftig benähmen. Das wirkt auf kurze Zeit. Sie wollen nicht fort. Sie sind so lange hier gewesen, daß sie keinen Menschen mehr haben, der sich für sie interessiert, und sie könnten mit dem Leben draußen nicht fertig werden. Campbell ist vor einigen Jahren einmal für einige Ferienmonate weggefahren. Nach einer Woche kam er wieder zurück; er erklärte, er könne den

Trubel nicht ertragen, und der Anblick so vieler Menschen in den Straßen erschrecke ihn.«

Es war eine sonderbare Welt, in die sich Ashenden versetzt sah, als er sich allmählich zu den anderen Patienten gesellen konnte. Eines Morgens erklärte ihm Dr. Lennox, er könne künftig am Mittagessen im Speisezimmer teilnehmen. Es war ein großer, niederer Raum mit großen Fenstern, die immer offen standen, und an schönen Tagen strömte die Sonne herein. Ashenden brauchte einige Zeit, bis er die vielen Leute auseinanderhalten konnte. Jede Art war vertreten: junge, solche mittleren Alters und alte. Einige unter ihnen, wie McLeod und Campbell, waren seit Jahren im Sanatorium gewesen und erwarteten, dort zu sterben. Andere waren erst seit einigen Monaten da. Eine Dame, Miss Atkin, kam seit langen Jahren jeden Winter und verbrachte den Sommer bei Freunden und Verwandten. Es fehlte ihr fast nichts mehr, und sie hätte ebensogut ganz fortbleiben können, aber dieses Leben behagte ihr. Ihr langer Aufenthalt hatte ihr eine besondere Stellung verschafft, sie war ehrenamtliche Bibliothekarin und ein Herz und eine Seele mit der Oberin. Sie war immer zum Plaudern bereit, aber man wurde bald gewahr, daß alles, was man sagte, weitergegeben wurde. Es war für Dr. Lennox nützlich zu wissen, daß seine Patienten gut miteinander auskamen, zufrieden waren, nichts Unvorsichtiges unternahmen und seine Verordnungen befolgten. Miss Atkins scharfen Augen entging kaum etwas, und von ihr wurde es an die Oberin weitergeleitet und gelangte schließlich zu Dr. Lennox. Da sie seit so vielen Jahren kam, saß sie am Tisch von McLeod und Campbell, zusammen mit einem alten General, der seines Ranges wegen dort seinen Platz erhalten hatte. Der Tisch unterschied sich in keiner Weise von den anderen, er stand auch nicht günstiger, aber weil die ältesten Insassen dort saßen, galt er als bevorzugt, und mehrere ältere Damen waren bitterböse, daß Miss Atkin, die jeden Sommer vier bis fünf Monate abwesend war, ihren Platz dort hatte, während sie, die das ganze Jahr im Sanatorium verbrachten, andere Tische bekamen. Ein alter früherer Regierungsbeamter in Indien war nach McLeod und Campbell am längsten im Sanatorium gewesen. Es war ein Mann, der zu seiner Zeit eine Provinz regiert hatte, und jetzt wartete er gereizt auf das Ableben von McLeod oder Campbell, damit er den betreffenden Platz am ersten Tisch einnehmen könne. Ashenden machte die Bekanntschaft von Campbell. Er war ein langer, grobknochiger Geselle mit kahlem Kopf und so mager, daß man sich wunderte, wie seine Knochen zusammenhielten, und wenn er in einem Lehnstuhl kauerte, machte er den unheimlichen Eindruck einer Gliederpuppe aus einem Marionettentheater. Er war barsch, empfindlich und übellaunig. Das erste, was er Ashenden fragte, war:

»Haben Sie Musik gern?«

»Ja.«

»Keiner hier macht sich das geringste daraus. Ich spiele Geige. Aber wenn Sie wollen, kommen Sie einmal auf mein Zimmer, dann spiele ich Ihnen etwas vor.«

»Gehen Sie ja nicht hin«, sagte McLeod, der das gehört hatte. »Es ist eine Tortur.«

»Wie können Sie so ungezogen sein?« rief Miss Atkin. »Mr. Campbell spielt recht gut.«

»In diesem elenden Haus kann kein Mensch eine Note von der anderen unterscheiden«, sagte Campbell.

Mit einem höhnischen Kichern entfernte sich McLeod. Miss Atkin versuchte zu vermitteln.

»Sie dürfen sich nicht um McLeods Bemerkung kümmern.«

»Ach, das tue ich auch nicht. Ich werde mich schon rächen.«

An diesem ganzen Nachmittag spielte er immer und immer wieder die gleiche Melodie. McLeod stampfte auf den Boden, aber Campbell spielte weiter. McLeod schickte durch das Mädchen eine Botschaft, daß er Kopfweh habe und Mr. Campbell bäte, nicht zu spielen. Campbell antwortete, daß er durchaus berechtigt sei zu spielen, und wenn es Mr. McLeod nicht passe, so könne er es bleiben lassen. Als sie sich das nächste Mal trafen, gab es einen scharfen Wortwechsel zwischen ihnen.

Ashenden wurde einem Tisch mit der hübschen Miss Bishop zugeteilt, mit Templeton und einem Mann aus London, einem Bücherrevisor, der Henry Chester hieß. Er war ein untersetzter, breitschultriger, drahtiger kleiner Mann, bei dem man niemals an Tbc gedacht hätte. Es war plötzlich und unerwartet über ihn hereingebrochen. Er war ein ganz einfacher Mann, zwischen dreißig und vierzig, verheiratet, mit zwei Kindern. Er wohnte in einem angenehmen Vorort. Jeden Morgen fuhr er in die City und las unterwegs die Morgenzeitung, jeden Abend kam er von der City zurück und las die Abendzeitung. Er hatte keine Interessen außer seinem Geschäft und seiner Familie. Seine Arbeit befriedigte ihn. Er verdiente genug, um behaglich leben zu können, er legte jedes Jahr eine nette Summe zurück, er spielte am Samstagnachmittag und am Sonntag Golf und ging jeden August drei Wochen in die Ferien, Jahr für Jahr an den gleichen Ort an der Ostküste. Mehr verlangte er nicht vom Leben, und es war ein Dasein, wie es viele Tausende seiner Mitmenschen führten und damit zufrieden waren. Und dann passierte das. Er hatte sich beim Golfspiel erkältet, es hatte sich auf der Brust festgesetzt, und er bekam einen Husten, den er nicht los wurde. Er war immer kräftig und gesund gewesen und hatte nie viel von den Ärzten gehalten, aber schließlich hatte er auf Drängen seiner Frau doch einen aufgesucht. Es war ein Schlag, ein furchtbarer Schlag für ihn gewesen, als er erfuhr, daß er in beiden Lungen Tuberkeln habe und daß die einzige Hoffnung, am Leben zu bleiben, darin bestand, sofort in ein Sanatorium zu gehen. Der Spezialist hatte ihm damals gesagt, daß er vielleicht nach zwei Jahren die Arbeit wieder aufnehmen könne, aber die zwei Jahre waren inzwischen vergangen, und Dr. Lennox riet ihm, mindestens ein weiteres Jahr nicht daran zu denken. Er hatte ihm die Bazillen im Sputum gezeigt und auf einer Röntgenplatte die aktiven Herde in seinen Lungen. Er verlor den Mut. Er fand, daß ihm das Schicksal einen grausamen und bösen Streich gespielt habe. Er hätte es verstanden, wenn er ein zügelloses Leben geführt, viel getrunken und sich mit Weibern herumgetrieben hätte oder immer spät zu Bett gegangen wäre. Dann hätte er das verdient. Aber er hatte nichts dergleichen getan. Es war ungeheuerlich ungerecht. Da er keine inneren Hilfsquellen hatte, kein Interesse an Büchern, blieb ihm nichts übrig, als fortwährend an seine Gesundheit zu denken. Daraus wurde eine Besessenheit. Er beobachtete ängstlich alle seine Symptome. Sie mußten ihm das Thermometer wegnehmen, weil er ein dutzendmal am Tage seine Temperatur maß. Er setzte sich in den Kopf, daß die Ärzte seinen

Fall zu leicht nahmen, und um ihre Aufmerksamkeit zu erzwingen, wandte er jede erdenkliche Methode an, die das Thermometer eine alarmierende Temperatur anzeigen ließ, und wenn seine List mißlang, wurde er mürrisch und gereizt. Aber von Natur war er ein heiterer, freundlicher Mensch, und wenn er sich vergaß, plauderte und lachte er vergnügt; dann fiel ihm plötzlich wieder ein, daß er krank sei, und dann konnte man in seinen Augen den Ausdruck von Todesfurcht lesen.

Gegen Ende jeden Monats kam seine Frau und verbrachte ein oder zwei Tage in einer nahegelegenen Pension. Dr. Lennox schätzte Verwandtenbesuche nicht sehr, da sie die Patienten erregt und unruhig machten. Es war rührend zu beobachten, mit welchem Eifer Henry Chester der Ankunft seiner Frau entgegensah, aber seltsamerweise schien er dann weniger erfreut zu sein, als man hätte erwarten können. Mrs. Chester war eine angenehme, muntere kleine Frau, nicht hübsch, aber gepflegt, so einfach wie ihr Mann, und man brauchte sie nur anzusehen, um zu wissen, daß sie eine gute Frau und Mutter war, eine sorgsame Hausfrau, eine nette, ruhige Person, die ihre Pflicht tat und niemandem etwas in den Weg legte. Sie war ganz glücklich gewesen in dem stumpfen häuslichen Leben, das sie so viele Jahre geführt hatten. Ihre einzige Zerstreuung pflegte ein gelegentlicher Kinobesuch zu sein, ihre große Sensation die Ausverkäufe in den großen Londoner Geschäften, und sie hatte dieses Dasein nie als eintönig empfunden. Es hatte sie vollkommen befriedigt. Sie gefiel Ashenden. Er hörte ihr aufmerksam zu, wenn sie von ihren Kindern und dem Vorortshaus plauderte, von den Nachbarn und ihrem eigenen alltäglichen Tun und Treiben. Einmal traf er sie auf der Landstraße. Chester war wegen etwas, das mit seiner Behandlung zusammenhing, im Haus geblieben, und sie war allein. Ashenden schlug ihr einen gemeinsamen Spaziergang vor. Sie sprachen eine Weile von gleichgültigen Dingen. Dann fragte sie ihn plötzlich, was er von dem Zustand ihres Mannes halte.

»Ich glaube, er macht ganz gute Fortschritte.«

»Ich mache mir schreckliche Sorgen.«

»Sie müssen bedenken, daß es eine langwierige Sache ist. Man braucht Geduld.«

Sie gingen eine Strecke weiter, und dann bemerkte er, daß sie weinte.

»Sie dürfen seinetwegen nicht unglücklich sein«, sagte Ashenden freundlich.

»Ach, Sie wissen nicht, was ich durchzumachen habe, wenn ich hierher komme. Ich weiß, daß ich nicht darüber sprechen sollte, aber ich muß es einmal tun. Ich kann mich auf Sie verlassen, nicht wahr?«

»Selbstverständlich.«

»Ich liebe ihn. Ich würde alles in der Welt für ihn tun. Wir haben uns nie gestritten, wir haben nicht einmal die kleinste Meinungsverschiedenheit gehabt. Jetzt beginnt er mich zu hassen, und das bricht mir das Herz.«

»Oh, das kann ich nicht glauben. Wissen Sie, wenn Sie nicht hier sind, redet er die ganze Zeit von Ihnen. Er könnte gar nicht netter von Ihnen sprechen. Er hängt sehr an Ihnen.«

»Ja, wenn ich nicht hier bin. Aber wenn ich da bin, wenn er mich sieht, kräftig und gesund, wie ich bin, dann kommt es über ihn. Sehen Sie, er nimmt es so übel auf, daß er krank ist und ich gesund bin. Er befürchtet, daß er bald sterben muß, und haßt mich, weil ich weiterleben werde. Ich muß die ganze Zeit auf der Hut sein: beinahe alles, was ich erwähne, wenn ich von den Kindern rede, oder von der Zukunft, bringt ihn zur Verzweiflung, und dann sagt er bittere, verletzende Dinge. Wenn ich ihm über eine notwendige Hausreparatur berichte, oder etwas über ein Dienstmädchen, das ich wegschicken mußte, regt es ihn unerträglich auf. Er beklagt sich, daß ich ihn so behandle, als zählte er nicht mehr. Wir waren früher so eng verbunden, und jetzt habe ich das Gefühl, als wäre eine dicke Mauer der Feindschaft zwischen uns. Ich weiß, daß ich ihm nichts vorwerfen sollte, ich weiß, daß es nur seine Krankheit ist, er ist in Wirklichkeit ein lieber, guter Mann, normalerweise ein Mensch, mit dem so leicht auszukommen ist, und jetzt graut es mir davor, hierher zu kommen, und ich bin froh, wenn ich wieder abreisen kann. Er würde es sehr bedauern, wenn ich auch Tbc hätte, und doch weiß ich, daß es ihm im innersten Herzen eine Erleichterung bedeuten würde. Er könnte mir verzeihen, er könnte dem Schicksal verzeihen, wenn er dächte, daß ich auch sterben müßte. Manchmal quält er mich, indem er sich ausmalt, was ich tun werde, wenn er tot ist, und wenn ich dann hysterisch werde und ihn anflehe, damit aufzuhören, sagt er, ich solle ihm diese kleine Freude nicht mißgönnen, da er doch so bald tot sein werde und ich Jahr um Jahr weiterleben und es gut haben könne. Oh, es ist so schrecklich zu denken, daß unsere Liebe jetzt auf diese häßliche, jammervolle Weise erlöschen soll.«

Mrs. Chester setzte sich auf einen Stein am Straßenrand und überließ sich hemmungslosem Weinen. Ashenden betrachtete sie mitleidig, fand aber keine Trostworte für sie. Was sie ihm erzählt hatte, war im Grund keine Überraschung für ihn.

»Geben Sie mir eine Zigarette«, sagte sie schließlich. »Ich darf nicht mit roten, geschwollenen Augen zurückkommen, sonst merkt Henry, daß ich geweint habe, und wird glauben, daß ich einen schlechten Bescheid über ihn erhalten habe. Ist der Tod so furchtbar? Fürchten wir uns alle so davor?«

»Ich weiß nicht«, sagte Ashenden.

»Als meine Mutter im Sterben lag, schien sie das weiter nicht zu berühren. Sie wußte, daß es soweit war, und machte sogar kleine Scherze darüber. Aber sie war eine alte Frau.«

Mrs. Chester faßte sich, und sie gingen weiter. Sie schwiegen eine Weile.

»Sie werden durch das, was ich Ihnen gesagt habe, doch nicht gegen Henry eingenommen sein?« fragte sie schließlich.

»Natürlich nicht.«

»Er ist ein guter Ehemann gewesen und ein guter Vater. Ich habe nie im Leben einen besseren Mann kennengelernt. Bis zu dieser Erkrankung ist ihm sicher niemals ein unfreundlicher oder engherziger Gedanke gekommen.«

Dieses Gespräch machte Ashenden nachdenklich. Die Leute sagten oft, daß er eine schlechte Meinung von der menschlichen Natur habe. Das kam daher, daß er seine Mitmenschen nicht immer nach den landläufigen Regeln beurteilte. Er nahm mit einem Lächeln, einer Träne oder einem Achselzucken manche Dinge hin, die andere mit Bestürzung erfüllten. Tatsächlich hätte man niemals gedacht, daß dieser gutmütige, alltägliche kleine Mann solche bitteren, unwürdigen Gedanken hegen könnte, aber wer war jemals imstande zu sagen, wie weit ein Mensch herunterkommen oder zu welcher Höhe er sich erheben könnte? Bei ihm lag der Fehler an seinen mangelnden Idealen. Henry Chester war dazu geboren und erzogen, ein Durchschnittsleben zu führen und den normalen Wechselfällen des Daseins zu begegnen; bei einem unvorhergesehenen Unglücksfall fehlte es ihm an Abwehrkräften. Er war wie ein Ziegelstein, der dazu bestimmt war, seinen Platz mit einer Million anderer in einer Riesenfabrik auszufüllen, der aber zufällig einen Fehler hattc, der ihn zu diesem Zweck untauglich machte. Und auch der Ziegelstein, wenn er eine Seele hätte, könnte ausrufen: Was habe ich getan, daß ich meine bescheidene Aufgabe nicht erfüllen darf, sondern aus all diesen anderen Ziegelsteinen, die mich stützen, weggenommen werden muß, um auf dem Abfallhaufen zu landen? Es war nicht Henry Chesters Schuld, daß er keiner Vorstellungen fähig war, die ihm vielleicht geholfen hätten, sein Unglück mit Ergebung zu ertragen. Nicht jeder findet Trost in der Kunst oder im Denken. Es ist eine Tragödie unserer Zeit, daß diese primitiven Seelen ihren Glauben an Gott verloren haben, in dem Hoffnung lag, und ihre Überzeugung von einer Auferstehung, die ihnen das Glück bringen könnte, das ihnen auf Erden versagt wurde, und daß sie keinen Ersatz dafür finden.

Manche Leute behaupten, daß Leiden veredelnd wirke. Das ist nicht wahr. Im allgemeinen macht es den Menschen kleinlich, reizbar und selbstsüchtig. Aber hier in diesem Sanatorium gab es wenig Leiden. In einem gewissen Stadium der Tuberkulose hat das sie begleitende leichte Fieber eher eine anregende als eine deprimierende Wirkung, so daß der Patient sich frisch fühlt und der Zukunft hoffnungsvoll und zuversichtlich entgegensieht. Aber im Unterbewußtsein lauert doch der Gedanke an den Tod. Er ist das hämische Thema in einer munteren Operette. Hin und wieder gehen die heiteren, melodischen Arien, die tänzerischen Rhythmen seltsam in tragische Töne über, die bedrohlich an den Nerven zerren: dann bedeuten die kleinen Tagesinteressen, die leichten Eifersüchteleien und trivialen Sorgen nichts mehr; Mitleid und Grauen lassen das Herz erstarren, und das Furchtbare des Todes brütet wie das Schweigen, das einem tropischen Sturm vorausgeht, über dem Dschungel brütet. Als Ashenden einige Zeit im Sanatorium war, kam ein junger Mann von zwanzig Jahren dorthin. Er war in der Marine, Leutnant auf einem Unterseeboot, und er hatte, wie es früher in Romanen hieß, die galoppierende Schwindsucht. Er war ein großer, hübscher junger Mensch mit gelocktem braunen Haar, blauen Augen und einem reizenden Lächeln. Ashenden sah ihn zwei oder dreimal, als er auf der Terrasse in der Sonne lag, und wünschte ihm guten Tag. Er war ein heiterer Junge. Er erzählte von Revuen und Filmstars, und er las in der Zeitung die Fußballresultate und die Boxernachrichten. Dann wurde er ins Bett gesteckt, und Ashenden sah ihn nicht mehr. Seine Verwandten wurden benachrichtigt, und nach zwei Monaten war er tot. Er starb, ohne zu klagen. Er begriff so wenig wie ein Tier, was ihm geschah. Ein paar Tage herrschte im Sanatorium das gleiche Unbehagen wie in einem Gefängnis, nachdem einer der Insassen gehängt worden ist, und dann wurde, wie auf allgemeinen Beschluß, aus einem Gefühl der Selbsterhaltung heraus, der Gedanke an den Jungen abgetan: das Leben mit seinen drei täglichen Mahlzeiten, dem Golf auf dem Miniaturspielplatz, der regelmäßigen Bewegung, der vorgeschriebenen Ruhe, den Streitigkeiten und Eifersüchteleien, dem Klatsch und den kleinen Ärgernissen, ging weiter wie zuvor. Campbell spielte immer wieder, zur Verzweiflung von McLeod, das Preislied und ›Annie Laurie‹ auf seiner Geige. McLeod fuhr fort, mit seinem Bridge zu prahlen und über anderer Leute Gesundheit und Moral zu schwatzen. Miss Atkin fuhr fort zu widersprechen. Henry Chester beklagte sich weiterhin, daß die Ärzte ihm zu wenig Aufmerksamkeit schenkten, und bäumte sich gegen das Schicksal auf, weil es ihm nach seinem mustergültigen Lebenswandel so übel mitgespielt hatte. Ashenden fuhr fort zu lesen und mit belustigter Nachsicht die Launen seiner Mitmenschen zu beobachten.

Er schloß sich etwas mehr an Major Templeton an. Dieser war etwas über vierzig Jahre alt. Er war Gardegrenadier gewesen, hatte aber nach dem Krieg seinen Abschied genommen. Er besaß ein beträchtliches Einkommen und hatte sich seither ganz dem Vergnügen gewidmet. Er war ein passionierter Herrenreiter, in der Jagdsaison ritt er auch bei Fuchsjagden mit. Wenn das vorüber war, ging er nach Monte Carlo. Er erzählte Ashenden von den großen Summen, die er beim Baccarat gewonnen und verloren hatte. Er liebte Frauen, und wenn man seinen Worten Glauben schenken konnte, hatten auch sie ihn gern. Er legte Wert auf gutes Essen und Trinken. Er kannte die Vornamen der Oberkellner von jedem Londoner Restaurant, wo man gut aß. Er war Mitglied von einem halben Dutzend Klubs. Er hatte jahrelang ein unnützes, egoistisches, wertloses Leben geführt, die Art von Leben, die künftig vielleicht niemand mehr führen können wird, aber er hatte es ohne Bedenken gelebt und hatte es genossen. Ashenden fragte ihn einmal, was er tun würde, wenn er noch einmal von vorne anfangen könnte, und er erwiderte, daß er genau dasselbe tun würde. Er war ein amüsanter Plauderer, heiter und angenehm ironisch, und er behandelte die Außenseite der Dinge, das einzige, was er kannte, auf eine leichte, zwanglose und sichere Art. Er hatte immer ein freundliches Wort für die unmodern gekleideten alten Jungfern im Sanatorium und ein Scherzwort für die hitzigen alten Herren, denn er verband gute Manieren mit natürlicher Güte. Er wußte Bescheid in der Welt der oberflächlichen Leute, die mehr Geld besitzen, als sie auszugeben verstehen. Er war ein Mensch, der immer bereit war, auf eine Wette einzugehen, einem Freund zu helfen und einem Gauner ein Geldstück in die Hand zu drücken. Wenn er auf der Welt nichts besonders Gutes geleistet hatte, so hatte er auch nicht viel Schaden angerichtet. Er war ohne jede Bedeutung. Aber er war ein angenehmerer Gefährte als viele andere von bewährterem Charakter und mit wertvolleren Eigenschaften.

Jetzt war er schwer krank. Er mußte bald sterben, und er wußte es. Er nahm es mit der gleichen leichten, lachenden Unbekümmertheit hin, wie er alles andere hingenommen hatte. Er hatte ein fabelhaftes Leben gehabt und bereute nichts. Es war elendes Pech, diese Tbc zu bekommen, aber zum Teufel, niemand kann ewig leben, und wenn man es bedachte, so hätte er ebensogut im Krieg fallen oder sich beim Reiten den verdammten Hals brechen können. Er hatte sein ganzes Leben hindurch den Grundsatz befolgt: Wenn man eine Wette verliert, soll man bezahlen und es dann vergessen. Er hatte seinen Einsatz herausgeholt und war zufrieden. Es war eine verteufelt feine Sache gewesen, solang sie dauerte, aber jedes Fest geht zu Ende, und am nächsten Tag ist es ziemlich gleichgültig, ob man bis zum Tagesanbruch geblieben ist oder sich empfohlen hat, solange der Spaß noch in vollem Gang war.

Von allen Patienten im Sanatorium war er vermutlich vom moralischen Standpunkt aus der wertloseste, aber er war der einzige, der sich mit ehrlicher Sorglosigkeit in das Unvermeidliche schickte. Er schlug dem Tod ein Schnippchen, und dabei blieb die Frage offen, ob man diesen Leichtsinn unpassend oder tapfer nennen sollte.

Das letzte, was ihm eingefallen wäre, als er in das Sanatorium kam, war, daß er sich dort ernster verlieben könnte, denn je zuvor. Er hatte zahlreiche Liebesgeschichten erlebt, aber sie waren leichter Natur gewesen; er hatte sich mit der höflich berechnenden Liebe von Choristinnen begnügt und mit vorübergehenden Beziehungen zu Damen von lockeren Sitten, denen er bei Einladungen begegnet war. Er hatte es immer sorgsam vermieden, eine Bindung einzugehen, die seine Freiheit beeinträchtigen könnte. Sein einziges Bestreben im Leben war immer gewesen, möglichst viel Vergnügen daraus zu ziehen, und in seinem Verhältnis zum andern Geschlecht hatte er jeden Vorteil und keinerlei Nachteil in endloser Abwechslung gefunden. Aber er hatte die Frauen gern. Selbst wenn sie alt waren, konnte er nur mit einer Liebkosung in den Augen und einer Zärtlichkeit in der Stimme mit ihnen sprechen. Er war bereit, alles zu tun, um sie zu erfreuen. Sie fühlten sich durch sein offenkundiges Interesse angenehm geschmeichelt und glaubten, ganz zu Unrecht, daß sie sich darauf verlassen könnten, niemals von ihm im Stich gelassen zu werden. Er machte einmal eine Bemerkung, die Ashenden Einfühlung zu verraten schien:

»Wissen Sie, jeder Mann kann jede Frau, die er will, haben, wenn er sich genug Mühe gibt, dabei ist nichts Besonderes; aber wenn er sie hat, kann nur ein Mann, der die Frauen über alles stellt, sie wieder loswerden, ohne sie zu demütigen.«

Nur aus Gewohnheit begann er, Ivy Bishop den Hof zu machen. Sie war das hübscheste und das jüngste Mädchen im Sanatorium. In Wahrheit war sie nicht so jung, wie

Ashenden zuerst geglaubt hatte; sie war neunundzwanzig, war aber die letzten acht Jahre von einem Sanatorium ins andere gezogen, in der Schweiz, in England und Schottland, und dieses geborgene Invalidendasein hatte ihr die jugendliche Erscheinung bewahrt, so daß man sie leicht für zwanzig halten konnte. Alles, was sie vom Leben wußte, hatte sie in diesen Anstalten erfahren, und dadurch verband sie eine eigentümliche äußere Unschuld mit äußerster geistiger Verfeinerung. Sie hatte den Lauf mancher Liebesgeschichten verfolgt. Eine ganze Anzahl von Männern der verschiedensten Nationalitäten hatte ihr den Hof gemacht. Sie nahm ihre Aufmerksamkeiten mit Selbstbeherrschung und Humor auf, aber sie besaß durchaus genügend Festigkeit, wenn sie geneigt waren, zu weit zu gehen. Sie hatte eine überraschende Charakterstärke für ein so blumenhaft zartes Wesen, und wenn sie jemanden abweisen mußte, verstand sie sich mit deutlichen, kühlen und bestimmten Worten auszudrücken. Sie war für einen Flirt mit George Templeton völlig bereit. In diesem Spiel kannte sie sich aus, und obwohl sie immer reizend zu ihm war, bewahrte sie dabei eine scherzhafte Leichtigkeit, die deutlich bewies, daß sie ihn eingeschätzt hatte und nicht gesonnen war, die Sache ernsthafter zu nehmen als er. Wie Ashenden, ging Templeton jeden Abend um sechs Uhr zu Bett und aß in seinem Zimmer zu Abend, so daß er Ivy nur tagsüber traf. Sie machten kleine Spaziergänge zusammen, waren aber sonst selten miteinander allein. Beim Mittagessen blieb das Gespräch zwischen den vier Tischgenossen, Ivy, Templeton, Henry Chester und Ashenden, ganz allgemein, aber es war klar, daß sich Templeton nicht der beiden Männer wegen so bemühte, unterhaltend zu sein. Ashenden glaubte, daß Templeton es aufgegeben habe, zum Zeitvertreib mit Ivy zu flirten, und daß sein Gefühl für sie an Tiefe und Aufrichtigkeit zunahm, aber er konnte nicht feststellen, ob sie das bemerkte, und ob es ihr etwas bedeutete. Jedesmal, wenn Templeton eine Bemerkung wagte, die intimer war, als es der Gelegenheit angemessen schien, gab sie eine ironische Antwort, die sie alle zum Lachen brachte. Aber Templetons Lachen klang gezwungen. Er war nicht mehr damit zufrieden, von ihr nicht ernstgenommen zu werden. Je näher Ashenden Ivy Bishop kennenlernte, desto besser gefiel sie ihm. Es lag etwas Rührendes in ihrer hinfälligen Schönheit mit dieser wunderbaren, durchsichtigen Haut, dem schmalen Gesicht, in dem die Augen so groß und herrlich blau leuchteten, und es war auch etwas Rührendes an ihrer Lage, denn sie schien, wie so viele andere im Sanatorium, alleine auf der Welt zu sein. Ihre Mutter führte ein betriebsames gesellschaftliches Leben, ihre Schwestern waren verheiratet und hatten nur ein oberflächliches Interesse für das junge Mädchen, von dem sie seit über acht Jahren getrennt lebten. Sie schrieben ihr und besuchten sie manchmal, aber es bestand nicht mehr viel Kontakt zwischen ihnen. Sie nahm die Situation ohne Bitterkeit hin. Sie war freundlich gegen jedermann und immer bereit, mit Teilnahme allen Klagen und Kümmernissen rundherum zuzuhören. Sie gab sich ganz besondere Mühe mit Henry Chester und versuchte alles, um ihn aufzuheitern.

»Nun, Mr. Chester«, sagte sie eines Tages beim Essen zu ihm, »es ist jetzt gegen Ende des Monats, und Ihre Frau wird wohl morgen kommen. Das ist doch etwas, worauf Sie sich freuen können.«

»Nein, sie kommt diesen Monat nicht«, sagte er ruhig und schaute auf seinen Teller.

»Oh, das tut mir leid. Warum nicht? Die Kinder sind doch hoffentlich gesund?«

»Dr. Lennox meint, es sei besser für mich, wenn sie nicht kommt.« Ein Schweigen entstand. Ivy sah ihn mit bekümmerten Augen an.

»Das ist aber Pech, alter Freund«, sagte Templeton in seiner herzhaften Art. »Warum haben Sie Lennox nicht gesagt, er solle sich zum Teufel scheren?«

»Er muß es am besten wissen«, sagte Chester.

Ivy warf ihm noch einen Blick zu und fing an, von etwas anderem zu reden.

Später wurde es Ashenden klar, daß sie die Wahrheit gleich vermutet hatte. Denn am folgenden Tag ging er zufällig mit Chester spazieren.

»Es tut mir so leid, daß Ihre Frau nicht kommt«, sagte er. »Sie werden ihren Besuch schrecklich vermissen.«

»Schrecklich.«

Er schaute Ashenden von der Seite an. Ashenden hatte das Gefühl, daß er ihm etwas sagen wollte, es aber nicht recht über sich brachte. Er zuckte ärgerlich mit den Schultern.

»Es ist meine Schuld, wenn sie nicht kommt. Ich habe Lennox gebeten, ihr zu schreiben, daß sie es nicht tun solle. Ich konnte es nicht mehr ertragen. Ich verbringe den ganzen Monat in der Erwartung ihres Besuches, und wenn sie dann hier ist, hasse ich sie. Sehen Sie, ich bin so außer mir, daß ich diese ekelhafte Krankheit habe. Sie ist stark und gesund und voller Unternehmungslust. Es macht mich rasend, wenn ich den Schmerz in ihren Augen sehe. Was macht es ihr im Grunde aus? Wer kümmert sich darum, wenn man krank ist? Sie tun so, als ob sie besorgt seien, aber dabei sind sie nur zu froh, daß nicht sie selber krank sind. Ich bin doch ein Schwein, nicht wahr?«

Ashenden erinnerte sich daran, wie Mrs. Chester auf dem Stein am Straßenrand gesessen und geweint hatte.

»Fürchten Sie nicht, sie sehr unglücklich zu machen, wenn Sie sie nicht kommen lassen?«

»Sie muß sich damit abfinden. Ich habe genug mit meinem eigenen Unglück zu tun, ohne mich um ihres zu kümmern.«

Ashenden wußte nicht, was er darauf sagen sollte, und sie gingen schweigend weiter. Plötzlich rief Chester gereizt aus:

»Für Sie ist es leicht, uneigennützig und selbstlos zu sein. Sie können weiterleben. Ich werde sterben, und, zum Teufel, ich will nicht sterben. Warum sollte ich? Es ist ungerecht.«

Die Zeit verging. An einem Ort wie dem Sanatorium, wo es wenig Ablenkung für die Gedanken gab, war es unvermeidlich, daß bald jedermann von Templetons Liebe zu Ivy Bishop wußte. Aber es war nicht so leicht, ihre Gefühle zu beurteilen. Augenscheinlich hatte sie seine Gesellschaft gern, aber sie suchte sie nicht, und es schien sogar, als bemühte sie sich, nicht mit ihm allein zu sein. Einige der Damen mittleren Alters versuchten, ihr ein kompromittierendes Zugeständnis zu entlocken, aber bei aller Freimütigkeit war sie ihnen durchaus gewachsen. Sie überhörte die Andeutungen und begegnete ihren direkten Fragen mit ungläubigem Lachen. Es gelang ihr, sie zur Verzweiflung zu bringen.

»Sie kann nicht so dumm sein, daß sie nicht sieht, wie besessen er von ihr ist!«

»Sie hat kein Recht, so mit ihm zu spielen.«

»Ich glaube, sie ist genauso in ihn verliebt, wie er in sie.«

»Dr. Lennox sollte es ihrer Mutter mitteilen.«

Niemand war entrüsteter als McLeod.

»Zu lächerlich. Es kann ja doch nichts dabei herauskommen. Er ist von der Tbc ganz durchlöchert, und bei ihr ist es nicht viel besser.«

Campbell dagegen war hämisch und derb.

»Ich bin ganz dafür, daß sie ein wenig Spaß miteinander haben, so lange es geht. Ich wette, daß ein kleines Techtelmechtel zwischen ihnen im Gang ist, und ich verurteile sie nicht.«

»Sie gemeiner Mensch«, sagte McLeod.

»Ach, tun Sie doch nicht so. Templeton ist nicht die Sorte, um mit so einem Mädchen harmlos Bridge zu spielen, ohne etwas davon zu haben, und ich wette, sie versteht sich auch auf einiges.«

Ashenden, der am meisten mit ihnen verkehrte, kannte sie besser als die anderen. Templeton hatte ihn endlich ins Vertrauen gezogen. Er war über sich selbst etwas belustigt.

»Tolle Sache, sich in meinem Alter in ein anständiges Mädchen zu verlieben. Das letzte, was ich von mir selber erwartet hätte. Und es hat keinen Sinn, es ableugnen zu wollen. Ich stecke bis über die Ohren drin, und wenn ich gesund wäre, würde ich sie bitten, mich morgen zu heiraten. Ich habe nicht gewußt, daß ein Mädchen so nett sein kann. Ich habe immer gefunden, daß junge Mädchen, anständige Mädchen, meine ich, verdammt langweilig sind. Aber sie ist nicht langweilig, sie ist durch und durch gescheit. Und auch hübsch. Mein Gott, diese Haut! Und die Haare. Aber das alles ist es nicht, was mich umgeworfen hat wie einen Satz Kegel. Wissen Sie, was es war? Verdammt lächerlich, wenn man es bedenkt. So einen alten Sünder wie mich! Die Tugend. Daß ich nicht lache! Das letzte, was ich je bei einer Frau gesucht habe, aber so ist es nun, ich komme nicht davon los. Sie ist gut, und ich komme mir vor wie ein Wurm. Das erstaunt Sie wohl?«

»Keineswegs«, sagte Ashenden. »Sie sind nicht der erste

Wüstling, der von der Unschuld besiegt worden ist. Das ist nur die Sentimentalität der mittleren Jahre.«

»Altes Scheusal«, sagte Templeton lachend.

»Was sagt sie dazu?«

»Großer Gott, Sie glauben doch nicht, daß ich es ihr gesagt habe? Ich habe nie ein Wort mit ihr gewechselt, das nicht jedermann hätte hören dürfen. Ich bin vielleicht in sechs Monaten tot, und außerdem, was habe ich einem solchen Mädchen zu bieten?«

Ashenden war mittlerweile ziemlich sicher, daß sie genau so in Templeton verliebt war, wie er in sie. Er hatte ihr Erröten bemerkt, wenn Templeton das Speisezimmer betrat, und er hatte den zärtlichen Blick aufgefangen, den sie ihm zuweilen zuwarf, wenn er sie nicht ansah. Es lag eine eigentümliche Weichheit in dem Lächeln, mit dem sie ihm zuhörte, wenn er von seinen früheren Erlebnissen erzählte. Ashenden hatte den Eindruck, daß sie seine Liebe voller Behagen genoß, wie die Patienten auf der Terrasse angesichts des Schnees die heiße Sonne genießen. Aber es mochte wohl sein, daß sie sich damit begnügte, und es war auf alle Fälle nicht seine Sache, Templeton etwas zu erzählen, was sie ihn vielleicht gar nicht wissen lassen wollte.

Dann ereignete sich etwas, das die Eintönigkeit des Alltags unterbrach. Obwohl McLeod und Campbell sich fortwährend in den Haaren lagen, spielten sie doch zusammen Bridge, da sie vor Templetons Erscheinen die besten Spieler im Sanatorium waren. Sie zankten dabei ununterbrochen miteinander, ihre »Leichenreden« waren endlos, aber nach so langen Jahren kannte jeder die Spielweise des andern ganz genau, und es bereitete ihnen ein lebhaftes Vergnügen, sich gegenseitig zu überbieten. Meistens lehnte es Templeton ab, mit ihnen zu spielen; obwohl er ein hervorragender Spieler war, zog er es vor, mit Ivy Bishop zu spielen, und darin waren sich McLeod und Campbell einig, daß sie jedes Spiel verdarb. Sie gehörte zu den Spielern, die nach einem Fehler, der den Verlust des Rubbers zur Folge hatte, nur lachte und sagte: »Ach, es lag nur an einem Stich!« Aber eines Nachmittags, da Ivy mit Kopfweh in ihrem Zimmer blieb, willigte Templeton ein, mit Campbell und McLeod zu spielen. Ashenden war der vierte Mann. Obwohl es schon Ende März war, hatte es mehrere Tage heftig geschneit, und sie saßen auf einer Veranda, die an drei Seiten die Winterluft frei hineinließ, in Pelzmänteln und Mützen und mit Halbhandschuhen. Der Einsatz war zu niedrig, als daß ein Spieler wie Templeton die Sache hätte ernst nehmen können, und sein Reizen war tollkühn, aber er spielte so viel besser als die anderen, daß es ihm meistens gelang, seinen Contract zu machen oder ihn wenigstens annähernd zu erreichen. Aber es gab viel Verdoppeln dabei. Die Karten stiegen hoch an, so daß unverhältnismäßig viele kleine Schlemms geboten wurden; es war ein stürmisches Spiel, und McLeod und Campbell griffen einander mit bissiger Zunge an. Es wurde halb fünf, und der letzte Rubber wurde begonnen, denn um sechs Uhr rief die Glocke alle zur Liegestunde. Es war ein hartumkämpfter Rubber, denn McLeod und Campbell waren Gegner, und jeder von ihnen war entschlossen, daß der andere nicht gewinnen dürfe. Zehn Minuten vor sechs war Gleichstand; die letzten Karten wurden ausgegeben. Templeton war McLeods Partner, und Ashenden der Partner von Campbell. Das Reizen begann mit zwei Treff von McLeod. Ashenden paßte, Templeton ließ durchblicken, daß er reichlich Hilfe bieten könne, und schließlich meldete McLeod einen großen Schlemm an. Campbell verdoppelte ihn, und McLeod verdoppelte nochmals. Die Spieler von den anderen Tischen, die ihr Spiel abgebrochen hatten, versammelten sich um sie, und in einer Totenstille wurden die Karten vor der kleinen Gruppe von Zuschauern ausgespielt. McLeods Gesicht war kreideweiß vor Erregung, und Schweißtropfen standen ihm auf der Stirne. Seine Hände zitterten. Campbell war sehr grimmig. McLeod mußte zweimal schneiden, und beide Male gelang es. Er kam mit knapper Not durch und machte den letzten der dreizehn Stiche. Die Zuschauer brachen in Beifall aus. McLeod sprang in der Anmaßung des Siegers auf. Er schüttelte die geballte Faust vor Campbells Gesicht.

»Spielen Sie das mal auf Ihrer verdammten Fiedel!« schrie er. »Großer Schlemm, zweimal verdoppelt! Das habe ich mir mein ganzes Leben gewünscht, und jetzt habe ich es. Bei Gott. Bei Gott!«

Er keuchte. Er stürzte nach vorn und fiel über den Tisch.

Ein Blutstrom quoll ihm aus dem Mund. Der Arzt wurde gerufen. Wärter eilten herbei. Er war tot.

Zwei Tage später wurde er begraben, früh morgens, damit die Patienten durch den Anblick eines Begräbnisses nicht gestört würden. Ein schwarzgekleideter Verwandter kam aus Glasgow. Niemand hatte ihn geschätzt. Niemand vermißte ihn. Am Ende der Woche war er sozusagen schon vergessen. Der Regierungsbeamte aus Indien nahm seinen Platz an dem bevorzugten Tisch ein, und Campbell zog in das Zimmer, das er so lange schon hatte haben wollen.

»Jetzt werden wir Ruhe haben«, sagte Dr. Lennox zu Ashenden. »Wenn man bedenkt, daß ich die Streitigkeiten und Klagen dieser beiden Männer Jahr um Jahr ertragen mußte... Glauben Sie mir, man braucht viel Geduld, um ein Sanatorium zu leiten. Und zu denken, daß er nach all der Mühe, die er mir verursacht hat, so enden mußte und all die Leute noch zu Tode erschreckt hat.«

»Es war wirklich ein ziemlicher Schock«, sagte Ashenden.

»Er war nichts wert, und doch waren einige der Damen ganz außer sich. Die arme kleine Miß Bishop hat sich die Augen ausgeweint.«

»Ich vermute, daß sie die einzige war, die um ihn weinte, und nicht über sich selbst.«

Aber bald zeigte es sich, daß es einen Menschen gab, der ihn nicht vergessen hatte. Campbell schlich herum wie ein Hund, der sich verlaufen hat. Er wollte kein Bridge mehr spielen. Er wollte nicht reden. Es bestand kein Zweifel darüber, daß er McLeod nachtrauerte. Mehrere Tage blieb er in seinem Zimmer, ließ sich die Mahlzeiten dorthin bringen und ging dann zu Dr. Lennox, um ihm zu sagen, daß es ihm darin nicht so gut gefalle wie in seinem alten Zimmer und daß er wieder dahin zurückkehren möchte. Dr. Lennox verlor die Geduld, was ihm selten passierte, und erklärte ihm, er habe ihn jahrelang dieses Zimmers wegen bedrängt, und jetzt könne er dort bleiben oder das Sanatorium verlassen. Er kehrte also zurück und blieb düster vor sich hinbrütend sitzen.

»Warum geigen Sie denn nicht mehr?« fragte ihn schließlich die Oberin. »Ich habe Sie seit vierzehn Tagen nicht mehr gehört.«

»Ich habe nicht gespielt.«

»Warum nicht?«

»Es macht mir keinen Spaß mehr. Früher war es ein Vergnügen, weil es McLeod in Wut versetzte. Aber jetzt kümmert sich niemand darum, ob ich spiele oder nicht. Ich werde nie mehr spielen.«

Und er spielte tatsächlich nicht mehr, solange Ashenden im Sanatorium blieb. Es war merkwürdig: seit McLeod tot war, hatte das Leben keinen Reiz für Campbell mehr. Jetzt, da niemand mehr da war, mit dem er streiten konnte oder den er hätte ärgern können, hatte er jeden Antrieb verloren, und es war klar, daß es nicht lange dauern würde, bis er seinem Feind ins Grab nachfolgte.

Aber auf Templeton hatte McLeods Tod eine andere Wirkung, und zwar eine, die bald unerwartete Folgen nach sich ziehen sollte. Er sprach auf seine kühle, distanzierte Art mit Ashenden darüber.

»Großartig, so im Augenblick seines Triumphes auszulöschen. Ich verstehe nicht, warum die Leute sich alle so darüber aufregten. Er war schon lange Jahre hier gewesen, nicht wahr?«

»Achtzehn, glaube ich.«

»Ich frage mich, ob sich das lohnt. Ich frage mich, ob es nicht besser wäre, sich auszutoben und dann die Folgen auf sich zu nehmen.«

»Das hängt wohl davon ab, wie sehr man am Leben hängt.«

»Aber ist das denn Leben?«

Ashenden hatte darauf keine Antwort. Er konnte damit rechnen, in einigen Monaten wieder gesund zu sein, aber man brauchte Templeton nur anzusehen, um zu wissen, daß er sich nie mehr erholen würde. Der Tod hatte ihn gezeichnet.

»Wissen Sie, was ich getan habe?« fragte Templeton. »Ich habe Ivy gefragt, ob sie mich heiraten wolle.«

Ashenden erschrak.

»Was hat sie gesagt?«

»Gott segne ihr Herz, sie hat erklärt, es sei der lächerlichste Einfall, der ihr je im Leben vorgekommen sei, und ich sei verrückt, an so etwas zu denken.«

»Sie müssen zugeben, daß sie recht hat.«

»Vollkommen. Aber sie wird mich doch heiraten.«

»Das ist heller Wahnsinn.«

»Das bezweifle ich nicht, aber wir wollen jedenfalls zu Lennox gehn und ihn fragen, was er dazu sagt.«

Der Winter war endlich gebrochen. Auf den Hügeln lag noch Schnee, aber in den Tälern war er geschmolzen, und an den unteren Hängen waren die Birken schon bereit, zarte Blätter zu entfalten. Der Zauber des Frühlings lag in der Luft. Die Sonne schien heiß. Alle waren munter und einige glücklich. Die langjährigen Patienten, die immer nur für den Winter kamen, machten schon Pläne für ihre Reise nach dem Süden. Templeton und Ivy gingen zusammen zu Dr. Lennox. Sie erklärten ihm ihre Absicht. Er untersuchte sie, es wurden Röntgenaufnahmen gemacht und verschiedene Tests durchgeführt. Dr. Lennox bestimmte einen Tag, an dem er ihnen die Ergebnisse mitteilen und ihren Vorschlag mit ihnen besprechen wollte. Ashenden traf sie, als sie gerade im Begriff waren, zu der Verabredung zu gehen. Sie waren ängstlich, bemühten sich aber, darüber zu scherzen. Dr. Lennox zeigte ihnen die Ergebnisse der Untersuchungen und erklärte ihnen deutlich ihren Zustand.

»Das ist alles gut und schön«, sagte Templeton daraufhin. »Aber wir wollen vor allem wissen, ob wir heiraten können.«

»Das wäre äußerst unklug.«

»Das wissen wir, aber macht das etwas?«

»Und verbrecherisch, wenn Sie ein Kind bekämen.«

»Wir hatten nicht daran gedacht, eines zu bekommen«, sagte Ivy.

»Nun, dann will ich Ihnen ganz kurz den Fall erklären. Dann müssen Sie selbst entscheiden.«

Templeton schaute Ivy mit einem kleinen Lächeln an und ergriff ihre Hand. Der Arzt fuhr fort.

»Ich glaube nicht, daß Miß Bishop jemals kräftig genug sein wird, um ein normales Leben zu führen, aber wenn sie so weiterlebt, wie sie es die letzten acht Jahre getan hat…«

»In Sanatorien?«

»Ja. Dann besteht kein Grund, daß sie nicht recht angenehm bis zu einem zwar nicht sehr hohen, aber doch bis zu einem Alter leben sollte, daß jedem vernünftigen Menschen genügen müßte. Ihre Krankheit ist zur Zeit ruhig. Wenn sie sich verheiratet und es unternimmt, ein normales Dasein zu führen, können die Bazillen sehr leicht wieder aufleben, und niemand kann die Folgen voraussagen. Was Sie betrifft, Templeton, so kann ich es noch viel kürzer ausdrücken. Sie haben die Röntgenaufnahmen selbst gesehen. Ihre Lungen sind voller Herde. Wenn Sie heiraten, werden Sie in sechs Monaten tot sein.«

»Und wenn ich es nicht tue, wie lange kann ich dann noch leben?«

Der Arzt zögerte.

»Seien Sie unbesorgt. Sie können mir die Wahrheit sagen.«

»Zwei oder drei Jahre.«

»Danke. Das war alles, was wir wissen wollten.«

Sie gingen, wie sie gekommen waren, Hand in Hand. Ivy weinte leise. Niemand wußte, was sie einander gesagt hatten, aber als sie zum Essen hereinkamen, strahlten sie. Sie teilten Ashenden und Chester mit, daß sie heiraten würden, sobald sie die Lizenz in Händen hätten. Dann wandte sich Ivy zu Chester.

»Ich hätte so gern, wenn Ihre Frau zu meiner Hochzeit herkommen könnte. Glauben Sie, daß sie es tun würde?«

»Sie werden doch nicht hier heiraten?«

»Doch. Unsere beiderseitigen Verwandten werden es ohnedies mißbilligen, deshalb werden wir es ihnen erst nach vollzogener Trauung mitteilen. Wir wollen Dr. Lennox bitten, die Rolle des Brautvaters für mich zu übernehmen.«

Sie blickte Chester sanft an und wartete, denn er hatte ihr noch keine Antwort gegeben. Die andern beiden Männer beobachteten ihn. Seine Stimme zitterte ein wenig, als er sprach.

»Es ist sehr freundlich von Ihnen, sie dabei haben zu wollen. Ich werde ihr schreiben und sie dazu auffordern.«

Als sich die Nachricht unter den Patienten herumsprach, wurde das Paar von allen beglückwünscht, obwohl die meisten nachher zueinander bemerkten, wie unvernünftig dieser Schritt sei; aber als später durchsickerte, daß Dr. Lennox zu Templeton gesagt habe, wenn er heirate, werde er höchstens noch sechs Monate zu leben haben, verstummten sie ehrfürchtig. Selbst die Stumpfsten unter ihnen rührte der Gedanke an diese beiden Menschen, die aus lauter

Liebe bereit waren, ihr Leben zu opfern. Eine Stimmung von Freundlichkeit und gutem Willen breitete sich im Sanatorium aus: Leute, die nicht mehr miteinander gesprochen hatten, taten es jetzt wieder, andere vergaßen auf kurze Zeit ihre eigenen Sorgen. Alle schienen das Glück zu teilen. Und es war nicht nur der Frühling, der diese kranken Herzen mit neuer Hoffnung erfüllte. Die große Liebe, die diesen Mann und dieses Mädchen erfaßt hatte, schien ihren Glanz auf alle, die in ihre Nähe kamen, auszustrahlen. Ivy war in einem Zustand stiller Seligkeit; die Erregung bekam ihr gut, und sie sah jünger und hübscher aus. Templeton schien in den Wolken zu schweben. Er lachte und scherzte, als hätte er keine einzige Sorge in der Welt. Man hätte denken können, daß er sich auf lange Jahre ungetrübten Glükkes freue. Aber eines Tages vertraute er sich Ashenden an.

»Dieses Haus ist nicht übel, wissen Sie«, sagte er. »Ivy hat mir versprochen, daß sie hierher zurückkehrt, wenn meine Stunde geschlagen hat. Sie kennt die Menschen hier und wird nicht so vereinsamt sein.«

»Ärzte täuschen sich oft«, sagte Ashenden. »Wenn Sie vernünftig leben, sehe ich nicht ein, warum Sie nicht noch eine ganze Weile weitermachen können.«

»Ich verlange nur drei Monate. Wenn ich die nur haben kann, wird es sich lohnen.«

Mrs. Chester kam zwei Tage vor der Trauung herauf. Sie hatte ihren Mann mehrere Monate nicht mehr gesehen, und sie waren beide befangen. Man konnte sich gut vorstellen, daß sie, wenn sie miteinander allein waren, scheu und gehemmt waren. Aber Chester bemühte sich nach Kräften, seine gewohnheitsmäßige Niedergeschlagenheit abzuschütteln, und zeigte sich wenigstens bei den Mahlzeiten als der lustige, ehrliche kleine Mann, der er vor seiner Erkrankung sicher gewesen war. Am Vorabend der Hochzeit speisten sie alle zusammen. Templeton und Ashenden saßen mit dabei; sie tranken Champagner und blieben bis zehn Uhr, sie scherzten und lachten und genossen alles. Die Trauung fand am nächsten Morgen in der Kirche statt. Ashenden war Brautführer. Jeder im Sanatorium, der sich auf den Beinen halten konnte, wohnte der Feier bei. Das neuvermählte Paar fuhr gleich nach dem Essen im Auto fort. Patienten, Ärzte und Pflegerinnen versammelten sich, um ihnen das

Abschiedsgeleit zu geben. Jemand hatte einen alten Schuh hinten am Wagen angebunden, und als Templeton und seine Frau aus der Türe des Sanatoriums heraustraten, wurden sie mit Reis beworfen. Hochrufe erklangen, als sie davonfuhren, als sie der Liebe und dem Tod entgegenfuhren. Die Menge zerstreute sich langsam. Chester und seine Frau gingen schweigend nebeneinander her. Als sie eine kleine Strecke gegangen waren, ergriff er zögernd ihre Hand. Ihr Herzschlag schien auszusetzen. Sie schaute ihn von der Seite an und bemerkte, daß Tränen in seinen Augen standen.

»Verzeih mir, Liebe«, sagte er. »Ich bin sehr unfreundlich zu dir gewesen.«

»Ich wußte ja, daß du es nicht so meintest«, stammelte sie.

»Doch, ich meinte es so. Ich wollte, daß du leiden solltest, weil ich litt. Aber das ist vorbei. All das mit Templeton und Ivy Bishop – ich weiß nicht, wie ich es ausdrücken soll, aber es hat mich dazu gebracht, alles ganz anders anzusehen. Ich fürchte mich nicht mehr vor dem Sterben. Ich glaube nicht, daß der Tod so wichtig ist wie die Liebe. Und ich möchte jetzt, daß du lebst und glücklich bist. Ich mißgönne dir nichts mehr und habe keinerlei Groll mehr. Ich freue mich jetzt, daß ich es bin, der sterben muß, und nicht du. Ich wünsche dir alles Gute in der Welt. Ich liebe dich.«

Eine Frau von fünfzig Jahren

Mein Freund Wyman Holt ist Professor für englische Literatur an einer der kleineren Universitäten im Mittel-Westen, und als er hörte, daß ich in einer nahegelegenen Stadt – nahegelegen nach amerikanischen, weiträumigen Begriffen – reden würde, fragte er bei mir an, ob ich seinen Schülern einen Vortrag halten wolle. Er schlug mir vor, einige Tage bei ihm zu wohnen, damit er mir etwas von der Umgebung zeigen könne. Ich nahm die Einladung an, teilte ihm aber mit, daß meine Verpflichtungen mir nicht gestatteten, mehr als zwei Nächte bei ihm zu verbringen. Er holte mich am Bahnhof ab, fuhr mit mir zu seinem Haus, und nachdem wir etwas getrunken hatten, gingen wir zu der Aula hinüber. Ich war ein wenig bestürzt, dort so viele Menschen vorzufinden, denn ich hatte höchstens zwanzig erwartet und war nicht darauf vorbereitet, eine feierliche Vorlesung zu halten, sondern nur eine zwanglose kleine Plauderei. Ich fühlte mich beträchtlich eingeschüchtert beim Anblick einer Reihe von Leuten in mittlerem und höherem Alter. Ich vermutete, daß einige von ihnen der Fakultät angehörten, und ich befürchtete, daß sie das, was ich vorzubringen hatte, sehr oberflächlich finden würden. Es blieb jedoch nichts anderes übrig als anzufangen, und das tat ich, nachdem Wyman mich dem Publikum auf eine Weise vorgestellt hatte, die mich überzeugte, daß ich den dadurch erweckten Erwartungen nicht entsprechen könnte. Ich sagte mein Sprüchlein her, beantwortete, so gut ich konnte, einige Fragen und zog mich dann mit Wyman in ein kleines Zimmer hinter dem Podium zurück.

Mehrere Leute kamen herein. Sie sagten die bei solchen Gelegenheiten üblichen freundlichen Worte zu mir, und ich gab die üblichen höflichen Antworten darauf. Ich hatte großes Verlangen nach einem Getränk. Dann kam eine Frau herein und streckte mir die Hand hin.

»Wie nett, Sie wiederzusehen«, sagte sie. »Es sind Jahre vergangen, seit wir uns zuletzt getroffen haben.«

Ich war ehrlich davon überzeugt, sie noch nie gesehen zu haben. Ich zwang ein verbindliches Lächeln auf die müden, trockenen Lippen, schüttelte ihr eifrig die dargebotene Hand und fragte mich, wer zum Teufel sie sein mochte. Mein Professor mußte mir am Gesicht abgelesen haben, daß ich mich bemühte, sie unterzubringen, denn er sagte:

»Mrs. Greene ist mit einem Mitglied unserer Fakultät verheiratet, und sie gibt einen Kurs über die Renaissance und die italienische Literatur.«

»Ach«, sagte ich. »Das ist interessant.«

Ich war nicht klüger als zuvor.

»Hat Wyman Ihnen gesagt, daß Sie morgen abend zu uns zum Essen kommen?«

»Das freut mich sehr«, sagte ich.

»Es ist keine Gesellschaft. Nur mein Mann, sein Bruder und die Schwägerin. Florenz hat sich seit damals wohl sehr verändert?«

Florenz? fragte ich mich. Florenz?

Offenbar hatte ich sie dort gekannt. Sie war eine Frau von etwa fünfzig Jahren, mit grauen Haaren, schlicht frisiert und nicht zu auffallend onduliert. Sie war ein wenig zu dick und recht gut angezogen, aber nicht distinguiert; ihr Kleid stammte vermutlich aus der Konfektionsabteilung eines Warenhauses. Ihre ziemlich großen Augen waren blaßblau, ihre Haut nicht gut; sie hatte kein Rot aufgelegt und den Lippenstift nur sparsam angewendet. Sie schien eine nette Person zu sein. Es lag etwas Mütterliches in ihrem Wesen, etwas Gelassenes und Erfülltes, das mich ansprach. Ich nahm an, daß ich sie bei einem meiner zahlreichen Besuche von Florenz kennengelernt hatte, und da es vielleicht ihr einziger Aufenthalt dort gewesen war, hatte unsere Begegnung wohl auf sie mehr Eindruck gemacht als auf mich. Ich muß gestehen, daß meine Bekanntschaft mit den Frauen von Mitgliedern einer Fakultät sehr begrenzt ist, aber sie entsprach genau der Vorstellung, die ich mir von der Gattin eines Professors machte. Und als ich mir ihr Dasein vorstellte, nützlich, aber ereignislos, mit bescheidenen Mitteln, kleinen geselligen Zusammenkünften, Zank und Klatsch und geschäftiger Langeweile, konnte ich mir schon denken, daß ihre Reise nach Florenz ihr als erregende und unvergeßliche Erfahrung im Gedächtnis haften mußte.

Auf dem Heimweg zu seinem Haus sagte Wyman:

»Jasper Greene wird dir gefallen. Er ist gescheit.«

»Was für eine Professur hat er?«

»Er ist nicht Professor, er ist Lektor. Ein echter Gelehrter. Er ist ihr zweiter Mann. Sie war vorher mit einem Italiener verheiratet.«

»Ach?« Das paßte überhaupt nicht zu meinen Gedankengängen. »Wie hieß sie da?«

»Ich habe keine Ahnung. Ich glaube aber, die Ehe ging nicht besonders gut aus.« Wyman lachte vor sich hin. »Das ist nur eine Vermutung, auf die ich deshalb komme, weil sie kein einziges Stück im Haus hat, das auf einen Aufenthalt in Italien hinweist. Ich hätte erwartet, daß sie wenigstens einen Refektoriumstisch, ein paar alte Truhen und ein gesticktes Meßgewand mitgebracht hätte.«

Ich mußte lachen. Ich kannte jene etwas trostlosen Gegenstände, die man in Italien kauft: die vergoldeten, geschnitzten Leuchter, die venezianischen Spiegel und die unbequemen Stühle mit den hohen Lehnen. Sie wirken recht gut, wenn man sie in den überfüllten Antiquitätenläden sieht, aber wenn man sie in ein anderes Land mitnimmt, sind sie oft eine schwere Enttäuschung. Selbst wenn sie echt sind, was selten der Fall ist, wirken sie fehl am Platz und unbehaglich.

»Laura hat Geld«, fuhr Wyman fort. »Als sie heirateten, richtete sie das Haus vom Keller bis zum Speicher ein, alles aus Chicago. Es ist eine Sehenswürdigkeit: das reine Meisterstück an Scheußlichkeit und schlechtem Geschmack. Ich komme nie in das Wohnzimmer, ohne über die unbeirrbare Sicherheit zu staunen, mit der sie genau das ausgewählt hat, was man in Zimmern für Hochzeitsreisende in einem zweitrangigen Hotel in Atlantic City finden würde.«

Um diese Ironie zu erklären, muß ich erwähnen, daß Wymans Wohnzimmer ganz aus Chrom und Glas war, mit rauhen, modernen Stoffen, einem kühnen, kubistischen Teppich, und an den Wänden Drucke von Picasso und Zeichnungen von Tschelicheff. Immerhin aß ich bei ihm vorzüglich. Wir verbrachten den Abend in angenehmem Geplauder über Dinge, die uns gemeinsam interessierten, und beendeten ihn mit ein paar Flaschen Bier. Ich begab mich in einem ziemlich modernen Zimmer zu Bett. Ich las noch eine Weile, löschte dann das Licht und wartete auf das Einschlafen.

Laura? fragte ich mich. Laura wer?

Ich bemühte mich, zurückzudenken. Ich dachte an alle die Leute, die ich in Florenz gekannt hatte, und hoffte, daß mir durch eine Ideenverbindung einfiele, wann und wo ich Mrs. Greene begegnet war. Da ich zum Essen bei ihr eingeladen war, wollte ich mir etwas ins Gedächtnis zurückrufen, als Beweis, daß ich sie nicht vergessen hatte. Die meisten Menschen empfinden es als Kränkung, wenn man sich ihrer nicht entsinnt. Vermutlich legen wir alle unserer eigenen Person eine gewisse Wichtigkeit bei, und es ist etwas demütigend zu erkennen, daß wir auf Leute, mit denen wir verkehrten, keinen Eindruck gemacht haben. Ich schlummerte ein, aber ehe die Wohltat des tiefen Schlafes über mich kam, belebte sich mein Unbewußtes, vermutlich von dem Zwang des Rückerinnerns befreit, und ich war plötzlich wieder hellwach, denn ich wußte nun, wer Laura Greene war. Kein Wunder, daß ich sie vergessen hatte; es waren fünfundzwanzig Jahre vergangen, seit ich sie hin und wieder gesehen hatte, als ich einen Monat in Florenz zubrachte.

Es war unmittelbar nach dem Ersten Weltkrieg. Sie war mit einem Mann verlobt gewesen, der gefallen war, und sie und ihre Mutter hatten es ermöglicht, nach Frankreich zu fahren und sein Grab dort aufzusuchen. Sie stammten aus San Francisco. Nachdem sie diese traurige Aufgabe erfüllt hatten, waren sie nach Italien gekommen und verbrachten den Winter in Florenz. Zu jener Zeit war eine recht große Kolonie von Engländern und Amerikanern dort. Ich hatte amerikanische Freunde, einen Oberst Harding mit seiner Frau – Oberst, weil er beim Roten Kreuz einen wichtigen Posten bekleidet hatte –, die eine schöne Villa in der Via Bolognese besaßen, und sie luden mich ein, bei ihnen zu wohnen. Ich verbrachte die Vormittage meistens mit dem Besuch der Sehenswürdigkeiten, und dann traf ich meine Freunde gegen zwölf Uhr zu einem Cocktail bei Doney in der Via Tornabuoni. Doney war der Treffpunkt für alle Leute, die man kannte, Amerikaner, Engländer und die Italiener, die in ihrer Gesellschaft verkehrten. Dort hörte man den ganzen Stadtklatsch. Nachher versammelte man sich meistens irgendwo zum Lunch, entweder in einem Restaurant oder in einer der Villen mit ihren schönen, alten Gärten, zwei oder drei Kilometer vom Stadtinnern entfernt. Ich hatte eine Karte für den Florenz-Klub erhalten, und am Nachmittag pflegten Charley Harding und ich dorthin zu gehen, um Bridge zu spielen oder ein gefährliches Poker mit zweiunddreißig Karten. Abends folgte dann wohl eine Einladung zum Dinner, mit weiterem Bridge und oft auch anschließendem Tanz. Man traf immer die gleichen Bekannten, aber der Kreis war groß genug und die Leute verschieden genug, um keine Langeweile aufkommen zu lassen. Jedermann interessierte sich mehr oder weniger für Kunst, wie es sich in Florenz gehörte, so daß dieses anscheinend müßige Dasein doch nicht ganz frivol war.

Laura und ihre verwitwete Mutter, Mrs. Clayton, wohnten in einer der besseren Pensionen. Sie schienen in gesicherten Verhältnissen zu leben. Sie waren mit Empfehlungsschreiben nach Florenz gekommen und hatten bald viele Freunde. Lauras Schicksal erweckte Teilnahme, und man bemühte sich deshalb, alles Mögliche für die beiden Frauen zu tun, aber sie waren an sich sehr nett und um ihrer selbst willen beliebt. Häufig veranstalteten sie Einladungen zu Mittagessen in dem einen oder andern Restaurant, wo man Makkaroni und die unvermeidlichen *scaloppine* aß und Chianti trank. Mrs. Clayton wirkte vielleicht ein wenig verloren in dieser kosmopolitischen Gesellschaft, in der man Dinge, die ihr fremd waren, ernsthaft oder heiter besprach, aber Laura fühlte sich bald ganz in ihrem Element. Sie engagierte eine Lehrerin, bei der sie die Sprache lernte, und las mit ihr schon bald das ›Inferno‹. Sie verschlang Bücher über die Kunst der Renaissance und über florentinische Geschichte, und zuweilen begegnete ich ihr, den Baedeker in der Hand, in den Uffizien oder in einer Kirche, lernbegierig in die Betrachtung der Kunstwerke vertieft.

Sie war damals vier- oder fünfundzwanzig, und ich war weit über vierzig, so daß wir, obwohl wir uns häufig trafen, nur herzlich befreundet, aber nicht intim miteinander wurden. Sie war keineswegs schön, aber auf eine ziemlich ungewöhnliche Art anziehend: sie hatte ein ovales Gesicht, leuchtende blaue Augen und dunkles Haar, das sie sehr einfach frisiert trug, in der Mitte gescheitelt, über die Ohren gelegt und tief im Nacken zu einem Knoten zusammengefaßt. Sie hatte eine klare Haut und von Natur sehr frische Farben. Die Züge waren gut geschnitten, ohne bemerkenswert zu sein, und ihre Zähne gleichmäßig, klein und weiß. Aber ihr Hauptreiz lag in der gelösten Anmut ihrer Bewegungen, und ich war nicht überrascht, als man mir erzählte, daß sie »himmlisch« tanze. Ihre Figur war sehr gut, etwas voller, als es zur Zeit Mode war, und ich glaube, was ihre Erscheinung so anziehend machte, lag in der merkwürdigen Mischung von einer Madonna aus einem Altarbild eines Spätitalieners und einer Andeutung von Sinnlichkeit. Jedenfalls wirkte sie dadurch sehr verführerisch auf die Italiener, die sich am Vormittag bei Doney versammelten oder gelegentlich in die amerikanischen oder englischen Villen eingeladen wurden. Sie war augenscheinlich daran gewöhnt, mit verliebten jungen Männern umzugehen, denn trotz ihres reizenden, liebenswürdigen und freundschaftlichen Benehmens bewahrte sie doch den Abstand. Sie entdeckte sehr bald, daß alle auf der Suche nach einer amerikanischen Erbin waren, die ihrem Familienvermögen aufhelfen würde, und sie gab ihnen mit versteckter Belustigung, die ich bewunderte, zu verstehen, daß sie keineswegs reich sei. Sie seufzten ein wenig und wandten dann ihre Aufmerksamkeiten bei Doney, ihrem glücklichen Jagdgefilde, anderen, mehrversprechenden Objekten zu. Sie tanzten zwar weiter mit ihr und hielten die Beziehung durch Flirten aufrecht, aber ihr Trachten richtete sich nicht mehr auf eine Heirat.

Nur ein junger Mann blieb beharrlich. Ich kannte ihn flüchtig, weil er einer der regelmäßigen Pokerspieler im Klub war. Ich spielte zuweilen. Man konnte unmöglich gewinnen, und die verärgerten Fremden pflegten zu sagen, daß die Italiener sich gegen uns zusammenrotteten, aber es mag auch sein, daß sie ihr besonderes Spiel besser kannten als wir. Lauras Verehrer, Tito di San Pietro, war ein kühner, sogar verwegener Spieler und verlor oft größere Summen, als er sich leisten konnte. (Das war nicht sein richtiger Name, aber ich nenne ihn so, da sein eigener Name in der florentinischen Geschichte berühmt ist.) Er war ein hübscher junger Mann, weder groß noch klein, mit prachtvollen schwarzen Augen, dichtem schwarzem Haar, das von der Stirne zurückgebürstet war und von Öl glänzte, olivfarbener Haut und Zügen von klassischer Regelmäßigkeit. Er war arm und hatte irgendeine Tätigkeit, die aber seine Vergnügungen anscheinend nicht störte, und er war immer sehr gut angezogen. Niemand wußte genau, wo er eigentlich wohnte, vielleicht in einem möblierten Zimmer oder in der Dachkammer eines Verwandten, und das einzige, was von den großen Besitzungen seiner Vorfahren übrig geblieben war, bestand in einer Cinquecento-Villa, etwa vierzig Kilometer außerhalb der Stadt. Ich habe sie nie gesehen, aber man erzählte mir, daß sie von erstaunlicher Schönheit sei, mit einem ausgedehnten, verwilderten Park voller Zypressen und Steineichen, wuchernden Buchseinfassungen, Terrassen, künstlichen Grotten und verfallenen Statuen. Sein verwitweter Vater, der Graf, wohnte dort allein und lebte von dem Ertrag seiner Weinreben und dem Öl von seinen Olivenbäumen. Er kam nur selten nach Florenz, darum habe ich ihn nie getroffen, aber Charley Harding kannte ihn recht gut.

»Er ist das vollendete Exemplar des toskanischen Edelmannes der alten Schule«, sagte er. »Er war in seiner Jugend im diplomatischen Dienst, und er kennt die Welt. Er hat die besten Manieren und ein Auftreten, daß man es wie eine Gunst empfindet, wenn er einem guten Tag sagt. Er macht glänzende Konversation. Das Wenige, was er erbte, hat er im Spiel und mit Frauen vergeudet, aber er trägt seine Armut mit Würde. Er tut so, als ob das Geld seiner Beachtung nicht wert sei.«

»Wie alt ist er etwa?« fragte ich.

»Fünfzig, schätze ich, aber er ist noch immer der schönste Mann, den ich je gesehen habe.«

»Oh?«

»Beschreibe du ihn, Bessie. Als er zum erstenmal hierher kam, hat er Bessie Avancen gemacht. Ich habe nie herausbekommen können, wie weit es ging.«

»Sei nicht so töricht, Charley«, sagte Mrs. Harding lachend.

Sie warf ihm einen Blick zu, wie eine Frau das tut, die mit ihrem Mann viele Jahre verheiratet und ganz zufrieden mit ihm ist.

»Er ist sehr anziehend für Frauen, und er weiß es«, sagte sie. »Wenn er mit einem spricht, hat man das Gefühl, als gäbe es für ihn keine andere Frau auf der Welt, und das ist natürlich schmeichelhaft. Aber es ist nur ein Spiel, und eine Frau müßte sehr dumm sein, wenn sie ihn ernst nähme. Er *ist* sehr schön. Groß und schlank, und er hält sich gut. Er hat große, dunkle, glänzende Augen, wie sein Sohn, sein Haar ist schneeweiß, aber noch sehr dicht, und der Gegensatz zu seinem gebräunten, jungen Gesicht ist wirklich atemraubend. Er sieht mitgenommen, etwas verwüstet aus, zugleich aber so vornehm – es ist wirklich unglaublich romantisch.«

»Er hat seine großen, dunklen, glänzenden Augen auch auf die beste Gelegenheit gerichtet«, meinte Charley Harding trocken. »Und er wird Tito nie gestatten, ein Mädchen zu heiraten, das nicht mehr Geld besitzt als Laura.«

»Sie hat etwa fünftausend Dollar eigenes Einkommen im Jahr«, sagte Bessie. »Und wenn ihre Mutter stirbt, erhält sie noch einmal soviel.«

»Ihre Mutter kann noch dreißig Jahre leben, und fünftausend Dollar im Jahr würden nicht weit reichen, um einen Mann, einen Vater und zwei oder drei Kinder zu ernähren und eine heruntergekommene Villa, sozusagen ohne ein Möbelstück darin, instand zu setzen.«

»Ich glaube, der Junge ist rasend verliebt in sie.«

»Wie alt ist er?« fragte ich.

»Sechsundzwanzig.«

Einige Tage später, als Charley zum Essen nach Hause kam und wir ausnahmsweise einmal unter uns blieben, erzählte er mir, er sei Mrs. Clayton in der Via Tornabuoni begegnet, und sie habe ihm gesagt, daß sie und Laura am Nachmittag mit Tito hinausfahren wollten, um seinen Vater zu besuchen und die Villa anzusehen.

»Was meinst du, was das bedeutet?« fragte Bessie.

»Ich glaube, Tito will Laura seinem Vater zur Begutachtung vorführen, und wenn diese günstig ausfällt, wird er ihr einen Heiratsantrag machen.«

»Und wird sie günstig ausfallen?« fragte Bessie.

»Ganz ausgeschlossen.«

Aber Charley irrte sich. Nachdem die beiden Damen das Haus besichtigt hatten, wurden sie durch den Park geführt. Ohne richtig zu wissen, wie es geschehen war, fand sich Mrs. Clayton in einer Allee allein mit dem alten Grafen. Sie konnte kein Italienisch, aber er war in London Attaché gewesen, und sein Englisch war nicht schlecht.

»Ihre Tochter ist reizend, Mrs. Clayton«, sagte er. »Ich wundere mich nicht, daß mein Tito sich in sie verliebt hat.«

Mrs. Clayton war nicht dumm, und vielleicht hatte auch sie erraten, warum der junge Mann sie aufgefordert hatte, die Villa seiner Ahnen anzusehen.

»Junge Italiener sind sehr leicht entflammt. Laura ist vernünftig genug, ihre Aufmerksamkeiten nicht zu ernst zu nehmen.«

»Ich hatte gehofft, daß sie dem Jungen gegenüber nicht ganz gleichgültig wäre.«

»Ich habe keinen Grund anzunehmen, daß sie ihn lieber hat als irgendeinen der anderen jungen Männer, die mit ihr tanzen«, erwiderte Mrs. Clayton ziemlich kühl. »Ich glaube, ich sollte Ihnen gleich sagen, daß meine Tochter nur ein sehr bescheidenes Einkommen hat, und vor meinem Tod wird sie auch nicht mehr haben.«

»Ich will Ihnen gegenüber ganz aufrichtig sein. Ich besitze nichts in der Welt als dieses Haus und etwas Land darum herum. Mein Sohn könnte es sich nicht leisten, ein mittelloses Mädchen zu heiraten, aber er ist kein Mitgiftjäger, und er liebt Ihre Tochter.«

Der Graf hatte nicht nur das große Auftreten, er besaß auch sehr viel Charme, und Mrs. Clayton war dafür nicht unempfänglich. Sie lenkte ein wenig ein.

»Das tut alles nichts zur Sache. In Amerika arrangieren wir die Heiraten unserer Kinder nicht. Wenn Tito sie heiraten will, soll er sie fragen, und wenn sie dazu bereit ist, wird sie es vermutlich sagen.«

»Wenn ich mich nicht sehr täusche, ist er gerade dabei, sie zu fragen. Ich hoffe von ganzem Herzen, daß er Erfolg haben wird.«

Sie schlenderten weiter, und bald darauf sahen sie die beiden jungen Leute Hand in Hand ihnen entgegenkommen. Es war nicht schwer zu erraten, was sich ereignet hatte. Tito küßte Mrs. Claytons Hand und seines Vaters Wangen.

»Mrs. Clayton, Papa, Laura hat eingewilligt, meine Frau zu werden.«

Die Verlobung erregte ein gewisses Aufsehen in der florentinischen Gesellschaft, und eine Reihe von Einladungen wurden für das junge Paar gegeben. Es war ganz klar, daß Tito sehr verliebt war; aus Lauras Verhalten ging das nicht so deutlich hervor. Er war hübsch, er betete sie an, er war temperamentvoll und heiter; es war anzunehmen, daß sie ihn liebte, aber sie war ein Mädchen, das seine Gefühle nicht zeigte, und sie verhielt sich genau wie bisher, ein wenig still, liebenswürdig, ernst, aber freundlich, und angenehm in der Unterhaltung. Ich fragte mich, bis zu welchem Grad sie bei der Annahme seines Antrages durch seinen großen Namen mit all den historischen Beziehungen beeinflußt worden war und durch den Anblick jenes schönen Hauses mit seiner wunderbaren Aussicht und dem romantischen Garten.

»Jedenfalls besteht kein Zweifel darüber, daß es von seiner Seite aus eine Liebesheirat ist«, sagte Bessie Harding, als wir darüber sprachen. »Mrs. Clayton hat mir erzählt, daß weder Tito noch sein Vater den geringsten Versuch gemacht haben zu erfahren, wieviel Vermögen Laura besitzt.«

»Ich möchte eine Million Dollar wetten, daß sie auf den letzten Cent genau wissen, was sie hat, und daß sie sich ausgerechnet haben, wieviel das in *lire* ist«, sagte Harding etwas bissig.

»Du bist ein garstiger alter Mann, Liebling«, antwortete sie.

Bald darauf verließ ich Florenz. Die Hochzeit fand in Hardings Haus statt, und eine große Menge kam zum Essen und Champagnertrinken dorthin. Tito und seine Frau mieteten eine Wohnung am Lungarno, und der alte Graf kehrte in seine einsame Villa in den Hügeln zurück. Ich kam erst drei Jahre später wieder nach Florenz, und nur für eine Woche. Ich wohnte wieder bei den Hardings. Ich erkundigte mich nach meinen alten Freunden und erinnerte mich dann auch an Laura und ihre Mutter.

»Mrs. Clayton ist nach San Francisco zurückgekehrt«, sagte Bessie, »und Laura und Tito wohnen jetzt in der Villa mit dem Grafen. Sie sind sehr glücklich.«

»Sind Kinder da?«

»Nein.«

»Erzähle weiter«, sagte Harding.

Bessie warf ihrem Mann einen Blick zu.

»Ich begreife gar nicht, warum ich dreißig Jahre mit einem Mann zusammengelebt habe, der mir so unsympathisch ist«, sagte sie. »Sie haben die Wohnung am Lungarno aufgegeben. Es hat Laura viel Geld gekostet, die Villa instandzusetzen, sie hat Badezimmer und Zentralheizung einrichten lassen, und sie mußte eine Menge Möbel kaufen, damit es wohnlich wurde, und dann verlor Tito ein kleines Vermögen beim Poker, und die arme Laura mußte es bezahlen.«

»Hat er keine Tätigkeit?«

»Die brachte kaum etwas ein, und er verlor sie.«

»Bessie will damit sagen, daß man ihn davongejagt hat«, bemerkte Harding.

»Nun, um die Sache kurz zu machen, sie meinten, es würde billiger sein, in der Villa zu wohnen, und Laura dachte, es würde Tito vor weiterem Unheil bewahren. Sie liebt den Garten und hat ihn wunderschön angepflanzt. Tito betet sie einfach an, und der alte Graf hat großen Gefallen an ihr gefunden. Also hat sich tatsächlich alles recht gut gemacht.«

»Es wird dich interessieren zu hören, daß Tito am letzten Donnerstag in der Stadt war«, sagte Harding. »Er hat wie ein Wahnsinniger gespielt, und ich weiß nicht, wieviel er verloren hat.«

»Ach, Charley! Er hat Laura doch versprochen, daß er nie mehr spielen würde.«

»Als ob ein Spieler ein solches Versprechen jemals halten könnte! Es wird wieder so sein wie das letzte Mal. Er wird in Tränen ausbrechen und erklären, daß er sie liebe und daß es eine Ehrenschuld sei, und wenn er das Geld nicht auftreiben könne, werde er sich eine Kugel in den Kopf jagen. Und Laura wird bezahlen, wie sie es das letztemal getan hat.«

»Er ist schwach, der arme Kerl, aber das ist sein einziger Fehler. Im Gegensatz zu den meisten italienischen Männern ist er ihr absolut treu, und er ist die Güte in Person.« Sie schaute Harding mit einer Art von grimmigem Humor an. »Ich habe den vollkommenen Ehemann noch nicht entdekken können.«

»Dann mußt du aber bald auf die Suche danach gehen, meine Liebe, bevor es zu spät dafür ist«, erwiderte er lachend.

Ich verließ die Hardings und kehrte nach London zurück. Charley und ich korrespondierten ziemlich unregelmäßig miteinander, und nach etwa einem Jahr erhielt ich einen Brief von ihm. Er berichtete darin wie immer, was er in der Zwischenzeit getan habe, und erwähnte, daß er zu einer Badekur in Montecatini und mit Bessie zu Besuch bei Freunden in Rom gewesen sei. Er schrieb von verschiedenen Leuten, die ich in Florenz kannte; der eine hatte gerade einen Bellini gekauft, und Mrs. Soundso war nach Amerika gereist, um ihre Scheidung einzureichen. Dann fuhr er fort: »Ich nehme an, daß du über die San Pietros gehört hast. Es hat uns alle erschüttert, und wir können von nichts anderem reden. Laura ist ganz außer sich, das arme Ding, und sie erwartet ein Kind. Die Polizei verhört sie fortwährend, und das macht es nicht leichter für sie. Natürlich haben wir sie zu uns geholt. Tito wird nächsten Monat vor Gericht erscheinen.«

Ich hatte keine Ahnung, wovon die Rede war. Darum schrieb ich sofort an Harding und fragte, was das alles bedeute. Er antwortete mit einem langen Brief. Was er mir zu berichten hatte, war schrecklich. Ich will die nackten, brutalen Tatsachen so kurz wie möglich erzählen. Ich erfuhr sie zum Teil durch Hardings Schreiben, zum Teil durch das, was er und Bessie mir erzählten, als ich zwei Jahre später wieder bei ihnen war.

Der Graf und Laura waren sogleich voneinander eingenommen, und Tito freute sich, wie rasch sich zwischen ihnen eine warme Freundschaft entwickelte, denn er war seinem Vater ebenso zugetan, wie er in Laura verliebt war. Er war froh, daß sein Vater anfing, öfter nach Florenz hereinzukommen als früher. Sie hatten ein Gastzimmer in ihrer Wohnung, und gelegentlich verbrachte er ein oder zwei Nächte bei ihnen. Er und Laura pflegten dann die Antiquitätenläden zu durchstöbern und alte Stücke für die Villa zu kaufen. Er besaß Geschmack und Kenntnisse, und allmählich verlor das Haus mit seinen großen Räumen und Marmorböden sein verlassenes Aussehen und wurde ein freundlicher Wohnsitz. Laura war eine leidenschaftliche Gärtnerin; sie und der Graf brachten viele Stunden damit zu, Pläne zu entwerfen und dann die Arbeiter zu beaufsichtigen, die den Gärten ihre alte, etwas pompöse Schönheit zurückgaben.

Laura nahm es leicht, als Titos finanzielle Schwierigkeiten sie zwangen, die Wohnung in Florenz aufzugeben. Sie hatte inzwischen genug von der florentinischen Gesellschaft und war nicht abgeneigt, künftig ganz in dem vornehmen Haus seiner Ahnen zu leben. Tito liebte die Stadt, und der Verzicht bestürzte ihn, aber er durfte sich nicht darüber beklagen, da sein eigener Leichtsinn daran schuld war. Sie hatten noch ihr Auto, und er unterhielt sich damit, lange Fahrten zu machen, während Laura und sein Vater beschäftigt waren, und wenn sie wußten, daß er hin und wieder nach Florenz fuhr und einen kleinen Abstecher in den Klub machte, so drückten sie ein Auge zu. Ein Jahr verging auf diese Weise. Dann, er wußte nicht recht, warum, wurde er von einem unbestimmten Verdacht erfüllt. Er konnte nichts nachweisen; er hatte das Gefühl, als ob Laura ihn nicht mehr so liebte wie am Anfang. Manchmal glaubte er, bei seinem Vater eine gewisse Ungeduld ihm gegenüber zu bemerken; sie schienen sich gegenseitig immer viel zu sagen zu haben, aber er gewann den Eindruck, daß sie ihn von ihrem Gespräch ausschließen wollten wie ein Kind, von dem man erwartet, daß es still dasitzt, während die Erwachsenen sich über seinen Kopf weg unterhalten. Es kam ihm so vor, als ob seine Gegenwart ihnen oft unwillkommen sei, und als ob sie sich ohne ihn zwangloser fühlten. Er kannte seinen Vater und seinen Ruf, aber der Argwohn, der in ihm aufstieg, war so furchtbar, daß er ihn nicht aufkommen lassen wollte. Und doch fing er zuweilen einen Blick auf, den sie miteinander tauschten und der ihn beunruhigte: in den Augen seines Vaters lag eine besitzergreifende Zärtlichkeit, in denen Lauras ein sinnliches Behagen. Wenn er das bei anderen beobachtet hätte, so wäre er überzeugt gewesen, daß sie ein Liebesverhältnis miteinander hatten. Aber er konnte, er wollte es nicht glauben. Der Graf konnte es einfach nicht lassen, einer Frau den Hof zu machen, und es war durchaus begreiflich, daß Laura seine ungewöhnliche Anziehungskraft spürte, aber es war schamlos, auch nur einen Augenblick anzunehmen, daß sie, diese beiden Menschen, die er liebte, eine verbotene, eine beinahe blutschänderische Verbindung eingegangen seien. Tito war sicher, daß Laura niemals in ihren Gefühlen mehr empfinden könnte als die natürliche Zuneigung einer glücklich verheirateten jungen Frau für ihren Schwiegervater. Trotzdem hielt er es für besser, daß sie nicht diesem täglichen Verkehr mit seinem Vater ausgesetzt bliebe, und eines Tages schlug er vor, daß sie nach Florenz zurückziehen wollten. Laura und der Graf waren erstaunt darüber und wollten nichts davon hören. Laura erklärte, nachdem sie so viel Geld für die Villa ausgegeben habe, könne sie es sich nicht leisten, eine weitere Wohnung einzurichten, und der Graf fand, es wäre töricht, die Villa zu verlassen, um in einer elenden Wohnung in der Stadt zu hausen. Ein Streit entstand, und Tito wurde ziemlich erregt. Er legte eine Bemerkung Lauras dahin aus, daß sie in der Villa bleiben wolle, um ihn den Versuchungen fernzuhalten. Diese Erwähnung seiner Verluste beim Pokerspiel ärgerte ihn.

»Du wirfst mir immer dein Geld ins Gesicht«, sagte er hitzig. »Wenn ich eine Geldheirat hätte machen wollen, so wäre ich vernünftig genug gewesen, eine Frau zu wählen, die viel mehr hatte als du.«

Laura wurde ganz blaß und warf dem Grafen einen Blick zu.

»Du hast kein Recht, so mit Laura zu sprechen«, sagte er. »Du bist ein Tölpel.«

»Ich spreche mit meiner Frau so, wie ich will.«

»Da irrst du dich. Solange du in meinem Hause bist, wirst du ihr mit der Achtung begegnen, die ihr zukommt und zu der du verpflichtet bist.«

»Wenn ich Anstandsunterricht von dir haben möchte, Vater, werde ich es dich wissen lassen.«

»Du bist sehr impertinent, Tito. Du wirst die Güte haben, das Zimmer zu verlassen.«

Er sah sehr streng und würdevoll aus. Tito war wütend, aber auch ein wenig eingeschüchtert, sprang auf die Füße, stampfte aus dem Zimmer und schlug die Türe hinter sich zu. Dann nahm er den Wagen und fuhr nach Florenz. An diesem Tag gewann er eine beträchtliche Summe (Glück im Spiel, Unglück in der Liebe), und um diesen Gewinn zu feiern, betrank er sich gehörig. Er kehrte erst am nächsten Morgen in die Villa zurück. Laura war so freundlich und gelassen wie immer, aber sein Vater verhielt sich etwas kühl. Die Streitszene wurde nicht erwähnt. Doch von da an wurde es immer schlimmer. Tito war verstimmt und mürrisch, der Graf kritisch, und gelegentlich gab es einen scharfen Wortwechsel zwischen ihnen. Laura mischte sich nicht ein, aber Tito gewann den Eindruck, daß sie nach einer besonders erbitterten Auseinandersetzung bei seinem Vater vermittelt habe, denn von da an gab es der Graf auf, sich zu ärgern, und begann Tito mit der nachsichtigen Geduld zu behandeln, mit der man einem widerspenstigen Kind begegnet. Er redete sich ein, daß sie in Übereinstimmung handelten, und sein Mißtrauen wuchs. Es wurde noch stärker, als Laura in ihrer gutmütigen Art meinte, es müsse sehr langweilig für ihn sein, soviel auf dem Land zu leben, und ihn ermutigte, seine Freunde in Florenz häufiger zu besuchen. Er zog sofort den Schluß daraus, daß sie dies nur vorschlage, um ihn los zu werden. Er fing an, beide zu beobachten. Er betrat oft unerwartet ein Zimmer, in dem sie sich befanden, in der Erwartung, sie in einer kompromittierenden Stellung zu erwischen, oder er folgte ihnen lautlos in einen abgelegenen Teil des Parkes. Sie plauderten arglos über gleichgültige Dinge. Laura begrüßte ihn mit einem freundlichen Lächeln. Er konnte keinen Anhaltspunkt für seine quälenden Zweifel entdecken. Er begann zu trinken. Er wurde nervös und reizbar. Er hatte keinen Beweis, nicht den geringsten Beweis dafür, und doch fühlte er bis in die Knochen, daß sie ihn gröblich und schamlos betrogen. Er brütete darüber nach, bis er den Verstand zu verlieren glaubte. Ein finsteres Feuer in seinem Innern verzehrte ihn. Bei einem seiner Besuche in Florenz kaufte er eine Pistole. Er beschloß, daß er sie beide töten würde, sobald er einen Beweis dafür hätte, was in seinem Herzen eine Gewißheit war.

Ich weiß nicht, was die Katastrophe endlich auslöste. Bei der Verhandlung kam lediglich heraus, daß Tito eines Abends in das Zimmer seines Vaters ging, um sich mit ihm auseinanderzusetzen. Sein Vater spottete und lachte ihn aus. Sie hatten einen wütenden Streit, und Tito zog seine Pistole heraus und erschoß den Grafen. Dann brach er zusammen und warf sich hysterisch weinend über die Leiche. Auf die wiederholten Schüsse stürzten Laura und die Dienstboten herein. Er sprang auf und ergriff die Pistole, um sich selber zu erschießen, wie er später sagte, aber er zögerte, oder sie waren zu rasch für ihn und rissen sie ihm aus der Hand. Man rief die Polizei. Im Gefängnis verbrachte er die meiste Zeit mit Weinen; er wollte nichts essen und mußte dazu gezwungen werden. Dem Untersuchungsrichter erklärte er, daß er seinen Vater getötet habe, weil er der Liebhaber seiner Frau gewesen sei. Laura, die immer und immer wieder verhört wurde, schwor, daß zwischen ihr und dem Grafen weiter nichts als eine natürliche Zuneigung bestanden habe. Der Mord erfüllte die Öffentlichkeit in Florenz mit Entsetzen. Die Italiener waren von Lauras Schuld überzeugt, aber ihre englischen und amerikanischen Freunde hielten sie des Verbrechens, dessen man sie anklagte, nicht für fähig. Sie erklärten überall, daß Tito neurotisch und irrsinnig eifersüchtig gewesen sei und auf seine törichte Art ihr freies amerikanisches Benehmen mit einer verbrecherischen Leidenschaft verwechselt habe. Auf den ersten Blick wirkte Titos Anklage lächerlich. Carlo di San Pietro war fast dreißig Jahre älter als sie, ein alternder Mann mit weißem Haar; wie konnte man annehmen, daß eine ungehörige Beziehung zwischen ihr und ihrem Schwiegervater bestanden habe, zumal ihr Mann jung, hübsch und in sie verliebt war?

Harding war dabei, als Laura mit dem Untersuchungsrichter sprach und mit den Anwälten, die Titos Verteidigung übernommen hatten. Sie waren übereingekommen, auf geistige Unzurechnungsfähigkeit zu plädieren. Die Sachverständigen der Verteidigung untersuchten ihn und erklärten ihn für unzurechnungsfähig, die Sachverständigen der Anklage untersuchten ihn ebenfalls und erklärten ihn für normal. Die Tatsache, daß er drei Monate vor diesem schrecklichen Verbrechen eine Pistole gekauft hatte, galt als Beweis, daß es vorbedacht war. Es stellte sich heraus, daß er schwer verschuldet war und daß seine Gläubiger ihn bedrängten; die einzige Möglichkeit, sie zu befriedigen, war für ihn der Verkauf der Villa, und durch den Tod seines Vaters gelangte sie in seinen Besitz. In Italien gibt es keine Todesstrafe, aber vorsätzlicher Mord wird mit lebenslanger

Einzelhaft bestraft. Als der Zeitpunkt der Gerichtsverhandlung näher rückte, kamen die Anwälte zu Laura und erklärten ihr die einzige Möglichkeit, Tito davor zu bewahren: sie müsse vor Gericht zugeben, daß der Graf ihr Liebhaber gewesen sei. Laura wurde sehr blaß. Harding protestierte heftig. Er sagte, sie hätten kein Recht, einen Meineid von ihr zu verlangen und ihren guten Ruf zu ruinieren, um diesen haltlosen, trunksüchtigen Spieler, den sie unglücklicherweise geheiratet hatte, zu retten. Laura schwieg eine Weile.

»Gut«, sagte sie schließlich, »wenn das die einzige Möglichkeit ist, ihn zu retten, so werde ich es tun.«

Harding versuchte, ihr davon abzuraten, aber sie war entschlossen.

»Ich hätte keine ruhige Stunde mehr, wenn ich wüßte, daß Tito den Rest seines Lebens allein in einer Gefängniszelle verbringen müßte.«

Und so geschah es. Die Gerichtsverhandlung begann. Laura wurde aufgerufen und erklärte unter Eid, daß ihr Schwiegervater während mehr als eines Jahres ihr Liebhaber gewesen sei. Tito wurde als unzurechnungsfähig erklärt und in eine Nervenheilanstalt eingewiesen. Laura wollte Florenz sofort verlassen, aber in Italien dauern die Vorverhandlungen für ein Gerichtsverfahren endlos, und dann war ihre Zeit fast gekommen. Die Hardings bestanden darauf, daß sie bis nach ihrer Niederkunft bei ihnen blieb. Ein Kind wurde geboren, ein Knabe, aber er lebte nur vierundzwanzig Stunden. Ihr Plan war, nach San Francisco zurückzukehren und bei ihrer Mutter zu wohnen, bis sie eine Arbeit finden konnte, denn Titos Verschwendungssucht, die Ausgaben für die Villa und dann die Kosten des Gerichtsverfahrens hatten ihr Vermögen ernstlich verringert.

Harding hatte mir das meiste davon erzählt, aber eines Tages, als er im Klub war und ich mit Bessie Tee trank und wir wieder über diese tragischen Ereignisse sprachen, sagte sie:

»Wissen Sie, Charley hat Ihnen nicht die ganze Geschichte erzählt, weil er sie nicht kennt. Ich habe es ihm nie gesagt. Männer sind in mancher Hinsicht komisch; sie sind viel leichter schockiert als Frauen.«

Ich zog die Augenbrauen in die Höhe, sagte aber nichts.

»Kurz bevor Laura abreiste, hatten wir ein Gespräch. Sie war sehr niedergeschlagen, und ich dachte, sie traure über den Verlust ihres Kindes. Ich wollte ihr etwas Tröstliches sagen. ›Du darfst den Tod deines Kindes nicht zu tragisch nehmen‹, sagte ich. ›So wie die Dinge liegen, ist es vielleicht besser, daß es gestorben ist.‹ ›Warum?‹ sagte sie. ›Denke nur an die Zukunft des armen kleinen Geschöpfes, das einen Mörder zum Vater hatte.‹ Sie schaute mich einen Augenblick auf ihre eigentümliche, ruhige Art an. Und was meinen Sie, was sie dann sagte?«

»Ich habe keine Ahnung«, erwiderte ich.

»Sie sagte: ›Wie kommst du darauf, daß sein Vater ein Mörder war?‹ Ich fühlte, wie ich puterrot wurde. Ich konnte meinen Ohren kaum trauen. ›Laura, was meinst du nur?‹ sagte ich. ›Du warst doch im Gerichtssaal‹, sagte sie. ›Du hast mich sagen hören, daß Carlo mein Liebhaber war.‹«

Bessie Harding starrte mich an, wie sie vermutlich Laura angestarrt hatte.

»Was haben Sie darauf geantwortet?« fragte ich.

»Was sollte ich dazu sagen? Ich sagte gar nichts. Ich war nicht so sehr entsetzt, als vielmehr verwirrt. Laura sah mich an, und ob Sie es glauben oder nicht, ich bin überzeugt, daß ein Blinken in ihren Augen war. Ich kam mir vollkommen idiotisch vor.«

»Arme Bessie«, sagte sie lächelnd.

Arme Bessie, wiederholte ich mir jetzt selber, während ich über diese merkwürdige Geschichte nachdachte. Sie und Charley waren längst gestorben, und durch ihren Tod hatte ich gute Freunde verloren. Ich schlief dann ein, und am nächsten Tag machte Wyman Holt eine lange Ausfahrt mit mir.

Wir waren um sieben Uhr bei den Greenes eingeladen, und wir kamen auf die Minute vor ihrem Haus an. Jetzt, da ich mich an Laura erinnerte, war ich voller Neugierde, sie wiederzusehen. Wyman hatte in keiner Weise übertrieben. Das Wohnzimmer, in das wir kamen, war der Inbegriff von Alltäglichkeit. Es war recht behaglich, aber ohne jede persönliche Note. Es hätte gut auf Katalogbestellung durch ein Versandhaus geliefert worden sein können. Es wirkte so nüchtern wie ein Amtszimmer. Ich wurde zuerst meinem

Gastgeber, Jasper Greene, vorgestellt und dann seinem Bruder Emery und dessen Frau Fanny. Jasper Greene war ein großer, schwerfälliger Mann mit einem Vollmondgesicht und einem schwarzen, groben, ungepflegten Haarschopf. Er trug große, von einem Horngestell eingefaßte Gläser. Er konnte kaum viel über dreißig sein und war demnach fast zwanzig Jahre jünger als Laura. Sein Bruder Emery, Komponist und Lehrer an einer Musikschule in New York, mochte sieben- oder achtundzwanzig Jahre zählen. Seine Frau, ein hübsches, kleines Ding, war Schauspielerin, zur Zeit ohne Engagement. Jasper Greene mischte uns einige recht gute Cocktails, abgesehen von einem zu reichlichen Schuß Wermut, und dann setzten wir uns zu Tisch. Die Unterhaltung war heiter, sogar geräuschvoll. Jasper und sein Bruder hatten laute Stimmen, und alle drei, Jasper, Emery und Emerys Frau, redeten ausgiebig. Sie neckten sich gegenseitig, scherzten und lachten, sprachen über Kunst, Literatur, Musik und Theater. Wyman und ich beteiligten uns daran, wenn es uns gelang, was nicht sehr oft der Fall war; Laura versuchte es gar nicht. Sie saß oben am Tisch, ruhig, mit einem belustigten, nachsichtigen Lächeln auf den Lippen, während sie dem zusammenhanglosen Unsinn zuhörte: es war kein törichter Unsinn, wohlverstanden. Er war gescheit und modern, aber trotz alledem eben doch Unsinn. Es lag etwas Mütterliches in ihrer Haltung, und sie erinnerte mich seltsam an eine glatte Dachshündin, die ruhig in der Sonne liegt, während sie träge und doch wachsam ihrem Wurf Welpen zuschaut, der um sie herumtollt. Ich fragte mich, ob ihr bewußt sei, daß all dieses Geplauder über Kunst nicht viel bedeutete im Vergleich zu den Ereignissen von Blut und Leidenschaft in ihrer Vergangenheit. Aber erinnerte sie sich wirklich daran? Das war alles vor so langer Zeit geschehen, und vielleicht erschien es ihr nur noch wie ein böser Traum. Vielleicht gehörte diese alltägliche Umgebung zu ihrem Wunsch nach Vergessen, und die Gesellschaft dieser jungen Leute mochte eine geistige Entspannung für sie bedeuten. Vielleicht war ihr Jaspers gescheiter Unsinn ein Trost. Nach jener Tragödie war es wohl möglich, daß sie nichts anderes haben wollte als die Sicherheit des alltäglichen Einerleis.

Da Wyman als Autorität auf dem Gebiet des Elisabethanischen Dramas galt, streifte das Gespräch diesen Stoff einen Augenblick. Ich hatte schon bemerkt, daß Jasper Greene geneigt war, über alles und jedes seine vorgefaßte Meinung zu äußern:

»Unser Theater ist in die Brüche gegangen, weil die Dramatiker unserer Tage davor zurückschrecken, die wilden Leidenschaften zu behandeln, die den wahren Gegenstand der Tragödie darstellen«, dozierte er. »Im sechzehnten Jahrhundert gab es eine Menge melodramatischer und blutiger Themen, die dafür geeignet waren, und darum brachten sie damals große Schauspiele zustande. Aber wo sollen unsere Bühnenschriftsteller nach solchen Themen suchen? Unser angelsächsisches Blut ist zu träge, zu untätig, um sie mit Material zu versehen, aus dem sie etwas machen könnten, und darum sind sie dazu verurteilt, sich mit den Trivialitäten des gesellschaftlichen Verkehrs zu beschäftigen.«

Ich fragte mich, was Laura hierüber denken mochte, aber ich vermied es, sie anzusehen. Sie hätte ihnen eine Geschichte erzählen können von verbotener Liebe, Eifersucht und Vatermord, die eine Beute für einen Nachfolger Shakespeares gewesen wäre; aber hätte er den Stoff behandelt, so hätte er sich vermutlich verpflichtet gefühlt, das Drama mit wenigstens einer weiteren Leiche auf der Bühne zu beenden. Der Abschluß ihrer Geschichte, den ich jetzt kannte, war allerdings überraschend, aber bedauerlich prosaisch und ein wenig grotesk. Das wirkliche Leben läßt die Dinge häufiger mit einem Winseln als mit einem Schlag enden. Ich fragte mich auch, warum sie sich bemüht hatte, unsere Bekanntschaft zu erneuern. Natürlich hatte sie keinen Grund anzunehmen, daß ich so viel wußte, wie es der Fall war. Vielleicht fühlte sie mit sicherem Instinkt, daß ich sie nicht verraten würde; vielleicht auch war ihr dies gleichgültig. Ich warf ihr hin und wieder einen verstohlenen Blick zu, während sie ruhig dem erregten Schwatzen der drei jungen Leute zuhörte, aber ihr freundliches, angenehmes Gesicht verriet mir nichts. Hätte ich es nicht anders gewußt, so hätte ich darauf geschworen, daß kein widriger Umstand jemals den Lauf ihres ereignislosen Daseins getrübt hatte.

Der Abend ging zu Ende, und dies ist das Ende meiner Geschichte, aber zum Spaß will ich noch ein kleines Erlebnis erzählen, das sich ereignete, nachdem Wyman und ich in sein Haus zurückgekommen waren. Wir beschlossen, vor dem Zubettgehen noch eine Flasche Bier zu trinken, und gingen in die Küche, um sie zu holen. Die Uhr in der Halle schlug elf, und in diesem Augenblick läutete das Telefon. Wyman ging hin und nahm den Hörer ab, und als er zurückkam, lachte er leise vor sich hin.

»Was gibt es zu lachen?« fragte ich.

»Es war einer meiner Studenten. Sie sollen eigentlich Mitglieder der Fakultät nicht nach halb elf Uhr anrufen, aber er war ganz erregt und besorgt. Er fragte, wie das Böse in die Welt gekommen sei.«

»Und hast du es ihm gesagt?«

»Ich habe ihm gesagt, daß der Heilige Thomas von Aquin schon ganz erregt und besorgt wegen dieser gleichen Frage gewesen sei, und er solle sich lieber selber um die Antwort bemühen. Ich sagte ihm, er solle mich anrufen, wenn er die Lösung gefunden habe, ganz gleich zu welcher Zeit. Um zwei Uhr morgens, wenn er wolle.«

»Ich glaube, du kannst ruhig damit rechnen, viele lange Nächte ungestört zu bleiben«, sagte ich.

»Ich will dir nicht verhehlen, daß ich selber zu einer ähnlichen Überzeugung gekommen bin«, sagte er lachend.

Die romantische junge Dame

Eine der vielen Unvollkommenheiten des wirklichen Lebens besteht darin, daß es selten eine abgeschlossene Geschichte liefert. Irgendein Vorfall hat das Interesse wachgerufen, die Leute, die darin verwickelt sind, stecken in des Teufels Küche, und man fragt sich, was in aller Welt weiter geschehen wird. Und dann geschieht meistens gar nichts. Die unvermeidliche Katastrophe, die man voraussah, war doch nicht unvermeidlich, und die große Tragödie verläuft schließlich, ohne jede Rücksicht auf künstlerische Ansprüche, in einer bloßen Gesellschaftskomödie. Das Altwerden hat viele Nachteile, aber es gibt die Entschädigung (neben einer ganzen Reihe von anderen, wie wir zugeben wollen), daß es uns zuweilen den Ausgang gewisser Ereignisse sehen läßt, deren Zeuge wir vor langen Jahren gewesen sind. Wir hatten längst die Hoffnung aufgegeben, das Ende der Geschichte je zu erfahren, und dann, wenn wir es am wenigsten erwarten, wird es uns auf dem Tablett serviert.

Diese Überlegungen kamen mir, nachdem ich die Marquesa de San Esteban zu ihrem Wagen geleitet hatte und in die Hotelhalle zurückkehrte, um mich dort wieder niederzulassen. Ich bestellte einen Cocktail, zündete mir eine Zigarette an und versuchte, Ordnung in meine Erinnerungen zu bringen. Das Hotel war neu und prächtig, es unterschied sich nicht von andern erstklassigen Hotels in Europa, und ich hatte schon bedauert, daß ich seiner modernen Installationen wegen dem altmodischen, malerischen Hotel de Madrid, in dem ich in Sevilla sonst meistens wohnte, untreu geworden war. Allerdings hatte ich von meinem Hotel aus den Blick auf den stolzen Strom, den Guadalquivir, aber das war kein Ausgleich für die *thés dansants*, die zwei- oder dreimal in der Woche den Barraum mit einer eleganten Menge füllten, deren unausgesetzte Unterhaltung den schrillen Lärm eines Jazz-Orchesters fast übertönte.

Ich war den ganzen Nachmittag aus gewesen und befand mich bei der Rückkehr in einem rauschenden Strudel. Ich ging zum Empfangspult und verlangte meinen Schlüssel, um in mein Zimmer hinaufzugehen. Aber während der Portier ihn mir aushändigte, sagte er mir, daß eine Dame nach mir gefragt habe.

»Nach mir?«

»Sie möchte Sie sehr gerne sprechen. Es ist die Marquesa de San Esteban.«

Ich kannte niemand dieses Namens.

»Das muß ein Irrtum sein.«

Während ich dabei flüchtig umher blickte, kam eine Dame mit ausgestreckten Händen und einem strahlenden Lächeln auf mich zu. Soviel ich wußte, hatte ich sie noch nie im Leben gesehen. Sie ergriff meine beiden Hände und schüttelte sie herzlich. Sie sagte in fließendem Französisch:

»Wie schön, Sie nach so langer Zeit wiederzusehen. Ich habe in der Zeitung gelesen, daß Sie hier wohnen, und da sagte ich mir: Ich muß ihn aufsuchen. Wieviele Jahre sind es her, seit wir zusammen tanzten? Ich wage nicht, es nachzurechnen. Tanzen Sie noch? Ich tanze gerne, obwohl ich Großmutter bin. Dick bin ich natürlich auch, aber das ist mir gleichgültig, und die Bewegung verhindert, daß ich noch dicker werde.«

Sie redete mit einem solchen Schwall, daß mir beim Zuhören der Atem stockte. Sie war eine behäbige Dame, über die mittleren Jahre hinaus, sehr stark zurechtgemacht; ihr dunkelrot gefärbtes Haar war kurz geschnitten, und sie kleidete sich nach der allerletzten Pariser Mode, die den spanischen Frauen nie besonders gut steht. Aber sie hatte ein so heiteres, herzhaftes Lachen, daß man unwillkürlich angesteckt wurde. Es war ganz deutlich zu erkennen, daß sie das Leben gründlich genoß. Sie war eine anziehende Frau, und ich konnte mir gut vorstellen, daß sie in ihrer Jugend schön gewesen war. Aber ich konnte sie nirgends unterbringen.

»Kommen Sie, trinken Sie ein Glas Champagner mit mir, und dabei wollen wir von alten Zeiten plaudern. Oder wollen Sie lieber einen Cocktail? Unser liebes altes Sevilla hat sich verändert, wie Sie sehen. *Thés dansants* und Cocktails. Es ist jetzt genauso wie Paris oder London. Wir haben aufgeholt. Wir sind ein zivilisiertes Volk.«

Sie führte mich an einen Tisch in der Nähe der Tanzfläche, und wir setzten uns. Ich konnte nicht länger etwas vortäuschen; ich fürchtete dabei nur in ein schreckliches Dilemma zu geraten.

»Es ist sehr dumm von mir, fürchte ich«, sagte ich, »aber ich kann mich einfach nicht daran erinnern, jemanden Ihres Namens in den alten Tagen in Sevilla gekannt zu haben.«

»San Esteban?« unterbrach sie mich, bevor ich weiterreden konnte. »Natürlich. Mein Mann stammte aus Salamanca. Er war im diplomatischen Dienst. Ich bin Witwe. Sie kannten mich als Pilar Carreon. Natürlich sehe ich durch die roten Haare etwas anders aus, aber sonst habe ich mich, glaube ich, nicht sehr verändert.«

»Gar nicht«, sagte ich rasch. »Es war nur der Name, der mich so irre machte.«

Natürlich erinnerte ich mich jetzt an sie, aber im Augenblick war ich nur bemüht, meine Bestürzung und Belustigung vor ihr zu verbergen, als ich erkannte, daß aus der Pilar Carreon, mit der ich auf Gesellschaften der Gräfin de Marbella getanzt hatte, diese rundliche, imponierende alte Dame geworden war. Ich konnte es kaum fassen. Aber ich mußte vorsichtig sein. Ich fragte mich, ob sie wisse, wie weit ich mich an die Geschichte erinnern konnte, die damals Sevilla bis in die Grundfesten erschüttert hatte, und ich war froh, nachdem sie sich in überschwenglicher Weise von mir verabschiedet hatte, daß ich mir alles in Ruhe ins Gedächtnis zurückrufen konnte.

In jenen Tagen, vor vierzig Jahren, war Sevilla noch keine blühende Handelsstadt gewesen. Es gab noch stille, weiße Straßen mit Kopfsteinpflaster dort und eine große Anzahl von Kirchen, auf deren Türmen die Störche ihre Nester bauten. Stierkämpfer, Studenten und Müßiggänger schlenderten den ganzen Tag auf den Sierpes umher. Das Leben war leicht. Dies war natürlich vor der Zeit der Autos, und jeder Sevillaner war bereit, in Dürftigkeit zu leben und auf jede Art zu sparen, um sich einen Wagen leisten zu können. Für diesen Luxus opferte er willig die Lebensnotwendigkeiten. Jeder, der einen Anspruch auf Vornehmheit geltend machen konnte, fuhr nachmittags in den Delicias, den parkartigen Anlagen am Guadalquivir, von fünf bis sieben auf und ab. Man sah dort Wagen jeder Sorte, von den modischen Londoner Viktorias bis zu alten, abgetakelten Chaisen, die jeden Augenblick auseinanderzufallen drohten, prachtvolle Pferde und elende Mähren, deren tragisches Ende in der Stierkampf-Arena nahe bevorstand. Aber es gab eine Equipage, die unfehlbar die Aufmerksamkeit der Fremden auf sich ziehen mußte. Es war eine sehr elegante und neue Viktoria, die von zwei schönen Maultieren gezogen wurde, und Kutscher und Lakai trugen die andalusische Nationaltracht in Hellgrau. Es war das großartigste Gefährt, das Sevilla jemals gekannt hatte, und es gehörte der Gräfin de Marbella. Sie war eine Französin, die mit einem Spanier verheiratet war und mit Begeisterung die Manieren und Gebräuche im Lande ihres Mannes angenommen hatte, aber mit einer pariserischen Eleganz, die ihnen eine ganz besondere Note gab. Alle anderen Wagen fuhren im Schneckentempo, so daß ihre Insassen sehen und gesehen werden konnten, die Gräfin jedoch kam hinter ihren Maultieren in schlankem Trab zwischen den beiden kriechenden Reihen herauf, fuhr zweimal bis ans Ende der Delicias und zurück und entfernte sich dann. Dieser Vorgang hatte etwas von königlichem Gebaren an sich. Wenn man sie so anmutig in ihrer schnellen Viktoria sitzen sah, mit ihrer schönen Kopfhaltung, dem Haar, das allzu golden glänzte, um echt sein zu können, wunderte man sich nicht, daß ihre französische Lebhaftigkeit und Entschiedenheit ihr zu der Stellung verholfen hatte, die sie einnahm. Sie diktierte die Mode. Ihr Beispiel war Gesetz. Aber die Gräfin hatte zu viele Verehrer, um nicht eben so viele Feinde zu haben, und die entschlossenste unter diesen war die verwitwete Herzogin de Dos Palos, die aufgrund ihrer Geburt und ihrer gesellschaftlichen Bedeutung ihr Recht auf den ersten Platz in der Gesellschaft geltend machte, den die Französin durch Anmut, Witz und Charakter erobert hatte.

Die Herzogin besaß eine einzige Tochter, Doña Pilar. Sie war zwanzig, als ich sie kennenlernte, und sie war sehr schön. Sie hatte prachtvolle Augen und eine Haut, die ich bei aller Mühe, einen weniger abgedroschenen Ausdruck dafür zu finden, nur als pfirsichartig bezeichnen kann. Sie war sehr schlank, ziemlich groß für ein spanisches Mädchen, mit roten Lippen und blendend weißen Zähnen. Sie trug das üppige, glänzend schwarze Haar nach der damaligen spanischen Mode sehr sorgfältig frisiert. Sie war äußerst verführerisch. Das Feuer ihrer schwarzen Augen, die Wärme ihres Lächelns, der Reiz ihrer Bewegungen verrieten ein überwältigendes Temperament. Als echte Vertreterin ihrer Generation strebte sie danach, die alten Konventionen zu durchbrechen, die bis dahin das spanische junge Mädchen aus guter Familie bis zum Zeitpunkt ihrer Verheiratung verborgen gehalten hatten. Ich spielte oft mit ihr Tennis und tanzte auch mit ihr bei den Gesellschaften der Gräfin de Marbella. Die Herzogin fand diese Einladungen der Französin, mit Champagner und einem richtigen Abendessen, aufdringlich, und wenn sie die Pforten ihres eigenen großen Hauses für die Gesellschaft öffnete, was nur zweimal im Jahr geschah, bestand die Bewirtung aus Limonade und Backwerk. Aber sie züchtete Kampfstiere, wie ihr Mann es getan hatte, und wenn die jungen Bullen ausprobiert wurden, lud sie ihre Freunde zum Picknick im Freien ein, wo es heiter und zwanglos zuging, aber doch mit einer gewissen feudalen Würde, die meine romantische Einbildungskraft erregte. Einmal, als die Stiere der Herzogin in einer *corrida* in Sevilla kämpfen sollten, ritt ich mit ihnen nachts herein, als einer der Begleiter von Doña Pilar, die in einem Kostüm, das an ein Bild von Goya erinnerte, die Kavalkade anführte. Es war ein reizvolles Erlebnis, auf den tänzelnden andalusischen Pferden durch die Nacht zu reiten, mit den sechs Bullen, die von Ochsen umgeben hinter uns her donnerten.

Viele Männer, reich oder vornehm, mitunter auch beides zugleich, hatten Doña Pilar um ihre Hand gebeten, aber trotz der Vorstellungen ihrer Mutter hatte sie alle abgelehnt. Die Herzogin hatte mit fünfzehn geheiratet, und es erschien ihr höchst ungehörig, daß ihre Tochter mit zwanzig noch ledig war. Die Herzogin fragte sie, auf was sie noch warte; es sei töricht, zu wählerisch zu sein. Heiraten sei ihre Pflicht. Aber Pilar blieb hartnäckig. Sie fand immer einen Grund, jeden ihrer Bewerber abzuweisen.

Dann kam die Wahrheit ans Licht.

Bei den täglichen Ausfahrten in den Delicias, die von der Herzogin mit ihrer Tochter in einem großen, altmodischen Landauer unternommen wurden, kamen sie an der Gräfin vorbei, wie sie zweimal rasch die Promenade auf und ab gefahren wurde. Die Damen standen auf so schlechtem Fuß miteinander, daß sie vorgaben, einander nicht zu sehen, aber Pilar konnte es nicht lassen, die Augen auf den eleganten Wagen und die beiden schönen grauen Maultiere zu richten, und da sie es vermeiden wollte, dem leicht ironischen Blick der Gräfin zu begegnen, fiel ihr eigener auf den Kutscher, der sie fuhr. Er war der schönste Mann in Sevilla, und in seiner wunderschönen Livree war er wirklich den Anblick wert. Natürlich wußte niemand genau, was damals vorging, aber anscheinend gefiel ihr der Kutscher immer besser, je mehr sie ihn anschaute, und auf irgendeine Weise – denn dieser ganze Teil der Geschichte blieb in Dunkel gehüllt – traf sich das Paar. In Spanien sind die Klassen eigenartig vermischt, und der Diener kann in den Adern viel edleres Blut haben als sein Herr. Pilar erfuhr, vermutlich nicht ohne Genugtuung, daß der Kutscher der alten Familie Leon angehörte, die von keiner anderen in Andalusien an Vornehmheit übertroffen wird. Tatsächlich waren sie der Herkunft nach durchaus ebenbürtig. Nur hatte sie ihr Leben in einem herzoglichen Hause zugebracht, während das Schicksal ihn gezwungen hatte, seinen Unterhalt auf einem Kutscherbock zu verdienen. Keiner von ihnen konnte dies bedauern, denn nur auf diesem erhabenen Sitz hatte er die Möglichkeit gehabt, die Aufmerksamkeit der anspruchsvollsten Dame in Sevilla zu erregen. Sie verliebten sich rasend ineinander. Doch gerade zu dieser Zeit schrieb ein junger Mann mit Namen Marques de San Esteban, den sie im vergangenen Sommer in San Sebastian kennengelernt hatten, der Herzogin und hielt um Pilars Hand an. Er besaß alle Vorzüge, und die beiden Familien waren seit der Regierung Philipp II. von Zeit zu Zeit Verbindungen eingegangen. Die Herzogin war entschlossen, sich nichts mehr gefallen zu lassen, und als sie Pilar den Antrag übermittelte, fügte sie hinzu, daß sie nun lange genug gezögert habe. Sie müsse entweder ihn heiraten, oder sie würde in ein Kloster geschickt.

»Ich werde weder das eine noch das andere tun«, erklärte Pilar.

»Was willst du denn tun? Ich habe dir lange genug ein Heim geboten.«

»Ich werde José Leon heiraten.«

»Wer ist das?«

Pilar zögerte einen Augenblick, und es ist möglich, ja, es ist zu hoffen, daß sie ein wenig errötete.

»Er ist der Kutscher der Gräfin.«

»Welcher Gräfin?«

»Der Gräfin de Marbella.«

Ich erinnere mich gut an die Herzogin, und ich bin überzeugt, daß sie, wenn sie gereizt wurde, vor wenig zurückschreckte. Sie tobte, sie flehte, sie weinte, sie machte Einwendungen. Es gab eine schreckliche Szene. Man erzählte sich, sie habe ihre Tochter geohrfeigt und an den Haaren gerissen, aber ich habe den Eindruck, daß Pilar in einem solchen Fall durchaus fähig gewesen wäre, zurückzuschlagen. Sie wiederholte, daß sie José Leon liebe und daß er sie liebe. Sie war fest entschlossen, ihn zu heiraten. Die Herzogin berief einen Familienrat ein. Es wurde der Beschluß gefaßt, daß Pilar, um sie alle vor Schande zu bewahren, aufs Land gebracht werden solle und dort bleiben müsse, bis sie von ihrer Verblendung geheilt sei. Pilar erhielt Wind von diesem Vorhaben und bereitete ihm ein Ende, indem sie eines Nachts, als alle schliefen, aus dem Fenster ihres Zimmers schlüpfte und zu den Eltern ihres Auserwählten zog. Das waren ehrenwerte Leute, die eine kleine Etage auf der weniger eleganten Seite des Guadalquivir, im Stadtteil Triana, bewohnten.

Daraufhin war keine Verheimlichung mehr möglich. Die Katze war aus dem Sack, und in allen Klubs summte es von dem Skandal. Die Kellner liefen hin und her, um den Mitgliedern Tablette mit kleinen Gläsern von Manzanilla aus den benachbarten Weinläden zu bringen. Sie klatschten und lachten über den Skandal, und Pilars abgeblitzte Verehrer empfingen zahlreiche Glückwünsche. Welch eine Flucht! Die Herzogin war verzweifelt. Es fiel ihr nichts Besseres ein, als zum Erzbischof, ihrem vertrauten Freund und früheren Beichtvater, zu gehen und ihn zu bitten, dem verliebten Mädchen persönlich Vernunft beizubringen. Pilar wurde in das erzbischöfliche Palais gebeten, und der gute alte Mann, gewohnt, bei Familienzwistigkeiten zu vermitteln, tat sein möglichstes, ihr die Torheit ihres Vorhabens klar zu machen. Aber sie ließ sich nicht überzeugen. Nichts, was irgend jemand sagen konnte, vermochte sie zu bewegen, den Mann, den sie liebte, aufzugeben. Die Herzogin, die im Nebenraum wartete, wurde gerufen und richtete eine letzte Bitte an ihre Tochter. Umsonst. Pilar kehrte in ihre bescheidene Wohnung zurück, und die Herzogin blieb in Tränen mit dem Erzbischof allein. Der Erzbischof war ebenso klug wie fromm, und als er bemerkte, daß die verstörte Frau bereit war, auf ihn zu hören, gab er ihr als letzte Rettung den Rat, die Gräfin de Marbella aufzusuchen. Sie war die gescheiteste Frau in Sevilla, und es konnte sein, daß sie einen Ausweg fände.

Zuerst lehnte die Herzogin dies entrüstet ab. Sie würde sich niemals so weit demütigen, daß sie ihre größte Feindin um etwas bäte. Eher möge das alte Haus der Dos Palos in Schutt verfallen. Der Erzbischof war darin erfahren, mit schwierigen Frauen umzugehen. Er bemühte sich mit sanfter List, und schließlich willigte sie ein, sich der Großmut der Französin auszuliefern. Mit Wut im Herzen sandte sie ihr eine Botschaft mit der Anfrage, ob sie zu ihr kommen könne, und am gleichen Nachmittag wurde sie in den Salon der Gräfin geführt. Diese hatte natürlich als eine der ersten die Geschichte vernommen, aber sie hörte der unglücklichen Mutter zu, als habe sie keine Ahnung von der Sache. Sie genoß die Situation außerordentlich. Es bedeutete die Krönung ihrer Triumphe, die feindselige Herzogin zu ihren Füßen zu sehen. Aber im Grunde war sie eine gutmütige Frau und hatte Sinn für Humor.

»Es ist eine sehr unglückselige Lage«, sagte sie. »Und ich bedaure sehr, daß jemand aus meiner Dienerschaft die Ursache davon ist. Aber ich weiß nicht recht, was ich dabei tun kann.«

Die Herzogin hätte gern in das gemalte Gesicht geschlagen, und ihre Stimme zitterte ein wenig bei der Bemühung, ihren Ärger zu unterdrücken.

»Es ist nicht meinetwegen, daß ich Sie um Hilfe bitte. Es ist wegen Pilar. Ich weiß, wir alle wissen, daß Sie die klügste Frau der ganzen Stadt sind. Es schien mir und schien dem Erzbischof, wenn es einen Ausweg gebe, so würde Ihr scharfer Verstand ihn finden.«

Die Gräfin wußte, daß dies eine plumpe Schmeichelei war. Sie hatte nichts dagegen. Es gefiel ihr.

»Lassen Sie mich überlegen.«

»Wenn er zur Gesellschaft gehörte, hätte ich natürlich meinen Sohn herkommen lassen, und er hätte ihn getötet, aber der Herzog von Dos Palos kann sich nicht mit dem Kutscher der Gräfin de Marbella duellieren.«

»Vielleicht nicht.«

»In der alten Zeit wäre es ganz einfach gewesen. Da hätte ich nur ein paar Burschen gemietet, die den Kerl eines Nachts erstochen hätten. Aber mit all den Gesetzen, die sie heutzutage haben, gibt es für anständige Menschen keine Möglichkeit, sich vor Beleidigung zu schützen.«

»Ich würde jedes Vorgehen bedauern, das mich der Dienste eines so ausgezeichneten Kutschers berauben würde«, murmelte die Gräfin.

»Aber wenn er meine Tochter heiratet, könnte er nicht länger Ihr Kutscher bleiben«, rief die Herzogin entrüstet aus.

»Werden Sie Pilar ein Einkommen sichern, von dem sie leben können?«

»Ich? Nicht eine Peseta. Ich habe Pilar sofort gesagt, daß sie von mir nichts bekommt. Sie können meinetwegen verhungern.«

»Nun, ich glaube, dann wird er es vorziehen, weiterhin als mein Kutscher dazubleiben. Über den Stallungen sind recht hübsche Zimmer.«

Die Herzogin wurde blaß. Die Herzogin wurde rot.

»Vergessen Sie alles, was zwischen uns gewesen ist. Lassen Sie uns Freundinnen sein. Sie können mich einer solchen Demütigung nicht aussetzen. Wenn ich jemals etwas getan habe, was Sie beleidigen konnte, so bitte ich Sie deswegen auf den Knien um Verzeihung.«

Die Herzogin weinte.

»Trocknen Sie Ihre Tränen, Herzogin«, sagte die Französin schließlich. »Ich werde tun, was ich kann.«

»Gibt es etwas, was Sie tun können?«

»Vielleicht. Ist es wahr, daß Pilar kein eigenes Vermögen hat und auch keines zu erwarten hat?«

»Keines, wenn sie ohne meine Einwilligung heiratet.«

Die Gräfin zeigte ihr strahlendstes Lächeln.

»Es besteht die allgemeine Ansicht, daß die Menschen im Süden romantisch sind und die Nordländer praktisch. Das Gegenteil ist wahr. Der Nordländer ist unheilbar romantisch. Ich habe lange genug unter den Spaniern gelebt, um zu wissen, daß sie in erster Linie praktisch sind.«

Die Herzogin war zu gebrochen, um diese unangenehmen Bemerkungen sichtbar übel zu nehmen, aber oh, wie sie diese Frau haßte! Die Gräfin de Marbella erhob sich.

»Sie werden im Laufe des Tages von mir hören.«

Damit entließ sie ihre Besucherin.

Der Wagen war auf fünf Uhr bestellt, und zehn Minuten vorher ließ die Gräfin, die schon für die Ausfahrt angezogen war, José kommen. Als er den Salon betrat, in seiner hellgrauen Livree, die er mit solcher Anmut trug, konnte sie nicht leugnen, daß sein Anblick eine Freude war. Wenn er nicht ihr eigener Kutscher gewesen wäre – nun, es war nicht die passende Zeit für solche Gedanken. Er stand ungezwungen vor ihr, aber mit ritterlichem Stolz. Er hatte nichts Lakaienhaftes an sich.

»Ein griechischer Gott«, sagte die Gräfin zu sich selber. »Nur Andalusien bringt solche Typen hervor.« Und dann laut: »Ich höre, daß Sie die Tochter der Herzogin von Dos Palos heiraten werden.«

»Wenn die Frau Gräfin nichts dagegen hat.«

Sie zuckte die Achseln.

»Wen Sie heiraten, ist mir absolut gleichgültig. Sie wissen natürlich, daß Doña Pilar kein Vermögen haben wird.«

»Ja, Frau Gräfin. Ich habe eine gute Stellung und kann für meine Frau sorgen. Ich liebe sie.«

»Ich kann Sie dafür nicht tadeln. Sie ist ein sehr schönes Mädchen. Aber ich halte es doch für richtig, Ihnen zu sagen, daß ich eine eingewurzelte Abneigung gegen verheiratete Kutscher habe. An Ihrem Hochzeitstag verlassen Sie meine Dienste. Das ist alles, was ich Ihnen zu sagen habe. Sie können gehen.«

Sie begann in der Tageszeitung zu lesen, die eben aus Paris eingetroffen war, aber wie sie erwartet hatte, rührte sich José nicht. Er starrte auf den Boden. Endlich blickte die Gräfin auf.

»Worauf warten Sie noch?«

»Ich hatte nicht gedacht, daß die Frau Gräfin mich entlassen würde«, erwiderte er in bekümmertem Ton.

»Ich bezweifle nicht, daß Sie eine andere Stellung finden werden.«

»Ja, aber...«

»Nun, was gibt es?« fragte sie scharf.

Er seufzte jämmerlich.

»In ganz Spanien gibt es kein Paar Maultiere, das mit unseren verglichen werden könnte. Sie sind beinahe menschliche Wesen. Sie verstehen jedes Wort, das ich zu ihnen sage.«

Die Gräfin sah ihn mit einem Lächeln an, das jedem, der nicht schon toll verliebt war, den Kopf verdreht hätte.

»Ich fürchte, Sie müssen zwischen mir und Ihrer Verlobten wählen.«

Er trat von einem Fuß auf den anderen. Er steckte die Hand in die Tasche, um eine Zigarette herauszuholen, unterdrückte die Bewegung aber, als ihm einfiel, wo er sich befand. Er warf der Gräfin einen Blick zu, und dann breitete sich über seinem Gesicht jenes eigenartige, schlaue Lächeln aus, das alle, die in Andalusien gelebt haben, so gut kennen.

»In diesem Fall kann ich nicht zögern. Pilar muß einsehen, daß dies meine ganze Lage verändert hat. Eine Frau kann man jeden Tag bekommen, aber eine solche Stellung wie diese findet man nur einmal im Leben. Ich wäre ein Narr, wenn ich sie einer Frau wegen fahren ließe.«

Das war das Ende dieses Abenteuers. José Leon fuhr die Gräfin auch weiterhin, aber sie bemerkte, wenn sie in den Delicias auf und ab trabten, daß von jetzt an ebenso viele Augen auf ihren hübschen Kutscher wie auf ihren neuesten Hut gerichtet waren; und ein Jahr später heiratete Pilar den Marques de San Esteban.

Eine flüchtige Beziehung

Ich erzähle diese Geschichte in der ersten Person, obwohl ich keine Rolle in ihr spiele, denn ich möchte dem Leser gegenüber nicht den Eindruck erwecken, daß ich mehr darüber wüßte, als ich wirklich weiß. Die Tatsachen entsprechen meinem Bericht, aber ihre Ursachen kann ich nur erraten, und vielleicht findet der Leser, nachdem er sie zur Kenntnis genommen hat, daß ich mich irre. Niemand kann ganz sicher sein. Aber wenn man sich für die menschliche Natur interessiert, gibt es wenig unterhaltendere Dinge, als über die Motive nachzudenken, die zu gewissen Handlungen geführt haben. Nur durch einen Zufall habe ich überhaupt etwas von diesen unglücklichen Umständen erfahren. Ich verbrachte zwei oder drei Tage auf einer Insel an der Nordküste von Borneo, und der Distriktbeamte hatte mir freundlicherweise seine Gastfreundschaft angeboten. Ich hatte eine Zeitlang allerlei Strapazen durchgemacht und war dankbar für etwas Ruhe. Die Insel war früher einmal von einiger Bedeutung gewesen und hatte einen eigenen Gouverneur gehabt, aber das war vorbei. Jetzt erinnerte kaum noch etwas an die einstige Glanzzeit, außer dem imposanten Steingebäude, das vom Gouverneur bewohnt gewesen war und in dem jetzt der Distriktbeamte lebte, der über die unnötige Größe des Hauses seufzte. Aber es war behaglich mit seinem riesigen Empfangsraum, einem Eßzimmer, in dem vierzig Gäste Platz hatten, und luftigen, geräumigen Schlafzimmern. Es war etwas verwahrlost, weil die Regierung in Singapur klugerweise so wenig wie möglich dafür ausgab, aber mir gefiel es ganz gut, und die schweren Amtsmöbel verliehen ihm eine Art langweiliger Würde, die mich belustigte. Der Garten war zu groß, um von dem Distriktbeamten instand gehalten zu werden, und bildete eine Wildnis von tropischer Vegetation. Der Beamte hieß Arthur Low; er war ein ruhiger, eher kleiner Mann, Ende dreißig, verheiratet, und hatte zwei Kinder. Die Lows hatten keinen Versuch gemacht, sich in diesem Riesenbesitz häuslich einzurichten, sondern kampierten dort wie Flüchtlinge aus einem zerstörten Gebiet und warteten, bis sie auf einen anderen Posten in einer ihnen gemäßeren Umgebung versetzt würden.

Sie gefielen mir sofort. Low hatte eine zwanglose Art und ein humorvolles Wesen. Ich bin überzeugt, daß er seine verschiedenen Obliegenheiten vortrefflich erledigte, aber er bemühte sich nach Kräften, eine offizielle Haltung zu vermeiden. Er gebrauchte oft Slangausdrücke und machte auf angenehme Art beißende Bemerkungen. Es war reizend, ihn beim Spiel mit den zwei Kindern zu beobachten. Allem Anschein nach war für ihn die Ehe ein durchaus befriedigender Zustand. Mrs. Low war eine außerordentlich nette kleine Frau, rundlich, mit dunklen Augen unter schön gezeichneten Brauen, nicht besonders hübsch, aber unbedingt anziehend. Sie sah gesund aus und wirkte heiter. Sie neckten einander fortwährend; jeder von ihnen schien den anderen ungeheuer komisch zu finden. Ihre Witze waren weder geistreich noch originell, aber sie fanden sie so glänzend, daß man unwillkürlich mit ihnen lachen mußte.

Ich glaube, sie freuten sich über meinen Besuch, vor allem Mrs. Low, denn sie hatte kaum etwas anderes zu tun, als den Haushalt und die Kinder zu beaufsichtigen, und war daher sehr viel sich selber überlassen. Es gab so wenig Weiße auf der Insel, daß der gesellschaftliche Verkehr bald erschöpft war, und bevor ich vierundzwanzig Stunden da war, schlug sie mir dringend vor, eine Woche, einen Monat oder ein Jahr zu bleiben. Am Abend meiner Ankunft gaben sie eine Gesellschaft, zu der die offiziellen Würdenträger eingeladen waren: der Regierungsaufseher, der Arzt, der Lehrer, der Polizeichef. Am folgenden Abend waren wir drei zum Essen allein. Zu der Einladung hatten die Gäste ihre Hausboys zum Aushelfen mitgebracht, aber an diesem Abend servierten Lows einziger Boy und mein Diener. Sie brachten den Kaffee und überließen uns dann uns selber. Low und ich zündeten uns Zigarren an.

»Wissen Sie, daß ich Sie schon früher gesehen habe?« sagte Mrs. Low.

»Wo?« fragte ich.

»In London. Bei einem Empfang. Ich hörte, wie jemand auf Sie aufmerksam gemacht wurde. In Carlton House Terrace, bei Lady Kastellan.«

»Oh! Wann war das?«

»Als wir das letzte Mal auf Urlaub zu Hause waren. Russische Tänzer waren da.«

»Ich erinnere mich. Vor zwei oder drei Jahren etwa. Wie merkwürdig, daß Sie dort waren!«

»Das ist genau das, was wir damals zueinander sagten«, meinte Low mit seinem langsamen, anziehenden Lächeln. »Wir waren im ganzen Leben noch nie bei einem solchen Empfang gewesen.«

»Es war eine richtige Sensation, wissen Sie«, sagte ich. »Es war *die* Gesellschaft der Saison. Haben Sie sich unterhalten?«

»Ich fand jede Minute schauderhaft«, sagte Mrs. Low.

»Wir wollen die Tatsache nicht übersehen, daß du unbedingt hingehen wolltest, Bee«, sagte Low. »Ich wußte, daß wir unter all den vornehmen Leuten fehl am Platz sein würden. Mein Abendanzug stammte noch aus meiner Zeit in Cambridge und hatte nie besonders gut gesessen.«

»Ich kaufte eigens ein Kleid dafür, bei Peter Robinson. Im Laden sah es entzückend aus. Nachher bereute ich, daß ich so viel Geld ausgegeben hatte. Nie im Leben bin ich mir so schlecht angezogen vorgekommen.«

»Nun, das war weiter nicht schlimm. Wir wurden ohnedies keinem Menschen vorgestellt.«

Ich erinnerte mich gut an jene Gesellschaft. Die prachtvollen Räume in Carlton House Terrace waren mit großen Girlanden von gelben Rosen geschmückt, und an einem Ende des riesigen Empfangszimmers war eine Bühne errichtet. Für die Tänzer waren Régence-Kostüme entworfen worden, und ein moderner Komponist hatte die Musik zu den beiden reizenden Ballettaufführungen geschrieben. Es war schwer, das alles zu betrachten, ohne den ordinären Gedanken aufkommen zu lassen, daß die ganze Sache eine enorme Summe gekostet haben mußte. Lady Kastellan war eine sehr schöne Frau und eine blendende Gastgeberin, aber ich glaube nicht, daß ihr irgend jemand besonders viel Wohlwollen zugetraut hätte; sie kannte zu viele Leute, um sich aus dem einzelnen besonders viel zu machen, und ich fragte mich unwillkürlich, warum sie zu einer solchen großartigen Gesellschaft zwei unbekannte und ganz unbedeutende Personen von einer fernen Kolonie eingeladen hatte.

»Kannten Sie Lady Kastellan schon lange?« fragte ich.

»Wir kannten sie überhaupt nicht. Sie schickte uns eine Einladung, und wir gingen hin, weil ich sehen wollte, was für eine Frau sie ist«, sagte Mrs. Low.

»Eine sehr fähige Frau«, sagte ich.

»Das bezweifle ich nicht. Sie hatte keine Ahnung, wer wir waren, als der Butler uns anmeldete, aber sie erinnerte sich sofort. ›Ach ja‹, sagte sie, ›Sie sind die Freunde des armen Jack. Suchen Sie sich doch Plätze, von denen aus Sie gut sehen können. Sie werden von Lifar entzückt sein, er ist so wunderbar.‹ Und dann wandte sie sich um und begrüßte die nächsten Leute. Aber sie sah mich einen Augenblick prüfend an. Sie überlegte sich, wieviel ich wohl wisse, und sie bemerkte sofort, daß ich alles wußte.«

»Rede doch keinen solchen Unsinn, Liebling«, sagte Low. »Wie konnte sie all das wissen, was du denkst, nur indem sie dich anschaute, und wie konntest du merken, was sie dachte?«

»Ich kann dir nur versichern, daß es wahr ist. Wir haben uns mit diesem einen Blick alles gesagt, und wenn ich mich nicht sehr täusche, habe ich ihr die Freude an ihrem Fest gründlich verdorben.«

Low lachte, und ich lächelte, denn Mrs. Low sprach in einem Ton triumphierender Rachsucht.

»Du bist schrecklich indiskret, Bee.«

»Sind Sie sehr mit ihr befreundet?« fragte mich Mrs. Low.

»Kaum. Ich habe sie da und dort im Laufe von fünfzehn Jahren getroffen. Ich bin oft bei ihr eingeladen gewesen. Sie gibt glänzende Gesellschaften und sorgt immer dafür, daß man Leute trifft, die man gerne sehen möchte.«

»Was halten Sie von ihr?«

»Sie spielt eine beachtliche Rolle in London. Man kann sich gut mit ihr unterhalten, und sie ist ein angenehmer Anblick. Sie tut eine ganze Menge für Kunst und Musik. Was halten *Sie* von ihr?«

»Ich finde, sie ist einfach eine gemeine Person!« sagte Mrs. Low mit munterer, aber entschiedener Offenheit.

»Das erledigt sie«, sagte ich.

»Erzähle es ihm, Arthur.«

Low zögerte einen Augenblick.

»Ich weiß nicht, ob ich das tun sollte.«

»Wenn du es nicht sagst, sag' ich es.«

»Bee hat sie gehörig auf dem Kieker«, sagte er lächelnd. »Es war aber auch wirklich eine recht böse Geschichte.«

Ein vollkommener Rauchring gelang ihm, und er beobachtete ihn gespannt.

»So, fang an, Arthur«, sagte Mrs. Low.

»Also gut. Es war vor unserm letzten Urlaub. Ich war Distriktbeamter in Selangor, und eines Tages wurde mir gemeldet, daß ein Weißer in einer kleinen Stadt, ein paar Stunden stromaufwärts, gestorben sei. Ich wußte nicht, daß ein Weißer dort gelebt hatte, und da ich es für besser hielt, selber nachzuschauen, fuhr ich in einer Barkasse hin. Als ich ankam, zog ich Erkundigungen ein. Die Polizei wußte nichts über ihn, außer, daß er seit einigen Jahren mit einer Chinesin im Basar gelebt habe. Es war ein recht malerischer Basar, hohe Häuser zu beiden Seiten, und dazwischen lief ein auf Pfählen über dem Flußufer erbauter Steg; darüber waren Markisen angebracht, um die Sonne abzuhalten. Ein paar Gendarmen führten mich zu dem Haus. In dem Laden zu ebener Erde wurde Messingware verkauft, und die Zimmer darüber wurden vermietet. Der Ladenbesitzer führte mich zwei dunkle, baufällige Treppen hinauf, die von jeder Art chinesischen Gestanks erfüllt waren, und oben rief er etwas. Die Türe wurde von einer Chinesin mittleren Alters geöffnet, und ich konnte sehen, daß ihr Gesicht vom Weinen ganz geschwollen war. Sie sagte nichts, machte uns aber Platz, damit wir vorbeigehen konnten. Es war kaum mehr als ein Loch unter dem Dach: es hatte ein kleines Fenster nach der Straße hinaus, aber die Markise darüber dämpfte das Licht. An Möbeln war weiter nichts vorhanden als ein Tisch aus Tannenholz und ein Stuhl mit zerbrochener Lehne. Auf einer Matte an der Wand lag die Leiche eines Mannes. Zu allererst ließ ich das Fenster aufmachen. Das Zimmer roch so muffig, daß es mich würgte, und der vorherrschende Geruch war der von Opium. Auf dem Tisch sah ich eine kleine Öllampe und eine lange Nadel – ich wußte natürlich, wozu sie dienten. Die Pfeife war versteckt worden. Der Tote lag auf dem Rücken, mit einem

Sarong und einer schmutzigen Unterjacke bekleidet. Er hatte lange braune Haare, die leicht ergraut waren, und einen kurzen Bart. Zweifellos war er ein Weißer. Ich untersuchte ihn, so gut ich konnte. Ich mußte feststellen, ob der Tod auf natürliche Weise eingetreten war. Es waren keine Anzeichen von Gewalt vorhanden. Er bestand nur noch aus Haut und Knochen. Es schien mir sehr wahrscheinlich, daß er verhungert war. Ich stellte dem Mann aus dem Laden und der Frau einige Fragen. Der eingeborene Polizist bestätigte ihre Aussagen. Anscheinend hatte der Mann sehr viel gehustet und hin und wieder Blut gespuckt, und sein Aussehen ließ durchaus darauf schließen, daß er Tuberkulose gehabt hatte. Der Chinese sagte, er sei chronischer Opiumraucher gewesen. Das schien alles ganz einleuchtend. Glücklicherweise sind solche Fälle selten, aber sie kommen doch vor: der weiße Mann, der herunterkommt und allmählich auf die letzte Stufe der Erniedrigung sinkt. Anscheinend hatte die Chinesin ihn gern gehabt. Sie hatte ihn die letzten beiden Jahre mit ihrem eigenen elenden Verdienst unterhalten. Ich erteilte die nötigen Anweisungen. Natürlich mußte ich wissen, wer er war. Ich nahm an, daß er Angestellter in einer englischen Firma oder Assistent in einem englischen Warenhaus in Singapur oder Kuala Lumpur gewesen war. Ich fragte die Chinesin, ob er irgendwelches Eigentum hinterlassen habe. Angesichts der Bedürftigkeit, in der sie gelebt hatten, erschien diese Frage etwas töricht, aber sie ging zu einem schäbigen Handkoffer, der in einer Ecke lag, öffnete ihn und zeigte mir ein viereckiges Paket, das etwa die Größe von zwei Romanbänden hatte und in eine alte Zeitung eingewickelt war. Ich sah mir noch den Handkoffer an. Er enthielt nichts von irgendwelchem Wert. Ich nahm das Paket an mich.«

Lows Zigarre war ausgegangen; er beugte sich vor, um sie an einer der Kerzen auf dem Tisch wieder anzuzünden.

»Ich machte es auf. Unter der äußeren Hülle war noch eine Verpackung, und auf dieser stand in sauberer, gepflegter Schrift: An den Distriktbeamten – also zufällig an mich – und darunter die Worte: ›Bitte dieses persönlich an die Viscountess Kastellan, 53 Carlton House Terrace, London S. W., abzuliefern.‹ Das war eine Überraschung. Natürlich mußte ich den Inhalt untersuchen. Ich schnitt die Schnur durch, und das erste, was ich fand, war ein Zigarettenetui aus Gold und Platin. Wie Sie sich denken können, erschien mir dies ganz rätselhaft. Nach allem, was ich gehört hatte, besaßen die beiden, der Tote und die Chinesin, zusammen kaum genug zum Essen, und das Zigarettenetui sah aus, als ob es einen gehörigen Batzen gekostet habe. Außer dem Etui war nur noch ein Bündel Briefe dabei. Ohne Umschläge. Sie waren in der gleichen sauberen Handschrift wie die Angaben auf dem Päckchen, und alle waren mit J. unterzeichnet. Es mochten vierzig oder fünfzig sein. Ich konnte sie dort nicht alle lesen, aber beim raschen Durchblättern sah ich, daß es Liebesbriefe eines Mannes an eine Frau waren. Ich ließ die Chinesin kommen, um sie nach dem Namen des Verstorbenen zu fragen. Entweder kannte sie ihn nicht, oder sie wollte es mir nicht sagen. Ich gab Anweisungen, daß er beerdigt werden solle, und kehrte auf die Barkasse zurück, um nach Hause zu fahren. Ich erzählte es Bee.«

Er sah sie mit seinem lieben, ruhigen Lächeln an.

»Ich mußte Arthur gegenüber ziemlich energisch werden«, sagte sie. »Zuerst wollte er mich die Briefe nicht lesen lassen, aber so einen Unsinn konnte ich mir natürlich nicht gefallen lassen.«

»Die Sache ging uns gar nichts an.«

»Du mußtest doch den Namen herausfinden.«

»Und was hattest du dabei zu tun?«

»Ach, sei doch nicht so dumm«, sagte sie lachend. »Ich wäre verrückt geworden, wenn du sie mich nicht hättest lesen lassen.«

»Und haben Sie seinen Namen entdeckt?« fragte ich.

»Nein.«

»War keine Adresse angegeben?«

»Doch, und zwar eine ganz unerwartete. Die meisten Briefe waren auf Papier des Auswärtigen Amtes geschrieben.«

»Merkwürdig.«

»Ich wußte nicht recht, was ich tun sollte. Ich dachte halb und halb daran, an die Viscountess Kastellan zu schreiben und ihr die Umstände zu schildern, aber ich wußte nicht, was ich damit vielleicht anstellen würde. Die Anordnung lautete ja dahin, daß das Päckchen ihr persönlich übergeben werden sollte, und so packte ich alles wieder zusammen und legte es in den Safe. Wir wollten im Frühjahr auf Urlaub nach Hause reisen, ich dachte, es sei am besten, bis dahin alles ruhen zu lassen. Die Briefe waren inhaltlich ziemlich kompromittierend.«

»Das ist gelinde ausgedrückt«, sagte Mrs. Low kichernd. »In Wahrheit verrieten sie alles.«

»Ich glaube, wir brauchen darauf nicht näher einzugehen«, sagte Low.

Ein kleiner Streit folgte, aber ich glaube, von seiner Seite aus mehr der Form wegen, denn er mußte wissen, daß sein Bestreben, die offizielle Diskretion zu wahren, sich kaum behaupten konnte gegenüber der Entschlossenheit seiner Frau, mir alles zu erzählen. Sie war gegen Lady Kastellan eingenommen und kannte in ihren Bemerkungen über sie keine Hemmungen. Ihre ganze Sympathie gehörte dem Mann. Low bemühte sich nach Möglichkeit, ihre voreiligen Behauptungen abzuschwächen. Er sagte ihr, daß ihre Einbildungskraft mit ihr durchgegangen sei und daß sie mehr in die Briefe hineingelesen habe, als tatsächlich darin stand. Sie wollte nichts davon hören. Anscheinend hatten die Briefe einen tiefen Eindruck auf sie gemacht, und aus ihrem Bericht und Lows Einwänden erhielt ich einen ziemlich klaren Eindruck. Eines war sicher: sie waren ergreifend.

»Ich kann Ihnen nicht sagen, wie es mich empörte, mit welcher Gier Bee sie verschlang«, sagte Low.

»Es waren die wunderbarsten Briefe, die ich je gelesen habe. Du hast mir nie solche geschrieben.«

»Wenn ich es getan hätte, würdest du mich für einen verdammten Narren gehalten haben«, sagte er lachend.

Sie sah ihn mit einem reizenden, liebevollen Lächeln an.

»Ja, vermutlich, und doch war ich weiß Gott sehr in dich verschossen, weiß der Teufel, warum.«

Die Geschichte enthüllte sich ganz deutlich. Der Schreiber der Briefe, der geheimnisvolle J., wahrscheinlich ein Beamter im Auswärtigen Amt, hatte sich in Lady Kastellan verliebt und sie sich in ihn. Sie hatten ein Liebesverhältnis angefangen, und die ersten Briefe waren leidenschaftlich lyrisch. Die beiden waren sehr glücklich. Sie glaubten, ihre Liebe werde ewig dauern. Er schrieb ihr immer sofort, nachdem er sie verlassen hatte, und beteuerte ihr, wie er sie anbete und was sie für ihn bedeute. Sie war ständig in seinen Gedanken. Es schien, als sei ihr Gefühl für ihn ebenso stark wie das seine, denn in einem Brief rechtfertigte er sich gegen ihren Vorwurf, daß er versäumt habe, sie irgendwo zu treffen, wo er sie anwesend wußte. Er erklärte ihr, welche Qual es für ihn gewesen sei, daß ein plötzlicher Auftrag ihn daran gehindert habe, mit ihr zusammenzusein, worauf er sich so sehr gefreut habe.

Dann kam die Katastrophe. Wie sie eintrat oder warum, konnte man nur erraten. Lord Kastellan entdeckte die Wahrheit. Er verdächtigte seine Frau nicht nur der Untreue, er hatte Beweise dafür. Es gab eine furchtbare Szene zwischen ihnen, sie verließ ihn und ging zu ihrem Vater. Lord Kastellan erklärte seine Absicht, sich von ihr scheiden zu lassen. Jetzt änderte sich der Ton der Briefe. J. schrieb sofort und bat Lady Kastellan, sie sehen zu dürfen, aber sie verweigerte es ihm. Ihr Vater bestehe darauf, daß sie sich nicht träfen. J. war bekümmert über ihr Unglück und bestürzt über seine Schuld daran und schrieb teilnehmend über alles, was sie zu Hause durchzumachen hatte, denn ihre Eltern waren wütend. Aber gleichzeitig fühlte man, daß ihn das Eintreten der Krise erleichterte. Nichts war von Bedeutung, außer daß sie einander liebten. Er sagte, daß er Kastellan hasse. Er solle nur die Scheidungsklage einreichen. Je früher sie heiraten könnten, desto besser. Die Korrespondenz war einseitig, sie enthielt keine Briefe von ihr, und man mußte aus seinen Antworten erraten, was sie geschrieben hatte. Sie war anscheinend ganz außer sich vor Schrecken, und nichts, was er sagte, half ihr. Er versicherte ihr, daß es ihm gleichgültig sei, das Auswärtige Amt verlassen zu müssen. Er könne irgendwo in den Kolonien eine Stellung finden, in der er viel mehr verdienen würde. Er sei überzeugt, daß er sie glücklich machen könne. Natürlich gebe es einen Skandal, aber das werde bald vergessen, und außerhalb Englands würden sich die Leute nicht darum kümmern. Er flehte sie an, Mut zu fassen. Dann schien es, als habe sie einen mißgelaunten Brief geschrieben. Sie verabscheute es, sich scheiden zu lassen, Kastellan weigerte sich, die Schuld auf sich zu nehmen, sie wollte nicht auf das Leben in London verzichten und sich in irgendeinem gottverlassenen Nest auf der anderen Seite der Erdkugel vergraben. Er antwortete unglücklich. Er sagte, er wolle alles tun, was sie wünsche. Er flehte sie an, ihn nicht weniger zu lieben, und der Gedanke, daß dieses Unheil ihr Gefühl für ihn verändert habe, quälte ihn. Sie machte ihm Vorwürfe, daß sie in diese Lage geraten waren; er versuchte nicht, sich zu entschuldigen, er war bereit zuzugeben, daß er allein die Schuld trage. Dann wurde offenbar von höherer Stelle aus ein Druck auf Kastellan ausgeübt, und es bestand sogar die Möglichkeit, die Sache wieder in Ordnung zu bringen. Was immer sie dann schrieb, brachte J., den unbekannten J., zur Verzweiflung. Sein Brief war fast zusammenhanglos. Er flehte sie erneut an, ihn zu treffen, er bat sie, stark zu sein, er wiederholte, daß sie alles auf der Welt für ihn bedeute, er befürchtete, daß sie sich von andern beeinflussen lasse, er bat sie, alle Schiffe hinter sich zu verbrennen und mit ihm nach Paris zu fahren. Er war außer sich. Dann hatte sie ihm wohl einige Tage nicht mehr geschrieben. Er konnte es nicht verstehen. Er wußte nicht, ob seine Briefe in ihre Hände gelangten. Er war von einem unbeschreiblichen Schmerz erfaßt. Dann kam der Schlag. Sie mußte ihm geschrieben haben, wenn er beim Auswärtigen Amt den Abschied einreichen und England verlassen würde, wäre ihr Mann bereit, sie wieder zu sich zu nehmen. Seine Antwort war verzweifelt.

»Er hat sie keinen Augenblick durchschaut«, sagte Mrs. Low.

»Was gab es da zu durchschauen?« fragte ich.

»Wissen Sie nicht, was sie ihm geschrieben hat? Ich weiß es.«

»Sei doch nicht so töricht, Bee! Du kannst es doch unmöglich wissen.«

»Natürlich weiß ich es. Sie hat es ihm nahegelegt. Sie hat an seine Großmut appelliert. Sie hat ihre Eltern mit hineingezogen. Sie hat ihre Kinder vorgebracht; ich wette, das war das erste Mal, daß sie seit ihrer Geburt an sie gedacht hat. Sie wußte, daß er aus lauter Liebe zu allem bereit war, was er tun konnte, sogar sie aufzugeben. Sie wußte, daß er es auf sich nehmen würde, ihr alles zum Opfer zu bringen: seine Liebe, sein Leben, seine Karriere, und sie ließ es zu. Sie ließ es zu, daß das Angebot von ihm kam. Sie ließ sich von ihm überreden, es anzunehmen.«

Ich hörte Mrs. Low lächelnd, aber aufmerksam zu. Sie war eine Frau und fühlte instinktiv, wie eine Frau in dieser Lage handeln würde. Sie fand es verabscheuungswürdig, aber sie fühlte bis in die Knochen, daß sie in einem solchen Fall genau so gehandelt hätte. Natürlich war das alles nur erfunden, ohne weitere Grundlage als den Brief von J., aber ich hatte den Eindruck, daß es der Wahrscheinlichkeit entsprach.

Das war der letzte Brief in dem Päckchen.

Ich war überrascht. Ich hatte Lady Kastellan schon längere Zeit gekannt, aber nur flüchtig, und ihren Mann kannte ich noch weniger. Er ging ganz in der Politik auf, war damals Unterstaatssekretär im Innenministerium, als die Lows und ich zu dem großen Empfang eingeladen worden waren, und ich hatte ihn immer nur in seinem eigenen Haus getroffen. Lady Kastellan galt als Schönheit; sie war hochgewachsen und hatte eine gute, aber etwas schwere Figur. Ihre Haut war wunderschön. Ihre großen blauen Augen standen etwas weit auseinander, das Gesicht war breit. Das gab ihr ein leicht kuhartiges Aussehen. Sie hatte hübsches, hellbraunes Haar und eine prachtvolle Haltung. Sie war eine Frau von großer Selbstbeherrschung, und es wunderte mich, daß sie sich jemals einer solchen Leidenschaft hingegeben hatte, wie die Briefe sie andeuteten. Sie war ehrgeizig und zweifellos für Kastellan in seinem politischen Leben sehr nützlich. Ich hätte ihr niemals eine Unbesonnenheit zugetraut. Im Zurückblicken glaubte ich, vor Jahren gehört zu haben, daß die Kastellans nicht gut miteinander stünden, aber ich hatte nie Einzelheiten erfahren, und wenn ich sie traf, schienen sie immer ein Herz und eine Seele zu sein. Kastellan war ein großer Mann mit rotem Gesicht und glattem schwarzem Haar, heiter und geräuschvoll, aber er hatte kleine schlaue Augen, die beobachteten und sich alles merkten. Er war fleißig, ein wirkungsvoller Redner, doch ein wenig wichtigtuerisch. Er war sich seiner eigenen Bedeutung etwas zu sehr bewußt. Er ließ sein Gegenüber nie vergessen, daß er Rang und Reichtum besaß. Er neigte dazu, sich weniger prominenten Leuten gegenüber als Gönner aufzuspielen.

Ich konnte mir gut den fürchterlichen Auftritt vorstellen, als Lord Kastellan das Verhältnis seiner Frau mit einem jüngeren Beamten des Auswärtigen Amtes entdeckte. Lady Kastellans Vater war lange Jahre Unterstaatssekretär im Auswärtigen Amt gewesen, und es hätte sich ungewöhnlich peinlich ausgewirkt, wenn seine Tochter wegen eines seiner Untergebenen geschieden worden wäre. Vielleicht war Kastellan in seine Frau verliebt und auf ganz natürliche Art von Eifersucht befallen. Aber er war ein hochmütiger Mann, ohne Sinn für Humor. Er fürchtete die Lächerlichkeit. Es ist schwer, die Rolle des betrogenen Gatten mit Würde zu spielen. Er wünschte sicher keinen Skandal, der seine künftige Laufbahn aufs Spiel setzen konnte. Es ist möglich, daß Lady Kastellans Ratgeber die Sache zu verteidigen drohten, und die Aussicht, vor der Öffentlichkeit schmutzige Wäsche zu waschen, entsetzte ihn. Wahrscheinlich wurde ein Druck auf ihn ausgeübt, und die Lösung, zu vergeben und seine Frau wieder zu sich zu nehmen, wenn ihr Liebhaber endgültig entfernt würde, mag ihm als der beste Ausweg erschienen sein. Ich bezweifle nicht, daß Lady Kastellan alles versprach, was von ihr verlangt wurde.

Sie mußte einen tüchtigen Schrecken bekommen haben. Ich beurteilte ihr Verhalten nicht so streng wie Mrs. Low. Sie war sehr jung, sie war jetzt noch nicht über fünfunddreißig. Wer konnte sagen, durch welchen Zufall sie J.'s Geliebte geworden war? Ich nehme an, daß sie sich ganz unvermutet verliebt hatte und mitten in ein Verhältnis geraten war, bevor sie recht zur Besinnung kommen konnte. Sie muß immer eine kalte, selbstbeherrschte Frau gewesen sein, aber gerade solchen Menschen spielt die Natur zuweilen sonderbare Streiche. Ich bin bereit zu glauben, daß sie den Kopf verloren hatte. Es gibt keine Möglichkeit zu erfahren, wie Kastellan alles entdeckte, aber die Tatsache, daß sie die Briefe ihres Liebhabers aufbewahrte, zeigt, daß sie zu verliebt war, um vorsichtig zu sein. Arthur Low hatte erwähnt, wie merkwürdig es sei, daß sich im Besitz des Verstorbenen nur seine eigenen Briefe und nicht die ihrigen befanden, aber das schien mir leicht erklärlich. Zur Zeit der Katastrophe waren sie ihm zweifellos im Tausch gegen ihre Briefe zurückgegeben worden, und er bewahrte sie auf. Wenn er sie durchlas, konnte er die Liebe wieder erleben, die für ihn alles in der Welt bedeutete.

Ich nahm nicht an, daß Lady Kastellan, von Leidenschaft verzehrt, jemals überlegt hatte, was geschehen würde, wenn die Sache herauskäme. Als die Katastrophe eintrat, verlor sie begreiflicherweise vor Schrecken die Fassung. Vielleicht hatte sie sich ebenso wenig um ihre Kinder gekümmert wie die meisten Frauen, die ein ähnliches Leben führen, aber vielleicht wollte sie sie trotzdem nicht verlieren. Ich wußte nicht einmal, ob sie ihrem Mann jemals wärmere Gefühle entgegengebracht hatte, aber soweit ich sie kannte, vermutete ich, daß sie seinem Namen und seinem Reichtum gegenüber nicht gleichgültig war. Die Zukunft muß ihr ziemlich schlimm erschienen sein. Sie war im Begriff, alles zu verlieren: das großartige Haus in Carlton House Terrace, ihre Stellung, die Sicherheit; ihr Vater konnte ihr kein Geld geben, und ihr Liebhaber mußte sich erst eine Anstellung suchen. Es mag nicht gerade tapfer gewesen sein, den Bitten ihrer Familie nachzugeben, aber es war verständlich.

Während ich dies alles überlegte, fuhr Arthur Low mit seinem Bericht fort.

»Ich wußte nicht recht, wie ich es anstellen sollte, mich mit Lady Kastellan in Verbindung zu setzen«, sagte er. »Es war ungeschickt, daß ich den Namen des Burschen nicht kannte. Immerhin schrieb ich ihr, als wir nach Hause kamen. Ich erklärte ihr, wer ich sei, und daß ein Mann, der vor kurzem in meinem Distrikt gestorben sei, mich gebeten habe, ihr einige Briefe und ein Zigarettenetui aus Gold und Platin auszuhändigen. Ich sagte, daß ich gebeten worden sei, diese Sachen ihr persönlich zu übergeben. Ich dachte, sie würde mir vielleicht gar nicht antworten oder durch einen Anwalt mit mir verkehren. Aber sie antwortete, daß ich an einem Vormittag um zwölf Uhr nach Carlton House Terrace kommen solle. Natürlich war es dumm von mir, aber als ich endlich auf der Eingangstreppe stand und klingelte, war ich ganz nervös. Die Türe wurde von einem Butler geöffnet. Ich erklärte, daß Lady Kastellan mich erwarte. Ein Lakai nahm mir Hut und Mantel ab. Ich wurde in einen riesigen Empfangsraum hinaufgeführt.

›Ich werde Sie sofort melden‹, sagte der Butler.

Er verließ mich, und ich saß auf der Kante eines Stuhles und schaute mich um. An den Wänden hingen gewaltige Gemälde, Porträts, wissen Sie, ich habe keine Ahnung, von wem sie waren, vermutlich von Reynolds oder Romney, und eine Menge orientalisches Porzellan war da, und vergoldete Konsolen und Spiegel. Es war alles beängstigend großartig; ich kam mir sehr schäbig und unbedeutend vor. Mein Anzug roch nach Kampfer und war an den Knien ausgebeult. Meine Krawatte schien mir etwas auffallend. Der Butler kam wieder herein und bat mich, mit ihm zu kommen. Er öffnete eine andere Tür als die, durch welche ich hereingekommen war, und ich befand mich in einem weiteren Zimmer, nicht ganz so groß wie der Empfangsraum, aber immer noch groß und sehr vornehm. Eine Dame stand am Kamin. Sie sah mich an, als ich hereinkam, und neigte leicht den Kopf. Ich war entsetzlich verlegen, während ich das ganze Zimmer durchquerte, und hatte Angst, an die Möbel zu stoßen. Ich kann nur hoffen, daß ich nicht so tölpelhaft wirkte, wie ich mich fühlte. Sie bat mich, Platz zu nehmen.

›Sie haben also einige Gegenstände, die Sie mir persönlich abgeben möchten‹, sagte sie. ›Es ist sehr freundlich von Ihnen, sich damit zu bemühen.‹

Sie lächelte nicht. Sie wirkte durchaus beherrscht, aber ich hatte den Eindruck, daß sie mich einschätzte. Um die Wahrheit zu gestehen, das brachte mich auf. Ich hatte keine Lust, wie ein Chauffeur, der eine Stellung sucht, behandelt zu werden.

›Das ist nicht der Rede wert‹, sagte ich ziemlich steif. ›Es gehört zur Tagesarbeit.‹

›Haben Sie die Sachen bei sich?‹ fragte sie.

Ich gab keine Antwort, öffnete aber die Aktentasche, die ich mitgebracht hatte, und nahm die Briefe heraus. Ich überreichte sie ihr. Sie nahm sie wortlos in Empfang. Sie warf einen Blick darauf. Sie war stark zurechtgemacht, aber ich kann beschwören, daß sie unter der Schminke ganz blaß wurde. Der Ausdruck ihres Gesichtes veränderte sich nicht. Ich schaute auf ihre Hände. Sie zitterten ein wenig. Dann schien sie sich zusammenzuraffen.

›Ach, entschuldigen Sie‹, sagte sie. ›Wollen Sie sich nicht setzen?‹

Ich nahm Platz. Einen Augenblick lang wußte sie anscheinend nicht recht, was sie tun sollte. Sie hielt die Briefe in der Hand. Da ich den Inhalt kannte, fragte ich mich, was sie empfinden mochte. Sie verriet nicht viel. Neben dem Kamin stand ein Schreibtisch; sie öffnete eine Schublade und legte die Briefe hinein. Dann setzte sie sich mir gegenüber und bot mir eine Zigarette an. Ich reichte ihr das Etui, das ich in meine Brusttasche gesteckt hatte.

›Ich bin gebeten worden, Ihnen auch dies zu übergeben‹, sagte ich.

Sie nahm es und betrachtete es. Einen Augenblick lang sprach sie nicht, und ich wartete. Ich wußte nicht recht, ob ich aufstehen und weggehen sollte.

›Kannten Sie Jack gut?‹ fragte sie plötzlich.

›Ich kannte ihn überhaupt nicht‹, antwortete ich. ›Ich habe ihn nach seinem Tod zum erstenmal gesehen.‹

›Ich hatte keine Ahnung, daß er gestorben war, bis ich Ihre Mitteilung erhielt‹, sagte sie. ›Ich hatte ihn seit langem aus den Augen verloren. Er war natürlich ein alter Freund von mir.‹

Ich fragte mich, ob sie dachte, daß ich die Briefe nicht gelesen hätte, oder ob sie sich gar nicht mehr daran erinnerte, was für Briefe es waren. Wenn der Anblick ein Schock für sie gewesen war, so hatte sie ihn inzwischen völlig überwunden. Sie sprach jetzt fast unbeteiligt.

›An was ist er eigentlich gestorben?‹ fragte sie.

›An Tuberkulose, Opium und Hunger‹, erwiderte ich.

›Wie schrecklich‹, sagte sie.

Aber sie sagte es ganz konventionell. Was immer sie auch empfinden mochte, sie war nicht gewillt, es mich merken zu lassen. Sie war vollkommen kühl, aber es schien mir, obwohl ich es mir vielleicht nur einbildete, daß sie mich beobachtete und angespannt bemüht war zu ergründen, wieviel ich wußte. Ich glaube, sie hätte viel darum gegeben, das mit Bestimmtheit zu wissen.

›Wie sind Sie zu diesen Sachen gekommen?‹ fragte sie dann.

›Ich nahm sie nach seinem Tod an mich‹, erklärte ich. ›Sie waren in einem Paket zusammengepackt, mit der Anweisung, sie Ihnen zu übergeben.‹

›War es nötig, das Paket zu öffnen?‹

Ich wollte, ich könnte Ihnen sagen, mit welcher eiskalten Unverschämtheit sie diese Frage stellte. Ich wurde ganz blaß, und ich konnte es unter keiner Schminke verbergen.

Ich erwiderte, daß ich es für meine Pflicht gehalten hätte, wenn möglich die Identität des Mannes festzustellen. Ich hätte mich gerne mit seinen Verwandten in Verbindung gesetzt.

›Ich verstehe‹, sagte sie.

Sie sah mich an, als wäre das Interview damit zu Ende und als erwarte sie, daß ich aufstehen und mich empfehlen würde. Aber das tat ich nicht. Ich wollte mich ein wenig rächen. Ich erzählte ihr, wie man nach mir geschickt und wie ich ihn vorgefunden hatte. Ich beschrieb ihr alles und sagte ihr, meines Wissens sei zuletzt niemand dagewesen, um sich seiner anzunehmen, außer einer Chinesin. Plötzlich ging die Türe auf, und wir sahen uns beide an. Ein großer Mann in mittleren Jahren kam herein und blieb stehen, als er mich erblickte.

›Entschuldige‹, sagte er, ›ich wußte nicht, daß du beschäftigt bist.‹

›Komm nur herein‹, sagte sie, und als er näher trat: ›Dies ist Mr. Low. Mein Mann.‹

Lord Kastellan nickte.

›Ich wollte dich nur fragen‹, fing er an und verstummte dann. Sein Blick war auf das Zigarettenetui gefallen, das noch offen in Lady Kastellans Hand lag. Ich weiß nicht, ob sie seinen fragenden Ausdruck bemerkte. Sie lächelte ihn freundlich an. Sie hatte eine ganz erstaunliche Selbstbeherrschung.

›Mr. Low kommt von den Malaiischen Staaten. Der arme Jack Almond ist tot, und er hat mir sein Zigarettenetui vermacht.‹

›Ach‹, sagte Lord Kastellan. ›Wann ist er gestorben?‹

›Vor sechs Monaten etwa‹, sagte ich.

Lady Kastellan stand auf.

›Nun, ich will Sie nicht länger aufhalten. Ich vermute, daß Sie viel zu erledigen haben. Vielen Dank, daß Sie Jacks Wunsch ausgeführt haben.‹

›Es sieht im Augenblick ziemlich übel in den Malaiischen Staaten aus, falls alles zutrifft, was man so hört‹, sagte Lord Kastellan.

Ich schüttelte beiden die Hand, und Lady Kastellan drückte auf eine Klingel.

›Bleiben Sie in London?‹ fragte sie, als ich gerade gehen

wollte. ›Ich weiß nicht, ob Sie an einer kleinen Gesellschaft, die ich nächste Woche gebe, teilnehmen möchten?‹

›Ich habe meine Frau bei mir‹, sagte ich.

›Ach, das ist sehr nett. Ich werde Ihnen eine Einladung schicken.‹

Einige Minuten darauf befand ich mich auf der Straße. Ich war froh, allein zu sein. Ich hatte einen schweren Schock erlebt. Sobald Lady Kastellan den Mann nannte, erinnerte ich mich. Also Jack Almond war es, dieser arme Kerl, den ich in dem chinesischen Haus tot vorgefunden hatte – verhungert. Ich hatte ihn ganz gut gekannt. Keinen Augenblick wäre ich auf die Idee gekommen, daß er es sein könnte. Ich hatte oft mit ihm gegessen und Karten gespielt, und auch Tennis. Es war ein schrecklicher Gedanke, daß er so in meiner Nähe gestorben war, ohne daß ich es geahnt hatte. Er mußte gewußt haben, daß er mir nur eine Botschaft zu schicken brauchte, damit ich etwas für ihn getan hätte. Ich begab mich in den St. James Park und setzte mich dort hin. Ich mußte erst einmal richtig nachdenken.«

Ich konnte verstehen, daß es für Arthur Low einen Schock bedeutet hatte zu entdecken, wer der Tote gewesen war, denn es bedeutete auch für mich einen Schock. Merkwürdigerweise hatte auch ich ihn gekannt. Nicht näher, aber ich hatte ihn auf Gesellschaften getroffen und von Zeit zu Zeit in einem Landhaus, wo wir beide das Wochenende zubrachten. Mit seinem Namen kehrten mir alle Erinnerungen an ihn ins Gedächtnis zurück. Darum also hatte er plötzlich eine Karriere aufgegeben, die er so liebte! Zu jener Zeit, es war gerade nach dem Krieg, kannte ich zufällig einige Leute im Auswärtigen Amt. Jack Almond galt als der begabteste von all den jungen Männern, die dort beschäftigt waren, und die höchsten Posten, die im Diplomatischen Dienst zu vergeben waren, standen ihm offen. Natürlich erforderte das Geduld. Aber ich fand es damals sehr töricht von ihm, seine ganzen Chancen wegzuwerfen, um sich im Fernen Osten ins Geschäftsleben zu begeben. Seine Freunde versuchten alles, um ihn davon abzubringen. Er erklärte, er habe Verluste gehabt und es sei ihm unmöglich, mit seinem Gehalt auszukommen. Zweifellos hätte er lavieren können, bis seine Verhältnisse sich besser gestalteten. Ich weiß noch gut, wie er aussah. Er war groß und gut gewachsen, ein wenig zu elegant, aber jung genug, um seine tadellose Kleidung auf flotte Art zu tragen. Er hatte dunkelbraunes Haar, das sehr glatt und gepflegt war, blaue Augen mit sehr langen Wimpern und blendend frische Farben. Er sah aus wie das Leben. Er war unterhaltend, heiter und schlagfertig. Ich habe nie jemanden gekannt, der mehr Charme besaß. Es ist eine gefährliche Eigenschaft, und diejenigen, die sie besitzen, nützen sie aus. Oft denken sie, damit allein ohne weitere Anstrengung durchs Leben zu kommen. Es ist gut, dagegen auf der Hut zu sein. Aber bei Jack Almond war es der Ausdruck einer liebenswürdigen und großherzigen Natur. Er erfreute, weil er erfreulich war. Er war völlig frei von Eitelkeit. Er hatte eine besondere Begabung für Sprachen: Französisch und Deutsch beherrschte er ohne jeden Akzent, und seine Manieren waren einwandfrei. Man fühlte, daß er zu gegebener Zeit in der Rolle eines Botschafters in großem Stil auftreten würde. Er mußte jedermann gefallen. Es war nicht verwunderlich, daß Lady Kastellan sich heftig in ihn verliebt hatte. Meine Fantasie lief mit mir davon. Was gibt es Bewegenderes als junge Liebe? Die Spaziergänge dieses schönen Paares in einem der Parks an warmen Frühsommerabenden, die Bälle, die sie besuchten, auf denen er sie in den Armen hielt, die Verzauberung ihres gemeinsamen Geheimnisses, wenn sich ihre Blicke über der Abendtafel trafen, und die leidenschaftlichen Begegnungen, gehetzt und gefährlich, aber das Risiko tausendmal wert, wenn sie sich an einem heimlichen Treffpunkt der Erfüllung ihres Verlangens hingeben konnten. Sie tranken die Milch des Paradieses.

Wie schrecklich, daß dies alles ein so tragisches Ende nehmen mußte!

»Wie lernten Sie ihn kennen?« fragte ich Low.

»Er war bei Dexter & Farmilow. Sie wissen, die Schiffahrtsfirma. Er hatte eine ganz gute Stellung. Er hatte Briefe an den Gouverneur und solche Leute mitgebracht. Ich war damals in Singapur. Ich glaube, ich habe ihn zuerst im Klub getroffen. Er war verdammt geschickt bei allen Spielen und derartigen Dingen. Er spielte Polo. Er war ein sehr guter Tennisspieler. Man mußte ihn einfach gern haben.«

»Trank er, oder dergleichen?«

»Nein.« Arthur Low wurde ganz energisch. »Er war einer der besten. Die Frauen waren ganz versessen auf ihn – und kein Wunder. Er war einer der anständigsten Burschen, die ich je getroffen habe.«

Ich wandte mich an Mrs. Low.

»Kannten Sie ihn?«

»Nur ganz flüchtig. Nach unserer Heirat gingen Arthur und ich nach Perak. Er war reizend, daran erinnere ich mich. Er hatte die längsten Wimpern, die ich je bei einem Mann gesehen habe.«

»Er war lange draußen, ohne nach Hause zu fahren. Fünf Jahre, glaube ich. Ich mag keine abgedroschenen Phrasen gebrauchen, aber er hatte sich goldene Sporen verdient, ich kann es nicht anders ausdrücken. Manche Leute waren verstimmt gewesen, weil er durch Beziehungen einen so verdammt guten Posten bekommen hatte, aber sie mußten zugeben, daß er sich bewährte. Wir wußten, daß er im Auswärtigen Amt gewesen war, aber er spielte sich nie besonders auf.«

»Was mich so anzog«, fiel Mrs. Low ein, »war, glaube ich, daß er so ungeheuer lebendig war. Man hatte sofort neuen Mut, wenn man nur mit ihm sprach.«

»Es gab eine großartige Abschiedsfeier für ihn, als er dann abdampfte. Ich war zufällig auf einige Tage nach Singapur gekommen und wohnte dem Diner im ›Europa‹ an seinem letzten Abend bei. Wir waren alle ziemlich beschwipst. Es war ein herrlicher Spaß. Eine ganze Schar begleitete ihn ans Schiff. Er wollte nur auf sechs Monate heimfahren. Ich glaube, alle freuten sich auf seine Rückkehr. Es wäre besser für ihn gewesen, wenn es nie dazu gekommen wäre.«

»Was passierte denn?«

»Ich weiß nicht genau. Ich war wieder versetzt worden und war jetzt ganz im Norden.«

Wie ärgerlich! Es ist wirklich leichter, eine Geschichte zu erfinden, als eine über lebendige Menschen zu erzählen, wenn man nicht nur ihre Beweggründe erraten muß, sondern auch von ihrem Verhalten, sogar in den kritischsten Momenten, nichts weiß.

»Er war ein sympathischer Bursche, aber nie unser intimer Freund. Sie kennen ja die Cliquenwirtschaft in Singapur; er bewegte sich in etwas gehobeneren Kreisen als wir.

Als wir nach dem Norden zogen, vergaß ich ihn. Aber eines Tages hörte ich im Klub von ihm reden. Walton und Kenning. Walton war gerade von Singapur zurückgekehrt. Ein großes Polo-Wettspiel hatte dort stattgefunden.

›Hat Almond mitgespielt?‹ fragte Kenning.

›Natürlich nicht‹, sagte Walton. ›Sie haben ihn ja schon in der letzten Saison hinausgeschmissen.‹

Ich unterbrach sie.

›Wovon sprechen Sie?‹ fragte ich.

›Wissen Sie das nicht?‹ sagte Walton. ›Er ist ganz auf den Hund gekommen, der arme Teufel.‹

›Wieso?‹ fragte ich.

›Er trinkt.‹

›Man sagt, daß er auch Rauschgift nimmt‹, sagte Kenning.

›Ja, das habe ich gehört‹, sagte Walton. ›Das wird er nicht lange aushalten. Opium, nicht?‹

›Wenn er sich nicht in acht nimmt, wird er seine Stellung verlieren‹, sagte Kenning.

Ich konnte es nicht verstehen«, fuhr Low fort. »Er war der letzte Mensch, von dem ich gedacht hätte, daß er diesen Weg gehen würde. Er war so typisch englisch, und ein Gentleman und so weiter. Anscheinend war Walton mit ihm zusammen auf dem gleichen Schiff, als Jack von seinem Urlaub zurückkehrte. Er kam in Marseille an Bord. Er war in gedrückter Stimmung, aber das schien weiter nicht merkwürdig: viele Leute sind nicht gerade rosiger Laune, wenn sie die Heimat wieder verlassen und in die Tretmühle zurück müssen. Er trank ziemlich viel. Das tun andere mitunter auch. Aber Walton machte eine etwas sonderbare Bemerkung über ihn. Er sagte, es hätte so ausgesehen, als ob alles Leben aus ihm entwichen sei. Man mußte es unwillkürlich bemerken, weil er immer so aufgeräumt gewesen war. Man hatte allgemein vermutet, daß er mit einem Mädchen in England verlobt gewesen sei, und auf dem Schiff kamen sie dann zu der Überzeugung, daß sie ihm den Laufpaß gegeben habe.«

»Das sagte ich Arthur auch, als er es mir erzählte«, erklärte Mrs. Low. »Immerhin sind fünf Jahre eine lange Zeit, um ein Mädchen allein zu lassen.«

»Man dachte natürlich, er würde darüber wegkommen,

sobald er seine Arbeit wieder aufnähme. Aber das war unglücklicherweise nicht der Fall. Es wurde schlimmer und schlimmer mit ihm. Sehr viele Leute mochten ihn gern, und sie gaben sich alle Mühe mit ihm, damit er wieder ins Gleichgewicht käme. Aber es half nichts. Er sagte nur, sie sollten sich um ihre eigenen Angelegenheiten kümmern. Er war ausfällig und ungezogen, was um so seltsamer wirkte, als er immer so nett zu allen gewesen war. Walton sagte, man hätte kaum glauben können, daß es der gleiche Mensch sei. Im Hause des Gouverneurs ließ man ihn fallen, und viele andere taten das gleiche. Lady Ormonde, die Gattin des Gouverneurs, war ein Snob; sie wußte, daß er gute Beziehungen hatte und so weiter, und sie hätte ihm sicher nicht die kalte Schulter gezeigt, wenn es nicht ziemlich übel um ihn gestanden hätte. Er war ein netter Kerl, dieser Jack Almond, wir fanden es schlimm, daß er sich so herunterwirtschaftete. Es tat mir leid, verstehen Sie, aber natürlich verdarb es mir nicht den Appetit und störte auch nicht meine Nachtruhe. Einige Monate später war ich zufällig selber in Singapur, und als ich in den Klub kam, erkundigte ich mich nach ihm. Er hatte wirklich seine Stellung verloren, anscheinend war er öfter zwei oder drei Tage nacheinander nicht ins Büro gekommen. Und dann wurde mir erzählt, daß ihn jemand als Manager einer Gummiplantage auf Sumatra eingesetzt hatte, in der Hoffnung, daß er sich, fern von den Versuchungen Singapurs, endlich aufraffen würde. Sehen Sie, jeder hatte ihn so gern gehabt, daß sie es alle nicht ertragen konnten, ihn untergehen zu sehen. Aber es war umsonst. Er war dem Opium verfallen. Er blieb nicht lange auf dem Posten in Sumatra und kehrte dann nach Singapur zurück. Ich hörte später, daß man ihn kaum mehr erkannt hätte. Er war immer so gepflegt und elegant gewesen; jetzt war er verwahrlost und ungewaschen und hatte finster blickende Augen. Einige Klubmitglieder taten sich zusammen und arrangierten noch einmal etwas. Sie fanden, daß sie ihm noch eine letzte Gelegenheit bieten mußten, und schickten ihn nach Sarawak hinaus. Aber es nützte nichts. Die Wahrheit ist wohl, daß er keine Hilfe haben wollte. Ich glaube, er wollte nur auf seine Weise zur Hölle fahren, und zwar so rasch wie möglich. Dann verschwand er; jemand behauptete, er sei nach Hause gefahren. Jedenfalls wurde er vergessen. Sie wissen, wie die Leute in den Malaiischen Staaten entschwinden. Darum war es wohl auch, daß ich beim Auffinden eines Toten in einem Sarong, mit einem Bart, in einem kleinen, übelriechenden Zimmer in einem chinesischen Haus, dreißig Meilen von allem entfernt, keinen Augenblick auf den Gedanken kam, daß das Jack Almond sein könnte. Ich hatte seinen Namen jahrelang nicht mehr gehört.«

»Denken Sie nur, was er durchgemacht haben muß«, sagte Mrs. Low, und ihre Augen standen voller Tränen, denn sie hatte ein gutes, weiches Herz.

»Die ganze Sache ist unerklärlich«, meinte Low.

»Warum?« fragte ich.

»Nun, wenn er zusammenbrechen mußte, warum dann nicht zu der Zeit, als er zuerst herauskam? Die ersten fünf Jahre war bei ihm alles in Ordnung. Er war einer der besten. Wenn diese Beziehung ihn zerbrochen hätte, so mußte man den Zusammenbruch doch erwarten, solange die Wunde frisch war. Aber während dieser ganzen Zeit war er so munter wie ein Vogel. Offenbar hatte er keine Sorge auf der Welt. Nach allem, was ich gehört habe, kam ein ganz veränderter Mensch aus dem Urlaub zurück.«

»Etwas war während der sechs Monate in London geschehen«, sagte Mrs. Low. »Das liegt auf der Hand.«

»Wir werden es niemals wissen«, sagte Low seufzend.

»Aber wir können es erraten«, meinte ich lächelnd. »Hier kommt der Romanschriftsteller an die Reihe. Soll ich Ihnen sagen, wie ich mir die Sache denke?«

»Nur los.«

»Nun, ich glaube, daß er während jener ersten fünf Jahre durch das Opfer, das er gebracht hatte, über sich selbst emporgetragen wurde. Er war von Natur aus ritterlich. Er hatte alles, was das Leben für ihn lebenswert machte, aufgegeben, um die Frau zu retten, die er mehr als alles auf der Welt liebte. Ich glaube, er befand sich in einem Zustand ständiger Übersteigerung. Er liebte sie noch immer, von ganzem Herzen. Die meisten unter uns können sich immer wieder verlieben, und es geht vorüber; einige Männer können nur einmal lieben, und ich glaube, er war einer von ihnen. Und auf eine sonderbare Art war er glücklich, weil er es fertiggebracht hatte, sein Glück für jemand zu opfern, der dieses Opfer wert war. Sicher war sie immer in seinen Gedanken. Dann fuhr er nach Hause. Ich glaube, daß er sie noch genauso liebte wie früher, und wahrscheinlich hat er nie bezweifelt, daß ihre Liebe so stark und dauerhaft wie die seine war. Ich weiß nicht, was er erwartete. Vielleicht hoffte er, daß sie nicht länger gegen ihre Neigung ankämpfen und sich entschließen würde, mit ihm durchzugehen. Vielleicht hätte er sich auch mit dem Wissen zufrieden gegeben, daß sie ihn noch liebte. Es war unvermeidlich, daß sie einander begegnen würden, sie lebten in der gleichen Welt. Er merkte, daß sie sich nicht mehr das geringste aus ihm machte. Er sah, daß das leidenschaftliche junge Mädchen sich in eine kluge, erfahrene Weltdame verwandelt hatte; er erkannte, daß er von ihr nie so geliebt worden war, wie er geglaubt hatte, und vielleicht kam ihm sogar der Verdacht, daß sie ihn kühl berechnend zu dem Opfer verleitet hatte, das ihre Rettung bedeutete. Er traf sie auf Gesellschaften, selbstbewußt und triumphierend. Er sah ein, daß die schönen Eigenschaften, die er ihr zugeschrieben hatte, nur in seiner Einbildung bestanden, und daß sie nichts als eine ganz alltägliche Frau war, die nach vorübergehender Leidenschaft wieder in das ihr gemäße Leben zurückkehrte. Ein großer Name, Reichtum, gesellschaftliche Stellung, weltliche Erfolge: das waren die Dinge, auf die es ihr ankam. Er hatte alles geopfert: seine Freunde, seine gewohnte Umgebung, seinen Beruf, seine nützlichen Aufgaben in der Welt, alles, was dem Dasein Wert gibt – und alles für nichts. Er war betrogen worden, und das zerbrach ihn. Ihr Freund Walton hat es richtig erfaßt: er sagte, es sei gewesen, als ob das Leben aus ihm entwichen sei. So war es. Von da an war ihm alles gleichgültig, und das Schlimmste von allem war vielleicht, daß er, obwohl er Lady Kastellan nun als das erkannt hatte, was sie war, sie immer noch liebte. Ich kenne nichts Zerstörenderes, als jemand von ganzem Herzen zu lieben und trotz aller Bemühungen von dieser Liebe nicht loszukommen, während man weiß, daß der Gegenstand dieser Liebe wertlos ist. Vielleicht ist er darum auf Opium verfallen. Um zu vergessen und sich zu erinnern.«

Das war eine lange Rede, die ich gehalten hatte, und ich schwieg jetzt.

»All das ist aber nur Fantasie«, meinte Low.

»Das weiß ich«, erwiderte ich, »aber ich glaube, es trifft auf die Umstände zu.«

»Es muß doch ein Zug von Schwäche in ihm gewesen sein. Sonst hätte er dagegen angekämpft und es überwunden.«

»Vielleicht. Vielleicht ist ein so großer Charme, wie er ihn besaß, immer mit einer leichten Schwäche verbunden. Vielleicht lieben wenige Menschen mit solcher Ausschließlichkeit und Hingebung, wie er es getan hat. Vielleicht wollte er nicht kämpfen und überwinden. Ich bringe es nicht fertig, ihn zu verurteilen.«

Weil ich befürchtete, sie könnten es zynisch finden, unterließ ich es hinzuzufügen, daß Jack Almond, wenn er nur nicht diese wunderbar langen Wimpern gehabt hätte, vielleicht jetzt noch lebendig und munter da sein könnte, als Gesandter bei einer fremden Macht und auf dem besten Weg zu der Botschaft in Paris.

»Wir wollen ins Wohnzimmer«, sagte Mrs. Low. »Der Boy möchte den Tisch abräumen.«

Und das war das Ende von Jack Almond.

Der Ehrenpunkt

Als ich vor einigen Jahren damit beschäftigt war, ein Buch über Spanien im Goldenen Zeitalter zu schreiben, hatte ich Gelegenheit, wieder einmal die Schauspiele von Calderon zu lesen. Unter anderem las ich eines mit dem Titel: ›El Medico de su Honra‹, was bedeutet: Der Arzt seiner Ehre. Es ist ein grausames Stück, und man kann es kaum ohne Schaudern lesen. Aber es erinnerte mich an eine Begegnung, die ich vor langer Zeit gehabt hatte und die mir immer als eine der sonderbarsten meines Lebens im Gedächtnis blieb. Ich war damals sehr jung, und ich war zu einem kurzen Aufenthalt nach Sevilla gefahren, um dem Fest des Corpus Christi beizuwohnen. Es war mitten in der schrecklichsten Sommerhitze. Große Segeltücher waren über die schmalen Straßen gespannt und gaben willkommenen Schatten, aber auf die freien Plätze brannte die Sonne erbarmungslos nieder. Am Vormittag sah ich mir die Prozession an. Sie war prächtig und eindrucksvoll. Die Menge kniete nieder, als die Hostie feierlich vorbeigetragen wurde, und die Bürgerwehr in voller Uniform salutierte, um dem himmlischen König ihre Huldigung darzubringen. Am Nachmittag schloß ich mich der dichten Menge an, die sich zu der Arena begab. Die Zigarettenarbeiterinnen und die Nähmädchen trugen Nelken im dunklen Haar, ihre jungen Freunde waren in ihren besten Staat gekleidet. Es war gerade nach dem Spanisch-Amerikanischen Krieg, und die kurze, gestickte Jacke, die eng anliegenden Hosen und der breitrandige, niedere Hut wurden damals noch getragen. Manchmal wurde die Menge durch einen Picador auseinandergetrieben, dessen elender Klepper den Nachmittag kaum überleben würde, und der Reiter, in selbstbewußtem Stolz auf sein malerisches Kostüm, tauschte Scherzworte mit den Witzbolden aus. Eine lange Reihe von Wagen, abgenutzt und schäbig, mit *aficionados* überladen, fuhr lärmend die Straße entlang.

Ich war früh dort, weil es mich unterhielt, die Leute zu beobachten, die allmählich die riesige Arena füllten. Die billigeren Plätze in der Sonne waren schon gedrängt voll, und die unzähligen Fächer riefen einen eigenartigen Effekt hervor, wie das Flattern eines Schwarms von Schmetterlingen, wenn die Männer und Frauen sich unaufhörlich fächerten. Im Schatten, wo ich saß, füllten sich die Reihen langsamer, aber selbst dort mußte man sich eine Stunde vor Beginn des Kampfes bemühen, noch einen Platz zu finden. Nach einer Weile blieb ein Mann vor mir stehen und fragte mich mit liebenswürdigem Lächeln, ob ich ihm Platz machen könnte. Als er sich niedergelassen hatte, warf ich ihm von der Seite einen Blick zu und bemerkte, daß er einen guten englischen Anzug trug und wie ein gebildeter Mann aussah. Er hatte schöne Hände, klein, aber energisch, mit dünnen, langen Fingern. Da ich rauchen wollte, zog ich mein Etui heraus und hielt es für richtig, es ihm anzubieten. Er nahm sich eine Zigarette. Er hatte anscheinend bemerkt, daß ich Ausländer war, denn er dankte mir auf Französisch.

»Sie sind Engländer?« fuhr er fort.

»Ja.«

»Wie kommt es, daß Sie nicht vor der Hitze geflohen sind?«

Ich erklärte, daß ich eigens gekommen sei, um das Fest des Corpus Christi zu sehen.

»Es lohnt sich tatsächlich, deshalb nach Sevilla zu kommen.«

Dann machte ich eine Bemerkung über den riesigen Andrang der Bevölkerung.

»Niemand würde denken, daß Spanien blutet, nach dem Verlust von allem, was von seinem Reich übrig geblieben ist, und daß sein alter Ruhm jetzt nur noch ein Wort ist.«

»Es ist noch viel davon geblieben.«

»Der Sonnenschein, der blaue Himmel und die Zukunft.«

Er sprach leidenschaftslos, als ginge ihn das Unglück seines besiegten Landes nichts an. Da mir keine Antwort einfiel, schwieg ich. Wir warteten. Die Logen begannen sich zu füllen. Damen in schwarzen oder weißen Spitzenmantillas betraten sie und breiteten ihre Manila-Schals über die Brüstung, so daß sich eine heitere und vielfarbige Dekoration bildete. Hin und wieder, wenn eine von ihnen besonders schön war, wurde sie mit allgemeinem Beifall begrüßt, und dann dankte sie mit einem Lächeln und verneigte sich ohne Verlegenheit. Endlich erschien der Präsident des Stierkampfes, die Musikkapelle ertönte, und die Kämpfer, in Seide, Gold und Silber glitzernd, stolzierten prahlerisch durch die Arena. Eine Minute darauf kam ein großer schwarzer Stier hereingerast. Obwohl ich von der schaurigen Erregung des Kampfes mitgerissen wurde, bemerkte ich doch, daß mein Nachbar kühl blieb. Als ein Mann stürzte und nur durch ein Wunder den Hörnern des wütenden Tieres entrann, und Tausende keuchend auf die Füße sprangen, blieb er regungslos. Der Stier wurde getötet, und die Maultiere schleppten den riesigen Kadaver hinaus. Ich sank erschöpft zurück.

»Mögen Sie den Stierkampf?« fragte er mich. »Die meisten Engländer sehen gerne zu, obwohl ich bemerkt habe, daß sie sich in ihrem eigenen Land recht hart darüber äußern.«

»Kann man etwas mögen, das einen mit Grauen und Abscheu erfüllt? Jedesmal, wenn ich zu einem Kampf gehe, schwöre ich mir, es nie wieder zu tun. Und doch gehe ich wieder.«

»Es ist eine merkwürdige Leidenschaft, die uns die Gefahr anderer genießen läßt. Vielleicht gehört es zur Natur des Menschen. Die Römer hatten ihre Gladiatoren, und die Modernen haben ihre Melodramen. Mag sein, daß es ein menschlicher Instinkt ist, an Blutvergießen und Foltern Vergnügen zu finden.«

Ich gab keine direkte Antwort.

»Glauben Sie nicht, daß der Stierkampf der Grund ist, weshalb das menschliche Leben in Spanien so wenig gilt?«

»Und finden Sie, daß das menschliche Leben von besonderer Bedeutung ist?« fragte er.

Ich warf ihm einen raschen Blick zu, denn es lag ein ironischer Ton in seiner Stimme, den man unmöglich überhören konnte, und ich sah, daß seine Augen voller Spott waren. Ich errötete ein wenig, denn ich kam mir plötzlich sehr jung vor. Ich war erstaunt über die Veränderung in seinem Ausdruck. Er war mir mit seinen großen, sanften, freundlichen Augen als ein recht liebenswürdiger Mann erschienen, aber jetzt lag ein Zug hämischen Hochmuts auf seinem Gesicht, der einigermaßen beunruhigend wirkte. Ich kroch in mein Gehäuse zurück. Wir sprachen für den Rest des Nachmittags nur noch wenig miteinander, aber als der letzte Stier getötet war, drückte er mir die Hand und sprach die Hoffnung auf ein Wiedersehen aus. Das war nur eine Höflichkeitsformel, und vermutlich dachte keiner von uns auch nur im entferntesten an diese Möglichkeit.

Aber durch reinen Zufall geschah es zwei oder drei Tage später doch. Ich befand mich in einem Teil von Sevilla, den ich nicht sehr gut kannte. Ich war am Nachmittag im Palast des Herzogs von Alba gewesen, da ich wußte, daß ein schöner Garten dazugehörte und daß in einem der Räume eine prachtvolle Zimmerdecke war, die maurische Gefangene vor dem Fall von Granada angefertigt haben sollten. Es war nicht leicht, dort Eintritt zu erhalten, aber es lag mir sehr viel daran, und ich dachte, da es jetzt auf dem Höhepunkt des Sommers keine Touristen gab, könnte ich mit zwei oder drei Peseten die Erlaubnis bekommen. Ich wurde enttäuscht. Der Verwalter sagte mir, daß das Haus gerade renoviert werde, und kein Fremder könne es ohne schriftliche Erlaubnis von dem Agenten des Herzogs besichtigen. Da ich nichts anderes vorhatte, ging ich in den königlichen Garten des Alcazar, des alten Palastes von Don Pedro dem Grausamen, dessen Andenken im Volk von Sevilla noch lebendig ist. Es war sehr angenehm unter den Orangenbäumen und Zypressen. Ich hatte ein Buch bei mir, einen Band Calderon, und ich saß eine Weile dort und las. Dann schlenderte ich ein wenig umher. In den älteren Teilen von Sevilla sind die Straßen eng und krumm. Es ist bezaubernd, dort entlang zu wandeln unter den darüber gespannten Sonnendächern, aber der Weg ist nicht leicht zu finden. Ich verirrte mich. Als ich gerade bemerkte, daß ich keine Ahnung hatte, welche Richtung ich einschlagen müßte, sah ich einen Mann mir entgegenkommen und erkannte in ihm meinen Bekannten vom Stierkampf. Ich sprach ihn an und bat ihn, mir die Richtung zu zeigen. Er erinnerte sich an mich.

»Sie können den Weg unmöglich finden«, sagte er lächelnd und drehte sich um. »Ich will Sie ein wenig begleiten, bis Sie sicher sein können.«

Ich protestierte, aber er hörte nicht darauf. Er versicherte mir, daß es keine Mühe für ihn bedeute.

»Sie sind also noch nicht abgereist?« sagte er.

»Ich fahre morgen. Ich bin gerade beim Haus des Herzogs von Alba gewesen. Ich wollte seine maurische Decke sehen, aber man hat mich nicht eingelassen.«

»Haben Sie Interesse für arabische Kunst?«

»O ja. Ich habe gehört, daß diese Decke zum Schönsten zählt, was es in Sevilla gibt.«

»Ich glaube, ich könnte Ihnen eine ebenso schöne zeigen.«

»Wo?«

Er betrachtete mich einen Augenblick prüfend, als überlege er, was für eine Art Mensch ich sei. Anscheinend kam er zu einem befriedigenden Ergebnis.

»Wenn Sie zehn Minuten Zeit haben, will ich Sie hinführen.«

Ich dankte ihm herzlich, und wir kehrten um und gingen zurück. Wir plauderten von belanglosen Dingen, bis wir an ein großes, blaßgrün getünchtes Haus kamen, das infolge der schweren Gitter an den nach der Straße zugehenden Fenstern den arabischen Anblick eines Gefängnisses bot, wie so viele Häuser in Sevilla. Mein Führer klatschte vor dem Eingangstor in die Hände, und ein Diener schaute aus einem Fenster nach dem Patio hinaus und zog an einer Schnur.

»Wem gehört dieses Haus?«

»Mir.«

Ich war erstaunt, denn ich wußte, wie eifersüchtig die Spanier ihre Zurückgezogenheit hüten und wie wenig geneigt sie sind, Fremde in ihre Häuser einzulassen. Das schwere eiserne Tor ging auf; wir durchquerten den Hof und gingen einen schmalen Gang entlang. Dann befand ich mich plötzlich in einem verzauberten Garten. Er war an drei Seiten von Mauern eingeschlossen, von Mauern, die so hoch wie Häuser waren, und ihre alten, roten Backsteine, durch die Zeit sanft getönt, waren mit Rosen überwachsen. Sie bedeckten jeden Zoll in verschwenderischer, duftender Überfülle. In dem Garten standen wild wachsend, als hätten die Gärtner vergeblich den Überschwang der Natur zu bändigen versucht, Palmen, die hoch in die Luft hinaufragten in ihrem leidenschaftlichen Drang nach der Sonne, dunkle Orangenbäume und blühende Bäume, deren Namen ich nicht kannte, und dazwischen Rosen, immer mehr Rosen. Die vierte Mauer war eine maurische Loggia mit Hufeisenbogen, die reich durchbrochen waren, und als wir dort eintraten, erblickte ich die herrliche Decke. Das Ganze war wie ein kleines Stück des Alcazar, aber es hatte nicht unter der Renovierung gelitten, die jenem Palast allen Reiz genommen hat, und die Farben waren von bezaubernder Zartheit. Es war ein Juwel.

»Glauben Sie mir, Sie brauchen nicht zu bedauern, daß Sie das Haus des Herzogs nicht sehen durften. Außerdem können Sie jetzt sagen, daß Sie etwas gesehen haben, was noch kein Ausländer seit Menschengedenken gesehen hat.«

»Es ist sehr liebenswürdig von Ihnen, mir das zu zeigen. Ich bin Ihnen unendlich dankbar.«

Er blickte mit einem Stolz um sich, den ich durchaus nachfühlen konnte.

»Es wurde von einem meiner Vorfahren erbaut, zur Zeit Don Pedros des Grausamen. Es ist anzunehmen, daß der König selber mehr als einmal unter dieser Decke mit meinem Ahnherrn gezecht hat.«

Ich deutete auf das Buch, das ich bei mir trug.

»Ich habe eben ein Stück gelesen, in dem Don Pedro als eine der Hauptpersonen auftritt.«

»Was für ein Buch ist es?«

Ich gab es ihm, und er sah sich den Titel an. Ich schaute umher.

»Was natürlich zu der Schönheit beiträgt, ist dieser wunderbare Garten«, sagte ich. »Der ganze Eindruck ist äußerst romantisch.«

Der Spanier war sichtlich erfreut über meine Begeisterung. Er lächelte. Ich hatte schon bemerkt, wie ernst sein Lächeln war. Es verbannte kaum die Melancholie seines Ausdruckes.

»Möchten Sie sich setzen und eine Zigarre rauchen?«

»Sehr gerne.«

Wir traten in den Garten und fanden dort eine Dame vor, die auf einer Bank aus maurischen Kacheln saß, wie sie auch in den Gärten des Alcazar standen. Sie arbeitete an einer Stickerei. Sie blickte rasch auf, offenbar befremdet, einen Unbekannten zu sehen, und richtete dann ihre Augen fragend auf meinen Begleiter.

»Gestatten Sie, daß ich Sie meiner Frau vorstelle«, sagte er.

Die Dame verneigte sich ernst. Sie war sehr schön; sie hatte prachtvolle Augen, eine gerade Nase mit feinen Nüstern und eine blasse, glatte Haut. Durch ihr schwarzes Haar, das wie bei den meisten spanischen Frauen üppig war, zog sich eine breite weiße Strähne. Ihr Gesicht war ganz faltenlos, sie konnte kaum mehr als dreißig Jahre alt sein.

»Sie haben einen sehr schönen Garten, Señora«, sagte ich, weil ich doch etwas sagen mußte.

Sie warf einen gleichgültigen Blick darauf.

»Ja, er ist hübsch.«

Ich wurde plötzlich verlegen. Ich erwartete nicht, daß sie mir irgendwelches Entgegenkommen zeigen würde, und ich konnte verstehen, wenn sie mein Eindringen nur als Störung empfand. Etwas Rätselhaftes ging von ihr aus. Es war keine aggressive Feindseligkeit. So abwegig es schien, da sie eine junge Frau und sehr schön war, so deutlich hatte ich doch das Gefühl, daß etwas in ihr tot sei.

»Willst du hier sitzen?« fragte sie ihren Mann.

»Mit deiner Erlaubnis. Nur wenige Minuten.«

»Ich werde nicht stören.«

Sie nahm ihre Seide und den Stramin, an dem sie gearbeitet hatte, und erhob sich. Als sie stand, sah ich, daß sie größer war als die meisten spanischen Frauen. Sie verneigte sich ohne Lächeln. Sie trug eine fast königliche Haltung zur Schau, und ihr Gang war würdevoll. Ich erinnere mich noch, daß ich zu mir selber sagte, dies sei kein Mädchen, bei dem man sich etwas herausnehmen könnte. Wir setzten uns auf die vielfarbige Bank, und ich reichte meinem Gastgeber eine Zigarette. Ich hielt ihm ein Streichholz daran. Er hatte noch immer meinen Band Calderon in den Händen, und jetzt blätterte er flüchtig darin.

»Welches Stück haben Sie gelesen?«

»›El Medico de su Honra‹.«

Er warf mir einen Blick zu, und ich glaubte in seinen großen Augen ein hämisches Blitzen zu bemerken.

»Und was denken Sie darüber?«

»Ich finde es abstoßend. Natürlich ist die Idee für unsere modernen Begriffe fremd.«

»Welche Idee?«

»Der Ehrenpunkt und so weiter.«

Ich muß hier erklären, daß der Ehrenpunkt die Triebfeder von vielem im spanischen Drama ist. Er ist der adlige Kodex, der einen Mann bewegt, seine Frau kalten Blutes umzubringen, nicht nur, wenn sie ihm untreu gewesen ist, sondern auch, wenn ihr Benehmen, so wenig es zu tadeln sein mochte, Anlaß zu übler Nachrede gegeben hat. Dieses erwähnte Stück enthält ein besonders deutliches Beispiel, wie ich es sonst nirgends gelesen habe: der Arzt seiner Ehre rächt sich an seiner Gattin, obwohl er weiß, daß sie unschuldig ist, einfach nur aus dem Gefühl für Anstand.

»Das liegt im spanischen Blut«, sagte mein Freund. »Der Ausländer muß es eben annehmen oder bleiben lassen.«

»Aber hören Sie, es ist doch viel Wasser den Guadalquivir hinuntergeflossen seit Calderons Tagen. Sie wollen doch nicht behaupten, daß irgendein Mann heutzutage noch so handeln würde.«

»Im Gegenteil, ich behaupte, daß auch heute noch ein Mann, der sich in einer solchen demütigenden und lächerlichen Lage befindet, seine Selbstachtung nur durch den Tod des Beleidigers wieder erlangen kann.«

Ich antwortete nicht. Es schien mir nur eine romantische Geste zu sein, und innerlich brummte ich: Unsinn. Er sah mich mit ironischem Lächeln an.

»Haben Sie jemals von Don Pedro Aguria gehört?«

»Nein, nie.«

»Der Name ist in der spanischen Geschichte nicht unbekannt. Ein Ahnherr war spanischer Admiral unter Philipp II., und ein anderer war ein Busenfreund von Philipp IV. Auf königlichen Befehl ließ er sich von Velasquez porträtieren.«

Mein Gastgeber zögerte einen Augenblick. Er starrte mich lange und nachdenklich an, bevor er fortfuhr.

»Unter den Philippen waren die Agurias reich, aber zur Zeit, da mein Freund Don Pedro seinem Vater nachfolgte, waren ihre Verhältnisse sehr viel schlechter. Immerhin war er nicht arm: er hatte noch Güter zwischen Cordova und Aguilar, und in Sevilla zeigte sein Haus wenigstens noch Spuren seines alten Glanzes. Die kleine Welt von Sevilla war erstaunt, als er seine Verlobung mit Soledad, der Tochter des ruinierten Grafen von Acaba, anzeigte, denn obwohl sie aus einer vornehmen Familie stammte, so war doch ihr Vater ein alter Taugenichts. Er steckte tief in Schulden, und die Schliche, die er anwandte, um sich über Wasser zu halten, waren wenig erfreulich. Aber Soledad war schön, und Don Pedro liebte sie. Sie heirateten. Er betete sie an mit jener glühenden Leidenschaft, deren vielleicht nur ein Spanier fähig ist. Aber er entdeckte zu seiner Bestürzung, daß sie ihn nicht liebte. Sie war freundlich und sanft. Sie war eine gute Frau und führte das Haus vorzüglich. Sie war ihm dankbar. Aber das war alles. Er dachte, daß sie sich ändern würde, wenn sie erst ein Kind hätte, aber das Kind kam, und es machte keinerlei Unterschied. Die Schranke zwischen ihnen, die er von Anfang an bemerkt hatte, war noch vorhanden. Er litt darunter. Schließlich sagte er sich, daß sie einen zu vornehmen Charakter, ein zu zartes Wesen habe, um sich zu irdischer Leidenschaft herabzulassen, und er verzichtete. Sie stand zu hoch über ihm für irdische Liebe.«

Ich bewegte mich ein wenig unbehaglich auf meinem Sitz. Ich dachte, der Spanier sei allzu rhetorisch. Er fuhr fort:

»Sie wissen, daß hier in Sevilla das Opernhaus nur während sechs Monaten nach Ostern geöffnet ist, und da sich die Leute in Sevilla nicht viel aus europäischer Musik machen, gehen wir mehr dorthin, um unsere Freunde zu treffen, als den Sängern zuzuhören. Die Agurias hatten eine Loge, wie jedermann, und sie gingen am Eröffnungsabend der Saison hin. Es wurde ›Tannhäuser‹ gegeben. Don Pedro und seine Frau, als echte Spanier, die den ganzen Tag nichts zu tun haben, aber doch immer zu spät kommen, erschienen erst, als der erste Akt fast zu Ende war. Während der Pause kam der Graf von Acaba, Soledads Vater, in die Loge, in Begleitung eines jungen Artillerieoffiziers, den Don Pedro nie zuvor gesehen hatte. Aber Soledad schien ihn gut zu kennen.

›Hier ist Pepe Alvarez‹, sagte der Graf. ›Er ist gerade aus Cuba zurück, und ich bestand darauf, ihn zu euch mitzubringen.‹

Soledad lächelte und streckte ihm die Hand hin; dann stellte sie den Neuankömmling ihrem Gatten vor.

›Pepe ist der Sohn des Anwalts in Carmona. Wir haben als Kinder zusammen gespielt.‹

Carmona ist eine kleine Stadt in der Nähe von Sevilla, und dahin hatte der Graf sich zurückgezogen, als seine Gläubiger in der Stadt zu unbequem wurden. Das Haus, das er dort besaß, war beinahe alles, was ihm von seinem vergeudeten Vermögen noch geblieben war. Er lebte jetzt durch Don Pedros Großmut in Sevilla. Aber Don Pedro mochte ihn nicht, und er verbeugte sich steif vor dem jungen Offizier. Er vermutete, daß sein Vater, der Anwalt, und der Graf in wenig ehrenvollen Händeln zusammengesteckt hatten. Nach kaum einer Minute verließ er die Loge, um sich mit seiner Cousine, der Herzogin von Santaguador zu unterhalten, deren Loge gerade gegenüberlag. Einige Tage später traf er Pepe Alvarez in seinem Klub in den Sierpes und plauderte ein wenig mit ihm. Zu seinem Erstaunen fand er, daß er ein sehr angenehmer junger Mensch war. Er steckte voll von seinen Erlebnissen in Cuba und plauderte sehr witzig darüber.

Die sechs Wochen um Ostern und die Zeit der großen Messe sind die vergnügtesten in Sevilla, und alle Welt trifft sich bei Geplauder und Lachen auf einem Fest nach dem anderen. Pepe Alvarez mit seinem angenehmen Wesen und seiner guten Laune war sehr beliebt, und die Agurias begegneten ihm beständig. Don Pedro bemerkte, daß er Soledad unterhielt. Sie war in seiner Gegenwart lebhafter, und ihr Lachen, das er so selten vernommen hatte, beglückte ihn. Wie andere Mitglieder der Aristokratie mietete er ein Zelt auf dem Jahrmarkt, wo sie tanzten, zu Abend aßen und Champagner tranken bis zum Morgengrauen. Pepe Alvarez war immer die Seele dieser Zusammenkünfte.

Eines Abends tanzte Don Pedro mit der Herzogin von Santaguador, und sie kamen an Soledad mit Pepe Alvarez vorbei.

›Soledad sieht heute abend sehr schön aus‹, bemerkte sie.

›Und glücklich‹, erwiderte er.

›Ist es wahr, daß sie einmal mit Pepe Alvarez verlobt war?‹

›Natürlich nicht.‹

Aber die Frage erschreckte ihn. Er wußte, daß Soledad und Pepe sich als Kinder gekannt hatten, doch war es ihm niemals in den Sinn gekommen, daß eine nähere Beziehung zwischen ihnen bestanden habe. Der Graf von Acaba, obschon ein Taugenichts, war von vornehmer Geburt, und es war unvorstellbar, daß er daran gedacht haben sollte, seine Tochter mit dem Sohn eines Anwaltes in der Provinz zu verheiraten. Als sie nach Hause kamen, erzählte Don Pedro seiner Frau, was die Herzogin ihm gesagt und was er darauf erwidert hatte.

›Aber ich war wirklich mit Pepe verlobt‹, sagte sie.

›Warum hast du mir das nie gesagt?‹

›Es war aus und vorbei. Er war in Cuba. Ich dachte nicht, daß ich ihn jemals wiedersehen würde.‹

›Es muß Leute geben, die wissen, daß du mit ihm verlobt warst.‹

›Das ist wohl möglich. Macht es etwas aus?‹

›Sehr viel. Du hättest deine Bekanntschaft mit ihm nach seiner Rückkehr nicht erneuern dürfen.‹

›Bedeutet das, daß du kein Vertrauen in mich hast?‹

›Natürlich nicht. Ich habe volles Vertrauen in dich. Trotzdem wünsche ich, daß du den Verkehr jetzt abbrichst.‹

›Und wenn ich mich weigere?‹

›Dann werde ich ihn töten.‹

Sie blickten einander lange in die Augen. Dann verneigte sie sich leicht und ging in ihr Zimmer. Don Pedro seufzte. Er fragte sich, ob sie Pepe Alvarez noch liebe, und ob dies der Grund sei, daß sie ihn niemals geliebt hatte. Aber er wollte sich nicht gestatten, dem unwürdigen Gefühl von Eifersucht nachzugeben. Er prüfte sein Inneres und war überzeugt, daß er keinen Haß gegen den jungen Artilleristen empfand. Im Gegenteil, er hatte ihn gern. Dies war keine Angelegenheit von Liebe und Haß, sondern von Ehre. Auf einmal erinnerte er sich, daß ihm vor einigen Tagen, als er in seinen Klub kam, ein plötzliches Stocken des Gesprächs aufgefallen war, und bei näherer Überlegung schien er sich auch zu erinnern, daß einige aus der Gruppe, die dort saßen und plauderten, ihn neugierig betrachtet hatten. War es möglich, daß er der Gegenstand ihres Gespräches gewesen war? Er schauderte ein wenig bei diesem Gedanken.

Der Jahrmarkt näherte sich seinem Ende, und danach beabsichtigten die Agurias, nach Cordova zu gehen, wo Don Pedro eine Besitzung hatte, die er von Zeit zu Zeit besuchen mußte. Er freute sich auf den Frieden des Landlebens nach dem Tumult von Sevilla. Am Tag nach diesem Gespräch erklärte Soledad, daß sie sich nicht wohl fühle, und blieb zu Hause, ebenso am folgenden Tag. Don Pedro besuchte sie morgens und abends in ihrem Zimmer, und sie sprachen über gleichgültige Dinge. Aber am dritten Tag gab seine Cousine Conchita de Santaguador einen Ball. Es war der letzte der Saison, und alle aus ihrem exklusiven Kreis sollten anwesend sein. Soledad erklärte, daß sie sich noch nicht wohl fühle und zu Hause bleiben werde.

›Willst du deshalb nicht hingehen, weil wir neulich abends das Gespräch hatten?‹ fragte Don Pedro.

›Ich habe über das, was du sagtest, nachgedacht. Ich halte dein Verlangen für unbillig, aber ich werde es erfüllen. Die einzige Art, meine Freundschaft mit Pepe abzubrechen, ist die, nicht dorthin zu gehen, wo ich ihn vermutlich treffen würde.‹ Ein schmerzliches Zittern glitt über ihr reizendes Gesicht. ›Vielleicht ist es so am besten.‹

›Liebst du ihn noch?‹

›Ja.‹

Don Pedro fühlte, wie er vor Qual kalt wurde.

›Warum hast du mich dann geheiratet?‹

›Pepe war fort, in Cuba, kein Mensch wußte, wann er zurückkehren würde. Vielleicht nie mehr. Mein Vater sagte, daß ich dich heiraten müßte.‹

›Um ihn vor dem Ruin zu bewahren?‹

›Vor Schlimmerem als dem Ruin.‹

›Du tust mir sehr leid.‹

›Du bist gut zu mir gewesen. Ich habe alles getan, was in meiner Macht stand, um dir meine Dankbarkeit zu beweisen.‹

›Und liebt Pepe dich noch?‹

Sie schüttelte den Kopf und lächelte traurig.

›Männer sind anders. Er ist jung. Er ist zu leichtlebig, um jemand lange zu lieben. Nein, für ihn bin ich nur die Freundin, mit der er als Kind gespielt und später geflirtet hat. Er kann jetzt über seine frühere Liebe zu mir scherzen.‹

Er küßte ihre Hand und verließ sie. Er ging allein auf den

Ball. Seine Freunde waren betrübt, von Soledads Unpäßlichkeit zu hören, aber nachdem sie ihre Teilnahme ausgedrückt hatten, gaben sie sich der Unterhaltung des Abends hin. Don Pedro schlenderte in das Spielzimmer. An einem Tisch war ein Platz frei, und er setzte sich, um *chemin de fer* zu spielen. Er spielte mit ungewöhnlichem Glück und gewann eine ganze Menge Geld. Einer der Spieler fragte lachend, wo Soledad an diesem Abend sei. Don Pedro bemerkte, wie ein anderer ihm einen erschrockenen Blick zuwarf, aber er erwiderte lachend, daß sie wohlgeborgen zu Bett liege und schlafe. Dann ereignete sich ein unglücklicher Vorfall. Irgendein junger Mann kam in das Zimmer und wandte sich an einen Artillerieoffizier, der auch spielte, um ihn zu fragen, wo Pepe Alvarez sei.

›Ist er nicht hier?‹ fragte der Offizier.

›Nein.‹

Ein merkwürdiges Schweigen trat ein. Don Pedro bot seine ganze Selbstbeherrschung auf, damit sein Gesicht nicht verriete, was er plötzlich empfand. Der Gedanke schoß ihm durch den Kopf, daß diese Männer am Tisch den Verdacht hegten, Pepe sei bei Soledad, seiner Frau. Oh, diese Schande! Die Schmach! Er zwang sich, eine weitere Stunde zu spielen, und gewann noch immer. Er konnte nicht verlieren. Das Spiel wurde endlich abgebrochen, und er kehrte in den Ballsaal zurück. Er ging auf seine Cousine zu.

›Ich habe noch kaum ein Wort mit dir sprechen können‹, sagte er. ›Komm, wir wollen uns in ein anderes Zimmer setzen.‹

›Wenn du willst.‹

Das Zimmer, Conchitas Boudoir, war leer.

›Wo ist Pepe Alvarez heute abend?‹ fragte er unbeteiligt.

›Ich habe keine Ahnung.‹

›Du hattest ihn erwartet?‹

›Natürlich.‹

Sie lächelte, wie er selber auch, aber er bemerkte, daß sie ihn scharf ansah. Er ließ die Maske der Gleichgültigkeit fallen und sagte halblaut, obwohl sie alleine waren:

›Conchita, ich flehe dich an, mir die Wahrheit zu sagen. Wird darüber geredet, daß er Soledads Liebhaber sei?‹

›Pedrito, was für eine unmögliche Frage richtest du an mich!‹

Aber er hatte das Entsetzen in ihren Augen gelesen und die plötzliche, unwillkürliche Bewegung ihrer Hand zu ihrem Gesicht bemerkt.

›Du hast sie beantwortet.‹

Er erhob sich und verließ sie. Er ging nach Hause, und als er vom Patio aus in die Höhe blickte, sah er Licht im Zimmer seiner Frau. Er ging hinauf und klopfte an die Türe. Keine Antwort erfolgte, aber er ging hinein. Zu seinem Erstaunen, denn es war spät, saß sie noch auf und arbeitete an der Stickerei, mit der sie viel Zeit zubrachte.

›Warum arbeitest du noch so spät?‹

›Ich konnte nicht schlafen, ich konnte nicht lesen. Ich dachte, die Arbeit könnte meine Gedanken ablenken.‹

Er setzte sich nicht.

›Soledad, ich muß dir etwas sagen, das dir Schmerz verursachen wird. Ich muß dich bitten, tapfer zu sein. Pepe Alvarez war heute abend nicht bei Conchita.‹

›Was geht das mich an?‹

›Es traf sich unglücklich, daß du auch nicht dort warst. Alle auf dem Ball glaubten, daß ihr zusammen wäret.‹

›Das ist empörend.‹

›Ich weiß, aber das macht die Sache nicht besser. Du hättest ihm das Tor aufmachen und ihn selber hinauslassen können, oder du hättest selbst hinausgehen können, ohne daß dich jemand beim Gehen und Kommen beobachtet hätte.‹

›Aber glaubst du das?‹

›Nein. Ich stimme dir zu, daß der Verdacht empörend war. Wo war Pepe Alvarez?‹

›Wie soll ich das wissen? Woher könnte ich das wissen?‹

›Es ist sehr sonderbar, daß er nicht zu dieser glänzendsten Gesellschaft, zu der letzten dieser Saison, gekommen ist.‹

Sie schwieg einen Augenblick.

›An dem Abend, als du mit mir gesprochen hattest, schrieb ich ihm, daß ich angesichts der Lage es für besser hielte, wenn wir uns künftig nicht mehr als unbedingt nötig sehen würden. Es ist möglich, daß er aus dem gleichen Grund wie ich nicht auf den Ball gegangen ist.‹

Sie schwiegen eine Weile. Er blickte zu Boden, aber er fühlte, daß ihre Augen auf ihm ruhten. Ich hätte Ihnen schon früher sagen sollen, daß Don Pedro eine Fähigkeit besaß, die ihn vor seiner Umgebung auszeichnete, gleichzeitig aber auch eine Schattenseite hatte. Er war der beste Schütze in ganz Andalusien. Jedermann wußte das, und es erforderte viel Mut, ihn zu beleidigen. Einige Tage vorher hatte ein Taubenschießen in Tablada stattgefunden, auf dem großen freien Platz außerhalb von Sevilla am Guadalquivir, und Don Pedro war der unbestrittene Sieger gewesen. Pepe Alvarez dagegen hatte sich als so schlechter Schütze gezeigt, daß alle über ihn gelacht hatten. Der junge Artillerist hatte den Spott gutmütig aufgenommen. Seine Waffen seien die Kanonen, hatte er gesagt.

›Was wirst du tun?‹ fragte ihn Soledad.

›Du weißt, daß es nur eins gibt, was ich tun kann.‹

Sie begriff. Aber sie versuchte, seine Bemerkung scherzhaft aufzufassen.

›Du bist kindisch. Wir leben nicht mehr im sechzehnten Jahrhundert.‹

›Das weiß ich. Darum spreche ich jetzt mit dir. Wenn ich Pepe fordern muß, werde ich ihn töten. Aber das will ich nicht. Wenn er seinen Dienst quittieren und Spanien verlassen will, werde ich nichts unternehmen.‹

›Wie kann er das? Wohin soll er gehen?‹

›Nach Südamerika. Er könnte dort sein Glück machen.‹

›Erwartest du von mir, daß ich ihm das sage?‹

›Wenn du ihn liebst.‹

›Ich liebe ihn zu sehr, um ihn zu bitten, wie ein Feigling davonzulaufen. Wie könnte er ohne Ehre weiterleben?‹

Don Pedro lachte.

›Was hat Pepe Alvarez, der Sohn eines Anwalts in Carmona, mit Ehre zu tun?‹

Sie gab darauf keine Antwort, aber in ihren Augen las er den wilden Haß, den sie für ihn empfand. Dieser Blick durchbohrte ihm das Herz, denn er liebte sie, liebte sie so leidenschaftlich wie je zuvor.

Am nächsten Tag begab er sich in seinen Klub, gesellte sich zu einer am Fenster sitzenden Gruppe und schaute mit den andern dem Volk zu, das sich draußen in den Sierpes auf und ab bewegte. Pepe Alvarez war dabei. Sie sprachen über die Gesellschaft des vergangenen Abends.

›Wo warst du, Pepe?‹ fragte jemand.

›Meine Mutter war krank. Ich mußte nach Carmona fahren‹, erwiderte er. ›Ich war schrecklich enttäuscht, aber vielleicht war es ebenso gut.‹ Er wandte sich lachend an Don Pedro. ›Ich höre, daß Sie großes Glück hatten und allen Leuten Geld abgenommen haben!‹

›Wann gibst du uns Revanche, Pedrito?‹ fragte ein anderer.

›Ich fürchte, daß ihr darauf noch warten müßt‹, antwortete er. ›Ich muß nach Cordova gehen. Ich habe entdeckt, daß mein Anwalt mich betrogen hat. Ich weiß, daß alle Anwälte Diebe sind, aber ich hielt doch dummerweise diesen für ehrlich.‹

Er schien leichthin zu sprechen, und mit der gleichen Leichtigkeit griff Pepe Alvarez in das Gespräch ein.

›Ich glaube, Sie übertreiben, Pedrito. Vergessen Sie nicht, daß mein Vater Anwalt ist, und er wenigstens ist ehrlich.‹

›Das glaube ich keinen Augenblick‹, sagte Don Pedro lachend. ›Ich zweifle nicht daran, daß Ihr Vater ein ebensolcher Gauner ist wie die anderen.‹

Diese Beleidigung kam so unerwartet und so ohne jede Herausforderung, daß Pepe Alvarez einen Augenblick ganz benommen war. Die anderen waren vor Schrecken plötzlich ernst geworden.

›Was meinen Sie damit, Pedrito?‹

›Genau das, was ich sage.‹

›Das ist eine Lüge, und Sie wissen es. Sie müssen sie sofort zurücknehmen.‹

Don Pedro lachte.

›Das werde ich natürlich nicht tun. Ihr Vater ist ein Dieb und ein Gauner.‹

Pepe tat das einzige, was er tun konnte. Er sprang von seinem Stuhl auf und schlug Don Pedro mit der flachen Hand ins Gesicht. Das Ergebnis war unvermeidlich. Am folgenden Tag trafen sich die beiden Männer an der portugiesischen Grenze. Pepe Alvarez, der Sohn des Anwalts, starb auf ritterliche Art, mit einer Kugel im Herzen.«

Der Spanier schloß seine Geschichte in so gleichgültigem

Ton, daß ich das Ende im Augenblick gar nicht richtig erfaßte. Aber als mir die Sache klar wurde, war ich tief bestürzt.

»Barbarisch«, sagte ich. »Das war einfach kaltblütiger Mord.«

Mein Gastgeber erhob sich.

»Da reden Sie Unsinn, mein junger Freund. Don Pedro tat das einzige, was er unter den Umständen tun konnte.«

Ich verließ Sevilla am nächsten Tag, und bis heute ist es mir nicht gelungen, den Namen jenes Mannes ausfindig zu machen, der mir diese sonderbare Geschichte erzählt hatte. Ich habe mich oft gefragt, ob die Dame, die ich sah, die Dame mit dem blassen Gesicht und der weißen Haarsträhne, die unglückliche Soledad gewesen ist.

Kapitän Erdmann kannte Miß Reid nur flüchtig, bis die »Friedrich Weber« Haiti erreichte. Sie war in Plymouth an Bord gekommen, aber da hatte er bereits eine Anzahl von Passagieren aufgenommen, Franzosen, Belgier und Leute aus Haiti, von denen viele schon früher mit ihm gereist waren, und sie erhielt einen Platz am Tisch des ersten Ingenieurs. Die »Friedrich Weber« war ein Frachter, der regelmäßig von Hamburg nach Cartagena an der kolumbischen Küste fuhr und auf dem Weg einige westindische Inseln anlief. Sie brachte Phosphate und Zement aus Deutschland und nahm Kaffee und Bauholz mit zurück, aber ihre Besitzer, die Gebrüder Weber, waren jederzeit bereit, sie einen Umweg machen zu lassen, wenn es sich für eine Ladung irgendwelcher Art lohnte. Die »Friedrich Weber« war darauf eingestellt, Vieh, Maultiere, Kartoffeln oder sonst etwas aufzunehmen, wenn dabei nur die Möglichkeit bestand, einen Pfennig ehrlich zu verdienen. Sie nahm auch Passagiere auf. Sechs Kajüten waren auf dem Oberdeck und sechs unten. Die Einrichtung war nicht luxuriös, aber das Essen war gut, einfach und reichlich, und das Fahrgeld niedrig. Die Rundreise nahm neun Wochen in Anspruch und kostete Miss Reid nicht mehr als fünfundvierzig Pfund. Sie freute sich nicht nur darauf, viele interessante Gegenden von historischer Bedeutung kennenzulernen, sondern sich auch viel Wissenswertes anzueignen, das ihren Geist bereichern konnte.

Der Agent hatte sie darauf vorbereitet, daß sie bis zur Ankunft in Port au Prince in Haiti die Kajüte mit einer anderen Dame teilen müsse. Miss Reid störte das nicht; sie hatte Gesellschaft gern, und als der Steward ihr sagte, daß Madame Bollin ihre Reisegefährtin sei, dachte sie sofort, dies würde eine willkommene Gelegenheit sein, ihr Französisch aufzufrischen. Sie geriet nur leicht aus der Fassung, als sie entdeckte, daß Madame Bollin kohlschwarz war. Sie sagte sich, daß man das Gute und Schlechte gegeneinander verrechnen müsse, und daß allerlei Arten nötig seien, um eine Welt zu bilden. Miss Reid war seefest, wie es nicht anders erwartet werden konnte, da ihr Großvater Marineoffizier gewesen war, aber nach einigen stürmischen Tagen wurde das Wetter gut, und bald kannte sie ihre sämtlichen Reisegefährten. Sie fand leicht Kontakt zu den Leuten. Das war eine der Ursachen, daß sie in ihrem Geschäft erfolgreich gewesen war: sie besaß eine Teestube in einem berühmten Erholungsort im Westen Englands, und sie hatte für jeden Gast, der hereinkam, ein Lächeln und ein freundliches Wort. Im Winter schloß sie, und die letzten vier Jahre hatte sie immer eine Kreuzfahrt unternommen. Man treffe dabei so interessante Menschen, meinte sie, und man lerne immer etwas. Die Passagiere auf der »Friedrich Weber« waren zwar nicht von so guter Klasse wie jene, die sie im Jahr zuvor auf ihrer Mittelmeerfahrt getroffen hatte, aber Miss Reid war kein Snob, und obwohl die Tischmanieren von einigen Leuten sie schockierten, war sie doch entschlossen, die gute Seite von allem zu sehen und sich mit ihnen abzufinden. Sie las sehr gern und freute sich, als sie bei der Durchsicht der Schiffsbücherei viele Bücher von Philip Oppenheim, Edgar Wallace und Agatha Christie entdeckte. Aber da es so viele Leute zum Plaudern gab, fand sie gar keine Zeit zum Lesen und beschloß, damit zu warten, bis sich das Schiff in Haiti leeren würde.

»Schließlich«, sagte sie, »ist die menschliche Natur wichtiger als die Literatur.«

Miss Reid hatte immer im Ruf gestanden, gute Konversation zu machen, und während der vielen Tage auf See stellte sie mit Genugtuung fest, daß die Tischgespräche dank ihrer Bemühung kein einziges Mal stockten. Sie verstand die Leute auszufragen, und jedesmal, wenn ein Thema erschöpft schien, hatte sie eine Bemerkung bereit, um es wieder zu beleben, oder ein neues Thema lag ihr schon auf der Zungenspitze, um die Konversation wieder in Gang zu bringen. Ihre Freundin, Miss Prince, Tochter des verstorbenen Vikars von Campden, die sie in Plymouth ans Schiff begleitet hatte – denn sie wohnte dort –, hatte oft zu ihr gesagt:

»Weißt du, Venetia, du hast einen männlichen Geist. Du bist nie in Verlegenheit, was du sagen sollst.«

»Nun, ich glaube, wenn du dich für jedermann interessierst, wird sich auch jedermann für dich interessieren«, erwiderte Miss Reid bescheiden. »Übung macht den Meister, und ich habe die unendliche Fähigkeit, mich zu bemühen, von der Dickens sagte, daß sie Genie bedeute.«

Miss Reid hieß nicht wirklich Venetia; ihr Name war Alice, aber da er ihr nicht gefiel, hatte sie schon als junges Mädchen den poetischen Namen angenommen, der ihrer Meinung nach so viel besser zu ihrer Persönlichkeit paßte.

Miss Reid hatte viele interessante Gespräche mit ihren Mitreisenden, und sie bedauerte es aufrichtig, als das Schiff endlich Port au Prince anlief und die letzten von ihnen an Land gingen. Die »Friedrich Weber« lag zwei Tage dort, so daß Miss Reid die Stadt und die Umgebung besichtigen konnte. Als sie wieder abfuhren, war sie der einzige Passagier. Das Schiff fuhr an der Küste der Insel entlang und legte in verschiedenen Häfen an, um Ladung zu löschen oder an Bord zu nehmen.

»Hoffentlich geraten Sie allein mit so vielen Männern nicht in Verlegenheit, Miss Reid«, sagte der Kapitän scherzhaft, als sie sich zum Mittagessen niederließen.

Sie hatte ihren Platz zu seiner Rechten, und am Tisch saßen außerdem noch der Erste Maat, der Erste Ingenieur und der Arzt.

»Ich bin eine Frau von Welt, Kapitän. Ich habe immer gefunden, wenn eine Dame wirklich eine Dame ist, dann benehmen sich Herren auch wie Herren.«

»Wir sind nur rauhe Seeleute, Madam, Sie dürfen nicht zuviel erwarten.«

»Gütige Herzen sind mehr als Adelskronen, und schlichter Glaube mehr als Normannenblut, Kapitän«, erwiderte Miss Reid.

Er war ein kleiner, untersetzter Mann mit glattrasiertem Kopf und einem roten, glattrasierten Gesicht. Er trug ein weißes Trikothemd, das aber außer bei den Mahlzeiten aufgeknöpft war und seine behaarte Brust zeigte. Er war ein jovialer Bursche. Er konnte nur polternd reden. Miss Reid hielt ihn für ein Original, aber sie hatte einen ausgesprochenen Sinn für Humor und war bereit, ihm dies zugutezuhalten. Sie nahm die Konversation in die Hand. Sie hatte auf der Hinreise sehr viel über Haiti erfahren und noch mehr während der zwei Tage, die sie dort verbracht hatte, aber sie wußte, daß Männer lieber sprechen als zuhören, und darum stellte sie ihnen eine Reihe von Fragen, zu denen sie die Antworten schon kannte; seltsamerweise aber kannten sie sie nicht. Zuletzt sah sie sich gezwungen, einen richtigen kleinen Vortrag zu halten, und bevor das Mittagessen zu Ende war, hatte sie ihnen eine Menge interessanter Informationen übermittelt: über die Geschichte und die wirtschaftliche Lage der Republik, die Probleme, denen die Regierung zu begegnen hatte, und ihre Zukunftsaussichten. Sie sprach ziemlich langsam, mit vornehmer Stimme, und ihr Wortschatz war reich.

Bei Einbruch der Nacht gingen sie in einem kleinen Hafen vor Anker, wo sie dreihundert Säcke Kaffee laden sollten, und der Agent kam an Bord. Der Kapitän forderte ihn auf, zum Abendessen dazubleiben, und bestellte Cocktails. Als der Steward damit kam, glitt Miss Reid in den Salon. Ihre Bewegungen waren gelassen, elegant und selbstsicher. Sie behauptete immer, daß man am Gang einer Frau sofort erkennen könne, ob sie eine Dame sei. Der Kapitän stellte ihr den Agenten vor, und sie setzte sich.

»Was trinken denn die Herren?« fragte sie.

»Einen Cocktail. Wollen Sie einen haben, Miss Reid?«

»Das wäre gar nicht übel.«

Sie trank ihn, und der Kapitän fragte sie etwas zögernd, ob sie noch einen haben wolle.

»Noch einen? Nun, der Kameradschaft wegen – ja.«

Der Agent, der viel weißer war als manche andere, aber zugleich auch sehr viel dunkler als viele andere, war der Sohn eines früheren Gesandten von Haiti am deutschen Hof, und da er lange Jahre in Berlin gelebt hatte, sprach er gut Deutsch. Er hatte tatsächlich aus diesem Grund den Posten bei einer deutschen Schiffahrtsgesellschaft bekommen. Dies veranlaßte Miss Reid, ihnen beim Abendessen die ganze Geschichte einer Rheinreise zu erzählen, die sie einmal gemacht hatte. Nachher saß sie mit dem Agenten, dem Kapitän, dem Arzt und dem Maat um einen Tisch herum, und alle tranken Bier. Miss Reid hielt es für ihre Aufgabe, den Agenten auszuholen. Die Tatsache, daß sie Kaffee luden, erweckte in ihr den Gedanken, es müsse interessant für ihn sein, wie der Tee auf Ceylon angebaut wurde; ja, sie war auf einer Kreuzfahrt in Ceylon gewesen, und die Tatsache, daß sein Vater Diplomat war, machte sein Interesse für die königliche Familie von

England zur Gewißheit. Sie verbrachte einen äußerst angenehmen Abend. Als sie sich endlich zur Ruhe begab, denn es wäre ihr nie eingefallen zu sagen, daß sie ins Bett gehen wolle, sagte sie zu sich selber:

»Es besteht kein Zweifel darüber, daß Reisen eine große erzieherische Wirkung hat.«

Es war wirklich ein Erlebnis, mit all diesen Männern alleine zu sein. Wie sie zu Hause lachen würden, wenn sie nach ihrer Heimkehr alles darüber erzählte! Sie würden sagen, daß so etwas nur Venetia passieren könne. Sie lächelte, als sie den Kapitän auf Deck mit seiner starken, dröhnenden Stimme singen hörte. Die Deutschen waren so musikalisch. Er hatte eine drollige Art, mit seinen kurzen Beinen auf und ab zu stolzieren, während er Wagnersche Melodien zu Worten eigener Erfindung sang. Es war aus Tannhäuser, was er jetzt sang (dieses entzückende Lied vom Abendstern); doch da Miss Reid kein Deutsch verstand, konnte sie sich nur wundern, was für seltsame Worte er dazu fand. Das war auch gut.

»Oh, welche Pest ist dieses Weib, ich bringe es um, wenn das so bleibt!« Dann ging er zu Siegfrieds Schwertlied über. »Furchtbar, furchtbar, furchtbar ist sie! Ich werfe sie in die See!«

Und das traf natürlich auf Miss Reid zu. Sie war entsetzlich, geradezu erstaunlich und qualvoll langweilig. Sie redete mit steter Eintönigkeit, und es hatte keinen Zweck, sie zu unterbrechen, denn dann fing sie nur wieder von vorn an. Sie hatte einen unstillbaren Durst nach Belehrung, und keine flüchtige Bemerkung konnte über den Tisch hinüber gemacht werden, ohne daß sie unzählige Fragen daran knüpfte. Sie träumte sehr lebhaft, und sie berichtete diese Träume mit unerträglicher Langatmigkeit. Es gab keinen Gegenstand, über den sie nicht etwas Banales zu sagen wußte. Sie hatte einen Gemeinplatz für jede Gelegenheit bereit. Sie zielte auf das Abgedroschene, wie ein Hammer den Nagel in die Wand hinein treibt. Sie tauchte im Augenfälligen unter, wie ein Zirkusclown durch den Reifen springt, Schweigen konnte sie nicht beschämen. Diese armen Männer, so weit von ihren Heimen und dem Trippeln kleiner Füße entfernt, und Weihnachten vor der Türe, kein Wunder, daß sie in gedämpfter Stimmung waren; sie verdoppelte ihre Bemühungen, ihr Interesse zu erwecken und sie zu unterhalten. Sie war entschlossen, ein wenig Frohsinn in ihr trübes Dasein zu bringen. Denn das war das Schreckliche an der Sache: Miss Reids Absichten waren gut. Sie unterhielt sich nicht nur selber gut, sie wollte, daß alle sich gut unterhielten. Sie war überzeugt, daß alle sie so gern hatten, wie sie selber sie gern hatte. Sie fühlte, daß sie ihr Teil dazu beitrug, der Gesellschaft zum Erfolg zu verhelfen, und sie war naiv glücklich bei dem Gedanken, daß ihr dies gelang. Sie erzählte ihnen alles von ihrer Freundin Miss Price, und wie oft diese zu ihr gesagt hatte: »Venetia, niemand hat eine langweilige Minute in deiner Gegenwart.« Es war die Pflicht des Kapitäns, einem Passagier gegenüber höflich zu sein, und wenn er ihr auch noch so gern gesagt hätte, sie solle ihren törichten Mund halten – er konnte es nicht. Selbst wenn er seine Meinung frei hätte äußern dürfen, wußte er doch, daß er sie niemals so hätte kränken können. Nichts hemmte ihren Redestrom. Er war so unwiderstehlich wie eine Naturgewalt. Einmal begannen sie, in ihrer Verzweiflung Deutsch zu sprechen, aber Miss Reid machte dem sofort ein Ende.

»Nein, das kann ich nicht dulden, daß Sie etwas sagen, das ich nicht verstehe. Sie sollten alle Nutzen daraus ziehen, daß Sie mich alleine für sich haben und sich im Englischen üben können.«

»Wir sprachen von technischen Sachen, die Sie nur langweilen würden, Miss Reid«, sagte der Kapitän.

»Ich langweile mich nie. Und darum, auch wenn Sie mich für ein klein wenig eingebildet halten mögen, bin ich nie langweilig. Sehen Sie, ich weiß gerne Bescheid. Alles interessiert mich, und man kann nie wissen, wann ein bißchen Kenntnis einem von Nutzen sein könnte.«

Der Doktor lächelte trocken.

»Der Kapitän hat das nur gesagt, weil er verlegen war. Er hat nämlich eine Geschichte erzählt, die für die Ohren einer unverheirateten Dame nicht geeignet war.«

»Ich bin zwar eine unverheiratete Dame, aber ich bin auch eine Frau von Welt; ich erwarte nicht, daß Seeleute Heilige sind. Sie brauchen nie ängstlich zu sein, was Sie vor mir sagen, Kapitän, ich werde nicht entsetzt sein. Ich möchte Ihre Geschichte sehr gerne hören.«

Der Doktor war ein Mann von sechzig Jahren, mit dünnem grauem Haar, einem grauen Schnurrbart und kleinen, scharfen blauen Augen. Er war ein schweigsamer, verbitterter Mann, und so sehr sich Miss Reid auch bemühte, ihn ins Gespräch zu ziehen, war es doch fast unmöglich, ein Wort aus ihm herauszubekommen. Aber sie war nicht die Frau, die ohne Kampf nachgab, und eines Morgens auf offener See, als sie ihn mit einem Buch auf Deck sitzen sah, zog sie ihren Stuhl neben den seinen und ließ sich neben ihm nieder.

»Lesen Sie gerne, Doktor?« fragte sie munter.

»Ja.«

»Ich auch. Und ich vermute, daß Sie wie alle Deutschen musikalisch sind.«

»Ich höre Musik gern.«

»Ich auch. Als ich Sie zum erstenmal sah, dachte ich sofort, daß Sie klug aussehen.«

Er warf ihr einen kurzen Blick zu, verzog die Lippen und las weiter. Dies schreckte Miss Reid nicht ab.

»Aber lesen kann man natürlich jederzeit. Ich ziehe immer ein gutes Gespräch einem guten Buch vor. Sie nicht?«

»Nein.«

»Das ist sehr interessant. Sagen Sie mir nur, warum?«

»Ich kann Ihnen keinen Grund nennen.«

»Das ist sehr merkwürdig, nicht? Aber ich finde die menschliche Natur überhaupt sehr merkwürdig. Ich interessiere mich schrecklich für Menschen, wissen Sie. Ärzte habe ich immer gern, sie wissen so viel über die menschliche Natur, aber ich könnte Ihnen einige Dinge erzählen, die sogar Sie erstaunen würden. Man erfährt viel über die Leute, wenn man wie ich eine Teestube leitet, das heißt, wenn man die Augen offen hält.«

Der Doktor erhob sich.

»Ich muß Sie bitten, mich zu entschuldigen, Miss Reid. Ich muß jetzt einen Patienten besuchen.«

Jedenfalls ist es mir gelungen, das Eis zu brechen, dachte sie, während er sich entfernte. Ich glaube, er war nur schüchtern.

Ein paar Tage später fühlte sich der Doktor gar nicht wohl. Er hatte ein inneres Leiden, das ihn von Zeit zu Zeit plagte, aber er war daran gewöhnt und nicht geneigt, darüber zu reden. Wenn er einen seiner Anfälle hatte, wollte er nur allein gelassen werden. Seine Kajüte war klein und dumpf; darum legte er sich auf Deck in einen Liegestuhl und schloß die Augen. Miss Reid spazierte gerade auf und ab, um sich wie jeden Morgen und Abend eine halbe Stunde Bewegung zu machen. Er dachte, wenn er sich schlafend stellte, würde sie ihn nicht stören. Als sie aber ein halbes Dutzend Mal an ihm vorbeigekommen war, blieb sie vor ihm stehen. Obwohl er die Augen geschlossen hatte, wußte er, daß sie ihn betrachtete.

»Kann ich etwas für Sie tun, Doktor?« fragte sie.

Er zuckte zusammen.

»Warum, was denn?«

Er schaute sie an und bemerkte ihren tief bekümmerten Blick.

»Sie sehen schrecklich krank aus«, sagte sie.

»Ich habe große Schmerzen.«

»Ich weiß. Das kann ich sehen. Kann man nichts dagegen tun?«

»Nein, es geht nach einiger Zeit vorbei.«

Sie zögerte einen Augenblick und ging dann fort. Nach einer Weile kam sie zurück.

»Sie sehen so unbehaglich aus, ohne Kissen oder irgend etwas. Ich habe Ihnen mein Reisekissen gebracht, das ich immer mitnehme. Lassen Sie es mich Ihnen doch unter den Kopf schieben.«

Er fühlte sich im Augenblick zu elend, um zu protestieren. Sie hob seinen Kopf sanft auf und schob das weiche Kissen darunter. Es war wirklich bequemer für ihn. Sie strich ihm mit der Hand, die kühl und weich war, über die Stirn.

»Armer Mann«, sagte sie. »Ich weiß, wie Ärzte sind. Ärzte haben keine Ahnung, wie sie sich selber behandeln sollten.«

Sie verließ ihn, kam aber nach wenigen Minuten mit einem Stuhl und einem Beutel zurück. Als der Doktor sie bemerkte, zuckte er gequält zusammen.

»Nun werde ich Ihnen nicht erlauben zu sprechen; ich werde nur neben Ihnen sitzen und stricken. Ich finde, es ist immer tröstlich, wenn man sich nicht wohl fühlt, jemand in der Nähe zu haben.«

Sie setzte sich, zog einen angefangenen Schal aus ihrem Beutel und begann emsig die Nadeln zu handhaben. Sie sprach kein Wort. Und merkwürdigerweise empfand der Doktor ihre Gegenwart als Trost. Niemand an Bord hatte überhaupt bemerkt, daß er krank war; er hatte sich einsam gefühlt, und die Teilnahme dieser hoffnungslos langweiligen Person war wohltuend für ihn. Es beruhigte ihn, sie da schweigend arbeiten zu sehen, und bald schlief er ein. Als er wieder aufwachte, arbeitete sie noch. Sie sah ihn mit einem leichten Lächeln an, sagte aber nichts. Der Schmerz war vergangen, und er fühlte sich viel wohler.

Er ging erst am Spätnachmittag in den Salon. Dort fand er den Kapitän und Hans Krause, den Maat, die zusammen Bier tranken.

»Setzen Sie sich, Doktor«, sagte der Kapitän. »Wir halten eben Kriegsrat. Sie wissen, daß übermorgen Heiliger Abend ist.«

»Natürlich.«

Der Weihnachtsabend bedeutet dem Deutschen viel und sie hatten sich schon alle darauf gefreut. Sie hatten den ganzen Weg von Deutschland her einen Weihnachtsbaum mitgebracht.

»Beim Essen heute war Miss Reid gesprächiger denn je. Hans und ich haben beschlossen, daß etwas dagegen geschehen muß.«

»Sie hat heute vormittag zwei Stunden schweigend neben mir gesessen. Da hat sie wohl das Versäumte nachholen wollen.«

»Es ist schlimm genug, gerade jetzt von zu Hause weg zu sein, und es bleibt uns nichts anderes übrig, als das Beste draus zu machen. Wir wollen unseren Heiligen Abend genießen, und wenn wir wegen Miss Reid nichts unternehmen, ist das ausgeschlossen.«

»Wir können es nicht gemütlich haben, wenn sie dabei ist«, sagte der Maat. »Sie würde todsicher alles verderben.«

»Was schlagen Sie vor, um sie loszuwerden, wenn wir sie nicht über Bord werfen können?« sagte der Doktor lächelnd. »Sie ist keine üble Seele; alles, was ihr fehlt, ist ein Liebhaber.«

»In ihrem Alter?« rief Hans Krause.

»Gerade in ihrem Alter. Diese ausschweifende Redseligkeit, diese Sucht nach Auskünften, die zahllosen Fragen, die sie stellt, ihre Banalitäten, die Art, wie sie kein Ende findet – das ist alles ein Zeichen ihrer rebellierenden Jungfräulichkeit. Ein Liebhaber würde ihr Frieden bringen. Ihre überreizten Nerven würden sich entspannen. Sie hätte dann wenigstens eine Stunde lang gelebt. Die tiefe Befriedigung, die ihr Wesen verlangt, würde durch diese gereizten Sprachzentren fließen, und wir hätten Ruhe.«

Es war immer etwas schwer festzustellen, wieviel der Doktor von dem, was er sagte, wirklich meinte und wann er sich lustig machte. Aber die blauen Augen des Kapitäns funkelten übermütig.

»Na, Doktor, ich setze großes Vertrauen in Ihre Diagnosen. Das Rezept, das Sie vorschlagen, ist sicher einen Versuch wert, und da Sie Junggeselle sind, ist es klar, daß seine Anwendung Ihnen obliegt.«

»Verzeihen Sie, Kapitän, es ist meine berufliche Pflicht, den Patienten, die mir auf diesem Schiff anvertraut sind, Arzneien zu verordnen, aber nicht, sie ihnen persönlich zu verabreichen. Außerdem bin ich sechzig.«

»Ich bin ein verheirateter Mann mit erwachsenen Kindern«, sagte der Kapitän. »Ich bin alt und dick und asthmatisch; es ist klar, daß mir eine solche Aufgabe nicht zugemutet werden kann. Die Natur hat mich für die Rolle eines Ehemannes und Vaters bestimmt, nicht für die eines Liebhabers.«

»In diesen Dingen ist Jugend eine Voraussetzung, und gutes Aussehen von Vorteil«, sagte der Doktor ernst.

Der Kapitän schlug mit der Faust krachend auf den Tisch.

»Sie denken an Hans. Sie haben ganz recht. Hans muß es sein.« Der Maat sprang auf die Füße.

»Ich? Niemals.«

»Hans, du bist groß, hübsch, stark wie ein Löwe, tapfer und jung. Wir werden noch dreiundzwanzig Tage auf See sein, bevor wir nach Hamburg kommen. Du willst doch deinen vertrauten alten Kapitän in solcher Notlage nicht im Stich lassen, oder deinen guten Freund, den Doktor?«

»Nein, Kapitän, das ist zu viel von mir verlangt. Ich bin noch kein ganzes Jahr verheiratet, und ich liebe meine Frau. Ich kann es kaum erwarten, nach Hamburg zurückzukommen. Sie sehnt sich ebenso nach mir wie ich mich nach ihr. Ich will ihr nicht untreu werden – vor allem nicht mit Miss Reid.«

»Miss Reid ist gar nicht so übel«, sagte der Doktor.

»Manche Leute würden sie sogar hübsch finden«, sagte der Kapitän.

Und wirklich, wenn man Miss Reids Züge einzeln betrachtete, war sie keineswegs unschön. Wohl hatte sie ein langes, dummes Gesicht, aber ihre braunen Augen waren groß, und sie hatte sehr dichte Wimpern; ihr braunes Haar war kurz geschnitten und lockte sich recht gefällig im Nakken; ihre Haut war nicht schlecht, und sie war weder zu dick noch zu dünn. Sie war nach heutigen Begriffen nicht alt, und wenn sie gesagt hätte, sie sei vierzig, so hätte man das ohne weiteres geglaubt. Das einzige, was an ihr auszusetzen blieb, war, daß sie hausbacken und langweilig war.

»Muß ich also weitere dreiundzwanzig Tage die Weitschweifigkeit dieser lästigen Person ertragen? Muß ich noch geschlagene dreiundzwanzig Tage ihre törichten Fragen beantworten und ihre albernen Bemerkungen anhören? Muß ich alter Mann mir meinen Heiligen Abend, den schönen Abend, auf den ich mich gefreut hatte, durch die Gesellschaft dieser unerträglichen Jungfer verderben lassen? Und nur, weil niemand gefunden werden kann, der ein wenig Galanterie, ein wenig menschliche Güte, einen Beweis von Mildtätigkeit einer einsamen Frau gegenüber aufbringen kann! Ich werde das Schiff auflaufen lassen.«

»Es bleibt immer noch der Funker«, sagte Hans.

Der Kapitän stieß einen lauten Schrei aus.

»Hans, mögen die zehntausend Jungfrauen von Köln sich erheben und dich segnen. Steward«, donnerte er, »sag dem Funker, daß ich ihn sprechen will.«

Der Funker kam in den Salon und stand stramm. Die drei Männer betrachteten ihn schweigend. Er überlegte beunruhigt, ob er etwas angestellt hatte, wofür er nun zur Rechenschaft gezogen werden sollte. Er war mehr als mittelgroß, mit breiten Schultern und schmalen Hüften, kerzengerade und schlank; seine gebräunte, glatte Haut sah aus, als hätte ein Rasiermesser sie nie berührt, er hatte große, auffallend blaue Augen und eine Mähne von lockigem, goldblondem Haar. Er war ein Prachtexemplar junger teutonischer Männlichkeit. Er war so gesund, so kräftig und voller Leben, daß man selbst auf eine gewisse Entfernung die Vitalität spürte, die von ihm ausstrahlte.

»Wie alt bist du, mein Junge?« sagte der Kapitän.

»Einundzwanzig, Herr Kapitän.«

»Verheiratet?«

»Nein, Herr Kapitän.«

»Verlobt?«

Der Funker kicherte. Es lag etwas anziehend Knabenhaftes in seinem Lachen.

»Nein, Herr Kapitän.«

»Du weißt, daß wir einen weiblichen Passagier an Bord haben?«

»Ja, Herr Kapitän.«

»Kennst du sie?«

»Wenn ich sie auf Deck treffe, sage ich ihr guten Morgen.«

Der Kapitän nahm seine offiziellste Haltung an. Seine Augen, die meistens vor Humor zwinkerten, waren jetzt streng, und er legte einen bellenden Ton in seine tiefe, volle Stimme.

»Obwohl dies ein Frachtdampfer ist und wir wertvolle Ladung mitführen, nehmen wir auch die Passagiere auf, die wir kriegen können, und das ist eine Abteilung unseres Geschäftes, an deren Entwicklung der Gesellschaft sehr viel liegt. Die Weisungen an mich lauten dahin, alles nur mögliche für die Zufriedenheit und das Behagen der Passagiere zu tun. Miss Reid benötigt einen Liebhaber. Der Doktor und ich sind zu der Überzeugung gekommen, daß du geeignet bist, den Anforderungen von Miss Reid zu entsprechen.«

»Ich, Herr Kapitän?« Der Funker wurde feuerrot und begann dann zu kichern, beherrschte sich aber gleich wieder, als er die entschlossenen Mienen der drei Männer ihm gegenüber sah.

»Aber sie ist alt genug, um meine Mutter zu sein.«

»In deinem Alter hat das gar nichts zu sagen. Sie ist eine vornehme Dame und mit allen großen Familien in England verwandt. Wenn sie Deutsche wäre, so wäre sie mindestens eine Gräfin. Daß du für diesen verantwortungsvollen Posten auserwählt worden bist, bedeutet eine Ehre, die du hoch einschätzen solltest. Außerdem ist dein Englisch mangelhaft, und hierdurch wirst du eine glänzende Gelegenheit haben, es zu verbessern.«

»Das ist allerdings wahr«, sagte der Funker. »Ich weiß, daß es mir an Übung fehlt.«

»Es kommt im Leben nicht so oft vor, daß man Vergnügen mit geistiger Entwicklung verbinden kann, und du darfst dir zu diesem Glücksfall gratulieren.«

»Aber wenn ich diese Frage stellen darf, Herr Kapitän: warum benötigt Miss Reid einen Liebhaber?«

»Es scheint eine alte englische Sitte zu sein, daß unverheiratete Frauen von hohem Rang sich zu dieser Jahreszeit den Umarmungen eines Liebhabers hingeben. Die Gesellschaft wünscht dringend, daß Miss Reid genau so behandelt wird, wie das auf einem englischen Schiff der Fall gewesen wäre, und wenn sie zufrieden ist, dürfen wir damit rechnen, daß sie bei ihren aristokratischen Beziehungen vielen ihrer Freunde diese Schiffahrtslinie empfehlen wird.«

»Herr Kapitän, ich bitte mich zu entschuldigen.«

»Dies ist keine Bitte, die ich ausspreche, sondern ein Befehl. Du wirst dich heute abend um elf Uhr bei Miss Reid in ihrer Kajüte melden.«

»Was soll ich tun, wenn ich dort bin?«

»Tun?« donnerte der Kapitän. »Tun? Dich natürlich benehmen.«

Er winkte mit der Hand und entließ ihn. Der Funker schlug die Hacken zusammen, salutierte und ging hinaus.

»Jetzt wollen wir noch ein Glas Bier trinken«, sagte der Kapitän.

Beim Abendessen war Miss Reid ganz auf der Höhe. Sie war wortreich. Sie war neckisch. Sie war vornehm. Es gab keinen Gemeinplatz, den sie nicht ausgesprochen hätte. Es gab keine abgedroschene Redensart, die sie vermieden hätte. Sie bombardierte alle mit törichten Fragen. Das Gesicht des Kapitäns wurde immer röter bei der Bemühung, seine Wut zu unterdrücken; er fühlte, daß er ihr nicht länger mit Höflichkeit begegnen konnte, und wenn das Rezept des Doktors nicht half, würde er sich eines Tages vergessen und ihr nicht nur ein wenig, sondern restlos die Meinung sagen.

»Ich werde meinen Posten verlieren«, dachte er dabei, »aber ich glaube fast, daß es sich lohnen würde.«

Am nächsten Tag saßen sie schon alle am Tisch, als sie zum Mittagessen hereinkam.

»Morgen ist Weihnachtsabend«, sagte sie munter. Dieser Hinweis entsprach ihr durchaus. Sie fuhr fort: »Nun, was haben Sie alle heute vormittag getrieben?«

Da sie jeden Tag genau das gleiche taten und sie genau wußte, was das war, wirkte diese Frage aufreizend. Der Kapitän verlor den Mut. Er sagte dem Doktor kurz, was er von ihm hielt.

»Jetzt aber bitte kein Deutsch«, sagte Miss Reid schalkhaft. »Sie wissen, daß ich das nicht gestatte, und warum, Kapitän, haben Sie den armen Doktor so verdrießlich angesehen? Es ist doch Weihnachtszeit, bedenken Sie, Frieden auf Erden und den Menschen ein Wohlgefallen. Ich bin schon ganz aufgeregt beim Gedanken an morgen. Werden an dem Weihnachtsbaum Kerzen sein?«

»Natürlich.«

»Wie wunderbar! Ich finde immer, daß ein Weihnachtsbaum ohne Kerzen kein Weihnachtsbaum ist. Ach, übrigens, denken Sie nur: ich hatte gestern abend ein so komisches Erlebnis. Ich kann es gar nicht verstehen.«

Eine betroffene Stille trat ein. Alle blickten gespannt auf Miss Reid. Ausnahmsweise hingen sie einmal an ihren Lippen.

»Ja«, fuhr sie in dem ihr eigenen monotonen und gezierten Ton fort, »ich wollte mich gestern abend gerade zur Ruhe begeben, als es an meine Türe klopfte. ›Wer ist da?‹ sagte ich. ›Der Funker‹, war die Antwort. ›Was gibt es?‹ fragte ich. ›Kann ich Sie sprechen?‹ sagte er.«

Sie hörten mit atemloser Aufmerksamkeit zu.

»›Nun, ich will schnell einen Morgenrock anziehen‹, sagte ich, ›und die Tür aufmachen.‹ Also zog ich den Morgenrock an und öffnete die Tür. Der Funker sagte: ›Entschuldigen Sie, Miss, aber wollen Sie nicht vielleicht eine Funkbotschaft senden?‹ Nun, ich fand es schon sehr komisch, daß er um diese Stunde kam, um mich zu fragen, ob ich eine Funkbotschaft senden möchte; ich lachte ihm gerade ins Gesicht, denn es regte meinen Sinn für Humor an, wenn Sie verstehen, was ich damit meine, aber ich wollte ihn nicht kränken, darum sagte ich: ›Vielen Dank, aber ich glaube nicht, daß ich eine Funkbotschaft senden will.‹ Er stand da und sah so komisch aus, als sei er ganz verlegen, darum sagte ich: ›Vielen Dank trotzdem für das Angebot‹, und dann sagte ich: ›Gute Nacht und angenehme Träume‹, und schloß die Tür.«

»Der verdammte Narr«, rief der Kapitän aus.

»Er ist noch jung, Miss Reid«, warf der Doktor ein. »Das war übertriebener Eifer. Wahrscheinlich dachte er, daß Sie gern Ihren Freunden Glückwünsche schicken möchten, und da wollte er Ihnen den Vorteil einer verbilligten Gebühr vermitteln.«

»Ach, es hat mir gar nichts ausgemacht. Ich habe diese komischen kleinen Erlebnisse auf Reisen gern. Ich lache nur herzlich darüber.«

Sobald das Essen vorüber war und Miss Reid sie verlassen hatte, ließ der Kapitän den Funker kommen.

»Du Esel, warum in aller Welt hast du Miss Reid gestern abend gefragt, ob sie einen Funkspruch senden wolle?«

»Herr Kapitän, Sie haben mir gesagt, ich solle mich natürlich benehmen. Ich bin Funker. Ich dachte, es sei natürlich, wenn ich sie frage, ob sie einen Funkspruch senden wolle. Ich wußte nicht, was ich sonst sagen sollte.«

»Gott im Himmel!« schrie der Kapitän. »Als Siegfried Brünhilde auf dem Felsen liegen sah und ausrief: ›Das ist kein Mann!‹« (der Kapitän sang die Worte zwei- oder dreimal, weil er seine Stimme gern hörte, bevor er fortfuhr), »hat Siegfried sie dann, nachdem sie erwachte, gefragt, ob sie einen Funkspruch senden möchte, um vielleicht ihrem Papa mitzuteilen, daß sie sich von ihrem langen Schlaf erhoben habe und jetzt wach sei?«

»Ich möchte Sie respektvoll darauf aufmerksam machen, daß Brünhilde Siegfrieds Tante war. Miss Reid ist mir völlig fremd.«

»Er hat nicht darüber nachgedacht, daß sie seine Tante war. Er wußte nur, daß sie eine schöne und wehrlose Frau war, allem Anschein nach aus guter Familie, und er benahm sich so, wie jeder Gentleman es getan hätte. Du bist jung und hübsch, die Ehre Deutschlands liegt in deiner Hand.«

»Zu Befehl, Herr Kapitän. Ich werde mir Mühe geben.«

An diesem Abend wurde wieder an Miss Reids Türe geklopft.

»Wer ist da?«

»Der Funker. Ich habe eine Funknachricht für Sie, Miss Reid.«

»Für mich?« Sie war erstaunt, aber es fiel ihr sofort ein, daß einer ihrer Mitreisenden, der in Haiti an Land gegangen war, ihr einen Weihnachtsgruß geschickt haben konnte. Wie freundlich sind doch die Menschen, dachte sie. »Ich bin zu Bett. Legen Sie es vor die Tür.«

»Es ist mit Rückantwort. Zehn Worte vorausbezahlt.«

Dann konnte es kein Festgruß sein. Ihr Herzschlag stockte.

Es konnte nur eins bedeuten: ihr Geschäft war bis auf den Boden niedergebrannt. Sie sprang aus dem Bett.

»Schieben Sie es unter der Türe durch, dann schreibe ich die Antwort und schiebe es Ihnen zurück.«

Der Umschlag wurde unter der Tür durchgeschoben, und als er auf dem Teppich erschien, hatte er wirklich ein unheilvolles Aussehen. Miss Reid nahm ihn rasch und riß ihn auf. Die Worte schwammen ihr vor den Augen, und sie konnte ihre Brille nicht gleich finden. Dies war es, was sie las:

»Fröhliche Weihnachten. Stop. Frieden auf Erden und den Menschen ein Wohlgefallen. Stop. Sie sind sehr schön. Ich liebe Sie. Stop. Ich muß mit Ihnen sprechen. Stop. Unterzeichnet: der Funker.«

Miss Reid las es zweimal durch. Dann nahm sie langsam ihre Brille ab und versteckte sie unter einem Schal. Sie öffnete die Tür.

»Kommen Sie herein«, sagte sie.

Am nächsten Tag war Weihnachtsabend. Die Offiziere waren heiter und ein wenig sentimental, als sie sich zum Mittagessen setzten. Die Stewards hatten den Salon mit tropischen Schlingpflanzen geschmückt, als Ersatz für Stechpalme und Misteln, und der Weihnachtsbaum stand auf dem Tisch; seine Kerzen sollten beim Abendessen angezündet werden. Miss Reid kam erst herein, als die Offiziere schon saßen, und als sie ihr guten Morgen wünschten, neigte sie nur schweigend den Kopf. Alle schauten sie neugierig an. Sie sprach dem Essen mit gutem Appetit zu, sagte aber kein Wort. Ihr Schweigen war unheimlich. Endlich konnte der Kapitän es nicht mehr aushalten und sagte:

»Sie sind heute sehr still, Miss Reid.«

»Ich denke nach«, erwiderte sie.

»Und wollen Sie uns Ihre Gedanken nicht mitteilen, Miss Reid?« fragte der Doktor scherzend.

Sie warf ihm einen kühlen, beinahe hochmütigen Blick zu.

»Ich ziehe vor, sie für mich zu behalten, Doktor. Ich hätte aber gerne noch etwas von dem Ragout, ich habe einen sehr guten Appetit.«

Sie beendeten das Mahl unter wohltuendem Schweigen. Der Kapitän stieß einen Seufzer der Erleichterung aus. Dazu war eine Mahlzeit da: zum Essen, nicht zum Schwatzen. Als sie fertig waren, ging er auf den Arzt zu und drückte ihm die Hand.

»Es ist etwas geschehen, Doktor.«

»Es ist geschehen. Sie ist wie verwandelt.«

»Aber wird es andauern?«

»Man kann nur das Beste hoffen.«

Miss Reid zog für die Feier ein Abendkleid an, ein ganz schlichtes schwarzes Kleid mit künstlichen Rosen an ihrem Busen und einer langen imitierten Jadekette um den Hals. Das Licht war gedämpft, und an dem Weihnachtsbaum brannten die Kerzen. Es war ein wenig wie in der Kirche. Die jüngeren Offiziere speisten an diesem Abend auch im Salon, und sie sahen sehr flott aus in ihren weißen Uniformen. Es gab Sekt auf Kosten der Schiffahrtsgesellschaft und nach dem Abendessen Punsch. Sie zogen an Knallbonbons. Sie sangen Lieder zur Grammophonbegleitung: ›Deutschland, Deutschland über alles‹, ›Alt-Heidelberg‹ und ›Lang, lang ist's her‹. Sie schmetterten die Melodien kräftig hinaus, die Stimme des Kapitäns übertönte alle andern, und Miss Reid fiel mit einer angenehmen Altstimme ein. Der Doktor beobachtete, daß Miss Reids Augen von Zeit zu Zeit auf dem Funker ruhten, und er las in ihnen den Ausdruck einer leichten Verwirrung.

»Er ist ein hübscher Bursche, nicht wahr?« sagte der Doktor.

Miss Reid drehte sich um und schaute ihn kühl an.

»Wer?«

»Der Funker! Ich dachte, Sie hätten ihn eben betrachtet.«

»Welcher ist es?«

»Die Doppelbödigkeit der Frauen«, brummte der Doktor vor sich hin, erwiderte aber mit einem Lächeln: »Er sitzt neben dem Ersten Ingenieur.«

»Ach, natürlich, jetzt erkenne ich ihn wieder. Wissen Sie, ich finde nie, daß es so wichtig ist, wie ein Mann aussieht. Ich interessiere mich so viel mehr für den Geist eines Mannes als für sein Äußeres.«

»Oh«, sagte der Doktor.

Sie hatten alle einen kleinen Schwips, auch Miss Reid, aber sie verlor dabei nichts von ihrer Würde, und als sie ihnen gute Nacht sagte, geschah es in ihrer allerbesten Form.

»Ich habe einen ganz reizenden Abend verbracht. Ich werde niemals meinen Weihnachtsabend auf einem deutschen Schiff vergessen. Es war sehr interessant. Ein richtiges Erlebnis.«

Sie ging aufrecht zur Türe, und das war ein gewisser Triumph, denn sie hatte den ganzen Abend hindurch Zug um Zug mit ihnen ihr Glas geleert.

Sie waren am nächsten Tag alle ein wenig mitgenommen. Als der Kapitän, der Doktor und der Erste Ingenieur zum Mittagessen herunterkamen, saß Miss Reid schon am Tisch. Vor jedem Gedeck lag ein kleines, mit rosa Band umwickeltes Päckchen. Auf jedem stand geschrieben: »Fröhliche Weihnachten.« Sie schauten Miss Reid fragend an.

»Sie sind alle so freundlich zu mir gewesen, deshalb wollte ich jedem von Ihnen ein kleines Geschenk machen. Es gab nicht viel Auswahl in Port au Prince, Sie dürfen nicht zuviel erwarten.«

Für den Kapitän waren es zwei Pfeifen aus Rosenholz, für den Doktor sechs seidene Taschentücher, ein Zigarrenetui für den Maat und zwei Krawatten für den ersten Ingenieur. Sie nahmen die Mahlzeit ein, und Miss Reid zog sich in ihre Kajüte zurück, um auszuruhen. Die Offiziere schauten einander unbehaglich an. Der Maat spielte mit dem Zigarrenetui, das sie ihm gegeben hatte.

»Ich schäme mich ein bißchen«, sagte er endlich.

Der Kapitän war nachdenklich; offenbar fühlte auch er sich etwas unsicher.

»Ich frage mich, ob wir Miss Reid diesen Streich hätten

spielen dürfen«, sagte er. »Sie ist eine gute Seele, und sie ist nicht reich; sie ist eine Frau, die sich ihren Unterhalt verdient. Sie hat sicher annähernd hundert Mark für diese Geschenke ausgegeben. Ich wollte beinahe, wir hätten sie in Ruhe gelassen.«

Der Doktor zuckte die Achseln.

»Sie wollten, daß sie verstummen sollte, und ich habe sie zum Schweigen gebracht.«

»Wenn man es näher überlegt, hätte es uns nichts geschadet, ihrem Geschwätz noch weitere drei Wochen zuzuhören«, sagte der Maat.

»Ich bin ihretwegen nicht ganz glücklich«, fügte der Kapitän hinzu. »Ich finde ihr Schweigen unheimlich.«

Sie hatte während der ganzen Mahlzeit kaum ein Wort gesagt. Sie schien kaum darauf zu hören, was sie sprachen.

»Meinen Sie nicht, daß Sie sich bei ihr erkundigen sollten, ob sie sich ganz wohl fühlt, Doktor?« schlug der Kapitän vor.

»Natürlich fühlt sie sich wohl. Sie hat einen Wolfsappetit. Wenn Sie Erkundigungen einholen wollen, sollten Sie sich lieber an den Funker wenden.«

»Vielleicht haben Sie es noch nicht bemerkt, Doktor, aber ich bin ein Mann von großem Zartgefühl.«

»Ich habe selber auch ein Herz«, sagte der Doktor.

Während der restlichen Fahrt verwöhnten diese Männer Miss Reid in ganz übertriebener Weise. Sie behandelten sie mit der Rücksicht, die sie einer von langer gefährlicher Krankheit Genesenden entgegengebracht hätten. Obwohl ihr Appetit glänzend war, bemühten sie sich, sie mit neuen Gerichten zu verlocken. Der Doktor bestellte Wein und bestand darauf, daß sie die Flasche mit ihm teilte. Sie spielten Domino mit ihr. Sie spielten Schach mit ihr. Sie spielten Bridge mit ihr. Sie zogen sie ins Gespräch. Aber es unterlag keinem Zweifel, daß sie, obwohl sie dem Entgegenkommen höflich begegnete, innerlich für sich blieb. In ihrem Blick lag beinahe etwas wie Verachtung; man hätte fast denken können, daß diese Männer und ihre liebenswürdigen Bemühungen ihr angenehm lächerlich erschienen. Sie sprach selten, wenn sie nicht angeredet wurde. Sie las Detektivromane und saß abends auf Deck und betrachtete die Sterne. Sie lebte ein Leben für sich.

Endlich nahte das Ende der Reise. Sie dampften an einem ruhigen, grauen Tag den Ärmelkanal hinauf; sie erblickten Land. Miss Reid packte ihre Koffer. Um zwei Uhr nachmittags legten sie im Dock von Plymouth an. Der Kapitän, der Maat und der Doktor kamen herbei, um sich von ihr zu verabschieden.

»Nun, Miss Reid«, sagte der Kapitän in seiner herzhaften Weise, »es tut uns leid, Sie zu verlieren, aber wahrscheinlich freuen Sie sich, nach Hause zu kommen.«

»Sie sind sehr freundlich zu mir gewesen, Sie alle sind sehr freundlich gewesen. Ich weiß gar nicht, wodurch ich das verdient habe. Ich war sehr glücklich bei Ihnen. Ich werde Sie nie vergessen.«

Sie sprach ein wenig zittrig, sie versuchte zu lächeln, aber ihre Lippen bebten, und Tränen liefen ihr über die Wangen. Der Kapitän wurde dunkelrot. Er lächelte verlegen.

»Darf ich Ihnen einen Kuß geben, Miss Reid?«

Sie war um einen halben Kopf größer als er. Sie beugte sich herunter, und er drückte ihr einen dicken Kuß auf die eine nasse Wange und einen weiteren dicken Kuß auf die andere. Sie wandte sich zu dem Doktor und dem Maat. Und beide küßten sie.

»Was für eine alte Närrin bin ich«, sagte sie. »Alle sind so gut.«

Sie trocknete sich die Augen und ging dann langsam, in ihrer graziösen, leicht komischen Art den Laufsteg hinunter. Der Kapitän hatte feuchte Augen. Als sie den Quai erreichte, blickte sie in die Höhe und winkte jemandem auf dem Bootsdeck.

»Wem winkt sie?« fragte der Kapitän.

»Dem Funker.«

Miss Price wartete am Quai, um sie willkommen zu heißen. Als sie den Zoll passiert hatten und Miss Reid ihr großes Gepäck losgeworden war, gingen sie zu Miss Price und tranken dort einen frühen Tee. Miss Reids Zug fuhr erst um fünf Uhr. Miss Price hatte Miss Reid viel zu berichten.

»Aber es ist schlimm von mir, so ins Reden zu geraten, wenn du gerade erst nach Hause gekommen bist. Ich habe mich schon so darauf gefreut, alles über deine Reise zu hören.«

»Ich fürchte, daß es gar nicht viel zu erzählen gibt.«

»Das kann ich nicht glauben. Deine Reise ist doch gelungen, oder nicht?«

»Sehr gelungen. Es war sehr nett.«

»Und es war dir nicht unangenehm, mit all diesen Deutschen zusammen zu sein?«

»Natürlich sind sie nicht wie Engländer. Man muß sich an ihre Art gewöhnen. Sie tun manches, was – nun, was Engländer nicht tun würden, weißt du. Aber ich finde immer, daß man die Dinge nehmen muß, wie sie kommen.«

»Was meinst du damit?«

Miss Reid blickte ihre Freundin gelassen an. Ihr langes, dummes Gesicht hatte einen milden Ausdruck, und Miss Price bemerkte das eigentümlich mutwillige Blinken in ihren Augen nicht.

»Eigentlich nur ganz bedeutungslose Ereignisse. Einfach komische, unerwartete, recht nette Erlebnisse. Zweifellos wirkt Reisen wunderbar bildend.«

Das glückliche Paar

Ich kann nicht behaupten, daß ich Landon besonders sympathisch fand. Er war Mitglied eines Klubs, dem auch ich angehörte, und ich hatte oft beim Lunch neben ihm gesessen. Er war Richter am Old Bailey, und durch ihn konnte ich einen bevorzugten Platz im Gerichtssaal erhalten, wenn ich dort einem interessanten Prozeß beizuwohnen wünschte. Er war eine imponierende Erscheinung im Gerichtshof, mit seiner großen Allongeperücke, seiner roten Robe und dem Hermelinkragen, und zugleich etwas erschreckend durch sein langes, weißes Gesicht mit schmalen Lippen und blaßblauen Augen. Er war gerecht, aber hart, und zuweilen wurde mir unbehaglich zumut, wenn ich ihn einen überführten Gefangenen bitter schelten hörte, bevor er ihn zu einer langen Gefängnisstrafe verurteilte. Aber sein bissiger Humor beim Lunch und seine Bereitwilligkeit, die Fälle, die er geführt hatte, zu besprechen, machten ihn zu einem guten Gesellschafter für mich, so daß ich das leise Unbehagen, das mich in seiner Gegenwart befiel, beiseite schob. Ich fragte ihn einmal, nachdem er einen Mann an den Galgen gebracht hatte, ob er nie gewisse Bedenken hätte. Er lächelte, während er an seinem Portwein nippte.

»Durchaus nicht. Dem Mann ist ein gerechtes Verfahren zuteil geworden; ich habe alles möglichst unparteiisch zusammengefaßt, und die Geschworenen haben ihn für schuldig erklärt. Wenn ich ihn zum Tode verurteile, so verhänge ich eine Strafe über ihn, die er reichlich verdient, und wenn die Sitzung aufgehoben wird, schlage ich mir den Fall aus dem Kopf. Niemand außer einem sentimentalen Narren würde etwas anderes tun.«

Ich wußte, daß er sich gerne mit mir unterhielt, aber ich hatte niemals angenommen, daß er mich für etwas anderes als eine bloße Klubbekanntschaft hielt. Darum war ich nicht wenig erstaunt, als ich eines Tages ein Telegramm von ihm erhielt, daß er seine Ferien an der Riviera verbringe und gerne zwei oder drei Tage auf dem Weg nach Italien bei mir wohnen möchte. Ich telegraphierte zurück, daß ich mich freuen würde, wenn er käme. Aber ich fühlte doch ein gewisses Bangen, als ich ihn an der Bahn abholte.

Am Tag seiner Ankunft lud ich zu meiner Unterstützung Miss Gray, eine Nachbarin und alte Freundin von mir, zum Abendessen ein. Sie war in reifem Alter, aber anziehend, und hatte die Gabe lebhafter Unterhaltung, die, wie ich wußte, durch nichts entmutigt werden konnte. Ich gab ihnen ein sehr gutes Abendessen, und obwohl ich dem Richter keinen Portwein anbieten konnte, war es mir doch möglich, ihn mit einer Flasche Montrachet zu versehen und mit einer noch besseren Mouton Rothschild. Er trank beide mit Genuß, und das freute mich, denn als ich ihm einen Cocktail anbot, lehnte er ihn ganz entrüstet ab.

»Ich habe nie verstanden«, sagte er, »wie anscheinend zivilisierte Leute einer Gewohnheit frönen können, die nicht nur barbarisch, sondern abstoßend ist.«

Hierzu darf ich bemerken, daß dies Miss Gray und mich nicht daran hinderte, ein paar Martinis zu uns zu nehmen, obwohl er uns ungeduldig und mißbilligend dabei zusah.

Aber die Mahlzeit war ein Erfolg. Der gute Wein und Miss Grays lebhaftes Geplauder erregten bei Landon eine Fröhlichkeit, die ich nie zuvor an ihm erlebt hatte. Es wurde mir klar, daß er trotz seines strengen Wesens an weiblicher Gesellschaft Gefallen fand, und Miss Gray, kleidsam angezogen, ihr nur ganz leicht ergrautes Haar gut frisiert, mit den feinen Zügen und ihren strahlenden Augen, war noch immer sehr anziehend. Nach dem Essen hielt uns der Richter, durch etwas alten Kognak noch milder gestimmt, einige Stunden wie gebannt, während er uns von berühmten Fällen aus seiner Laufbahn erzählte. Ich war daher nicht überrascht, daß Landon, als Miss Gray uns zum Lunch am folgenden Tag einlud, bereitwillig zusagte, noch bevor ich antworten konnte.

»Eine sehr nette Frau«, sagte er, nachdem sie uns verlassen hatte. »Und einen guten Kopf hat sie. Sie muß als junges Mädchen sehr hübsch gewesen sein. Sie ist noch jetzt gar nicht übel. Warum ist sie nicht verheiratet?«

»Sie sagt immer, daß nie jemand um sie angehalten hätte.«

»So ein Unsinn! Frauen sollten heiraten. Es gibt viel zu

viele, die ihre Unabhängigkeit bewahren wollen. Das kann ich nicht ausstehen.«

Miss Gray bewohnte ein kleines Haus, mit Blick auf das Meer, in St. Jean, ein paar Meilen von meinem eigenen Haus am Cap Ferrat entfernt. Wir fuhren am nächsten Tag um ein Uhr dort hinunter und wurden in ihr Wohnzimmer geführt.

»Ich habe eine Überraschung für Sie«, erklärte sie mir bei der Begrüßung. »Die Craigs kommen.«

»Sie haben sie also endlich kennengelernt.«

»Ja, ich dachte, es sei zu lächerlich, so nebeneinander zu wohnen und täglich am gleichen Strand zu baden und nie ein Wort zu wechseln. So habe ich mich ihnen aufgedrängt, und sie haben versprochen, heute zum Lunch zu kommen. Ich wollte so gerne, daß Sie sie kennenlernen und mir sagen, was Sie von ihnen halten.« Dann wandte sie sich zu Landon: »Ich hoffe, es ist Ihnen nicht unangenehm.«

Aber er trug seines bestes Benehmen zur Schau.

»Ich werde mich natürlich freuen, irgendwelche Freunde von Ihnen kennenzulernen, Miss Gray«, sagte er.

»Aber es sind keine Freunde von mir. Ich habe sie viel gesehen, aber bis gestern habe ich nie mit ihnen gesprochen. Es wird für sie ein Genuß sein, einen Autor und einen berühmten Richter zu treffen.«

Ich hatte von Miss Gray im Laufe der letzten drei Wochen viel über die Craigs gehört. Sie hatten das Landhaus neben dem ihren gemietet, und zunächst hatte sie befürchtet, dadurch gestört zu werden. Ihre eigene Gesellschaft genügte ihr im allgemeinen, und sie hatte keine Lust auf trivialen gesellschaftlichen Verkehr. Aber sehr bald entdeckte sie, daß die Craigs ebenso wenig geneigt waren, ihre Bekanntschaft zu machen, wie sie die ihre. Obwohl sie sich an diesem kleinen Ort unfehlbar zwei- oder dreimal täglich begegneten, ließen die Craigs nie auch nur durch einen Blick erkennen, daß sie Miss Gray je zuvor gesehen hätten. Sie erklärte mir, daß sie es sehr taktvoll von ihnen fände, ihre Zurückgezogenheit so zu achten, aber es kam mir vor, als ob sie doch etwas erstaunt sei, daß sie so wenig Wert darauf legten, sie kennenzulernen. Ich hatte schon vor einiger Zeit vermutet, daß sie nicht würde widerstehen können, die ersten Annäherungsversuche zu machen. Einmal, als wir zusammen spazieren gingen, kamen wir an ihnen vorbei, und ich hatte Gelegenheit, sie mir richtig anzusehen.

Craig war ein hübscher Mensch mit einem roten, offenen Gesicht, einem grauen Schnurrbart und dichtem grauem Haar. Seine Haltung war gut, und seine unbekümmerte, herzhafte Art erinnerte etwa an die eines Maklers, der sich mit einem schönen Vermögen zur Ruhe gesetzt hat. Seine Frau hatte ein hartes Gesicht, sie war groß und von etwas männlichem Aussehen, mit stumpfem blondem Haar, das zu sorgfältig frisiert war, einer großen Nase, einem großen Mund und wetterharter Haut. Sie war nicht nur unschön, sondern sah finster aus. Ihr hübsches, anmutiges Kleid wirkte seltsam an ihr, denn es hätte besser zu einem achtzehnjährigen Mädchen gepaßt, und Mrs. Craig mußte mindestens vierzig sein. Ich fand ihn gewöhnlich aussehend und sie unangenehm, und ich beglückwünschte Miss Gray, daß sie sich anscheinend ganz zurückhalten wollten.

»Es ist eigentlich etwas Rührendes an ihnen«, erwiderte sie.

»Was denn?«

»Sie lieben einander. Und sie beten das Baby an.«

Denn sie hatten ein noch kaum einjähriges Kind, und daraus hatte Miss Gray geschlossen, daß sie noch nicht lange verheiratet waren. Sie beobachtete sie gerne mit ihrem Baby. Ein Kindermädchen führte es jeden Morgen im Kinderwagen aus, aber vorher brachten Vater und Mutter eine selige Viertelstunde damit zu, ihm das Gehen beizubringen. Sie stellten sich in einer kurzen Entfernung voneinander auf und spornten das Kind an, von einem zum andern zu tappen, und jedesmal, wenn es in die elterlichen Arme stolperte, wurde es in die Höhe gehoben und voller Entzücken geküßt. Und wenn es endlich in seinem eleganten Wagen gebettet war, blieben sie noch mit reizendem Kindergeplapper darüber gebeugt stehen und sahen ihm dann nach, bis es außer Sicht war, als könnten sie sich kaum von ihm trennen.

Miss Gray pflegte sie oft Arm in Arm im Garten auf dem Rasen auf und ab gehen zu sehen; sie sprachen nicht, als wären sie so glücklich, zusammen zu sein, daß jede Konversation überflüssig schien, und Miss Gray bemerkte mit Wohlgefallen, welche Zuneigung diese harte, unsympathische Frau ihrem großen, hübschen Mann offenbar entgegenbrachte. Es war nett zu sehen, wie Mrs. Craig ein unsichtbares Stäubchen von seinem Rock wischte, und Miss Gray war überzeugt, daß sie absichtlich Löcher in seine Socken machte, um die Freude zu haben, sie zu stopfen. Und es sah aus, als liebe er sie genau so sehr wie sie ihn. Von Zeit zu Zeit warf er ihr einen Blick zu, und dann schaute sie zu ihm auf und lächelte, und er klopfte ihr ein wenig auf die Wange. Da sie nicht mehr jung waren, hatte ihre gegenseitige Hingabe etwas eigentümlich Rührendes.

Ich wußte nicht, warum Miss Gray nicht geheiratet hatte; ich war genau so überzeugt wie der Richter, daß sie reichlich Gelegenheit dazu gehabt hatte, und ich fragte mich, wenn sie mit mir über die Craigs sprach, ob der Anblick dieses Eheglückes ihr nicht einen kleinen Stich versetzte. Ich glaube, daß vollkommenes Glück in dieser Welt sehr selten ist, aber diese beiden Menschen schienen es zu besitzen, und vielleicht interessierte sich Miss Gray so auffallend für sie, weil sie im Innersten das Gefühl nicht ganz unterdrücken konnte, durch ihr Ledigbleiben etwas versäumt zu haben.

Da sie ihre Vornamen nicht kannte, nannte sie sie Edwin und Angelina. Sie erfand eine Geschichte um sie herum. Eines Tages erzählte sie sie mir, und als ich mich darüber lustig machte, war sie ganz ärgerlich. Wenn ich mich recht erinnere, lautete sie ungefähr so: Sie hatten sich vor langen Jahren ineinander verliebt – vielleicht vor zwanzig Jahren – als Angelina, damals ein junges Mädchen, die frische Anmut ihrer Jahre besaß und Edwin ein tapferer junger Mann war, der sich frohgemut auf den Weg ins Leben begab. Und da die Götter, von denen es heißt, daß sie mit Wohlwollen auf junge Liebe blicken, sich trotzdem den Kopf nicht mit praktischen Dingen zerbrechen, so hatten weder Edwin noch Angelina die nötigen Mittel. Sie konnten sich unmöglich heiraten, aber sie hatten Mut, Hoffnung und Vertrauen. Edwin beschloß, nach Südamerika oder Malaya oder wohin immer zu gehen, dort sein Glück zu machen und dann zurückzukehren, um das Mädchen zu heiraten, das geduldig auf ihn gewartet hatte. Das konnte nicht mehr als zwei oder drei Jahre dauern, höchstens fünf, und was bedeutet das, wenn man zwanzig ist und das ganze Leben vor einem liegt? Inzwischen sollte Angelina natürlich bei ihrer verwitweten Mutter bleiben.

Aber die Dinge entwickelten sich nicht ganz plangemäß. Edwin fand es schwieriger als erwartet, zu einem Vermögen zu kommen; es war schwer genug, soviel Geld zu verdienen, um Leib und Seele zusammenzuhalten, und nur Angelinas Liebe und ihre zärtlichen Briefe gaben ihm die Kraft, seinen Kampf fortzusetzen. Am Ende von fünf Jahren besaß er kaum mehr als zu Beginn seines Unternehmens. Angelina wäre bereitwillig zu ihm gekommen und hätte seine Armut geteilt, aber sie konnte unmöglich ihre arme, bettlägerige Mutter verlassen, und so blieb ihnen nichts übrig, als sich weiterhin in Geduld zu üben. Die Jahre vergingen, Edwins Haar wurde grau und Angelina finster und hager. Ihr Los war das härtere, denn sie konnte nichts tun als warten. Der grausame Spiegel zeigte, wie ihre Reize allmählich verschwanden, und zuletzt entdeckte sie, daß die Jugend sie mit einem spöttischen Lachen und einer Pirouette für immer verlassen hatte. Ihr Wesen wurde durch die lange Pflege einer nörgelnden Patientin säuerlich, ihr geistiger Horizont verengte sich in der kleinstädtischen Umgebung, in der sie lebte. Ihre Freundinnen heirateten und hatten Kinder, aber sie blieb die Gefangene ihrer Pflicht.

Sie fragte sich, ob Edwin sie noch liebe? Sie fragte sich, ob er jemals zurückkehren werde. Oft war sie verzweifelt. So vergingen zehn Jahre, fünfzehn, zwanzig. Dann schrieb Edwin, daß er seine Geschäfte abgewickelt und genug Geld verdient habe, mit dem sie bequem leben könnten, und falls sie noch bereit sei, ihn zu heiraten, so würde er sofort zurückkehren. Durch einen freundlichen Eingriff des Schicksals wählte Angelinas Mutter gerade diesen Augenblick, um eine Welt zu verlassen, in der sie nichts als eine Plage gewesen war. Aber als sie sich nach so langer Trennung wieder begegneten, sah Angelina zu ihrer Bestürzung, daß Edwin so jung wie je geblieben war. Sein Haar war allerdings ergraut, aber das stand ihm vorzüglich. Er war immer hübsch gewesen, aber jetzt war er ein schöner Mann im allerbesten Alter. Sie kam sich so alt wie Methusalem vor. Sie war sich ihrer Begrenztheit, ihres schrecklich kleinstädtischen Wesens bewußt, im Vergleich zu der Weite, die er sich durch seinen langen Aufenthalt in fremden Ländern erworben hatte. Er war heiter und frisch wie früher, aber ihre Spannkraft war zerstört. Die Bitterkeit des Lebens hatte ihre Seele verkümmern lassen. Es erschien ihr ungeheuerlich, diesen lebhaften, tatkräftigen Mann durch sein vor zwanzig Jahren gegebenes Versprechen an sich zu binden, und so bot sie ihm an, ihn frei zu lassen. Er wurde totenblaß.

»Hast du mich nicht mehr gern?« rief er ganz gebrochen.

Und es wurde ihr plötzlich klar – ach, das Entzücken, ach, die Erleichterung! – daß auch sie für ihn noch dieselbe war, die sie immer gewesen. Er hatte immer an sie gedacht, wie sie damals gewesen war; ihr Bild war ihm sozusagen im Herzen eingeprägt, so daß die wirkliche Frau, die jetzt vor ihm stand, für ihn noch immer achtzehn war.

Und so heirateten sie.

»Ich glaube kein Wort davon«, erklärte ich Miss Gray, als sie ihre Geschichte zu diesem glücklichen Abschluß gebracht hatte.

»Ich will aber, daß Sie es glauben«, sagte sie. »Ich bin überzeugt, daß es so war, und ich habe nicht den geringsten Zweifel, daß sie glücklich bis ins hohe Alter miteinander leben werden.« Dann machte sie eine Bemerkung, die ich recht klug fand: »Ihre Liebe ist vielleicht auf einer Illusion begründet; da sie ihnen aber durchaus der Wirklichkeit zu entsprechen scheint, ist das doch ganz bedeutungslos?«

Während ich diese von Miss Gray erfundene idyllische Geschichte erzählt habe, warteten wir drei, unsere Gastgeberin, Landon und ich, auf das Eintreffen der Craigs.

»Haben Sie schon beobachtet, daß Leute, die gleich nebenan wohnen, unfehlbar zu spät kommen?« fragte Miss Gray den Richter.

»Nein«, sagte er bissig. »Ich selber bin immer pünktlich und erwarte von anderen Leuten auch Pünktlichkeit.«

»Es hat wohl keinen Sinn, Ihnen einen Cocktail anzubieten?«

»Absolut keinen.«

»Aber ich habe einen Sherry, der nicht übel sein soll.«

Der Richter nahm ihr die Flasche aus der Hand und betrachtete das Etikett. Ein schwaches Lächeln trat auf seine schmalen Lippen.

»Das ist ein zivilisiertes Getränk, Miss Gray. Mit Ihrer

Erlaubnis werde ich mich selbst bedienen. Ich habe noch keine Frau gekannt, die es verstanden hätte, Wein einzugießen. Eine Frau soll man um die Taille halten, aber eine Flasche am Hals.«

Während er den alten Sherry mit allen Anzeichen der Befriedigung nippte, blickte Miss Gray aus dem Fenster.

»Ach, darum sind die Craigs verspätet. Sie haben auf die Rückkehr des Babys gewartet.«

Ich folgte ihren Blicken und sah, daß das Kindermädchen auf dem Heimweg gerade den Wagen an Miss Grays Haus vorbei geschoben hatte. Craig hob das Baby aus seinem Wagen und hielt es hoch in die Luft. Das Kind versuchte, ihn am Schnurrbart zu ziehen, und krähte vor Vergnügen. Mrs. Craig stand daneben und schaute zu, und das Lächeln auf ihrem Gesicht ließ die harten Züge beinahe angenehm erscheinen. Das Fenster war offen, und wir hörten sie sprechen.

»Komm jetzt, Liebling«, sagte sie, »wir sind verspätet.«

Er legte das Kind in den Wagen zurück, und sie kamen zu Miss Grays Haustüre herüber und klingelten. Das Mädchen führte sie herein. Sie drückten Miss Gray die Hand, und da ich in der Nähe stand, stellte sie mich ihnen vor. Dann wandte sie sich zu dem Richter.

»Und dies ist Sir Edward Landon – Mr. und Mrs. Craig.«

Man hätte erwartet, daß der Richter ihnen mit ausgestreckter Hand entgegengekommen wäre, aber er blieb stocksteif stehen. Er klemmte sein Monokel ins Auge, dieses Monokel, das ich ihn bei mehr als einer Gelegenheit im Gerichtssaal mit verheerender Wirkung hatte benützen sehen, und starrte die Neuankömmlinge an.

»Mein Gott, was für ein garstiger Kunde«, sagte ich zu mir selber.

Er ließ das Einglas fallen.

»Guten Tag«, sagte er. »Täusche ich mich, wenn ich glaube, daß wir uns schon einmal begegnet sind?«

Die Frage ließ mich den Blick auf die Craigs richten. Sie standen dicht nebeneinander, als hätten sie sich zu gemeinsamem Schutz zusammengeschlossen. Sie sagten nichts. Mrs. Craig sah entsetzt aus. Craigs rotes Gesicht wurde durch ein noch stärkeres Erröten verdunkelt, und die Augen schienen ihm aus dem Kopf zu treten. Aber das dauerte nur eine Sekunde.

»Ich glaube nicht«, sagte er mit voller, tiefer Stimme. »Natürlich habe ich von Ihnen gehört, Sir Edward.«

»Ein bunter Hund ist bekannter, als er denkt«, antwortete er.

Miss Gray hatte inzwischen den Cocktailbecher geschüttelt und bot ihren beiden Gästen jetzt Cocktails an. Sie hatte nichts bemerkt. Ich verstand nicht, was es bedeuten sollte; ich wußte nicht einmal, ob es überhaupt etwas bedeutete. Der Zwischenfall, wenn es einer war, ging so rasch vorüber, daß ich fast geneigt war zu denken, ich hätte in die kurze Verwirrung der Craigs, als sie einem berühmten Mann vorgestellt wurden, einen nicht vorhandenen Grund hineingelesen. Ich raffte mich auf, liebenswürdig zu sein. Ich fragte sie, wie ihnen die Riviera gefalle, und ob sie sich in ihrem Hause behaglich fühlten. Miss Gray beteiligte sich an dem Gespräch, und wir plauderten, wie man es mit Fremden tut, über alltägliche Dinge. Sie sprachen ungezwungen und auf angenehme Weise. Mrs. Craig sagte, wieviel Freude ihnen das Baden mache, und beklagte sich über die Schwierigkeit, am Meer Fische zu bekommen. Ich bemerkte, daß der Richter an dem Gespräch nicht teilnahm, sondern auf seine Füße schaute, als sei er sich der Gesellschaft gar nicht bewußt.

Der Lunch wurde angemeldet. Wir gingen ins Eßzimmer. Wir waren nur fünf Personen, und es war ein kleiner runder Tisch, so daß das Gespräch nur allgemein sein konnte. Ich muß gestehen, daß es größtenteils von Miss Gray und mir bestritten wurde. Der Richter war schweigsam, aber das war er oft, denn er hatte Launen, und ich beachtete es nicht. Ich stellte fest, daß er die Omelette mit gutem Appetit verzehrte und, als sie ein zweites Mal herumgereicht wurde, nochmals davon nahm. Die Craigs kamen mir ein wenig schüchtern vor, aber das wunderte mich nicht, und beim Erscheinen des zweiten Ganges begannen sie unbefangener zu reden. Ich hatte nicht den Eindruck, als wären sie sehr anregende Leute; sie schienen sich nur für wenige Dinge zu interessieren, außer für ihr Baby, die Unzulänglichkeiten ihrer beiden italienischen Dienstmädchen und einen gelegentlichen Abstecher nach Monte

Carlo, und ich mußte unwillkürlich denken, daß es ein Fehler von Miss Gray gewesen war, ihre Bekanntschaft zu suchen. Dann ereignete sich plötzlich etwas: Craig stand mit einem Ruck von seinem Stuhl auf und fiel der Länge nach auf den Boden. Wir sprangen auf. Mrs. Craig warf sich über ihren Mann und nahm seinen Kopf in ihre Hände.

»Es ist alles in Ordnung, George«, rief sie mit gequälter Stimme. »Es ist alles gut!«

»Legen Sie seinen Kopf hin«, sagte ich. »Er ist ohnmächtig.«

Ich fühlte ihm den Puls und konnte nichts fühlen. Ich sagte, er sei ohnmächtig geworden, aber ich war nicht sicher, ob es nicht ein Schlaganfall war. Dieser schwere, vollblütige Typ neigte dazu. Miss Gray tauchte ihre Serviette in Wasser und betupfte ihm damit die Stirne. Mrs. Craig schien verstört. Dann bemerkte ich, daß Landon ganz ruhig auf seinem Stuhl sitzengeblieben war.

»Wenn er ohnmächtig ist, helfen Sie ihm nicht gerade dadurch, daß Sie sich um ihn herum drängen«, sagte er eisig.

Mrs. Craig wandte den Kopf und warf ihm einen Blick bitteren Hasses zu.

»Ich werde dem Arzt telefonieren«, sagte Miss Gray.

»Nein, ich glaube nicht, daß das nötig ist«, sagte ich. »Er kommt wieder zu sich.«

Ich konnte fühlen, daß sein Puls stärker wurde, und nach einigen Minuten öffnete er die Augen. Er atmete keuchend, als es ihm klar wurde, was geschehen war, und versuchte auf die Füße zu kommen.

»Rühren Sie sich nicht«, sagte ich. »Bleiben Sie noch ein wenig liegen.«

Ich veranlaßte ihn, ein Glas Branntwein zu trinken, und die Farbe kehrte in sein Gesicht zurück.

»Ich fühle mich jetzt wieder ganz wohl«, sagte er.

»Wir bringen Sie in das Zimmer nebenan, dort können Sie eine Weile auf dem Sofa liegen!«

»Nein, ich möchte lieber nach Hause. Es ist ja nur ein Schritt.«

Er erhob sich vom Boden.

»Ja, wir wollen nach Hause gehen«, sagte Mrs. Craig. Sie

wandte sich zu Miss Gray. »Es tut mir so leid; so etwas ist ihm noch nie passiert.«

Sie waren entschlossen zu gehen, und ich hielt es selber für das Beste.

»Stecken Sie ihn ins Bett und halten Sie ihn dort, morgen wird er wieder munter sein wie ein Fisch im Wasser.«

Mrs. Craig nahm ihn an einem Arm und ich am anderen. Miss Gray öffnete die Türe, und obwohl er noch ein wenig zittrig war, konnte er doch gehen. Als wir an dem Craigschen Haus ankamen, schlug ich vor, mit hineinzukommen und ihm beim Ausziehen zu helfen, aber davon wollten beide nichts hören. Ich kehrte in Miss Grays Haus zurück und fand sie beim Nachtisch.

»Ich möchte wissen, warum er ohnmächtig wurde«, sagte Miss Gray. »Alle Fenster sind offen, und es ist heute nicht besonders heiß.«

»Das möchte ich auch wissen«, sagte der Richter.

Ich bemerkte auf seinem mageren, blassen Gesicht einen selbstgefälligen Ausdruck. Wir tranken unseren Kaffee, und dann, da der Richter und ich Golf spielen wollten, stiegen wir in den Wagen und fuhren den Hügel hinauf zu meinem Haus.

»Wie hat Miss Gray diese Leute kennengelernt?« fragte mich Landon. »Sie schienen mir ziemlich zweitrangig zu sein. Ich hätte nicht gedacht, daß sie zu ihrer Schicht gehörten.«

»Sie kennen doch die Frauen. Sie liebt ihre Zurückgezogenheit, und als sie nebenan einzogen, war sie fest entschlossen, nichts mit ihnen zu tun zu haben. Als sie aber entdeckte, daß sie auch nichts mit ihr zu tun haben wollten, ruhte sie nicht, bis sie ihre Bekanntschaft gemacht hatte.«

Ich erzählte ihm die Geschichte, die sie sich über ihre Nachbarn ausgedacht hatte. Er hörte mit ausdruckslosem Gesicht zu.

»Ich fürchte, Ihre Freundin Miss Gray ist eine sentimentale Gans, mein Lieber«, sagte er, als ich zu Ende war. »Ich sagte Ihnen schon, Frauen sollten heiraten. Der ganze Unsinn wäre ihr bald ausgetrieben worden, wenn sie ein halbes Dutzend Rangen gehabt hätte.«

»Was wissen Sie über die Craigs?« fragte ich.

Er warf mir einen eisigen Blick zu.

»Ich? Warum sollte ich etwas über sie wissen? Ich hielt sie für ganz alltägliche Leute.«

Ich wollte, ich könnte beschreiben, wie tief mich sein eisig strenger Ausdruck und die scharfe Endgültigkeit seines Tones überzeugte, daß er nicht bereit war, noch irgend etwas zu äußern. Wir beendeten die Fahrt schweigend.

Landon war gegen Ende sechzig, und er gehörte zu der Sorte von Golfspielern, die nie einen Ball weit treiben, aber nie von der Richtung abweichen, und seine Bälle saßen so tödlich genau, daß er, obwohl er mir Schläge vorausgab, mich doch glatt besiegte. Nach dem Abendessen nahm ich ihn nach Monte Carlo hinein, wo er den Abend damit beendete, daß er beim Roulette ein paar tausend Franc gewann. Diese aufeinander folgenden Ereignisse versetzten ihn in erstaunlich gute Stimmung.

»Das war ein sehr angenehmer Tag«, sagte er, als wir uns für die Nacht trennten. »Ich habe ihn richtig genossen.«

Ich verbrachte den nächsten Morgen bei der Arbeit, und wir trafen uns erst wieder beim Lunch. Wir waren fast damit fertig, als ich ans Telefon gerufen wurde.

Als ich zurückkam, war mein Gast bei einer zweiten Tasse Kaffee.

»Das war Miss Gray«, sagte ich.

»Ach? Was hatte sie zu melden?«

»Die Craigs sind auf und davon. Sie sind gestern abend verschwunden. Die Mädchen schlafen im Dorf, und als sie heute früh kamen, fanden sie das Haus leer. Sie waren fort – die Craigs, das Kindermädchen und das Baby – und hatten ihr Gepäck mitgenommen. Auf dem Tisch hatten sie Geld für den Lohn der Mädchen, die Miete bis zum Ablauf ihres Vertrages und für die Lieferantenrechnungen zurückgelassen.«

Der Richter sagte nichts. Er nahm eine Zigarre aus der Kiste, untersuchte sie sorgfältig und zündete sie gelassen an.

»Was hätten Sie dazu zu sagen?« fragte ich. »Sie werden mich doch nicht für einen solchen Narren halten, der nicht merken würde, daß Sie und die Craigs sich schon früher begegnet sind, und wenn sie sich jetzt wie Phantasiegebilde verflüchtigt haben, kann man wohl vernünftigerweise daraus schließen, daß die Umstände Ihrer Begegnung nicht ganz angenehm waren.«

Der Richter kicherte ein wenig, und in seinen kalten blauen Augen glitzerte es.

»Das war ein sehr guter Kognak, den Sie mir gestern abend gegeben haben«, sagte er. »Es ist gegen meine Grundsätze, nach dem Lunch Schnaps zu trinken, aber nur ein bornierter Mensch läßt sich von seinen Grundsätzen zum Sklaven machen, und ausnahmsweise würde mir jetzt einer schmecken.«

Ich ließ den Kognak kommen und sah zu, wie sich der Richter ein freigebiges Maß eingoß. Er nippte mit sichtlicher Befriedigung daran.

»Erinnern Sie sich an den Wingford-Mord?« fragte er dann.

»Nein.«

»Vielleicht waren Sie damals nicht in England. Schade – Sie hätten sonst zu der Verhandlung kommen können. Das hätte Ihnen Freude gemacht. Es hat viel Aufregung hervorgerufen, die Zeitungen waren voll davon.

Miss Wingford war eine reiche alte Jungfer, die mit einer Gesellschafterin auf dem Lande lebte. Für ihr Alter war sie eine gesunde Frau, und ihr plötzlicher Tod überraschte ihre Freunde. Ihr Arzt, ein Mann mit Namen Brandon, unterschrieb den Totenschein, und sie wurde daraufhin beerdigt. Ihr Testament wurde vorgelesen, und es stellte sich heraus, daß sie alles, was sie besaß, zwischen sechzig- und siebzigtausend Pfund, ihrer Gesellschafterin hinterlassen hatte. Die Verwandten waren sehr verstimmt darüber, aber sie konnten nichts dagegen tun. Der letzte Wille war durch ihren Anwalt aufgesetzt und durch einen Gehilfen und Dr. Brandon als Zeugen unterzeichnet worden.

Aber Miss Wingford hatte ein Dienstmädchen, das dreißig Jahre bei ihr gewesen war und immer annehmen durfte, daß sie im Testament bedacht werden würde. Sie erklärte, Miss Wingford habe ihr versprochen, gut für sie zu sorgen, und als sie entdeckte, daß sie nicht einmal erwähnt wurde, bekam sie einen Wutanfall. Sie sagte dem Neffen und den beiden Nichten, die zu der Beerdigung gekommen waren, sie sei davon überzeugt, daß man Miss Wingford vergiftet habe, und sie fügte hinzu, wenn die Verwandten nicht zur

Polizei gehen wollten, so werde sie es tun. Nun, sie taten das nicht, aber sie suchten Dr. Brandon auf. Er lachte. Er sagte, Miss Wingford habe ein schwaches Herz gehabt, und er habe sie seit Jahren behandelt. Sie sei genau so gestorben, wie er es bei ihr immer erwartet habe: ganz friedlich im Schlaf, und er riet ihnen, den Bemerkungen des Mädchens keine Beachtung zu schenken. Das Mädchen habe die Gesellschafterin, eine Miss Starling, immer gehaßt und sei eifersüchtig auf sie gewesen. Dr. Brandon genoß einen ausgezeichneten Ruf; er war lange Zeit Miss Wingfords Arzt gewesen, und die Nichten, die sie oft besucht hatten, kannten ihn gut. Er hatte keinen Vorteil durch das Testament, und es gab offenbar keinen Grund, seiner Aussage zu mißtrauen. Deshalb dachte die Familie, es sei weiter nichts zu tun, als gute Miene zum bösen Spiel zu machen, und kehrte nach London zurück.

Aber das Mädchen hörte nicht auf zu reden; sie redete so lange, bis die Polizei schließlich, wenn auch wider Willen, wie ich zugebe, davon Notiz nehmen mußte, und der Befehl zur Exhumierung der Leiche wurde ausgegeben. Eine gerichtliche Untersuchung fand statt, und es ergab sich, daß Miss Wingford an einer Überdosis von Veronal gestorben war. Die Totenschaukommission konnte feststellen, daß Miss Starling ihr das Mittel gereicht hatte, und sie wurde verhaftet. Ein Detektiv von Scotland Yard erschien und trug einige unerwartete Beweise zusammen. Es war anscheinend viel über Miss Starling und Dr. Brandon geklatscht worden. Sie waren oft zusammen gesehen worden, an Orten, wo sie keinen anderen Grund hatten sich aufzuhalten, als den, sich zu treffen, und im Dorf nahm man allgemein an, daß sie nur auf Miss Wingfords Tod warteten, um zu heiraten. Das ließ den Fall in völlig anderem Licht erscheinen. Um es kurz zu sagen: die Polizei hatte jetzt ihrer Meinung nach genug Beweise, um Dr. Brandon zu verhaften und ihn und Miss Starling des Mordes an der alten Dame anzuklagen.«

Der Richter trank einen weiteren Schluck Kognak.

»Der Fall wurde mir zur Verhandlung übertragen. Die Anklage lautete, daß die Angeklagten rasend ineinander verliebt waren und die arme alte Dame umgebracht hatten, damit sie heiraten konnten – aufgrund des Vermögens, das

Miss Starling von ihrer Arbeitgeberin als Hinterlassenschaft erschmeichelt hatte. Miss Wingford nahm vor dem Schlafengehen immer eine Tasse Kaffee zu sich, die Miss Starling ihr zubereitete, und der klägerische Anwalt behauptete, daß Miss Starling darin die Tabletten aufgelöst habe, die Miss Wingfords Tod verursachten. Die Angeklagten beschlossen, selbst Zeugnis abzulegen, und sie machten im Zeugenstand einen jämmerlichen Eindruck. Sie logen, was sie nur konnten. Obwohl von Zeugen beschworen wurde, daß man sie nachts gesehen hatte, wie sie engumschlungen miteinander spazierengingen, obwohl Brandons Dienstmädchen aussagte, daß sie gesehen habe, wie sie sich im Hause des Doktors küßten, schworen sie trotzdem, daß sie nur Freunde seien. Und merkwürdigerweise bestätigte ein medizinisches Gutachten, daß Miss Starling *virgo intacta* sei.

Brandon gab zu, daß er Miss Wingford eine Packung Veronaltabletten gegeben habe, weil sie sich über Schlaflosigkeit beklagte, aber er erklärte, daß er sie davor gewarnt habe, mehr als eine zu nehmen, und auch das nur, wenn es unumgänglich war. Die Verteidigung versuchte den Beweis dafür zu erbringen, daß sie die Tabletten entweder versehentlich genommen hatte oder mit der Absicht, Selbstmord zu begehen. Aber das konnte unmöglich als stichhaltig gelten. Miss Wingford war eine vergnügte, normale alte Dame, die noch sehr gern lebte, und ihr Tod war zwei Tage vor dem Besuch einer alten Freundin, die sie für eine Woche erwartete, eingetreten. Sie hatte dem Mädchen gegenüber nie über Schlaflosigkeit geklagt – vielmehr hatte das Mädchen immer den Eindruck gehabt, daß sie sehr gut schlief. Es war unmöglich zu glauben, daß sie aus Versehen eine ausreichende Anzahl der Tabletten genommen hatte, um daran zu sterben. Persönlich hatte ich nicht den geringsten Zweifel, daß es sich um eine abgekartete Sache zwischen dem Arzt und der Gesellschafterin handelte. Das Motiv lag auf der Hand und genügte. Ich faßte in meinem Schlußwort alles zusammen und glaubte es auf gerechte Weise getan zu haben; aber es war meine Pflicht, den Geschworenen die Tatsachen darzulegen, und meiner Meinung nach waren diese vernichtend. Die Geschworenen verließen den Saal. Vermutlich wissen Sie nicht, daß man, wenn man zu Gericht sitzt, unwillkürlich die im Gerichtshof herrschende

Stimmung fühlt. Man muß sich dagegen wappnen, um sich auf keinen Fall dadurch beeinflussen zu lassen. Nach meinem ungewöhnlich starken Eindruck gab es an diesem Tag im ganzen Saal keinen Menschen, der nicht davon überzeugt war, daß die beiden das Verbrechen begangen hatten, dessen sie angeklagt waren. Ich hatte nicht den leisesten Zweifel, daß das Urteil der Geschworenen auf ›Schuldig‹ lauten würde. Geschworene sind unberechenbar. Sie berieten drei Stunden, und bei ihrem Wiedererscheinen wußte ich sofort, daß ich mich getäuscht hatte. Wenn bei einem Mordfall die Geschworenen das Urteil auf ›Schuldig‹ einbringen wollen, blicken sie den Gefangenen nicht an; sie schauen auf die Seite. Ich bemerkte, daß drei oder vier der Geschworenen den beiden Gefangenen auf der Anklagebank einen Blick zuwarfen. Ihr Urteil lautete auf ›Nicht schuldig‹. Die wirklichen Namen von Mr. und Mrs. Craig sind Dr. und Mrs. Brandon. Ich bin so sicher, wie ich hier sitze, daß sie miteinander einen grausamen und herzlosen Mord begangen haben und es reichlich verdient hätten, dafür gehängt zu werden.«

»Was halten Sie für den Grund des Freispruchs durch die Geschworenen?«

»Das habe ich mich auch gefragt; und wissen Sie, was mir die einzige Erklärung dafür erscheint? Die Tatsache des unumstößlichen Beweises, daß sie kein Liebesverhältnis miteinander gehabt hatten. Und bei näherer Überlegung ist dies einer der merkwürdigsten Züge des ganzen Falles. Diese Frau war bereit, einen Mord zu begehen, um den Mann, den sie liebte, zu gewinnen, aber sie war nicht bereit, eine illegale Liebesaffäre mit ihm zu haben.«

»Die menschliche Natur ist höchst sonderbar, nicht wahr?«

»Ja«, sagte Landon und goß sich noch ein Glas Kognak ein.

Des Obersten Lady

All dies geschah zwei oder drei Jahre vor dem Ausbruch des Krieges. Die Peregrines saßen beim Frühstück. Obwohl sie allein waren und der Tisch lang, saßen sie sich schräg gegenüber. Von den Wänden blickten George Peregrines Vorfahren, von beliebten Künstlern ihrer Zeit gemalt, auf sie herab. Der Diener brachte die Frühpost. Es waren mehrere Briefe für den Oberst, Geschäftsbriefe, die ›Times‹ und ein kleines Paket für seine Frau Evie. Er sah auf die Briefe, öffnete sodann die ›Times‹ und begann darin zu lesen. Sie beendeten das Frühstück und erhoben sich. Er bemerkte, daß seine Frau ihr Paket nicht geöffnet hatte.

»Was ist das?« fragte er.

»Nur ein paar Bücher.«

»Soll ich's für dich öffnen?«

»Wenn du willst.«

Er zerschnitt nicht gerne Schnüre und löste daher mit einiger Mühe die Knoten.

»Aber das ist ja alles dasselbe«, rief er, nachdem er das Paket ausgepackt hatte. »Wozu brauchst du denn sechs Exemplare des gleichen Buches?«

Er öffnete eines. Gedichte. Dann sah er auf das Titelblatt. ›Wenn Pyramiden verfallen‹, las er, von E. K. Hamilton. Eva Katherine Hamilton: das war der Mädchenname seiner Frau. Er blickte sie erstaunt lächelnd an. »Hast du ein Buch geschrieben, Evie? Du bist ein Schlauberger.«

»Ich dachte, es würde dich nicht besonders interessieren. Möchtest du einen Band haben?«

»Nun, Gedichte sind nicht gerade mein Gebiet, aber – doch, ich hätte gern einen Band. Ich werde ihn lesen. Ich nehme ihn in mein Arbeitszimmer mit. Ich habe heute früh viel zu tun.«

Er nahm die ›Times‹, seine Briefe und das Buch an sich und ging fort. Sein Arbeitszimmer war geräumig und gemütlich, mit einem großen Schreibtisch und Ledersesseln; an den Wänden hingen »Trophäen der Jagd«, wie er das nannte. In den Bücherregalen standen Nachschlagewerke, Bücher über Landwirtschaft, Gartenbau, Fischerei und

Jagd; sowie über den letzten Krieg, in welchem er mit zwei Orden ausgezeichnet worden war. Vor der Ehe war er Waliser-Garde-Offizier gewesen. Am Ende des Krieges hatte er sich zurückgezogen und zum Dasein eines Landedelmannes in dem weitläufigen Hause niedergelassen, das, einige zwanzig Meilen von Sheffield entfernt, von einem seiner Ahnen unter der Regierung Georg des Dritten erbaut worden war. George Peregrine hatte einen Besitz, den er umsichtig bewirtschaftete; er war Friedensrichter und übte seine Pflichten gewissenhaft aus. Wenn es die rechte Zeit dafür war, ging er zweimal wöchentlich auf die Jagd. Er war ein guter Schütze, spielte Golf und konnte, obschon nun ein wenig über fünfzig, mit einer schweren Tennispartie noch fertig werden. Er durfte sich mit Recht einen vielseitigen Sportsmann nennen.

Seit kurzem hatte er an Gewicht zugenommen, besaß aber noch eine gute Figur; er war groß, hatte graues, lockiges Haar, das erst am Scheitel etwas dünn zu werden begann, freimütige blaue Augen, gutgeschnittene Züge und eine lebhafte Gesichtsfarbe. Er war ein gemeinnützig gesonnener Mann, Vorsitzender einer Anzahl örtlicher Vereine und, wie es seiner Klasse und seinem Stande entsprach, ein treues Mitglied der konservativen Partei. Er sah es für seine Pflicht an, sich um das Wohlergehen der Leute auf seinem Besitz zu kümmern, und zu seiner Befriedigung konnte er sich darauf verlassen, daß Evie für die Kranken sorgte und die Armen unterstützte. Er hatte ein Arbeiter-Krankenhaus in den Außenbezirken des Dorfes errichten lassen und bezahlte das Gehalt für eine Krankenschwester aus seiner eigenen Tasche. Alles, was er von den Empfängern seiner Wohltätigkeit verlangte, war, daß sie bei den Wahlen, ob Parlaments- oder Grafschaftswahlen, für seinen Kandidaten stimmen sollten. Er war ein freundlicher Mann, leutselig mit den Untergebenen, rücksichtsvoll mit seinen Pächtern und beliebt bei den nachbarlichen Grundbesitzern. Es hätte ihm gefallen, ihn zugleich aber leicht verwirrt, wenn irgendwer ihm gesagt hätte, er sei ein guter Kerl. Das war es, was er sein wollte. Er begehrte kein höheres Lob.

Es war bedauerlich, daß er keine Kinder hatte. Er wäre ein ausgezeichneter Vater gewesen, freundlich, aber streng, und hätte seine Söhne so erzogen, wie die Söhne eines Gentleman erzogen werden sollten: er hätte sie nach Eton zur Schule geschickt und sie angeln, jagen und reiten gelehrt. So aber war der zukünftige Erbe ein Neffe, Sohn seines bei einem Autounfall getöteten Bruders; zwar kein schlechter Junge, aber leider auch keineswegs vom alten Schlag, und ob einer es glaubte oder nicht, seine törichte Mutter schickte ihn auf eine Gemeinschaftsschule. Evie war eine traurige Enttäuschung für ihn gewesen. Gewiß, sie war eine Dame; und sie besaß eigenes Geld; sie führte den Haushalt ungewöhnlich gut und war eine gewandte Gastgeberin. Die Leute im Dorf beteten sie an. Als er sie geheiratet hatte, war sie ein hübsches kleines Ding gewesen, mit schöner Haut, hellbraunem Haar und einer guten Figur, auch gesund und keine schlechte Tennisspielerin; er verstand nicht, warum sie keine Kinder bekam; jetzt war sie freilich verwelkt, sie mußte bald fünfundvierzig Jahre zählen; ihre Haut war gelblich, ihr Haar hatte den Glanz verloren, und sie war so dünn wie ein Stock. Sie war stets nett und passend gekleidet, aber sie schien sich nicht mehr um ihr Aussehen zu kümmern; sie schminkte sich nicht und verzichtete sogar auf den Lippenstift; mitunter, wenn sie sich abends für eine Gesellschaft zurecht machte, konnte man sehen, daß sie einst ganz anziehend gewesen war; aber im allgemeinen war sie – nun, die Art Frau, die niemand beachtet. Eine nette Frau, gewiß, eine gute Ehefrau, und sie konnte nichts dafür, daß sie unfruchtbar war; doch es war ein hartes Schicksal für einen Mann, der sich einen Sohn seiner eigenen Lenden wünschte. Sie hatte keine wahre Lebenskraft; das war's, was ihr fehlte. Er nahm an, daß er verliebt gewesen war, als er sie bat, ihn zu heiraten, zumindest hinlänglich verliebt für einen Mann, der heiraten und seßhaft werden wollte; aber mit der Zeit entdeckte er, daß sie wenig Gemeinsames hatten. Sie machte sich nichts aus der Jagd, und Angeln langweilte sie. So entfremdeten sie sich natürlich. Er mußte ihr gerechterweise einräumen, daß sie ihn nie behelligt hatte. Auftritte waren nicht vorgefallen. Sie hatten keinerlei Streit. Sie schien es für selbstverständlich zu halten, daß er seiner eigenen Wege ging. Wenn er, hie und da, nach London reiste, so wünschte sie ihn nie zu begleiten. Er hatte ein Mädchen dort, eigentlich nicht ein Mädchen, denn sie war mindestens ihre fünfunddreißig Jahre alt, aber sie war blond und köstlich, und er brauchte ihr nur die Zeit zu telegraphieren, dann aßen sie zusammen, besuchten ein Theater und verbrachten die Nacht miteinander. Ein Mann, ein gesunder, normaler Mann mußte sein Vergnügen haben. Es kam ihm der Einfall, daß Evie, wenn sie nicht eine so gute Frau gewesen wäre, eine bessere Ehefrau abgegeben hätte; doch diese Art von Gedanken war ihm unangenehm, und er schob ihn weg.

George Peregrine beendete die Lektüre der ›Times‹, und weil er ein aufmerksamer Mann war, läutete er und befahl dem Diener, die Zeitung Evie zu bringen. Dann sah er auf die Uhr. Es war halb elf, und um elf lag eine Verabredung mit einem seiner Pächter vor. Er hatte eine halbe Stunde freie Zeit.

»Ich sollte mir wohl Evies Buch anschauen«, sagte er zu sich selbst.

Er nahm es mit einem Lächeln in die Hand. Evie hatte eine große Anzahl hochtrabender Bücher in ihrem Wohnzimmer; nicht die Art von Büchern, die ihn interessierten, aber wenn sie ihr gefielen, hatte er nichts dagegen, daß sie derlei las. Der Band, den er in der Hand hielt, umfaßte nicht mehr als neunzig Seiten. Um so besser. Er teilte Edgar Allan Poes Ansicht, daß Gedichte kurz sein sollten. Aber im Durchblättern bemerkte er, daß mehrere von Evies Gedichten lange Zeilen von unregelmäßiger Länge hatten und sich nicht reimten. Das gefiel ihm nicht. In seiner ersten Schule, als kleiner Junge, hatte er ein Gedicht lesen müssen, das begann: »Der Knabe stand auf brennendem Deck« und später, in Eton, eines, das anfing: »Verderben packe dich, ruchloser König«; und dann gab es Heinrich V.; den hatten sie zur Hälfte zu lesen. Er starrte bestürzt auf Evies Seiten.

»Das nenne ich nicht Gedichte«, sagte er.

Glücklicherweise war nicht alles so. Zwischen jenen, die so seltsam aussahen, Zeilen mit drei oder vier Worten und dann einer Zeile mit zehn oder fünfzehn, standen kleine Gedichte, die sich, Gott sei Dank, auf Zeilen gleicher Länge reimten. Einige Seiten trugen die Überschrift: Sonett, und aus Neugier zählte er die Zeilen; es waren vierzehn. Er las sie. Sie schienen in Ordnung zu sein, aber er wußte nicht recht, was sie eigentlich behandelten.

Er sagte wieder vor sich hin: »Verderben packe dich, ruchloser König.«

»Arme Evie«, seufzte er.

In diesem Augenblick wurde der Pächter, den er erwartete, in das Arbeitszimmer geführt; er begrüßte ihn und legte das Buch nieder. Sie sprachen über ihre Geschäfte.

»Ich habe dein Buch gelesen, Evie«, sagte er, als sie sich mittags zu Tisch setzten. »Wirklich gut. Hat's dich viel gekostet, es drucken zu lassen?«

»Nein, ich habe Glück gehabt. Ich schickte es einem Verleger, und der nahm es gleich.«

»Dichterei bringt nicht viel Geld ein«, sagte er in seiner gutmütigen, offenen Art.

»Nein, das glaube ich auch nicht. Warum wollte Bannock dich heute früh sprechen?«

Bannock war der Pächter, der ihn beim Lesen von Evies Gedichten unterbrochen hatte.

»Er wollte Vorschuß für einen Zuchtstier mit Stammbaum haben, den er kaufen möchte. Er ist ein tüchtiger Mann, ich bin halbwegs bereit, zuzustimmen.«

George Peregrine merkte, daß Evie nicht über ihr Buch sprechen wollte, und ihm tat es nicht leid, das Thema zu wechseln. Er war froh, daß sie ihren Mädchennamen auf das Titelblatt gesetzt hatte; wahrscheinlich würde zwar niemand etwas von dem Buch erfahren, aber er war auf seinen ungewöhnlichen Namen stolz und hätte ungern gesehen, daß sich irgendein Zeilenschinder in einer Zeitung über Evies Bemühungen lustig machte.

Während der folgenden Wochen hielt er es für taktvoll, keine Fragen über ihr dichterisches Unternehmen an Evie zu richten, und sie selbst erwähnte es nicht. Es schien, als wäre es ein schimpflicher Zwischenfall gewesen, den sie in stillschweigendem Einverständnis übergingen.

Aber dann geschah etwas Seltsames. Er mußte in einer Geschäftssache nach London fahren und ging mit Daphne zum Abendessen aus. Das war der Name des Mädchens, mit dem er ein paar angenehme Stunden zu verbringen pflegte, wann immer er in die Stadt kam.

»George«, sagte sie, »ist das deine Frau, die ein Buch geschrieben hat, von dem alle reden?«

»Was in aller Welt meinst du?«

»Ach, ich habe einen Bekannten, der Kritiker ist. Er lud mich letzthin zum Essen ein und hatte ein Buch bei sich. ›Etwas für mich‹, fragte ich. ›Was ist es?‹ ›Es ist wohl kaum nach deinem Geschmack‹, sagte er, ›es sind Gedichte.‹ ›Danke für Gedichte‹, sagte ich. ›Es ist vielleicht das wildeste Zeug, das ich je gelesen habe. Wird gekauft wie heiße Semmeln. Und es ist verdammt gut.‹«

»Von wem ist das Buch?« fragte George.

»Von einer Frau namens Hamilton. Mein Freund sagte mir, das sei nicht ihr wahrer Name. Er sagte, sie heiße eigentlich Peregrine. ›Komisch‹, rief ich, ›ich kenne einen, der auch Peregrine heißt.‹ ›Oberst in der Armee‹, sagte er, ›lebt in der Nähe von Sheffield.‹«

»Es wäre mir lieber, wenn du nicht über mich mit deinen Freunden sprechen würdest«, sagte George mit verdrießlichem Stirnrunzeln.

»Fahr nicht aus der Jacke, Süßer. Für wen hältst du mich? Ich sagte einfach: ›Das ist nicht derselbe.‹« Daphne kicherte. »Mein Freund sagte: ›Er soll ein rechter Kommißhengst sein.‹«

George hatte einen starken Sinn für Humor.

»Du könntest deine Freunde eines Besseren belehren«, lachte er. »Wenn meine Frau ein Buch geschrieben hätte, so wäre ich wohl der erste, der es wüßte, nicht wahr?«

»Wahrscheinlich.«

Die Sache interessierte sie nicht, und als der Oberst über anderes zu sprechen begann, vergaß sie das Buch. Er verjagte die Angelegenheit auch aus den eigenen Gedanken. Es war sicher nichts daran, entschied er, und dieser Narr, der Kritiker, hatte sich nur über Daphne lustig machen wollen. Die Vorstellung belustigte ihn, wie sie mit dem Buch fertig werde, zudem ihm doch gesagt worden war, es sei tolles Zeug, um dann zu entdecken, es enthalte nur eine Masse Unsinn in ungleichen Zeilen.

Er war Mitglied mehrerer Klubs, und am nächsten Tag wollte er in einem von ihnen, in St. James Street, zu Mittag essen. Am frühen Nachmittag ging sein Zug nach Sheffield. Er saß in einem bequemen Lehnstuhl und trank ein Glas

Sherry, ehe er in den Speisesaal ging, als ein alter Freund auf ihn zukam.

»Nun, wie sieht das Leben aus?« fragte er. »Wie gefällt's dir, der Ehemann einer Berühmtheit zu sein?«

George Peregrine sah seinen Freund an. Er meinte, ein belustigtes Zwinkern in dessen Augen zu gewahren.

»Ich weiß nicht, wovon du redest«, antwortete er.

»Hör auf, George. Jeder weiß, daß E. K. Hamilton deine Frau ist. Nicht oft hat ein Gedichtband solchen Erfolg. Henry Dashwood ißt jetzt mit mir. Er würde dich gerne kennenlernen.«

»Wer zum Teufel ist Henry Dashwood und warum sollte er mich treffen wollen?«

»Oh, mein lieber Freund, du lebst wohl hinter dem Mond! Henry ist vielleicht der beste Kritiker, den wir haben. Er hat eine wunderbare Besprechung von Evies Buch geschrieben. Willst du behaupten, daß sie dir nichts davon gesagt hat?«

Ehe George antworten konnte, hatte sein Freund einen Mann herbeigerufen. Einen großen, dünnen Mann, mit hoher Stirn, einem Bart, langer Nase und von krummer Haltung, genau wie die Art Mann, die George schon beim ersten Blick nicht leiden konnte. Sie wurden vorgestellt, Henry Dashwood setzte sich.

»Ist Mrs. Peregrine zufällig in London? Ich würde sie sehr gern treffen«, sagte er.

»Nein, meine Frau hat nichts für London übrig. Sie zieht das Land vor«, sagte George steif.

»Sie hat mir einen sehr netten Brief über meine Besprechung geschrieben. Es war mir sehr angenehm. Wir Kritiker bekommen ja meist mehr Püffe als Geld. Ich war überwältigt von ihrem Buch. Es ist so frisch und selbständig, sehr modern, ohne unverständlich zu sein. Sie scheint mit freien Versen ebenso vertraut wie mit dem klassischen Silbenmaß.« Dann glaubte er, als Kritiker Einwände haben zu müssen.

»Mitunter irrt sich ihr Ohr ein bißchen, aber das können Sie auch von Emily Dickinson sagen. Einige ihrer kurzen Gedichte könnten von Landor geschrieben sein.«

Das alles klang für George Peregrine wie Kauderwelsch. Der Mann war nichts als ein widerlicher Intellektueller.

Aber der Oberst hatte gute Manieren und gab eine höfliche Antwort. Henry Dashwood sprach jedoch weiter, als ob George nichts gesagt hätte.

»Was aber das Buch so hervorragend macht, das ist die Leidenschaft, die in jeder Zeile pulsiert. So viele dieser jungen Dichter sind blutarm, kalt, langweilig intellektuell, aber hier haben Sie wirklich nackte, irdische Leidenschaft, – ah, mein lieber Oberst, wie recht Heine hatte, als er sagte, aus seinem großen Leiden schaffe der Dichter seine kleinen Lieder. Wissen Sie, hie und da, als ich diese erschütternden Seiten wieder und wieder las, dachte ich an Sappho.«

Das war zuviel für George Peregrine; er stand auf.

»Nun, es ist wirklich liebenswürdig von Ihnen, so hübsche Sachen über das kleine Buch meiner Frau zu sagen. Sie wird sicher begeistert sein. Aber ich muß eilen, ich muß den Zug erreichen und möchte zuvor noch etwas essen.«

»Verdammter Narr!« sagte er gereizt zu sich selbst, als er die Treppe zum Speisesaal hinaufging.

Er kam rechtzeitig zum Abendessen heim, und nachdem Evie zu Bett gegangen war, suchte er in seinem Arbeitszimmer ihr Buch. Er wollte noch einmal darin blättern, um selbst zu sehen, worüber sie so ein Getue anstellten, aber er konnte es nicht finden. Evie mußte es weggenommen haben.

»Dumm!« brummte er.

Er hatte ihr gesagt, er finde es wirklich gut. Was sonst konnte man erwarten, daß ein Mann sagte? Nun, es war gleichgültig. Er zündete seine Pfeife an und las ›The Field‹, bis er sich schläfrig fühlte.

Eine Woche etwa danach aber geschah es, daß er für einen Tag nach Sheffield zu gehen hatte. Er aß dort in seinem Klub. Er war nahezu fertig, als der Herzog von Haverel eintrat. Er war der große örtliche Magnat, und der Oberst kannte ihn natürlich, doch nur so weit, um ihn zu begrüßen; und er war überrascht, als der Herzog an seinem Tisch stehen blieb.

»Es tut uns so leid, daß Ihre Gattin dieses Wochenende nicht zu uns kommen konnte«, sagte er mit einer scheuen Herzlichkeit. »Wir erwarten einige nette Leute.«

George war verblüfft. Er mutmaßte, daß die Haverels ihn und Evie für das Wochenende gebeten hatten, und Evie, ohne ihm ein Wort zu sagen, abgelehnt hatte. Er besaß die Geistesgegenwart zu sagen, auch ihm tue es leid.

»Mehr Glück nächstes Mal«, sagte der Herzog freundlich und ging weiter.

Oberst Peregrine war sehr verärgert; und als er heimkam, sagte er zu seiner Frau: »Hör mal, was ist das mit unserer Einladung bei den Haverels? Warum in aller Welt hast du gesagt, wir könnten nicht kommen? Wir sind noch nie gebeten worden, und es ist das beste Jagdrevier in der Grafschaft.«

»Daran habe ich nicht gedacht. Ich meinte, es würde dich nur langweilen.«

»Zum Teufel, du hättest mich mindestens fragen können, ob ich gehen will.«

»Es tut mir leid.«

Er sah sie genau an. Es war etwas in ihrem Gesichtsausdruck, das er nicht ganz verstand. Er runzelte die Stirn.

»Ich nehme an, *ich* war gebeten?« bellte er.

»Nun, um die Wahrheit zu sagen, du warst nicht gebeten worden.«

»Ich nenne es verflucht unhöflich von denen, dich einzuladen, ohne mich zu bitten.«

»Ich nehme an, sie dachten, es sei nicht die Art von Gesellschaft, die du magst. Die Herzogin ist von Schriftstellern und derlei Leuten ziemlich angetan, weißt du. Sie wird Henry Dashwood, den Kritiker, bei sich sehen, und aus irgendeinem Grunde wünschte er mich zu sprechen.«

»Es war verdammt nett von dir, abzusagen, Evie.«

»Das ist das mindeste, was ich tun konnte«, lächelte sie. Sie zögerte einen Augenblick. »George, mein Verleger will eines Tages, gegen Ende des Monats, eine kleine Gesellschaft für mich geben, und selbstverständlich wollen sie, daß du auch kommst.«

»Oh, ich glaube, daran liegt mir nicht viel. Ich werde mit nach London kommen, wenn du magst. Ich finde schon einen, der mit mir ißt.«

Daphne.

»Ich nehme an, es wird sehr langweilig sein, aber sie bestehen darauf. Und den Tag danach gibt der amerikanische Verleger, der mein Buch angenommen hat, im Claridge eine

Cocktailparty. Ich würde dich gern dabei haben, wenn es dir recht ist.«

»Es klingt furchtbar langweilig, aber wenn du wirklich willst, daß ich komme, so werde ich kommen.«

»Es wäre sehr lieb von dir.«

George Peregrine war von der Cocktailparty benommen. Eine Menge Leute waren da. Einige von ihnen sahen nicht so übel aus, ein paar Frauen waren nett zurechtgemacht, doch die Männer fand er ziemlich grauenhaft. Er wurde jedem als »Oberst Peregrine, E. K. Hamiltons Gatte« vorgestellt. Die Männer schienen nicht mit ihm reden zu können, aber die Frauen schwärmten.

»Sie *müssen* stolz auf Ihre Frau sein. Ist sie nicht wunderbar? Wissen Sie, ich las es glatt durch, mit einem Male, ich konnte einfach nicht aufhören, und als ich es beendet hatte, fing ich wieder beim Anfang an und las es ganz durch: ein zweites Mal. Ich war geradezu überwältigt.«

Der englische Verleger sagte zu ihm: »Einen Erfolg wie diesen haben wir mit einem Gedichtband seit zwanzig Jahren nicht gehabt. Niemals habe ich solche Besprechungen gesehen.«

Der amerikanische Verleger sagte: »Es ist toll. Es wird schwer einschlagen in Amerika. Warten Sie nur ab.«

Der amerikanische Verleger hatte Evie einen großen Strauß Orchideen gesandt. Verdammt lächerlich, dachte George. Als sie eintraten, wurden die Leute Evie vorgestellt, und es war offensichtlich, daß sie ihr Schmeichelhaftes sagten, was sie mit einem liebenswürdigen Lächeln und ein paar Worten des Dankes aufnahm. Sie war von der Aufregung ein bißchen erhitzt, schien aber ganz ungeniert zu sein. Obwohl er die ganze Sache für Geschwätz und Unsinn hielt, stellte George mit Genugtuung fest, daß seine Frau sich genau richtig benahm.

»Nun«, sagte er zu sich selbst, »sie ist eine Dame, und das ist verdammt viel mehr, als du von irgendwem sonst hier sagen könntest.«

Er trank ziemlich viele Cocktails. Aber etwas quälte ihn. Es schien ihm, daß einige der Leute, denen er vorgestellt wurde, ihn merkwürdig ansahen. Er konnte sich nicht genau erklären, was es bedeutete. Einmal, als er an zwei Frauen vorbeikam, die zusammen auf einem Sofa saßen, hatte er den Eindruck, daß sie über ihn redeten; und als er weiterging, schien es ihm nahezu sicher, daß sie kicherten. Er war sehr froh, als die Gesellschaft zu Ende war.

Im Taxi, auf der Rückfahrt ins Hotel, sagte Evie zu ihm: »Du warst wunderbar, mein Lieber. Du warst ein richtiger Treffer, die Mädchen schwärmten geradezu für dich. Sie fanden dich so gut aussehend.«

»Mädchen!« sagte er bitter. »Alte Hexen.«

»Hast du dich gelangweilt, Liebster?«

»Enorm.«

Sie drückte als ein Zeichen des Mitgefühls seine Hand.

»Ich hoffe, es stört dich nicht, wenn wir warten und den Zug am Nachmittag nehmen. Ich habe am Vormittag einiges zu erledigen.«

»Nein, mir ist's recht. Einkäufe?«

»Ich will etwas besorgen, und ich muß mich fotografieren lassen. Ich hasse es, aber sie meinen, ich müßte. Für Amerika, verstehst du.«

Er sagte nichts, aber er überlegte. Er dachte, es werde ein Schlag für die amerikanischen Leser sein, wenn sie das Bild der anspruchslosen, trockenen kleinen Frau sahen, die sein Weib war. Er war stets der Ansicht gewesen, daß man in Amerika das Blendende liebe.

Er dachte weiterhin nach und ging am nächsten Morgen, als Evie ausgegangen war, in seinen Klub, zur Bibliothek hinauf. Dort sah er die letzten Nummern der ›Times literary supplement‹, des ›New Statesman‹ und des ›Spectator‹ durch. Er fand Besprechungen über Evies Buch. Er las sie nicht sehr genau, doch hinreichend, um zu verstehen, daß sie außerordentlich günstig waren. Dann ging er zu dem Buchhändler in Piccadilly, bei dem er gelegentlich Bücher kaufte. Er war zu der Überzeugung gekommen, daß er dieses verdammte Zeug von Evie ordentlich zu lesen habe; aber er wollte sie nicht fragen, was sie mit dem Exemplar, das sie ihm geschenkt, getan hatte. Er würde sich selbst eines kaufen. Ehe er eintrat, blickte er in das Fenster, und das erste, was er sah, war eine Auslage von ›Wenn Pyramiden verfallen‹. Verflucht alberner Titel! Er ging hinein. Ein junger Mann kam und fragte, ob er ihm helfen dürfe.

»Nein, ich will mich nur ein wenig umsehen.« Es machte ihn verlegen, nach Evies Buch zu fragen. Aber er konnte es nirgends sehen und endlich, als der junge Mann in der Nähe war, sagte er in betont nebensächlichem Ton: »Übrigens, haben Sie ein Buch, das ›Wenn Pyramiden verfallen‹ heißt?«

»Die Exemplare der neuen Auflage sind heute früh eingetroffen. Ich bringe Ihnen eines.«

Der junge Mann kam sofort mit dem Buch zurück. Er war ein kleiner, ziemlich dicker, junger Mann, mit einer Masse unordentlichem, fuchsigem Haar und einer Brille. George Peregrine, groß, von sehr militärischer Haltung, überragte ihn.

»Ist das eine neue Auflage?« fragte er.

»Jawohl. Die fünfte. Es wird gekauft wie ein Roman.«

George Peregrine zögerte einen Augenblick.

»Warum ist es so ein Erfolg? Man hat mir stets erzählt, kein Mensch läse Gedichte.«

»Nun, es ist gut. Ich habe es selbst gelesen.« Der junge Mann, obwohl gut erzogen, sprach leicht im Londoner Dialekt, und George nahm unwillkürlich eine gönnerhafte Haltung an.

»Der Inhalt gefällt. Erotisch und tragisch.«

George krauste die Stirn. Er kam zu dem Schluß, daß der junge Mensch ziemlich frech war. Keiner hatte ihm gesagt, daß eine Geschichte in dem verdammten Buche stecke, und den Besprechungen, die er gelesen, hatte er dies nicht entnommen. Der junge Mann redete weiter:

»Natürlich, es ist nur wie ein Blitz, wenn Sie verstehen, was ich meine. Ich glaube, sie war von einem Erlebnis entflammt, wie Housman mit seinem ›Shropshire Lad‹. Sie wird nie wieder etwas anderes schreiben.«

»Wieviel kostet das Buch?« fragte George kühl, um das Geschwätz zu beenden. »Sie brauchen es nicht einzupakken, ich tue es in meine Tasche.«

Der Novembermorgen war rauh, und George trug einen Wintermantel.

Auf dem Bahnhof kaufte er Abendblätter und Zeitschriften, und er und Evie machten es sich auf ihren Eckplätzen eines Erster-Klasse-Wagens bequem und lasen. Um fünf gingen sie in den Speisewagen, um Tee zu trinken und plauderten ein wenig. Sie kamen an. Sie fuhren mit dem Auto, das auf sie wartete, heim. Sie badeten, zogen sich zum Abendessen um, und dann ging Evie, die sagte, daß sie müde sei, zu Bett. Sie küßte ihn, wie es ihre Gewohnheit war, auf die Stirn. Er ging in den Flur, nahm Evies Buch aus seinem Mantel und begann es in seinem Arbeitszimmer zu lesen. Er nahm Verse nicht mit großer Leichtigkeit auf, und obschon er aufmerksam las, Wort für Wort, war der Eindruck, den er empfing, von Klarheit weit entfernt. Danach begann er erneut und ein zweites Mal; mit zunehmendem Unbehagen; aber er war kein Dummkopf, und als er die Lektüre beendet hatte, verstand er durchaus, um was es ging. Ein Teil des Buches war in freien Versen, ein anderer im herkömmlichen Versmaß, doch die Geschichte, die es enthielt, war zusammenhängend und dem geringsten Verstande faßbar. Es war die Erzählung einer leidenschaftlichen Liebe einer älteren, verheirateten Frau und eines jungen Mannes. George Peregrine folgte den einzelnen Schritten so leicht, als ob er eine einfache Rechenaufgabe zu lösen hätte.

In der Ich-Form erzählt, begann es mit dem bebenden Erstaunen einer Frau, deren Jugend vorbei war, und die begriff, daß der junge Mann in sie verliebt sei. Sie zögerte, es zu glauben. Sie meinte, sie betrüge sich selbst. Und sie war entsetzt, als sie plötzlich entdeckte, daß sie leidenschaftlich in ihn verliebt war. Sie sagte sich, es sei lächerlich; bei dem Altersunterschied konnte nichts als Unglück sie befallen, wenn sie sich ihrem Gefühl überließ. Sie wollte ihn hindern zu sprechen, doch der Tag kam, an dem er ihr sagte, daß er sie liebe und sie zwang, ihm zu sagen, daß sie ihn liebe. Er bat sie, mit ihm davonzulaufen. Sie konnte nicht ihren Mann, nicht ihr Heim im Stich lassen; und welchem Leben konnte sie entgegensehen: sie, eine alternde Frau; er, so jung. Wie konnte sie erwarten, daß seine Liebe beständig bleibe? Sie bat ihn, Mitleid mit ihr zu haben. Aber seine Liebe war ungestüm. Er wollte sie, er wollte sie durchaus, und endlich, zitternd, furchtsam, begierig, ergab sie sich. Dann folgte eine Zeit verzückten Glückes. Die Welt, die langweilige, fade Welt des Alltags, leuchtete in Seligkeit. Liebesgesänge flossen aus ihrer Feder. Die Frau betete den jungen, mannhaften Körper ihres Liebhabers an.

George errötete tief, wenn sie seine breite Brust und schlanken Flanken pries; die Schönheit seiner Beine und die Ebenheit seines Leibes.

Es gab da traurige kleine Szenen, in denen sie die Leere ihres Lebens bedauerte, nachdem er, wie es geschehen mußte, sie verlassen haben würde, aber sie endeten mit einem Aufschrei, daß alles, was sie zu ertragen haben werde, in Anbetracht des Segens, der ihr geworden war, das Leid wert sei. Sie schrieb von den langen, bebenden Nächten, die sie zusammen verbrachten, und der Schlaffheit, die sie in den Schlaf lullte, einer in des anderen Arm. Sie schrieb von der Entrückung der kurzen, gestohlenen Augenblicke, wenn sie sich, aller Gefahren trotzend, dem Ruf ihrer Leidenschaft ergaben.

Sie dachte, es werde die Angelegenheit einiger Wochen sein; aber wunderbarerweise währte sie. Eines der Gedichte bezog sich auf drei Jahre, die vergangen waren, ohne die Liebe ihrer Herzen zu vermindern. Es schien, als ob er weiterhin in sie drang, mit ihm davonzugehen, weit fort, in eine Hügelstadt Italiens, auf eine griechische Insel, eine vermauerte Stadt Tunesiens, damit sie ständig zusammensein könnten, denn in einem anderen Gedicht flehte sie ihn an, nichts an ihrer Lage zu ändern. Ihre Glückseligkeit war bedroht. Vielleicht war es eine Folge der Schwierigkeiten, die sie bestehen mußten, und dem seltenen Beieinander, daß ihre Liebe so lange den ersten zauberhaften Glanz beibehalten hatte. Dann starb der junge Mann ganz plötzlich. Wie, wann oder wo konnte George nicht entdecken. Ein langer, betrübter Aufschrei tiefer Trauer folgte, einer Trauer, der sie sich nicht hingeben konnte; eines Kummers, der verborgen werden mußte. Sie hatte fröhlich zu sein, Gesellschaften zu geben und Gesellschaften zu besuchen; sich zu benehmen, wie sie sich stets benommen, obschon das Licht ihres Lebens gelöscht und sie von Seelenpein niedergedrückt war. Das letzte der Gedichte war eine Einheit von vier kurzen Strophen, in denen die Schreibende, in ihren Verlust betrübt ergeben, den dunklen Mächten, die des Menschen Geschick leiten, dafür dankte, daß ihr wenigstens eine Weile gewährt worden war, das größte Glück zu genießen, das wir armen Menschen je zu kennen hoffen dürfen.

Es war drei Uhr morgens, als George Peregrine das Buch endlich weglegte. Es war ihm, als hätte er Evies Stimme in jeder Zeile gehört; wieder und immer wieder fand er Ausdrücke, die er von ihr vernommen hatte; Einzelheiten waren ihm so vertraut wie ihr; kein Zweifel, es war ihre eigene Geschichte, die sie erzählt hatte, und es war so klar, wie etwas sein konnte, daß sie einen Liebhaber gehabt hatte und daß er gestorben war. George empfand nicht so sehr Zorn, Entsetzen oder Bestürzung, obwohl er bestürzt und entsetzt war, als Erstaunen. Es war so unvorstellbar, daß Evie ein Liebeserlebnis gehabt haben sollte, und noch obendrein ein wildes, leidenschaftliches, wie daß die Forelle in einem Glasbehälter auf dem Kaminsims in seinem Arbeitszimmer – die beste Forelle, die er je gefangen hatte – plötzlich mit dem Schwanze wackeln sollte. Jetzt verstand er die Bedeutung des belustigten Blickes, den er in den Augen jenes Mannes gesehen, mit dem er im Klub gesprochen hatte; er verstand, warum Daphne, als sie über das Buch redete, dies als einen Witz genossen; und warum jene zwei Frauen bei der Cocktailparty gekichert hatten, als er an ihnen vorübergegangen war.

Es wurde ihm heiß. Dann ward er plötzlich von Wut gepackt und sprang auf, um Evie zu wecken und scharf um eine Erklärung zu bitten. Aber an der Türe hielt er inne. Welche Beweise hatte er? Ein Buch. Er entsann sich, daß er Evie erzählt hatte, er fände es wahrlich gut. Gewiß, er hatte es damals nicht gelesen, doch so getan, als hätte er es gelesen. Er würde einem Narren gleichen, wenn er das zugeben mußte.

»Ich muß meine Schritte bedenken«, murmelte er.

Er beschloß, zwei, drei Tage zu warten und alles zu überlegen. Dann würde er entscheiden, was zu tun sei. Er ging ins Bett, fand aber lange Zeit keinen Schlaf.

»Evie«, sagte er ständig zu sich, »gerade Evie.«

Sie sahen sich am nächsten Morgen beim Frühstück, wie üblich. Evie war wie stets: still, gesetzt und gefaßt, eine Frau mittleren Alters, die sich nicht bemühte, jünger auszusehen, als sie war; eine Frau, die nichts von dem hatte, was er das »gewisse Etwas« nannte. Er sah sie an, wie er sie seit Jahren nicht betrachtet hatte. Sie zeigte ihre übliche milde Gelassenheit. Ihre blaßblauen Augen waren nicht verwirrt. Es war kein Zeichen von Schuld auf ihrem ehrlichen Gesicht. Sie äußerte die gleichen kleinen beiläufigen Bemerkungen wie stets.

»Es ist hübsch, nach diesen zwei Tagen in London aufs Land zurückzukommen. Was wirst du heute früh tun?«

Es war unbegreiflich.

Drei Tage später suchte er seinen Anwalt auf. Harry Blane war sowohl Georges alter Freund als auch sein Rechtsberater. Er war nicht weit entfernt von den Peregrines ansässig, und seit vielen Jahren hatten sie in benachbartem Gehege gejagt. Zwei Tage in der Woche war er ein Landedelmann und an den übrigen fünf Tagen ein beschäftigter Anwalt in Sheffield. Er war ein großer, kräftiger Mensch, von ungestümem Benehmen, der heiter lachte, was alles darauf schließen ließ, daß er vor allem als Sportsmann und guter Kerl betrachtet werden wollte und nur nebenher als Anwalt. Aber er war schlau und weltklug.

»Nun, George, was hat dich heute hergebracht?« brummte er, als der Oberst in sein Büro geführt worden war. »Nette Zeit in London gehabt? Nächste Woche nehme ich meine bessere Hälfte für ein paar Tage dorthin. Wie geht's Evie?«

»Ihretwegen bin ich hier«, sagte Peregrine und sah Harry mißtrauisch an. »Hast du ihr Buch gelesen?«

Seine Empfindlichkeit war durch das beunruhigte Denken der letzten Tage geschärft worden, und er gewahrte einen kleinen Wandel im Ausdruck des Anwaltes. Es schien, als ob jener sich plötzlich vorsehe.

»Ja, ich habe es gelesen. Großer Erfolg, nicht wahr? Seltsam, plötzlich Dichterin. Wunder hören niemals auf.«

George Peregrine war geneigt aufzubrausen.

»Es hat mich zu einem verdammten Narren gemacht.«

»Ach, welcher Unsinn, George. Nichts Arges, daß Evie ein Buch geschrieben hat. Du solltest richtig stolz auf sie sein.«

»Rede nicht solchen Blödsinn. Es ist ihr eigenes Erlebnis. Das weißt du, und jeder andere weiß es auch. Ich nehme an, ich bin der einzige, der nicht weiß, wer ihr Liebhaber war.«

»Es gibt so etwas wie Einbildungskraft, mein Junge. Kein Grund anzunehmen, das Ganze sei nicht einfach erfunden.«

»Hör mal, Harry, wir haben uns unser ganzes Leben gekannt. Wir hatten alle möglichen guten Zeiten miteinander. Sei ehrlich mit mir. Kannst du mir gerade ins Gesicht sehen und behaupten, du glaubtest, das sei eine erfundene Geschichte?«

Harry Blane bewegte sich unbehaglich in seinem Stuhl. Er war durch den Kummer in der Stimme des alten George verstört.

»Du bist nicht berechtigt, mir solche Fragen vorzulegen. Frage Evie.«

»Ich trau mich nicht«, erwiderte George nach einer beängstigenden Pause. »Ich fürchte, sie könne mir die Wahrheit sagen.«

Es entstand ein ungemütliches Schweigen.

»Wer war der Kerl?«

Harry Blane sah George frei in die Augen.

»Ich weiß es nicht, und wenn ich es wüßte, würde ich es dir nicht sagen.«

»Du Schwein. Begreifst du denn nicht, in welcher Lage ich bin? Glaubst du, es sei angenehm, völlig lächerlich gemacht zu werden?«

Der Anwalt zündete sich eine Zigarette an, und eine kleine Weile paffte er schweigend.

»Ich sehe nicht, was ich für dich tun kann«, sagte er endlich.

»Du hast Privatdetektive, nehme ich an. Ich will, daß du sie einstellst und alles herausfinden läßt.«

»Es ist nicht gerade nett, seine Frau durch Detektive bewachen zu lassen, mein alter Junge; und zudem, für einen Augenblick mal angenommen, Evie hatte ein Abenteuer, so läge es ja viele Jahre zurück, und ich glaube nicht, daß es möglich wäre, das Geringste ausfindig zu machen. Sie scheinen ihre Spuren recht vorsichtig verwischt zu haben.«

»Mir gleichgültig. Du stellst die Detektive ein. Ich will die Wahrheit wissen.«

»Ich tu's nicht, George. Wenn du dazu entschlossen bist, dann sprich besser mit einem anderen. Und höre, selbst wenn du Beweise bekämst, daß Evie dir untreu gewesen ist, was wolltest du damit beginnen? Du würdest ziemlich töricht dastehen, wenn du dich von deiner Frau scheiden ließest, weil sie vor zehn Jahren die Ehe gebrochen hat.«

»Auf alle Fälle könnte ich's mit ihr ins Reine bringen.«

»Das kannst du auch so, aber du weißt genau so gut wie

ich, daß, wenn du das tust, sie dich verlassen wird. Möchtest du das?«

George blickte ihn unglücklich an.

»Ich weiß nicht. Ich habe stets gedacht, daß sie mir eine verdammt gute Ehefrau gewesen ist. Sie führt das Haus großartig, wir hatten niemals irgendeinen Ärger mit Angestellten, sie hat Wunder im Garten bewirkt und steht sich glänzend mit allen Leuten im Dorf. Aber, zum Teufel, ich habe an meine Selbstachtung zu denken. Wie kann ich fernerhin mit ihr leben, wenn ich weiß, daß sie mir grauenhaft untreu gewesen war?«

»Bist du ihr stets treu gewesen?«

»Mehr oder minder. Wir sind immerhin vierundzwanzig Jahre verheiratet, und Evie war niemals so recht für das Bett.«

Der Anwalt bewegte ein wenig seine Augenbrauen, aber George war zu sehr mit dem beschäftigt, was er sagen wollte, um es zu bemerken.

»Ich leugne nicht, daß ich hie und da eine kleine Abwechslung hatte. Ein Mann braucht das. Frauen sind anders.«

»Das wissen wir nur aufgrund von Männeraussagen«, meinte Harry Blane mit einem kleinen Lächeln.

»Evie ist wirklich die letzte Frau, die ich in Verdacht gehabt hätte, über die Stränge zu schlagen. Ich meine, sie ist eine sehr wählerische, schweigsame Frau. Was bloß trieb sie dazu, das verflixte Buch zu schreiben?«

»Ich nehme an, vielleicht war es eine sehr schmerzende Erfahrung und vielleicht eine Erleichterung für sie, ihre Seele davon zu befreien.«

»Nun, wenn sie es schreiben mußte, warum, zum Teufel, schrieb sie es nicht unter einem fremden Namen?«

»Sie benutzte ihren Mädchennamen. Ich denke mir, sie glaubte, das genüge, und so wäre es auch gewesen, wenn das Buch nicht diesen erstaunlichen Erfolg gehabt hätte.«

George und der Anwalt saßen sich, vom Schreibtisch getrennt, gegenüber. George, den Ellenbogen auf dem Tisch, das Kinn in der Hand, runzelte nachdenklich die Stirn.

»Es ist so abscheulich, nicht zu wissen, was für ein Kerl das war. Man kann nicht einmal ahnen, ob er ein Gentleman war. Ich meine, soweit ich weiß, mag er ein Knecht oder ein Angestellter in einem Anwaltsbüro gewesen sein.«

Harry Blane erlaubte sich nicht zu lächeln, und als er erwiderte, da war in seinen Augen ein freundlicher, duldsamer Blick.

»Da ich Evie gut kenne, so glaube ich, daß er in Ordnung war. Auf alle Fälle war er kein Angestellter bei mir.«

»Es ist so ein Schlag für mich gewesen«, seufzte der Oberst. »Ich dachte, sie hätte mich gern. Sie kann aber das Buch nicht geschrieben haben, ohne mich zu hassen.«

»Oh, das glaube ich nicht. Ich glaube nicht, daß sie hassen kann.«

»Du willst doch nicht etwa behaupten, daß sie mich liebt?«

»Nein.«

»Nun eben, was empfindet sie für mich?«

Harry Blane lehnte sich in seinem Drehsessel zurück und sah George nachdenklich an.

»Gleichgültigkeit, würde ich denken.«

Der Oberst zuckte ein bißchen zusammen und errötete.

»Du bist ja schließlich nicht in sie verliebt, nicht wahr?«

George Peregrine war vorsichtig.

»Es ist ein großer Schlag für mich gewesen, keine Kinder zu haben, aber ich ließ es sie nie merken, daß ich denke, sie hat mich im Stich gelassen. Ich bin stets gut zu ihr gewesen. Innerhalb vernünftiger Grenzen habe ich versucht, meine Pflicht ihr gegenüber zu erfüllen.«

Der Anwalt legte seine große Hand auf den Mund, um das Lächeln zu verbergen.

»Es ist so ein schrecklicher Schlag für mich gewesen«, fuhr Peregrine fort. »Verdammt noch mal, selbst vor zehn Jahren war Evie kein Küken und, weiß Gott, nichts Besonderes. Es ist so häßlich.« Er seufzte tief. »Was würdest du an meiner Stelle tun?«

»Nichts.«

George Peregrine setzte sich kerzengerade in seinem Stuhl auf und sah Harry mit strengem Ausdruck an, den er gezeigt haben mochte, wenn er sein Regiment besichtigt hatte.

»Ich kann so etwas einfach nicht übersehen. Ich bin lächerlich gemacht worden. Ich kann meinen Kopf nie wieder aufrecht tragen.«

»Unfug«, sagte der Anwalt scharf, und dann, in einer angenehmen, freundlichen Art: »Höre, alter Junge: der Mann ist tot, all das ist vor langer Zeit geschehen. Vergiß es. Sprich mit den Leuten über Evies Buch, schwärme davon, sag ihnen, wie stolz du auf sie wärest. Benimm dich, als ob du soviel Vertrauen in sie hättest, um zu wissen, sie könne dir niemals untreu gewesen sein. Die Welt geht schnell weiter, und das Gedächtnis der Leute ist so kurz. Sie werden vergessen.«

»Ich werde nicht vergessen.«

»Ihr seid beide Leute in vorgeschrittenem Alter. Sie tut wahrscheinlich viel mehr für dich, als du ahnst, und du würdest schrecklich allein ohne sie sein. Ich finde, es tut nichts, wenn du nicht vergißt. Es wäre nur zum Guten, wenn du in deinen Dickschädel hämmern könntest, daß in Evie viel mehr ist, als du jemals Grütze hattest zu begreifen.«

»Verflucht, du redest, als wenn ich zu tadeln wäre.«

»Nein, ich behaupte nicht, du seiest zu tadeln, aber ich bin auch nicht so sicher, ob Evie zu tadeln ist. Ich glaube nicht, sie wollte sich in den Jungen verlieben. Entsinnst du dich des Endes ihres Gedichtes? Man meint, daß, obwohl sie durch seinen Tod zerschmettert war, sie ihn in seltsamer Art willkommen hieß. All die Zeit war sie der Zerbrechlichkeit des Bandes inne gewesen, das sie verbunden hielt. Er starb im vollen Rausch seiner ersten Liebe und hatte nie erfahren, daß Liebe so selten anhält; er hatte nur ihren Segen und ihre Schönheit kennengelernt. In ihrem eigenen bitteren Schmerz fand sie Trost in dem Gedanken, daß ihm aller Kummer erspart geblieben war.«

»Das ist ein bißchen zu hoch für mich. Ich verstehe mehr oder minder, was du meinst.«

George Peregrine starrte unglücklich auf das Schreibzeug des Tisches. Er war schweigsam, und der Anwalt sah ihn aus neugierigen, doch teilnehmenden Augen an.

»Ermißt du, welchen Mut sie gehabt haben muß, niemand zu zeigen, wie furchtbar unglücklich sie war?« sagte er sanft.

Oberst Peregrine seufzte.

»Fertig. Ich nehme an, du hast recht. Es ist sinnlos, über verschüttete Milch zu weinen, und es würde nur alles verschlimmern, wenn ich viel Aufhebens machte.«

»Nun denn?«

George Peregrine lächelte ein wenig mitleidheischend.

»Ich nehme deinen Rat an. Ich tue nichts. Sollen sie denken, ich sei ein verdammter Narr, und zur Hölle mit ihnen. Die Wahrheit ist, ich weiß nicht, was ich ohne Evie anfangen sollte. Aber eines sag ich dir: Bis zu meiner Sterbestunde werde ich es nicht begreifen. Was in des Himmels Namen hat der Kerl an ihr bloß gefunden?«

Episode

Es war eine ganz kleine Gesellschaft, da unsere Gastgeberin allgemeine Gespräche bevorzugte: wir waren bei Tisch nie mehr als acht Personen, meistens nur sechs, und nach dem Essen, wenn wir ins Wohnzimmer hinauf gingen, waren die Stühle dort so gestellt, daß sich unmöglich zwei Leute zusammen in eine Ecke drücken und damit die Gemeinschaft aufheben konnten. Ich freute mich, bei der Ankunft zu bemerken, daß ich alle kannte. Zwei nette, gescheite Frauen waren da, außer unserer Gastgeberin, und zwei Herren außer mir. Der eine war mein Freund Ned Preston. Unsere Gastgeberin hatte es sich zur Regel gemacht, niemals Frauen mit ihren Männern einzuladen, weil sie fand, daß sie sich gegenseitig in ihrem Wesen hemmten, und wenn sie nicht gerne getrennt kamen, konnten sie wegbleiben. Da aber das Essen und der Wein bei ihr gut waren und die Gespräche fast immer unterhaltend, so erschienen sie meistens. Manche Leute behaupteten, daß sie die Männer häufiger auffordere als die Frauen, aber sie verteidigte sich damit, daß es wirklich nicht ihre Schuld sei, wenn mehr Männer verheiratet waren als Frauen.

Ned Preston war ein Schotte, eine gutgelaunte, fröhliche Seele, mit einer Begabung, Geschichten zu erzählen. Zuweilen tat er das zu ausführlich, denn er war äußerst beredt, aber mit dramatischer Intensität. Er war ein Junggeselle mit einem kleinen Einkommen, das für seine bescheidenen Bedürfnisse genügte, und das war sein Glück, denn er litt an jener Art von Tuberkulose, die man jahrelang haben kann, ohne daran zu sterben, durch die man aber verhindert wird, seinen Lebensunterhalt zu verdienen. Von Zeit zu Zeit war er so krank, daß er zwei bis drei Wochen das Bett hüten mußte, aber dann erholte er sich wieder und war so vergnügt, munter und gesprächig wie je. Ich bezweifle, daß seine Mittel für ein teures Sanatorium ausreichten, und jedenfalls hatte er nicht das Temperament, sich einem solchen Dasein anzupassen. Er war gesellig. Wenn er sich wohlfühlte, ging er gerne aus, mittags, abends, und er saß gerne bis spät in die Nacht auf, rauchte seine Pfeife und trank eine Menge Whisky. Wäre er bereit gewesen, das Leben eines Invaliden zu führen, so wäre er vielleicht noch jetzt da, aber das lag ihm nicht, und wer wollte ihn deshalb tadeln? Er starb eines Abends mit fünfundfünfzig Jahren an einem Blutsturz, als er von einer Gesellschaft zurückkehrte, bei der er unstreitig der Mittelpunkt gewesen war.

Er hatte jene fieberhafte Vitalität, wie man sie bei manchen Schwindsüchtigen findet, und er war immer auf der Suche nach einer Beschäftigung, die seinen Tätigkeitsdrang befriedigte. Ich weiß nicht, auf welche Weise er erfuhr, daß es im Gefängnis von Wormwood Scrubs an Besuchern für die Gefangenen fehlte, aber der Gedanke leuchtete ihm ein, und so begab er sich ins Innenministerium und sprach mit dem zuständigen Beamten, um ihm seine Dienste anzubieten. Diese Arbeit war ehrenamtlich, und obwohl eine Reihe von Leuten immer bereit ist, sie zu übernehmen, entweder aus Mitleid oder aus Neugierde, lassen sie meistens in ihrem Eifer bald nach oder finden, daß es zuviel Zeit in Anspruch nimmt; und die Gefangenen, mit deren Problemen, Interessen und Zukunftsplänen sie sich befaßten, fühlen sich im Stich gelassen. Die Beamten im Innenministerium sind daher darauf bedacht, niemanden anzunehmen, der nicht so aussieht, als ob er durchhalten werde, und sie ziehen ausführliche Erkundigungen ein über das Vorleben, den Charakter und die allgemeine Eignung des Bewerbers. Dann wird ihm eine Probezeit bewilligt, in der man ihn diskret beobachtet, und wenn er einen ungünstigen Eindruck macht, dankt man ihm höflich und teilt ihm mit, daß seine Dienste nicht weiter benötigt würden. Aber Ned Preston überzeugte den zähen und klugen Beamten, der sich mit ihm unterhielt, daß er in jeder Weise zuverlässig sei, und von Anfang an kam er gut mit dem Direktor, den Wärtern und den Gefangenen aus. Er war ohne jedes Klassenbewußtsein, so daß die Gefangenen, gleichgültig, welche Stellung sie im Leben hatten, sich ihm gegenüber ungehemmt fühlten. Er predigte nicht und moralisierte nicht. Er selbst hatte nie im Leben eine verbrecherische oder auch nur gemeine Tat begangen, aber er behandelte die Verbrechen der Gefangenen, mit denen er sich befaßte, als wären es Krankheiten wie seine Tuberkulose, die ein unvermeidliches Übel war, mit dem man sich abfinden mußte, über das zu reden aber sinnlos war.

Wormwood Scrubs ist ein Gefängnis für solche, die zum erstenmal mit dem Gesetz in Konflikt geraten waren, und das Gebäude macht einen finsteren, kalten und abweisenden Eindruck. Ned führte mich einmal dort herum, und ich bekam eine Gänsehaut, als die Tore für uns aufgeschlossen wurden und wir eintraten. Wir gingen durch die Räume, in denen die Männer arbeiteten.

»Wenn du irgendwelche Freunde entdecken solltest, so beachte sie nicht«, sagte Ned zu mir. »Sie haben es nicht gern.«

»Ist es wahrscheinlich, daß ich hier Freunde antreffen werde?« fragte ich trocken.

»Das kann man nie wissen. Ich wäre gar nicht erstaunt, wenn du Freunde gehabt hättest, die einmal zu oft ungedeckte Schecks weitergegeben haben, oder in einem der Parks in einer kompromittierenden Situation erwischt wurden. Du wärst sicher erstaunt, wie oft ich Leuten begegnet bin, die ich bei Einladungen getroffen hatte.«

Eine von Neds Aufgaben bestand darin, Gefangenen über die ersten schweren Tage ihrer Haft hinwegzuhelfen. Sie waren oft sehr erschüttert von dem Gerichtsverfahren und dem Urteil, und wenn sie dann nach den vorbereitenden Förmlichkeiten, denen sie bei der Aufnahme im Gefängnis unterzogen wurden: dem Ausziehen, dem Bad, der ärztlichen Untersuchung und Befragung, dem Anlegen der Gefängniskleider, in eine Zelle geführt und eingeschlossen wurden, brachen sie leicht zusammen. Manchmal weinten sie haltlos, manchmal konnten sie weder essen noch schlafen. Neds Aufgabe war es dann, sie aufzumuntern, und seine frische Art, seine natürliche Güte bewirkten oft Wunder. Wenn sie sich ihrer Frauen und Kinder wegen Sorgen machten, ging er hin und besuchte sie, und wenn sie darbten, gab er ihnen Geld. Er brachte ihnen Nachrichten, damit sie das schreckliche Gefühl verloren, von den gemeinsamen Interessen ihrer Mitmenschen abgeschlossen zu sein. Er las die Sportberichte, um ihnen sagen zu können, welches Pferd ein wichtiges Rennen gewonnen hatte oder ob ein Weltmeister siegreich aus dem Kampf hervorgegangen war. Er gab ihnen auch Ratschläge für die Zukunft; wenn die Zeit ihrer Entlassung herannahte, überlegte er, für welche Arbeit sie geeignet wären, und überredete dann Arbeitgeber, ihnen eine Gelegenheit zum Wiedergutmachen zu bieten.

Da sich jedermann für Verbrechen interessiert, war es in Neds Gesellschaft unvermeidlich, daß früher oder später das Gespräch darauf kam. Es war nach dem Essen, und wir saßen behaglich im Wohnzimmer, die gefüllten Gläser in den Händen.

»Hast du in letzter Zeit interessante Fälle in Scrubs gehabt, Ned?« fragte ich ihn.

»Nein, nichts Besonderes.«

Er hatte eine hohe, krächzende Stimme, und sein Lachen klang wie ein rauhes Gackern. Er stimmte es jetzt an.

»Heute habe ich ein altes Mädchen besucht, und das war ein Mordsspaß. Ihr Mann ist Einbrecher. Die Polizei weiß seit Jahren über ihn Bescheid, aber sie konnten ihn nie erwischen, bis jetzt. Bevor er eine Sache drehte, verabredeten er und seine Frau ein Alibi, und obwohl er drei- oder viermal verhaftet und vor Gericht gebracht wurde, gelang es nie, das Alibi zu entkräften, und er wurde immer freigelassen. Nun, vor kurzem wurde er wieder verhaftet, aber das berührte ihn nicht weiter; das Alibi, das er und seine Frau sich ausgedacht hatten, war einwandfrei, und er war sicher, wie bisher wieder entlassen zu werden. Seine Frau ging in den Zeugenstand, und zu seinem maßlosen Erstaunen unterstützte sie das Alibi nicht; so wurde er verurteilt. Ich besuchte ihn. Er war nicht so sehr bestürzt, im Gefängnis zu sitzen, als befremdet darüber, daß seine Frau nicht für ihn ausgesagt hatte, und er bat mich, sie aufzusuchen und zu fragen, was ihr eigentlich eingefallen sei. Nun, ich ging zu ihr, und wissen Sie, was sie mir erklärte? Sie sagte: ›Ja, Sir, das war so: es war ein so wunderbares Alibi, daß ich es nicht übers Herz brachte, es zu verschwenden.‹«

Natürlich lachten wir alle. Der Geschichtenerzähler schätzt ein dankbares Publikum, und Ned Preston war nie abgeneigt, das Wort zu haben. Er erzählte noch zwei oder drei weitere Anekdoten. Sie waren alle dazu angetan, eine Lieblingsbehauptung von ihm zu beweisen: daß nämlich in den Kreisen, die, bevor wir alle demokratisch wurden, die »unteren« genannt wurden, mehr Leidenschaft, mehr Romantik und Mißachtung der Folgen vorhanden sei, als jemals in der wohlhabenden und vermutlich gebildeten Klasse angetroffen werden könne; Vorsicht habe diese oberen Kreise ängstlich gemacht, und die Konvention hemme sie.

»Weil der Arbeiter nicht viel liest«, sagte er, »weil er keine besondere Ausdrucksfähigkeit hat, wird angenommen, daß er keine Einbildungskraft besitzt. Das ist falsch. Er besitzt sie sogar in außergewöhnlichem Maße. Weil er ein großer, rauher Bursche ist, meint man, er habe keine Nerven. Auch das trifft nicht zu. Er ist ein Nervenbündel!«

Dann erzählte er uns eine Geschichte, die ich so gut wie möglich mit eigenen Worten wiedergeben will.

Fred Manson war ein gutaussehender junger Mann, groß, gut gebaut, mit blauen Augen, wohlgebildeten Zügen und einem freundlichen, angenehmen Lächeln; was ihn aber auffallend machte, so daß die Leute auf der Straße sich nach ihm umdrehten und ihn anstarrten, war sein dicker Haarschopf, stark gewellt und von tiefroter, leuchtender Farbe – tatsächlich ausgesprochen schön. Vielleicht verlieh ihm dies ein so sinnliches Aussehen. Seine Männlichkeit wirkte wie ein starkes Parfum. Seine Augenbrauen waren dicht, nur etwas heller als das Haar, und er hatte das Glück, nicht die häßliche Haut zu haben, die Rothaarige so oft entstellt. Seine Haut war glatt und olivenfarbig. Er hatte einen kekken Blick, und wenn er lächelte oder lachte, was er bei seiner gesunden, jugendlichen Vitalität ständig tat, war sein Ausdruck äußerst gewinnend. Er war zweiundzwanzig und erweckte den angenehmen Eindruck, einfach deshalb glücklich zu sein, weil er lebte. Es war unvermeidlich, daß er mit diesem Aussehen und vor allem mit dieser beunruhigenden Sinnlichkeit bei den Frauen Erfolg hatte. Er war anziehend, zärtlich und leidenschaftlich, aber außerordentlich unstet. Er war nicht gerade gefühllos oder unverschämt; von Natur war er gutmütig, aber irgendwie machte er es den Objekten seiner flüchtigen Zuneigung immer ganz klar, daß er nichts weiter wollte als ein wenig Spaß, und daß es ihm unmöglich sei, jemandem treu zu bleiben.

Fred war Briefträger. Er arbeitete in Brixton. Dies ist ein dicht besiedelter Londoner Stadtteil, der den merkwürdigen

Ruf genießt, mehr Verbrecher zu beherbergen als irgendein anderer Vorort, weil Tramwagen die ganze Nacht hindurch von der anderen Seite des Flusses herüberkommen, und wenn ein Mann im Westend einen Einbruch verübt hat, kann er sicher sein, ohne Schwierigkeit nach Hause zu gelangen. Fred tat seine Arbeit gern. Brixton ist ein Viertel mit unzähligen Straßen, von kleinen Häusern gesäumt, in denen die Leute wohnen, die in der Nachbarschaft beschäftigt sind, aber auch Angestellte, Ladengehilfen, Facharbeiter der einen oder anderen Art, die jeden Tag zu ihrer Arbeit über den Fluß hinüber müssen. Er war stark und gesund, und es machte ihm Vergnügen, von Straße zu Straße zu gehen und die Briefe abzuliefern. Manchmal war ein Paket abzugeben oder ein eingeschriebener Brief, der bescheinigt werden mußte, und dabei hatte er Gelegenheit, Leute zu sehen. Er war ein geselliger Bursche. Es dauerte nie lange, bis er auf jeder ihm angewiesenen Runde wohlbekannt war. Nach einiger Zeit erhielt er eine andere Arbeit. Jetzt mußte er zu den roten Briefkästen gehen, sie leeren und den Inhalt zum Hauptpostamt des jeweiligen Distriktes bringen. Zuweilen war sein Sack am Ende seiner Tour recht schwer, aber er war stolz auf seine Kraft und lachte nur über das Gewicht.

Eines Tages leerte er einen Briefkasten in einer der besseren Straßen, einer Straße mit freistehenden Doppelhäusern, und er hatte seinen Sack gerade geschlossen, als ein junges Mädchen gelaufen kam.

»Briefträger«, rief sie, »nehmen Sie doch bitte diesen Brief mit. Ich möchte unbedingt, daß er mit dieser Post fortgeht.«

Er schaute sie mit seinem gutmütigen Lächeln an.

»Ich bin immer bereit, einer Dame gefällig zu sein«, sagte er, indem er seinen Sack absetzte und ihn öffnete.

»Ich würde Ihnen keine Mühe damit machen, aber es ist dringend«, sagte sie, während sie ihm den Brief gab, den sie in der Hand hielt.

»An wen geht er – an Ihren Schatz?« fragte er grinsend.

»Das geht Sie nichts an.«

»Schon gut, nur nicht so stolz. Ich will Ihnen nur eines sagen: er taugt nichts. Trauen Sie ihm nicht.«

»Sie sind frech.«

»Das sagt man mir immer.«

Er nahm die Kappe ab und fuhr sich mit der Hand durch den lockigen roten Haarschopf. Dieser Anblick verschlug ihr fast den Atem.

»Wo lassen Sie sich Ihre Dauerwellen machen?« fragte sie kichernd.

»Das will ich Ihnen gelegentlich zeigen, wenn Sie wollen.«

Er blickte mit belustigten Augen auf sie hinunter, und es war etwas an ihm, das ihr in der Magengrube ein sonderbares Gefühl verursachte.

»Na, ich muß mich auf den Weg machen«, sagte er. »Wenn ich die Arbeit nicht schleunigst erledige, weiß ich nicht, was dem Land passieren wird.«

»Ich halte Sie nicht auf«, sagte sie kühl.

»Da irren Sie sich«, erwiderte er.

Er warf ihr einen Blick zu, der ihr Herz rasend klopfen ließ, und sie fühlte, wie sie über und über errötete. Sie drehte sich um und lief in ein Haus zurück. Fred merkte sich, daß es vier Türen von dem Briefkasten entfernt war. Er mußte daran vorbeigehen, und dabei blickte er in die Höhe. Er sah, daß die Tüllgardinen sich bewegten, und wußte, daß sie ihm nachschaute. Er war mit sich zufrieden. Während der folgenden Tage betrachtete er das Haus jedesmal, wenn er daran vorbeikam, aber er konnte von dem Mädchen keine Spur entdecken. Eines Nachmittags begegnete er ihr zufällig, als er gerade in die Straße einbog, in der sie wohnte.

»Hallo«, sagte er und blieb stehen.

»Hallo.«

Sie wurde brennend rot.

»Ich habe Sie in letzter Zeit nie mehr gesehen.«

»Da haben Sie nicht viel versäumt.«

»Das meinen Sie nur.«

Sie war hübscher, als er sie in Erinnerung hatte, mit dunklen Haaren, dunklen Augen, ziemlich groß, schlank, mit guter Figur, einer blassen Haut und sehr weißen Zähnen.

»Wie wäre es, wenn Sie an einem Abend mit mir ins Kino gingen?«

»Sie setzen allerhand voraus, nicht wahr?«

»Es lohnt sich«, sagte er mit seinem frechen, reizenden Lächeln.

Sie mußte unwillkürlich lachen.

»Aber nicht bei mir, gar nicht.«

»Ach, hören Sie! Man ist nur einmal jung.«

Er hatte etwas so Anziehendes an sich, daß sie es nicht über sich brachte, ihm eine schnippische Antwort zu geben.

»Ich könnte gar nicht. Meine Leute hätten es nicht gern, wenn ich mit jemand ausginge, den ich nicht kenne. Sehen Sie, sie haben nur mich, und sie halten große Stücke auf mich. Ja, und ich kenne nicht einmal Ihren Namen.«

»Nun, den kann ich Ihnen doch nennen, nicht wahr? Fred. Fred Manson. Können Sie nicht sagen, daß Sie mit einer Freundin ins Kino gehen?«

Sie hatte noch nie ein solches Gefühl gehabt wie in diesem Augenblick. Sie wußte nicht, ob es Schmerz oder Freude war. Sie war merkwürdig atemlos.

»Vielleicht könnte ich das tun.«

Sie setzten den Abend, die Stunde und den Treffpunkt fest. Fred wartete auf sie, und sie gingen ins Kino, aber als der Film begann und er wortlos den Arm um sie legte, schob sie ihn, die Augen auf die Leinwand gerichtet, ruhig weg. Er ergriff ihre Hand, aber sie entzog sie ihm. Er war überrascht. So benahmen sich die Mädchen im allgemeinen nicht. Er wußte nicht, warum man ins Kino ging, wenn es nicht einer zärtlichen Annäherung wegen war. Er begleitete sie nach der Vorstellung nach Hause. Sie nannte ihm ihren Namen. Grace Carter. Ihr Vater hatte einen eigenen Laden in der Brixton Road, er war ein Textilwarenhändler und hatte vier Angestellte.

»Da muß es ihm gut gehen«, sagte Fred.

»Er beklagt sich nicht.«

Gracie war Studentin an der Londoner Universität. Nach dem Examen wollte sie Lehrerin werden.

»Warum machen Sie denn das, wenn ein gutes Geschäft auf Sie wartet?«

»Pa will nicht, daß ich irgend etwas mit dem Geschäft zu tun habe – nicht nach der Erziehung, die er mir hat angedeihen lassen. Er will, daß ich etwas Besseres werden soll, wissen Sie.«

Ihr Vater hatte als Laufjunge angefangen, dann war er Gehilfe in einem Textilgeschäft geworden, und da er sehr arbeitsam, ehrlich und intelligent war, besaß er jetzt selber ein blühendes Geschäft. Der Erfolg hatte in ihm große Pläne für sein einziges Kind erweckt. Er wollte nicht, daß sie irgend etwas mit Handel zu tun haben sollte. Er hoffte, daß sie vielleicht einen Mann mit freiem Beruf heiraten würde, oder wenigstens jemanden in der City. Dann würde er den Laden verkaufen und sich zurückziehen, und Gracie wäre eine richtige Dame.

Als sie die Ecke der Straße erreichten, gab Gracie ihm die Hand.

»Sie kommen besser nicht an die Tür«, sagte sie.

»Wollen Sie mir keinen Gutenachtkuß geben?«

»Nein.«

»Warum?«

»Weil ich nicht mag.«

»Sie kommen aber wieder mit ins Kino, nicht wahr?«

»Ich glaube, lieber nicht.«

»Ach, bitte!«

Es lag ein so warmes Drängen in seiner Stimme, daß ihre Knie zu wanken schienen.

»Werden Sie sich anständig benehmen, wenn ich komme?« Er nickte. »Versprechen Sie es?«

»Bei Ehr' und Seligkeit!«

Er kratzte sich den Kopf, nachdem er sie verlassen hatte. Sonderbares Mädchen. Er hatte noch keine getroffen, die so war. Überlegen, zweifellos. Es lag etwas Lockendes in ihrer Stimme, warm und weich. Er suchte zu ergründen, wie sie eigentlich klang. Gerade so, als ob die Worte ein Kuß wären. Lächerlich, sich so auszudrücken – aber genau so klang sie.

Von da an gingen sie jede Woche ein- oder zweimal zusammen ins Kino. Nach einiger Zeit gestattete sie, daß er den Arm um sie legte und ihre Hand hielt, aber mehr erlaubte sie ihm nie.

»Bist du schon von einem Mann geküßt worden?« fragte er einmal.

»Nein, nie«, sagte sie schlicht. »Meine Mama ist komisch, sie sagt, man müsse sich die Achtung eines Mannes erhalten.«

»Ich gäbe alles in der Welt darum, dich einmal küssen zu dürfen, Gracie.«

»Sei nicht dumm.«

»Willst du es mir nicht ein einziges Mal erlauben?« Sie schüttelte den Kopf. »Warum nicht?«

»Weil ich dich zu gern habe«, sagte sie in heiserem Ton und lief rasch von ihm fort.

Das gab ihm einen ordentlichen Stich. Er begehrte sie, wie er noch keine Frau begehrt hatte. Ihre Erklärung gab ihm den Rest. Er hatte viel an sie gedacht, und er freute sich auf die Abende, die sie zusammen verbrachten, wie er sich noch nie im Leben auf etwas gefreut hatte. Zum erstenmal verließ ihn seine Selbstsicherheit. Sie war ihm in jeder Weise überlegen: ihr Vater, der Geld scheffelte, und ihre Erziehung und so weiter, und er war nur ein Briefträger. Sie hatten sich auf den folgenden Freitag verabredet, und er war in einer fieberhaften Aufregung, daß sie nicht kommen würde. Er wiederholte sich immer wieder, was sie gesagt hatte: vielleicht bedeutete es, daß sie beschlossen hatte, ihn fallenzulassen. Als er sie endlich die Straße entlang kommen sah, schluchzte er beinahe vor Erleichterung. An diesem Abend legte er weder den Arm um sie, noch ergriff er ihre Hand, und als er sie heimbrachte, sprach er kein Wort.

»Du bist heute abend sehr still, Fred«, sagte sie schließlich. »Was ist mit dir los?«

Er ging ein paar Schritte weiter, ehe er antwortete.

»Ich mag es dir nicht sagen.«

Sie blieb plötzlich stehen und blickte zu ihm auf. Entsetzen lag auf ihrem Gesicht.

»Sag es mir, was es auch sein mag«, bat sie zitternd.

»Ich bin ganz auseinander, ich weiß mir nicht zu helfen. Ich bin so in dich verschossen, daß ich nicht mehr klar sehen kann. Ich wußte nicht, was das ist, so zu lieben, wie ich dich liebe.«

»Ach, ist das alles? Du hast mir einen solchen Schrecken eingejagt. Ich dachte, du würdest mir sagen, daß du heiraten willst.«

»Ich? Für wen hältst du mich? Dich möchte ich heiraten.«

»Nun, was hindert dich daran, du Dummer?«

»Gracie! Ist das dein Ernst?«

Er schlang die Arme um sie und küßte sie mitten auf den Mund. Sie widerstrebte nicht. Sie erwiderte seinen Kuß, und er fühlte, daß ihre Leidenschaft ebenso heftig war wie seine eigene.

Sie besprachen, daß Gracie ihren Eltern sagen solle, sie sei mit ihm verlobt und er werde am Sonntag kommen, um ihnen vorgestellt zu werden. Da der Laden am Samstag spät geschlossen wurde und Mr. Carter nach seiner Heimkehr übermüdet war, brachte Gracie ihre Neuigkeit erst nach dem Essen am Sonntag vor. George Carter war ein temperamentvoller, nicht sehr großer Mann, stämmig und von roter Gesichtsfarbe, und mit dem wachsenden Wohlstand hatte sein Gewicht zugenommen. Er hatte eine beträchtliche Glatze und eine graue Schnurrbartborste. Wie mancher andere Arbeitgeber, der unten angefangen hatte, war er ein Sklaventreiber und holte aus seinen Angestellten das Höchstmaß an Leistung für sowenig Zahlung wie möglich heraus. Er hatte seine Augen überall und duldete keinerlei Unfug, aber er war vernünftig und sogar wohlwollend, so daß er bei ihnen nicht unbeliebt war. Mrs. Carter war eine ruhige, nette Frau, mit angenehmem Gesicht und Spuren früheren guten Aussehens. Sie waren beide Anfang fünfzig, da sie spät geheiratet hatten, nachdem sie zehn Jahre lang miteinander »gegangen« waren.

Sie waren sehr erstaunt, als Gracie ihnen das erzählte, was sie ihnen sagen mußte, aber nicht unangenehm berührt.

»Du bist eine Hinterhältige«, sagte ihr Vater. »Ja, ich habe keinen Augenblick vermutet, daß du mit jemandem angebändelt hast. Nun, früher oder später mußte es ja wohl kommen. Wie heißt er?«

»Fred Manson.«

»Ein Bursche von der Universität?«

»Nein. Ihr müßt ihn schon gesehen haben. Er leert unseren Briefkasten. Er ist bei der Post.«

»Oh, Gracie«, rief Mrs. Carter, »das ist doch nicht dein Ernst. Du kannst keinen gewöhnlichen Briefträger heiraten, nach der ganzen Erziehung, die wir dir gegeben haben.«

Einen Augenblick war Mr. Carter sprachlos. Er wurde noch röter im Gesicht als sonst.

»Deine Mama hat recht, mein Mädchen«, brach er dann

aus. »Du kannst dich nicht so wegwerfen. Nein, das ist lächerlich.«

»Ich werfe mich nicht weg. Wartet, bis ihr ihn seht.«

Mrs. Carter begann zu weinen.

»So ein Abstieg! So eine Demütigung! Ich werde den Kopf nie mehr hochhalten können.«

»Ach, Mama, rede doch nicht so. Er ist ein netter Mensch und hat eine gute Stellung.«

»Du verstehst das nicht«, stöhnte sie.

»Wie hast du ihn kennengelernt?« unterbrach sie Mr. Carter. »Aus was für einer Familie kommt er?«

»Sein Vater fährt einen Postwagen«, antwortete Gracie herausfordernd.

»Eine Arbeiterfamilie.«

»Ja, was ist dabei? Sein Vater hat vierundzwanzig Jahre bei der Post gearbeitet, und sie halten große Stücke auf ihn.«

Mrs. Carter nagte an ihrem Taschentuchzipfel.

»Gracie, ich will dir etwas sagen. Bevor dein Vater und ich heirateten, war ich Hausangestellte. Er wollte nicht, daß ich es dir jemals sagen sollte, weil er nicht haben wollte, daß du dich meiner schämen würdest. Darum waren wir alle die Jahre verlobt. Die Dame, bei der ich war, sagte, daß sie mir testamentarisch etwas vermachen wollte, wenn ich bis zu ihrem Tod bei ihr bliebe.«

»Mit diesem Geld konnte ich geschäftlich etwas anfangen«, fiel Mr. Carter ein. »Hätte ich es nicht bekommen, wäre ich nicht da, wo ich heute bin. Und ich muß dir schon sagen, daß deine Mutter die beste Frau ist, die ein Mann je hatte.«

»Ich habe nie eine richtige Erziehung gehabt«, fuhr Mrs. Carter fort, »aber ich war immer ehrgeizig. Der stolzeste Augenblick in meinem Leben war der, als dein Vater mir sagte, daß wir uns ein Dienstmädchen leisten könnten, und da sagte er: ›Die Zeit wird kommen, wo du eine Köchin *und* ein Hausmädchen haben wirst‹, und er hat Wort gehalten, und jetzt gehst du dorthin zurück, von wo ich komme. Ich hatte es mir in den Kopf gesetzt, daß du einen Gentleman heiraten würdest.«

Sie weinte von neuem. Gracie liebte ihre Eltern und konnte es schwer ertragen, sie so betrübt zu sehen.

»Es tut mir leid, Mama, ich wußte, daß es für euch eine Enttäuschung sein würde, aber ich kann es nicht ändern, wirklich nicht. Ich liebe ihn so, ich liebe ihn ganz schrecklich. Ich bin sicher, daß er euch gefallen wird, wenn ihr ihn seht. Wir machen heute nachmittag einen Spaziergang zusammen. Kann ich ihn nicht zum Abendessen mitbringen?«

Mrs. Carter warf ihrem Mann einen gequälten Blick zu. Er seufzte.

»Es gefällt mir nicht, und es hat keinen Sinn, so zu tun, aber es ist wohl besser, wenn wir ihn uns anschauen.«

Das Abendessen verlief besser als erwartet. Fred war nicht schüchtern, und er redete so mit Gracies Eltern, als hätte er sie sein Leben lang gekannt. Wenn es etwas Neues für ihn war, von einem Mädchen bedient zu werden, in einem Eßzimmer mit Mahagonimöbeln zu Abend zu essen und nachher in einem Salon mit einem Flügel zu sitzen, so ließ er sich keine Verlegenheit anmerken. Als er gegangen war und sie in ihrem Schlafzimmer allein waren, sprachen Mr. und Mrs. Carter über ihn.

»Er ist hübsch, das muß man zugeben«, sagte sie.

»Darauf kommt es nicht an. Glaubst du, daß er hinter ihrem Geld her ist?«

»Nun, er wird wohl wissen, daß du ein ganz hübsches Schäfchen im Trockenen hast, aber er ist schon richtig in sie verliebt.«

»So, woran merkt man das?«

»Ach, man braucht nur zu sehen, wie er sie anschaut.«

»Nun, das ist immerhin schon etwas.«

Schließlich gaben die Carters ihren Widerstand auf, unter der Bedingung, daß die jungen Leute nicht heiraten sollten, bevor Gracie ihr Examen bestanden hatte. Das würde noch ein Jahr dauern, und sie hatten dabei die heimliche Hoffnung, daß sie bis dahin anderen Sinnes werden könnte. Von da ab sahen sie Fred recht oft. Er verbrachte jeden Sonntag mit ihnen. Nach und nach gefiel er ihnen recht gut. Er war so umgänglich, so heiter und guter Laune, und vor allem so sichtlich bis über die Ohren in Gracie verliebt, daß Mrs. Carter seinem Charme bald erlag, und nach einiger Zeit war sogar Mr. Carter bereit zuzugeben, daß er kein übler Bursche sei. Fred und Gracie waren glücklich. Sie fuhr jeden Tag nach London hinein, um Vorlesungen zu hören, und arbeitete fleißig. Sie verbrachten glückselige Abende zusammen. Er gab ihr einen sehr hübschen Verlobungsring und führte sie häufig zum Abendessen ins Westend und anschließend in eine Theatervorstellung. An schönen Sonntagen fuhr er mit ihr aufs Land hinaus, in einem Wagen, den er angeblich von einem Freund geliehen hatte. Als sie ihn fragte, ob er sich alle die Ausgaben auch leisten könne, lachte er und sagte, ein Bekannter habe ihm einen Tip für einen Außenseiter gegeben, und da habe er einen ganz schönen Betrag gewonnen. Sie sprachen endlos über die kleine Wohnung, die sie mieten wollten, wenn sie verheiratet waren, und was für ein Spaß es sein würde, sie einzurichten. Sie waren mehr denn je ineinander verliebt.

Dann kam der Schlag. Fred wurde verhaftet, weil er Geld aus den von ihm eingesammelten Briefen gestohlen hatte. Viele Leute steckten, um keine Postanweisungen ausfüllen zu müssen, Scheine in ihre Briefumschläge, und es war nicht schwierig, dies festzustellen. Fred kam vor Gericht, bekannte sich schuldig und wurde zu zwei Jahren Zwangsarbeit verurteilt. Gracie wohnte der Gerichtsverhandlung bei. Bis zum letzten Augenblick hatte sie gehofft, daß er seine Unschuld beweisen könnte. Es war ein furchtbarer Schock für sie, als er sich schuldig bekannte. Sie durfte ihn nicht sprechen. Er kam gleich von der Anklagebank in den Gefängniswagen. Sie ging nach Hause, schloß sich in ihrem Zimmer ein, warf sich auf das Bett und weinte. Als Mr. Carter aus dem Geschäft heimkam, ging Gracies Mutter in ihr Zimmer hinauf.

»Gracie, du sollst herunterkommen«, sagte sie. »Dein Vater will mit dir sprechen.«

Gracie stand auf und ging hinunter. Sie gab sich nicht die Mühe, die Augen zu trocknen.

»Hast du die Zeitung gelesen?« sagte er und streckte ihr die ›Evening News‹ entgegen.

Sie gab keine Antwort.

»Na, das ist das Ende dieses jungen Mannes«, setzte er barsch hinzu.

Auch Gracies Eltern waren bestürzt gewesen, als Fred

verhaftet wurde, aber sie war so unglücklich und dabei so überzeugt, daß sich alles aufklären würde; sie hatten es nicht übers Herz gebracht, ihr zu sagen, daß sie jeden Verkehr mit ihm abbrechen müßte. Aber jetzt schien es ihnen an der Zeit, sich mit ihr auseinanderzusetzen.

»Also daher kam das Geld für alle die Abendessen und Theatervorstellungen. Und für das Auto. Ich fand es schon immer komisch, daß er einen Freund haben sollte, der ihm seinen Wagen am Sonntag überließ. Er hat ihn wohl gemietet, nicht wahr?«

»Wahrscheinlich«, antwortete sie jammervoll. »Ich habe einfach geglaubt, was er mir sagte.«

»Du bist noch gut davongekommen, mein Mädchen, das ist alles, was ich sagen kann.«

»Er hat es nur getan, weil er mir recht viel bieten wollte. Er wollte nicht, daß ich denken sollte, ich könnte bei ihm nicht alles so nett haben, wie ich es zu Hause gewohnt war.«

»Du wirst ihn doch hoffentlich nicht entschuldigen wollen. Er ist ein Dieb, weiter nichts.«

»Es ist mir gleich«, sagte sie mürrisch.

»Es ist dir gleich? Was meinst du damit?«

»Das, was ich sage. Ich werde auf ihn warten, und sobald er herauskommt, werde ich ihn heiraten.«

Mrs. Carter gab einen Laut des Entsetzens von sich.

»Gracie, du kannst doch so etwas nicht tun«, rief sie. »Denke an die Schande. Und was ist mit uns? Wir haben den Kopf immer hochgehalten. Er ist ein Dieb und bleibt ein Dieb.«

»Nennt ihn nicht immer einen Dieb«, schrie Gracie und stampfte vor Zorn mit dem Fuß. »Was er getan hat, das hat er nur getan, weil er mich liebte. Es ist mir gleich, ob er ein Dieb ist. Ich liebe ihn mehr, als ich ihn jemals geliebt habe. Du weißt nicht, was Liebe ist. Du hast zehn Jahre gewartet, bis du Papa geheiratet hast, nur damit eine alte Frau dir Geld hinterlassen konnte. Nennst du das Liebe?«

»Laß deine Mutter aus dem Spiel«, schrie Mr. Carter. Dann kam ihm ein Gedanke, und er sah sie durchdringend an. »*Mußt* du den Kerl heiraten?«

Gracie wurde blutrot.

»Nein. Es war nie etwas dergleichen zwischen uns. Und

nicht durch meine Schuld. Er liebte mich zu sehr. Er wollte nichts tun, was er vielleicht nachher bereuen würde.«

Oft, wenn sie an Sommerabenden auf dem Land einander in den Armen lagen, Mund an Mund, war ihr Verlangen so stark wie das seine gewesen. Sie wußte, wie sehr er sie begehrte, und sie war bereit, ihm zu geben, was er wünschte. Aber wenn die Spannung übermächtig zu werden drohte, sprang er plötzlich auf und sagte:

»Komm jetzt, wir wollen weitergehen.«

Sie wußte, was er dachte. Er wollte warten, bis sie verheiratet waren. Seine Liebe hatte in ihm eine Feinheit der Empfindung entwickelt, die er früher nie gekannt hatte. Er konnte es selbst nicht verstehen, aber er hatte ein eigenartiges Gefühl ihr gegenüber; er spürte, daß alles verdorben wäre, wenn er sie vor der Ehe besäße. Weil sie ahnte, was in ihm vorging, liebte sie ihn um so mehr.

»Ich weiß nicht, was mit dir los ist«, stöhnte Mrs. Carter. »Du warst immer so ein gutes Kind. Du hast mir nie eine unruhige Stunde bereitet.«

»Sei still, Mutter«, sagte Mr. Carter. »Wir müssen diese Sache ein für allemal in Ordnung bringen. Du mußt diesen Mann aufgeben, hörst du? Ich muß an meine eigene Stellung denken, und wenn du meinst, ich wolle einen Galgenvogel zum Schwiegersohn, so mußt du noch einmal darüber nachdenken. Ich habe jetzt genug von diesem Unsinn. Du mußt mir versprechen, daß du nie mehr etwas mit diesem Burschen zu tun haben wirst.«

»Glaubst du, ich würde ihn jetzt aufgeben? Wie oft soll ich dir noch sagen, daß ich ihn heiraten werde, sobald er entlassen wird?«

»Gut, dann kannst du mein Haus verlassen, und bitte etwas plötzlich. Und dann kannst du draußen bleiben.«

»Vater!« rief Mrs. Carter.

»Halt den Mund.«

»Ich gehe nur zu gern«, sagte Gracie.

»Ach, wirklich? Und wovon denkst du zu leben?«

»Ich kann arbeiten, nicht wahr? Ich kann eine Stellung bei Payne & Perkins haben. Sie werden froh sein.«

»Ach, Gracie, du kannst doch nicht gehen und in einem Laden arbeiten. Du kannst dich doch nicht so erniedrigen«, sagte Mrs. Carter.

»Willst du den Mund halten, Mutter«, brüllte Mr. Carter, jetzt außer sich vor Wut. »Arbeiten willst du? Du, die nie einen Streich getan hat, im ganzen Leben nicht, außer dieser Spielerei an der Hochschule? Eine glänzende Idee war es von deiner Mutter, dir eine solche Erziehung zu geben. Das wird dir viel nützen, wenn du stundenlang auf den Beinen stehen mußt und höflich und liebenswürdig sein mit einem Haufen alter Ekel, die dir nur in jeder Weise Mühe machen wollen, um dir zu zeigen, wie überlegen sie sind. Es wird dir sicher gefallen, wenn die Direktrice dich hinauswirft, weil du nicht strahlend und schlagfertig genug bist. Gut, heirate deinen Galgenvogel. Ich nehme an, du weißt, daß du ihn mit durchbringen mußt. Du bildest dir doch nicht ein, daß ihn jemand anstellen wird, nicht wahr, mit seinem Leumund. Hinaus mit dir, hinaus, hinaus!«

Er hatte sich in einen solchen Zorn hineingesteigert, daß er keuchend auf einen Stuhl sank. Mrs. Carter erschrak und goß ihm ein Glas Wasser ein. Gracie schlüpfte aus dem Zimmer.

Am nächsten Tag, als ihr Vater zur Arbeit gegangen war und ihre Mutter Besorgungen machte, verließ sie das Haus mit den Sachen, die sie in einen Handkoffer packen konnte. Payne & Perkins war ein großes Warenhaus in der Brixton Road, und mit ihrer guten Erscheinung und ihrem angenehmen Wesen hatte sie keine Schwierigkeit, dort angenommen zu werden. Sie wurde der Abteilung für Damenwäsche zugewiesen. Einige Tage wohnte sie im Christlichen Hospiz, und dann machte sie mit einer Kollegin im Geschäft ab, daß sie zusammen ein Zimmer teilen würden.

Ned Preston sah Fred an dem Abend seiner Einlieferung ins Gefängnis. Er fand ihn erschüttert, aber nur Gracies wegen. Seine Diebereien nahm er auf die leichte Schulter.

»Ich mußte ihr doch etwas bieten, nicht? Ihre Leute fanden, daß ich nicht gut genug für sie sei, darum wollte ich ihnen zeigen, daß ich genau so gut bin wie sie. Wenn wir ins Westend gingen, konnte ich ihr nicht nur ein belegtes Brot und ein Glas Bier in einer Kneipe vorsetzen; sie war doch in ihrem ganzen Leben noch in keiner Kneipe gewesen. Ich *mußte* sie in ein anständiges Restaurant führen. Wenn Leute so töricht sind, Geld in Briefe zu stecken, dann fordern sie so etwas geradezu heraus.«

Aber er hatte Angst. Er war nicht überzeugt, daß Gracie es auf diese Weise betrachten würde.

»Ich muß wissen, was sie vorhat. Wenn sie mir jetzt den Laufpaß gibt – na, dann bedeutet das für mich das Ende von allem, verstehen Sie? Ich werde einen Weg finden, mich beiseite zu schaffen, das schwöre ich bei Gott.«

Er erzählte Ned seine ganze Liebesgeschichte mit Gracie.

»Ich hätte sie so oft haben können, wie ich gewollt hätte. Und ich wollte es schon und sie auch. Das wußte ich. Aber ich respektierte sie, verstehen Sie? Sie ist nicht wie andere Mädchen. Sie ist eine unter tausend, sage ich Ihnen.«

Er redete und redete. Er tobte, er weinte. Aus diesem konfusen Redestrom ging eines klar hervor: Eine leidenschaftliche, rasende Liebe. Ned versprach, das Mädchen aufzusuchen.

»Sagen Sie ihr, daß ich sie liebe, sagen Sie ihr, daß ich das nur getan habe, weil ich wollte, daß sie das Beste von allem haben sollte, und sagen Sie ihr, ich könne einfach ohne sie nicht leben.«

Sobald Ned Preston Zeit dazu fand, begab er sich zu dem Carterschen Haus, aber als er nach Gracie fragte, sagte das Dienstmädchen, sie wohne nicht mehr da. Dann fragte er nach ihrer Mutter.

»Ich will sehen, ob sie zu Hause ist.«

Er gab dem Mädchen seine Karte, in der Annahme, daß der in einer Ecke eingravierte Name seines Klubs Mrs. Carter genügend beeindrucken würde, um sie geneigt zu machen, ihn zu sehen. Das Mädchen ließ ihn an der Türe stehen, bat ihn aber nach einigen Minuten einzutreten. Er wurde in das wenig benützte, steife Wohnzimmer geführt. Mrs. Carter ließ ihn eine Weile warten, und als sie hereinkam, seine Karte zwischen den Fingerspitzen, erriet er, daß sie es für angebracht gehalten hatte, sich umzuziehen. Das Schwarzseidene, das sie anhatte, war augenscheinlich ein Gewand für besondere Gelegenheiten. Er erzählte ihr von seinen Beziehungen zu Wormwood Scrubs und sagte, daß er mit einem Mann namens Fred Manson zu tun habe. Kaum hatte er diesen Namen genannt, nahm Mrs. Carter eine feindselige Haltung an.

»Sprechen Sie mir nicht von diesem Mann!« rief sie. »Ein

Dieb ist er. Was für Sorgen hat er uns gemacht! Sie hätten ihm fünf Jahre geben sollen, unbedingt.«

»Ich bedaure, daß er Ihnen Sorgen gemacht hat«, sagte Ned sanft. »Wenn Sie mir ein paar Tatsachen mitteilen wollten, könnte ich vielleicht dazu beitragen, die Sache in Ordnung zu bringen.«

Ned Preston hatte entschieden die richtige Art an sich. Vielleicht machte es Mrs. Carter Eindruck, daß er ein Gentleman war. »Er hat Klasse«, sagte sie wohl zu sich selber. Jedenfalls dauerte es nicht lang, bis sie ihm die ganze Geschichte erzählte. Sie regte sich dabei auf und fing an zu weinen.

»Und jetzt ist sie fort und hat uns verlassen. Weggelaufen ist sie. Ich verstehe nicht, wie sie so etwas tun konnte. Weiß Gott, wir lieben sie doch. Sie ist das einzige, was wir haben, und wir haben alles nur Mögliche für sie getan. Ihr Vater hat es nie ernst damit gemeint, als er ihr sagte, sie solle das Haus verlassen. Sie war nur so störrisch. Da bekam er einen Wutanfall, er war immer ein reizbarer Mann, aber er war genau so bestürzt wie ich, als wir entdeckten, daß sie fort war. Und wissen Sie, was sie dann getan hat? Sie hat sich bei Payne & Perkins eine Stelle verschafft. Mr.Carter kann die Firma nicht leiden. Sie unterbieten immer die Preise. Unlauterer Wettbewerb, nennt er es. Und sich vorzustellen, daß unsere Gracie mit einer Menge Ladenmädchen arbeitet – ach, es ist so demütigend!«

Ned prägte sich den Firmennamen ein. Er war gar nicht so sicher gewesen, von Mrs. Carter Gracies Adresse zu erfahren.

»Haben Sie sie gesehen, seit sie fort ist?« fragte er.

»Natürlich. Ich wußte, daß Payne & Perkins sie sofort einstellen würden, so ein hervorragendes Mädchen, und ich ging hin, und natürlich war sie da – in der Damenwäscheabteilung. Ich wartete draußen bis zum Ladenschluß und redete sie dann an. Ich bat sie, nach Hause zu kommen. Ich sagte ihr, der Vater würde alles vergeben und vergessen. Und wissen Sie, was sie darauf antwortete? Sie sagte, sie wolle heimkommen, wenn wir niemals ein Wort gegen Fred äußern würden und wenn wir bereit wären, ihrer Heirat mit ihm sofort nach seiner Freilassung zuzustimmen. Natürlich mußte ich das ihrem Vater berichten. Ich habe ihn nie in einem solchen Zustand gesehen, ich dachte, der Schlag würde ihn rühren, er sagte, er wolle sie lieber tot vor seinen Füßen liegen sehen als mit diesem Galgenvogel verheiratet.«

Mrs. Carter brach wieder in Tränen aus, und Ned Preston verließ sie, sobald er konnte. Er ging ins Warenhaus, in die Damenwäscheabteilung hinauf und fragte nach Grace Carter. Sie wurde ihm gezeigt, und er ging zu ihr hin.

»Kann ich Sie einen Augenblick sprechen? Ich komme von Fred Manson.«

Sie wurde totenblaß. Einen Augenblick lang schien sie kein Wort herauszubringen.

»Folgen Sie mir bitte.«

Sie führte ihn in einen Gang, der nach Desinfektionsmitteln roch und anscheinend zu den Waschräumen führte. Sie waren alleine. Sie starrte ihn ängstlich an.

»Er läßt Sie grüßen. Er sorgt sich um Sie. Er fürchtet, daß Sie schrecklich unglücklich sind. Vor allem möchte er wissen, ob Sie beabsichtigen, ihm den Laufpaß zu geben.«

»Ich?« Ihre Augen füllten sich mit Tränen, aber auf ihrem Gesicht lag ein entzückter Ausdruck. »Sagen Sie ihm, daß alles gleichgültig ist, solange er mich nur liebt. Sagen Sie ihm, daß ich zwanzig Jahre auf ihn warten würde, wenn es sein müßte. Sagen Sie ihm, daß ich die Tage zähle, bis er herauskommt und wir heiraten können.«

Aus Angst vor der Direktrice konnte sie nicht länger als ein paar Minuten wegbleiben. Sie gab Ned alle zärtlichen Botschaften für Fred Manson mit, die sie in dieser kurzen Zeit ausdrücken konnte. Ned kam erst gegen sechs Uhr abends ins Gefängnis. Die Sträflinge dürfen ihr Handwerkszeug um halb sechs Uhr niederlegen. Fred hatte das seine gerade abgelegt. Als Ned die Zelle betrat, wurde er blaß und sank auf das Bett, als wäre seine Spannung so groß, daß er sich auf seine Beine nicht verlassen konnte. Eine Weile vermochte er nicht zu sprechen.

»Ich wußte sofort, als Sie hereinkamen, daß Sie sie getroffen haben. Ich konnte sie riechen.«

Er schnüffelte, als sei der Geruch ihres Körpers in seiner Nase, und sein Gesicht war wie eine Maske des Verlangens. Seine Züge wirkten plötzlich eigentümlich verwischt.

»Wissen Sie, ich hatte ein ganz unbehagliches Gefühl, so daß ich wegschauen mußte«, sagte Ned Preston, als er uns dies erzählte, mit einem Ausbruch seines heiseren Gelächters. »Es war der nackte Sexus.«

Fred war ein musterhafter Gefangener. Er arbeitete gut und machte keinerlei Schwierigkeiten. Ned schlug ihm Bücher vor, die er lesen könnte, und er holte sie aus der Bücherei, aber er hatte nicht viel davon.

»Ich komme nicht recht mit ihnen weiter«, sagte er. »Ich fange an zu lesen, und dann gehen meine Gedanken zu Gracie. Wissen Sie, wenn sie einen so auf die übliche Weise küßt – oh, das ist lieb, aber wenn sie einen richtig küßt, mein Gott, das ist herrlich.«

Fred durfte Gracie einmal im Monat sehen, aber ihre Begegnungen, eine Glaswand zwischen ihnen, unter den Augen des Wärters, waren so qualvoll, daß sie nach einigen Besuchen beschlossen, darauf zu verzichten. Ein Jahr verging. Auf Grund seiner guten Führung konnte er damit rechnen, eine Kürzung seiner Strafzeit zu erhalten und daher in weiteren sechs Monaten frei zu sein. Gracie hatte alles, was sie von ihrem Gehalt erübrigen konnte, gespart, und jetzt, da die Zeit der Entlassung näherrückte, begann sie ein Heim für ihn vorzubereiten. Sie mietete zwei Zimmer in einem Haus und richtete sie auf Ratenzahlungen ein. Eines der Zimmer sollte natürlich ihr Schlafzimmer sein und das andere die Wohnküche. Diese enthielt einen altmodischen Herd, den sie herausnehmen und durch einen Gasofen ersetzen ließ. Sie wollte alles nett und neu und sauber und behaglich haben. Sie gab sich Mühe, die beiden kleinen Zimmer freundlich und hübsch zu gestalten. Um dies alles zu ermöglichen, mußte sie auf alle nicht unumgänglich notwendigen Dinge verzichten, und sie wurde dabei mager und blaß. Ned hatte den Verdacht, daß sie hungerte, und wenn er sie aufsuchte, nahm er eine Schachtel Schokolade oder einen Kuchen mit, damit sie wenigstens etwas zu essen hätte. Er überbrachte dem Gefangenen die Nachricht von Gracies Vorbereitungen, und sie nahm ihm das Versprechen ab, daß er ihm jeden Gegenstand, den sie gekauft hatte, genau beschreibe. Er trug zärtliche, mehr als zärtliche, leidenschaftliche Botschaften zwischen ihnen hin und her. Er war überzeugt, daß Fred künftig ehrlich bleiben würde, und er verschaffte ihm eine Anstellung als Portier bei einer Firma, die eine Reihe von Restaurants in London hatte. Die Bezahlung war gut, und durch Herbeirufen von Taxis oder Holen von Privatwagen konnte er noch nebenbei etwas verdienen. Er sollte sofort nach seiner Entlassung mit der Arbeit beginnen. Gracie unternahm alle notwendigen Schritte, damit sie gleich getraut werden konnten. Die achtzehn Monate von Freds Haft näherten sich ihrem Ende. Gracie war in einem Zustand fieberhafter Erregung.

Dann geschah es, daß Ned Preston einen seiner periodischen Krankheitsanfälle bekam und drei Wochen nicht ins Gefängnis gehen konnte. Das beunruhigte ihn, denn er ließ seine Gefangenen nicht gerne im Stich; deshalb begab er sich dorthin, sobald er das Bett verlassen konnte. Der Hauptwärter sagte ihm, daß Manson nach ihm gefragt habe.

»Ich glaube, Sie sollten ihn aufsuchen. Ich weiß nicht, was mit ihm los ist. Er hat sich etwas sonderbar benommen, seit Sie nicht mehr kamen.«

Es waren gerade noch vierzehn Tage bis zu Freds Entlassung. Ned Preston begab sich in seine Zelle.

»Na, Fred, wie steht es?« fragte er. »Es tut mir leid, daß ich Sie nicht mehr besuchen konnte. Ich war krank und konnte auch Gracie nicht aufsuchen. Sie muß allmählich vor lauter Warten zittern und beben.«

»Ja, ich möchte, daß Sie zu ihr gehen.«

Sein Benehmen war so mürrisch, daß Ned ganz bestürzt war. Es sah ihm nicht ähnlich, anders als liebenswürdig und höflich zu sein.

»Natürlich will ich das tun.«

»Sagen Sie ihr bitte, daß ich sie nicht heiraten werde.«

Ned war so verblüfft, daß er einen Augenblick lang Fred Manson nur anstarren konnte.

»Was in aller Welt meinen Sie damit?«

»Was ich sage.«

»Sie können sie doch jetzt nicht sitzen lassen. Ihre Leute haben sie hinausgeworfen. Sie hat die ganze Zeit gearbeitet, um für Sie ein Heim zu schaffen. Sie hat die Heiratslizenz und alles andere beschafft.«

»Das ist mir gleich. Ich werde sie nicht heiraten.«

»Aber warum – warum?«

Ned war wie vor den Kopf gestoßen. Fred Manson schwieg eine Weile. Sein Gesicht war finster und abweisend.

»Ich werde es Ihnen sagen. Ich habe achtzehn Monate lang Tag und Nacht an sie gedacht, und jetzt habe ich sie bis obenhin satt.«

Als Ned Preston an diesem Punkt seiner Geschichte anlangte, brachen unsere Gastgeberin und unsere Mitgäste in lautes Lachen aus. Er war davon sichtlich betroffen. Es wurde nachher noch ein wenig geplaudert, und die Gesellschaft ging auseinander. Da Ned und ich den gleichen Weg hatten, gingen wir zusammen Piccadilly entlang. Eine Weile schwiegen wir.

»Ich habe bemerkt, daß du nicht mit den anderen gelacht hast«, sagte er unvermittelt.

»Ich fand es nicht komisch.«

»Was hältst du davon?«

»Nun, ich kann seinen Standpunkt verstehen, weißt du. Es ist eine merkwürdige Sache mit der Einbildungskraft; sie trocknet ein. Ich vermute, daß er durch dieses fortwährende Denken an sie, während so langer Zeit, jede Empfindung, die sie in ihm erwecken konnte, ausgeschöpft hatte, und ich glaube, es stimmt wörtlich, daß er sie bis obenhin satt bekommen hatte. Er hatte die Zitrone ausgepreßt, und es blieb nichts anderes übrig, als die Schale wegzuwerfen.

»Ich fand es auch nicht komisch. Deshalb habe ich ihnen den Rest der Geschichte nicht erzählt. Zuerst hielt ich es nicht für Ernst. Ich dachte, es sei nur Hysterie oder dergleichen. Ich besuchte ihn zwei oder drei Tage nacheinander. Ich machte ihm Vorstellungen. Ich ging wirklich bis zum Äußersten. Ich dachte, wenn er sie nur sehen würde, dann käme alles in Ordnung, aber nicht einmal das wollte er. Er sagte, er könne ihren Anblick nicht ertragen. Ich konnte ihn nicht dazu bewegen. Schließlich mußte ich zu ihr gehen und es ihr sagen.«

Wir gingen schweigend eine kleine Strecke weiter.

»Ich traf sie in diesem schauderhaften, stinkenden Hausgang. Sie bemerkte sofort, daß etwas nicht stimmte, und sie wurde kreideweiß. Sie war keine Frau, die ihre Gefühle preisgab. Es lag etwas Anmutiges und beinahe Vornehmes in ihrem Gesicht. Gelassenheit. Ihre Lippen zitterten ein wenig, als ich es ihr sagte, und sie erwiderte eine Minute lang nichts. Als sie dann sprach, war sie ganz ruhig, als hätte sie – nun, als hätte sie gerade den Bus verfehlt und müßte nun auf den nächsten warten. Als wäre es eine ärgerliche Sache, aber nichts, worüber man viel Wesens zu machen brauchte. ›Es bleibt mir jetzt nichts anderes übrig, als den Gashahn aufzudrehen‹, sagte sie.

Und das tat sie.«